INCURABLES

DU MÊME AUTEUR

L'Hypnotiseur, Actes Sud, 2010 ; Babel noir n° 84.
Le Pacte, Actes Sud, 2011 ; Babel noir n° 102.
Incurables, Actes Sud, 2013.
Le Marchand de sable, Actes Sud, 2014.

Titre original :
Eldvittnet
Éditeur original :
Albert Bonniers Förlag, Stockholm

ISBN 978-2-330-03937-0

LARS KEPLER

INCURABLES

roman traduit du suédois
par Hege Roel-Rousson

BABEL NOIR

Pour tous les menteurs, leur part sera dans l'étang ardent de feu et de soufre, ce qui est la seconde mort.

Apocalypse, XXI, 8.

On nomme "médium" une personne qui serait sensible à des influences paranormales. Ce don lui permettrait de percevoir diverses manifestations que la science ne peut expliquer. Certains médiums affirment communiquer avec l'au-delà lors de séances de spiritisme, d'autres pratiquent la divination en lisant, par exemple, dans les cartes de tarot. S'il existe de nombreuses pratiques, le désir d'entrer en contact avec les esprits remonte à des milliers d'années. Mille ans avant Jésus-Christ, le roi Saül d'Israël s'était attaché les services d'un voyant afin de solliciter les conseils du défunt prophète Samuel. De nos jours, il n'est pas rare que la police fasse appel à des médiums ou spirites dans des cas jugés particulièrement difficiles. Bien que ces derniers interviennent plusieurs fois par an, il n'existe aucun cas avéré d'affaire ayant été résolue grâce à un médium.

1

Elisabet Grim est âgée de cinquante et un ans. Elle a les cheveux grisonnants, des yeux rieurs et son sourire dévoile une incisive qui chevauche légèrement la dent voisine. Elle est infirmière à la ferme Birgittagården, un centre d'accueil pour jeunes situé au nord de Sundsvall. Cette institution spécialisée prend en charge huit jeunes filles âgées de douze à dix-sept ans dans le cadre de la LVU, une loi qui définit les dispositions spécifiques relatives à l'assistance aux adolescents.

À leur arrivée au centre, de nombreuses patientes souffrent de toxicomanie. La plupart ont aussi adopté des comportements auto-agressifs tels que l'automutilation pathologique ou l'anorexie. Certaines sont extrêmement violentes.

On compte peu d'alternatives aux unités d'hospitalisation en milieu fermé avec portes sécurisées, fenêtres à barreaux et conduits d'aération grillagés. Dernière étape avant la prison et l'administration de soins psychiatriques sans consentement, Birgittagården fait figure d'exception. L'institution accueille des adolescentes dans le but de les préparer à un retour progressif à des traitements extra-hospitaliers et Elisabet a coutume de dire que ce sont les gentilles filles qui atterrissent à Birgittagården.

Elle laisse fondre le dernier morceau de chocolat noir dans sa bouche et se délecte de sa douceur mêlée à un amer picotement. Ses épaules se détendent peu à peu. La soirée a été éprouvante. Pourtant, la journée avait bien commencé. Les cours du matin, le déjeuner et les quelques heures consacrées à la baignade et aux jeux dans le lac s'étaient déroulés sans incident majeur. L'intendante était partie peu après le repas du soir et Elisabet s'était retrouvée seule à la ferme.

Le personnel de nuit a été réduit quatre mois après que le holding Blancheford a racheté le groupe de santé auquel appartient Birgittagården.

Les pensionnaires avaient été autorisées à regarder la télévision jusqu'à 22 heures. Installée dans l'infirmerie, Elisabet tentait de faire le point sur les rapports individuels lorsque des cris furieux avaient retenti. Elle s'était alors précipitée jusqu'à la salle de télévision. Miranda s'était jetée sur la petite Tuula et hurlait en la traitant de tous les noms. Elle l'avait ensuite traînée hors du canapé avant de la rouer de coups de pied dans le dos.

Habituée aux accès de violence de Miranda, Elisabet avait accouru pour dégager Tuula de son étreinte et avait reçu une gifle au passage. Après avoir réprimandé Miranda pour son comportement, elle l'avait escortée d'office dans la salle destinée aux fouilles corporelles puis jusqu'à la chambre d'isolement située plus loin dans le couloir.

Elisabet lui avait souhaité bonne nuit sans obtenir la moindre réponse. Et lorsqu'elle avait verrouillé la porte derrière elle, Miranda était toujours assise sur le lit et souriait, le regard rivé au sol.

La dernière patiente à être arrivée, Vicky Bennet, était censée avoir un entretien individuel le soir où la bagarre entre Miranda et Tuula avait éclaté. Vicky avait alors prudemment rappelé à Elisabet qu'elle attendait son rendez-vous et avait appris qu'il serait certainement reporté. Bouleversée, elle avait brisé une tasse et s'était entaillé le ventre et les poignets avec un tesson.

Lorsque Elisabeth était entrée dans sa chambre, Vicky était assise le visage enfoui dans ses mains. Du sang coulait sur ses avant-bras.

Elisabeth avait nettoyé ses plaies, mis un pansement sur son ventre et entouré ses poignets de bandes de gaze. Elle l'avait réconfortée, l'appelant affectueusement "ma petite puce" jusqu'à ce qu'un timide sourire se dessine sur les lèvres de Vicky.

Pour la troisième nuit consécutive, elle lui avait administré dix milligrammes de Zaleplon afin qu'elle trouve le sommeil.

2

Désormais, toutes les pensionnaires de Birgittagården sont endormies. Un profond silence règne sur le centre. Le reflet de la lampe allumée sur la fenêtre du bureau donne à Elisabet l'impression que le monde extérieur est d'un noir impénétrable.

Assise devant l'ordinateur, elle termine de rédiger un rapport sur les événements de la soirée. Une ride lui creuse le front.

Il est bientôt minuit et elle n'a pas encore eu un instant à elle pour pouvoir prendre son cachet du soir. Sa petite drogue, comme elle s'amuse à l'appeler. Le rythme des gardes de nuit ajouté à des journées souvent agitées a fini par lui faire perdre le sommeil. Chaque soir, vers 22 heures, elle prend dix milligrammes de Stilnox afin de s'endormir environ une heure plus tard et ainsi s'assurer au moins quelques heures de repos.

L'obscurité de septembre a enveloppé la forêt, mais on devine encore les miroitements nacrés à la surface du lac Himmelsjö. Elisabet peut enfin éteindre l'ordinateur et prendre son cachet. Elle s'emmitoufle dans son gilet en se disant qu'elle boirait volontiers un verre de vin rouge. Elle languit de se retrouver dans son lit avec un livre et un verre de bon vin. Elle adore ces moments paisibles durant lesquels elle peut lire ou papoter avec Daniel.

Cette nuit, elle devra se contenter de la chambre de service. Dans la cour, les aboiements de Buster la font sursauter. Ils sont tellement insistants qu'elle en a la chair de poule.

Il est tard, elle devrait déjà dormir.

Une fois l'écran éteint, la pièce s'obscurcit davantage. À l'extérieur, le silence retombe soudain et Elisabet prend conscience des moindres bruits qu'elle provoque – le chuintement des ressorts pneumatiques lorsqu'elle se lève de sa chaise ou le grincement des lames de parquet sous ses pieds quand elle se dirige vers la fenêtre. Elle tente d'apercevoir quelque chose au-dehors, mais la vitre ne reflète que son visage, le bureau avec l'ordinateur et le téléphone, et les motifs jaunes et verts imprimés au pochoir sur les murs.

Soudain, dans le reflet, elle voit la porte s'ouvrir lentement dans son dos. Elle l'avait laissée entrebâillée, elle est maintenant à demi ouverte. Il doit s'agir d'un courant d'air, le poêle de la salle à manger tire énormément.

Elisabet ressent pourtant une vague inquiétude, comme si la peur commençait lentement à s'immiscer dans ses veines. Elle n'ose pas se retourner. Comme hypnotisée, elle fixe le reflet de la porte derrière elle.

Elle écoute le silence, l'ordinateur émet encore de légers crépitements. En faisant un effort pour chasser son malaise, elle tend la main pour éteindre la lumière et se retourne.

La porte est grande ouverte.

Un frisson parcourt sa nuque et descend le long de sa colonne vertébrale.

Le plafonnier du couloir qui dessert la salle à manger et les chambres est allumé. Elle quitte le bureau pour aller vérifier que les portes du poêle sont correctement fermées. C'est alors qu'elle entend un chuchotement.

3

Immobile, Elisabet tend l'oreille en scrutant le couloir. Tout semble silencieux mais au bout d'un moment, elle finit par distinguer quelque chose. Il s'agit bien d'un chuchotement, mais si léger qu'on l'entend à peine.

— C'est à toi de fermer les yeux maintenant.

Elisabet cligne plusieurs fois pour sonder l'obscurité mais ses tentatives restent vaines.

Au moment où elle se dit que c'est probablement une des filles qui parle dans son sommeil, un étrange bruit retentit. Comme si une pêche trop mûre était tombée par terre. Le son se répète. Un autre fruit, lourd et mou. Le pied d'une table racle le sol, immédiatement suivi de deux chocs sourds.

Elle devine un mouvement du coin de l'œil. Une ombre qui passe. Elle se retourne et se rend compte que la porte de la salle à manger se referme lentement.

— Attendez, dit-elle, bien qu'elle suppose qu'il s'agit d'un courant d'air.

Elle se précipite vers la porte, appuie sur la poignée et sent une étrange résistance. Elle doit forcer quelques secondes avant que la porte ne s'ouvre d'un coup, comme par enchantement.

Elisabet pénètre dans la salle à manger et balaie la pièce du regard. La vieille table luit légèrement. Elle avance lentement jusqu'au poêle et devine le reflet de ses mouvements dans les portes en cuivre.

Une douce chaleur émane du tuyau d'évacuation. Un bruissement suivi d'un coup sec la fait reculer d'un pas et heurter une chaise. Une bûche s'est affaissée contre la paroi du poêle. La pièce est vide.

Elle prend une grande inspiration, sort de la salle à manger et referme la porte. Alors qu'elle s'apprête à rejoindre sa chambre située au fond du couloir, elle s'immobilise de nouveau.

La zone réservée aux filles est silencieuse. Une odeur acide flotte dans le couloir, elle lui rappelle quelque chose de métallique. Elisabet tente de discerner des mouvements dans l'obscurité mais tout semble calme. Elle est étrangement attirée vers la rangée de portes qui desservent les chambres et remarque que certaines d'entre elles sont entrebâillées.

Sur la droite, juste à côté des toilettes, dans le renfoncement de la chambre d'isolement où dort Miranda, une faible lueur s'échappe du trou de la serrure.

Elisabet retient sa respiration. Une voix chuchote derrière une des portes mais s'interrompt dès qu'elle se remet à avancer.

— Taisez-vous maintenant, ordonne-t-elle.

Le battement de son cœur s'intensifie quand elle entend une succession de bruits sourds. Il lui est difficile de localiser leur provenance exacte, mais il lui semble que Miranda tape de ses pieds nus contre le mur qui jouxte son lit. Elisabet s'apprête à aller vérifier par le trou de la serrure lorsqu'elle aperçoit une silhouette tapie dans le renfoncement. Il y a quelqu'un.

Sa respiration s'accélère, elle fait quelques pas en arrière mais un énorme poids semble l'oppresser, comme si elle se trouvait au fond de l'océan. Elle ressent le danger mais la peur la paralyse. Ce n'est qu'en entendant le sol grincer à quelques mètres d'elle que son instinct lui dicte enfin de prendre la fuite. La silhouette s'est mise à bouger.

Elisabet fait volte-face et se met à courir. Elle entend maintenant le martèlement des pas dans son dos. Dans la précipitation, elle glisse sur le tapis, se cogne l'épaule contre le mur mais se rattrape *in extremis*.

Une voix douce l'exhorte d'arrêter, elle accélère encore sa course et mobilise toutes ses forces pour atteindre l'extrémité du couloir.

À son passage, la double porte s'ouvre en claquant et se referme derrière elle avec un bruit sourd.

Elle traverse en trombe la salle de fouille en prenant appui sur les murs et entraîne sur son passage le cadre dans lequel est affichée la convention de l'ONU relative aux droits de l'enfant. Il se décroche et se brise contre le sol. Elle atteint l'entrée, tâtonne sur la porte à la recherche de la poignée, la pousse et se retrouve enfin dehors, dans la fraîcheur de la nuit. Elle tente de s'éloigner le plus vite possible mais glisse sur le perron et tombe sur la hanche, un pied coincé sous son corps. La douleur qui irradie dans sa cheville est si violente qu'elle ne peut réprimer un cri. Les pas lourds se rapprochent dans le vestibule. Elle se traîne sur le sol, perd ses chaussons mais parvient à se relever en gémissant.

4

Le chien la suit en aboyant, il sautille autour d'elle, souffle et pousse de petits jappements. Elisabet traverse la cour dans l'obscurité. Le chien ne cesse d'aboyer. Elle sait qu'il lui sera impossible de se sauver par la forêt, la ferme la plus proche est à plus d'une demi-heure en voiture. Elle n'a nulle part où aller. Elle jette un regard désespéré autour d'elle et se faufile derrière le séchoir à houblon. Elle atteint la grange, ouvre la porte de ses mains tremblantes et pénètre à l'intérieur après avoir délicatement refermé derrière elle.

Haletante, elle s'effondre sur le sol et saisit son portable dans sa poche.

— Oh mon Dieu, oh mon Dieu…

Ses mains tremblent et le téléphone lui échappe. Le couvercle s'est détaché et la batterie a été éjectée hors de l'appareil. Elle commence à ramasser les différents éléments lorsqu'elle entend des pas crisser sur le gravier de la cour. Elle retient son souffle.

Son cœur bat la chamade et le sang bourdonne dans ses oreilles. Elle tente prudemment d'apercevoir quelque chose par la fenêtre.

À l'extérieur, le chien aboie toujours. Buster l'a suivie jusqu'à la grange et gratte la porte en gémissant frénétiquement.

Elle s'éloigne de la porte d'entrée et rampe jusqu'à l'angle situé près de la cheminée. Elle s'efforce de respirer le plus silencieusement possible, se terre derrière le panier à bois et parvient enfin à insérer la batterie dans son téléphone.

La porte de la grange s'ouvre brusquement et un cri d'effroi lui échappe. Terrifiée à l'idée d'être repérée, elle se traîne plus loin le long du mur mais se retrouve bientôt prise au piège.

Elle voit alors les bottes se rapprocher d'elle, une silhouette, et bientôt un visage effroyable. Un marteau luit dans sa main, elle peut presque en ressentir le poids.

Elle secoue la tête, écoute la voix et se couvre le visage. La silhouette semble hésiter un instant, puis elle se précipite sur elle, la maintient au sol d'un pied et lui assène un coup d'une extrême violence. Une douleur cuisante éclate dans son front, juste au-dessus de la racine des cheveux. Elle ne voit plus rien. La douleur est atroce, mais elle sent très distinctement l'effrayante caresse du sang sur ses oreilles et autour de son cou.

Le deuxième coup retombe exactement au même endroit. Sa tête vacille sur le côté. La seule chose qu'elle ressent, désormais, c'est l'air dont ses poumons s'emplissent. Presque inconsciente, elle a le temps de se dire qu'il est d'une douceur merveilleuse avant de perdre définitivement connaissance.

Elisabet ne ressent pas les autres coups qui pleuvent sur son corps. Elle ignore que quelqu'un récupère les clés du bureau et de la chambre d'isolement dans sa poche. Elle est étendue sur le sol lorsque le chien entre dans la grange en tapinois et lape le sang de sa tête écrasée tandis que la vie quitte lentement son corps.

5

Une grosse pomme rouge a été oubliée sur la table. Elle brille et a l'air succulente. Elle voudrait la manger et faire comme si de rien n'était. Elle voudrait envoyer balader toutes les questions, ne pas écouter ce qu'on lui rabâche à longueur de journée et rester assise là, à bouder.

Elle se penche vers la pomme et la saisit. Elle est pourrie. Ses doigts s'enfoncent dans la chair froide et humide.

Nina Molander retire sa main d'un coup sec et se réveille en sursaut. Dehors, il fait nuit noire. Elle est dans son lit. Seuls les aboiements du chien dans la cour viennent rompre le silence. Ses nuits sont très agitées depuis qu'elle a commencé son nouveau traitement. Elle doit souvent aller aux toilettes et ses mollets et ses pieds sont gonflés. Pourtant, elle n'imagine pas une seconde ne plus prendre ses médicaments. Sans eux, elle sombre dans l'indifférence et l'apathie et n'a même plus le courage de se lever de son lit.

Elle se dit qu'elle a juste besoin d'un peu de lumière pour chasser ses idées noires, l'espoir que la mort n'est pas la seule chose qui l'attende.

Nina repousse la couette, pose ses pieds sur le parquet chaud et quitte son lit. Elle a quinze ans, des cheveux blonds et lisses. Une belle carrure, des hanches larges et une grosse poitrine. Sa chemise de nuit blanche en flanelle lui serre le ventre.

Un silence de plomb règne désormais dans le foyer. Le couloir est à peine éclairé par la lumière verte du panneau de sortie de secours.

D'étranges chuchotements proviennent de l'une des chambres. Nina en déduit que les autres ont dû se réunir sans l'avoir conviée.

De toute façon, je n'en ai pas envie, pense-t-elle.

Une odeur de feu de bois flotte dans l'air. Le chien recommence à aboyer. Le sol est plus froid dans le couloir. Elle n'essaie pas d'être discrète. Au contraire, elle voudrait claquer la porte des toilettes de toutes ses forces. Elle se fiche de provoquer la colère d'Almira. Elle a pris l'habitude qu'on lui jette des trucs dans le dos.

Les vieilles planches grincent légèrement sous ses pas mais elle se fige en sentant quelque chose de mouillé sous son pied droit. Une flaque sombre s'étend depuis la porte de la chambre d'isolement. Ne sachant trop quoi faire, Nina reste ainsi un instant avant de se rendre compte qu'il y a une clé dans la serrure.

Curieux.

Elle tend la main vers la poignée luisante, ouvre la porte, entre et allume la lumière.

La pièce est maculée de sang qui goutte et s'écoule encore en plusieurs endroits.

Miranda est allongée sur le lit.

Nina fait quelques pas en arrière et ne sent pas qu'elle fait sur elle.

Elle prend appui contre le mur pour ne pas s'évanouir et aperçoit des empreintes de chaussures ensanglantées sur le sol.

Elle se retourne pour rejoindre le couloir, ouvre la porte de la chambre voisine et allume le plafonnier. Une fois à côté du lit de Caroline, elle lui secoue l'épaule.

— Miranda est blessée, chuchote-t-elle. Je crois qu'elle est blessée.

— Qu'est-ce que tu fais dans ma chambre ? demande Caroline en se redressant dans son lit. Merde, il est quelle heure ?

— Il y a du sang par terre, crie maintenant Nina.

— Calme-toi.

6

Nina respire avec difficulté et fixe Caroline du regard, elle doit absolument lui faire comprendre. En même temps, elle est surprise d'oser hurler en pleine nuit.

— Il y a du sang partout !

— Tais-toi, siffle Caroline en sortant de son lit.

Le cri de Nina a réveillé les autres pensionnaires, des voix parviennent jusqu'à elles depuis les chambres.

— Viens voir, dit Nina en se frottant nerveusement le bras. Quelque chose ne va pas, il faut que tu ailles la voir, il faut que…

— Tu peux te calmer un peu ? Je vais y aller, mais je suis sûre que…

Un cri résonne soudain dans le couloir. C'est la petite Tuula.

Caroline se précipite à sa rencontre. Les yeux écarquillés, Tuula regarde fixement à l'intérieur de la chambre d'isolement. Au même moment, Indie sort de sa chambre en se grattant sous le bras.

Caroline saisit Tuula par le bras pour l'éloigner mais elle a le temps d'apercevoir le sang qui recouvre les murs. Le corps pâle de Miranda est étendu sur le lit. Son cœur bat à tout rompre. Elle parvient à empêcher Indie d'avancer. Aucune d'entre elles ne devrait être témoin d'un nouveau suicide.

— Il y a eu un accident, s'empresse-t-elle d'expliquer. Est-ce que tu peux amener tout le monde dans la salle à manger, Indie ?

— Il est arrivé quelque chose à Miranda ?

— Oui, il faut qu'on réveille Elisabet.

Lu Chu et Almira sortent de la même chambre. Lu Chu est seulement vêtue d'un bas de pyjama tandis qu'Almira s'est enveloppée dans sa couette.

— Allez dans la salle à manger, dit Indie.

— Je peux me débarbouiller le visage d'abord ? demande Lu Chu.

— Prends Tuula avec toi.

— C'est quoi ce bordel ? demande Almira.

— On ne sait pas, lui répond sèchement Caroline.

Pendant qu'Indie tente de réunir toutes les filles, Caroline se précipite vers la chambre du personnel. Elle sait qu'Elisabet prend des somnifères et qu'elle n'entend jamais rien, même lorsque les filles courent dans les couloirs la nuit.

Caroline tambourine sur la porte de toutes ses forces.

— Elisabet, il faut que tu te réveilles, crie-t-elle.

Aucune réponse, elle n'entend pas un bruit derrière la porte.

Caroline traverse la salle de fouille et rejoint l'infirmerie. La porte est ouverte. Elle entre sans hésiter, saisit le combiné du téléphone et compose le numéro de Daniel. C'est le premier qui lui vient à l'esprit.

La ligne crépite.

Indie et Nina la rejoignent près du bureau. Les lèvres de Nina sont livides, ses mouvements sont saccadés et son corps est secoué de tremblements.

— Attendez dans la salle à manger, ordonne Caroline.

— Mais le sang ? Tu as vu le sang ? crie Nina en grattant une ancienne plaie sur son avant-bras droit.

— Daniel Grim, répond une voix fatiguée à l'autre bout du fil.

— C'est moi, Caroline. Il y a eu un accident et Elisabet ne se réveille pas, je n'arrive pas à réveiller Elisabet, alors je t'appelle, je ne sais pas ce qu'il faut faire.

— J'ai du sang sur les pieds, hurle Nina. J'ai du sang sur les pieds…

— Du calme, crie Indie en tentant d'entraîner Nina avec elle.

— Qu'est-ce qui se passe? demande Daniel d'une voix soudain alerte et maîtrisée.

— Miranda est en isolement, mais il y a du sang partout, répond Caroline en déglutissant avec difficulté. Je ne sais pas ce qu'il faut…

— Elle est gravement blessée?

— Oui, je crois… ou, je…

— Caroline, l'interrompt Daniel. J'appelle une ambulance, ensuite…

— Mais qu'est-ce que je dois faire? Qu'est-ce que je…

— Va voir si Miranda a besoin d'aide et essaye encore de réveiller Elisabet.

7

Les urgences de Sundsvall sont situées dans un immeuble de trois étages en briques rouges au Björneborgsgatan, près du Bäckparken. D'ordinaire, Jasmin n'éprouve aucune difficulté à gérer les gardes nocturnes, mais aujourd'hui elle se sent particulièrement fatiguée. Il est quatre heures du matin et l'heure du loup, le moment précédant l'aube, est déjà passée. Assise devant l'ordinateur, des écouteurs sur la tête, elle souffle sur sa tasse de café noir. À la cafétéria, les plaisanteries n'ont pas cessé depuis la veille au soir. Un journal avait révélé qu'une standardiste de la police faisait des extras pour le téléphone rose. Finalement, il s'est avéré qu'elle occupait seulement un poste administratif au sein de la société, mais la manière dont les journaux avaient divulgué l'information laissait entendre qu'elle recevait deux types d'appels d'urgence bien distincts.

Jasmin laisse son regard défiler sur l'écran, puis jette un œil par la fenêtre. Le jour ne s'est pas encore levé. Elle entend le grondement d'un poids lourd qui passe au loin. Sur le trottoir désert, la pâle lumière d'un réverbère tombe sur un arbre feuillu près d'un placard électrique gris.

Jasmin pose sa tasse et prend un appel entrant :

— SOS 112… De quoi s'agit-il ?

— Je m'appelle Daniel Grim, je suis éducateur à Birgittagården. L'une des élèves vient de m'appeler. Ça avait l'air très grave. Il faut envoyer quelqu'un.

— Pouvez-vous me dire ce qui s'est passé ? demande Jasmin pendant qu'elle tape Birgittagården dans son moteur de recherche.

— Je ne sais pas, l'une des élèves m'a averti. Je n'ai pas tout compris, j'ai entendu des cris dans la pièce. Elle pleurait et m'a dit qu'il y avait du sang partout.

Jasmin indique à sa collègue Ingrid Sandén qu'elle a besoin d'une autre opératrice.

— Vous êtes sur place ? demande Ingrid Sandén dans son casque.

— Non, je suis à la maison, je dormais quand elle a appelé…

— Vous parlez bien de Birgittagården au nord de Sunnås ? demande Jasmin d'une voix calme.

— Je vous en prie, dépêchez-vous, dit Daniel d'une voix tremblante.

— Nous envoyons la police et une ambulance à Birgittagården au nord de Sunnås, répète Jamin pour confirmer la destination.

Elle quitte la conversation et alerte immédiatement la police et les secours d'urgence tandis qu'Ingrid continue à interroger Daniel :

— Birgittagården, ce ne serait pas un foyer pour jeunes ?

— Oui, un foyer spécialisé.

— Il n'y a pas de personnel sur place ?

— Si, ma femme Elisabet est de garde, je vais l'appeler là… je ne sais pas ce qui se passe, je n'en sais rien du tout.

— La police est en route, dit Ingrid d'un ton réconfortant en apercevant du coin de l'œil la lumière bleue du premier véhicule d'intervention qui balaye la rue.

8

Le chemin de terre qui croise la route 86 s'enfonce dans une épaisse forêt et monte jusqu'au lac Himmelsjö et Birgittagården. Les pneus du véhicule de police crépitent sur les cailloux qui tapent de temps en temps contre l'habitacle. La lumière des phares joue entre les grands troncs.

— Tu étais déjà venu ? demande Rolf Wikner en passant la quatrième.

— Oui… Il y a quatre ans, une fille a tenté d'incendier un des bâtiments, répond Sonja Rask.

— Pourquoi est-ce qu'ils n'arrivent pas à joindre le personnel, bordel ? râle Rolf.

— Ils sont sans doute débordés.

— Ça nous serait quand même bien utile d'en savoir un peu plus.

— Oui, répond-elle d'une voix posée.

Les deux collègues se taisent pour écouter l'échange radio. Une ambulance est en chemin et un deuxième véhicule de police vient de quitter le commissariat.

Comme tant d'autres routes forestières, celle qui mène à Birgittagården est droite mais en assez mauvais état. Le véhicule doit franchir de nombreuses bosses et ornières. Les troncs d'arbres défilent de chaque côté de la chaussée et la lumière du gyrophare pénètre dans les profondeurs de la forêt.

Sonja informe le commissariat de leur position au

moment où ils s'introduisent dans une cour ceinte par les bâtiments rouge foncé de Birgittagården.

Une jeune fille en chemise de nuit se tient sur le perron du plus imposant. Ses yeux sont grands ouverts, mais son visage livide affiche un air absent.

Éclairés par intermittence par la lumière du gyrophare, Rolf et Sonja quittent la voiture et se précipitent à sa rencontre. Elle ne semble pas se rendre compte de leur présence.

Un chien se met à aboyer nerveusement.

— Quelqu'un est blessé ? demande Rolf d'une voix forte. Est-ce que quelqu'un a besoin d'aide ?

La fille fait un geste vague vers la lisière de la forêt, puis vacille un instant avant que ses jambes ne cèdent. Elle tombe sur le dos et sa tête cogne le sol.

Sonja accourt :

— Comment tu te sens ?

La fille ne se relève pas et fixe le ciel. Sa respiration est courte et hachée. Sonja constate qu'elle s'est griffé les avant-bras et le cou.

— J'entre, annonce Rolf.

Il franchit le seuil. Sonja reste auprès de la jeune fille, qui est en état de choc, et attend l'arrivée de l'ambulance. À l'intérieur, le sol est parsemé d'empreintes de pas ensanglantées qui partent dans toutes les directions. Il y a des traces de bottes et de pieds nus. Celles qui forment les plus grandes enjambées décrivent des allées et venues entre le couloir et le vestibule. Rolf sent l'adrénaline envahir son corps. Il fait attention à ne pas marcher sur les différentes traces tout en sachant que, pour l'instant, sa priorité est de sauver des vies.

Il jette un œil dans une salle commune. Toutes les lampes sont allumées et quatre filles sont assises dans les deux canapés.

— Quelqu'un est blessé ? crie-t-il.

— Légèrement, peut-être, répond avec un petit sourire une fille rousse qui porte un haut de survêtement rose.

— Elle est où ? demande-t-il d'une voix stressée.

— Miranda est dans son lit, répond une fille plus âgée aux cheveux bruns et raides.

Il fait un geste en direction des chambres :

— Là-bas ?

La fille se contente de hocher la tête. Rolf suit les empreintes de pas, traverse une salle à manger avant de rejoindre un long couloir où se succèdent plusieurs portes. Le vieux parquet grince sous ses pas.

Rolf s'arrête, décroche une lampe torche de sa ceinture et dirige le faisceau au fond du couloir. Il parcourt rapidement des yeux les murs ornés de passages de la Bible peints à la main avant de baisser sa torche vers le sol.

Du sang s'est écoulé sous une porte située dans un renfoncement. Il y a une clé dans la serrure. Il avance, passe délicatement la torche dans sa main gauche et appuie sur l'extrémité de la poignée.

La porte s'entrouvre avec un cliquetis et la poignée remonte en grinçant.

Sa voix perce le silence :

— Miranda ? Je m'appelle Rolf, je suis de la police, annonce-t-il avant de franchir le seuil. Je vais entrer…

Dans la pièce, il ne perçoit que le bruit de sa propre respiration.

Il ouvre délicatement la porte et balaye la pièce avec sa lampe torche. La scène qu'il découvre est d'une violence telle qu'il vacille et doit s'appuyer contre le montant de la porte.

Il détourne instinctivement le regard mais cela ne sert à rien, il a eu le temps de voir l'inimaginable. Dans ses oreilles, le bourdonnement de son pouls se confond désormais avec le bruit du sang qui goutte sur le sol.

Le corps d'une jeune femme est allongé sur le lit. Une grande partie de sa tête semble manquer. Du sang a giclé sur les murs et l'abat-jour de la lampe goutte encore.

La porte claque brusquement. Terrorisé, Rolf lâche sa lampe torche. L'obscurité est désormais totale. Il se retourne, tâtonne dans le noir et entend plusieurs mains taper sur la porte :

— Maintenant, elle vous voit, crie une voix claire. Là, elle regarde !

Rolf trouve enfin la poignée mais la porte est bloquée. Le trou de la serrure luit dans l'obscurité. Les mains tremblantes, il appuie sur la poignée et vient écraser son épaule contre la porte de toutes ses forces. Elle s'ouvre avec fracas et Rolf est projeté dans le couloir. Alors qu'il tente de reprendre sa respiration, à quelques mètres de lui, la fille rousse l'observe avec de grands yeux.

9

L'inspecteur Joona Linna est posté à la fenêtre de sa chambre d'hôtel à Sveg, à environ quatre cent cinquante kilomètres au nord de Stockholm. La froide lueur de l'aube se lève sur les nappes bleutées de la brume. Aucune lumière n'est encore allumée le long d'Älvgatan. Il lui faudra attendre encore quelques heures avant de savoir s'il a bien retrouvé Rosa Bergman.

Sa chemise gris clair pend mollement par-dessus son pantalon noir et, comme à son habitude, il a les cheveux hirsutes. Rangée dans son étui, son arme gît sur le lit.

Malgré les sollicitations répétées de plusieurs unités spéciales, Joona n'a pas souhaité quitter son poste d'inspecteur à la Rikskrim. Il provoque nombre de personnes en suivant sa propre voie, mais en quinze ans il a résolu plus d'affaires en Scandinavie qu'aucun autre policier.

L'été dernier, une plainte a été déposée à son encontre au service des enquêtes internes de la Rikskrim. On lui a reproché d'avoir averti un groupuscule d'extrême gauche de la descente de la police de sûreté. Depuis, Joona a été démis de certaines de ses responsabilités sans pour autant être officiellement suspendu.

Le responsable de l'enquête a été très clair sur le fait qu'il n'hésiterait pas un instant à solliciter le procureur de l'Inspection générale s'il avait vent du moindre motif de poursuites.

Les accusations qui pèsent sur lui sont graves, mais pour l'heure, Joona est incapable de se préoccuper de suspension ou d'éventuelles représailles.

Ses pensées sont accaparées par une vieille dame qui l'avait suivi devant l'église Adolf Fredrik et lui avait fait passer un message de la part de Rosa Bergman. De ses mains frêles, elle lui avait tendu deux cartes de *killelek*, l'un des plus anciens jeux de cartes d'Europe.

— Ça, c'est vous, n'est-ce pas ? avait-elle demandé. Et voici la couronne, la couronne de mariée.

— Qu'est-ce que vous voulez ?

— Je ne veux rien. Mais j'ai un message de la part de Rosa Bergman.

Son cœur avait fait un bond dans sa poitrine, mais il était parvenu à se maîtriser. Il avait haussé les épaules avant de lui expliquer d'un ton neutre qu'il devait s'agir d'une erreur :

— Je ne connais personne qui…

— Elle aimerait savoir pourquoi vous faites comme si votre fille était morte.

Un sourire crispé s'était dessiné sur ses lèvres :

— Je suis navré, mais je ne vois pas de quoi vous parlez.

Certes il souriait, mais sa voix lui avait semblé étrangère, froide et étouffée, comme obstruée par une grosse boule. Les paroles de la vieille dame tourbillonnaient dans sa tête. Il aurait voulu empoigner ses bras fragiles et la forcer à lui raconter ce qu'elle savait. Il était resté calme.

— Je dois y aller, avait-il dit alors qu'il s'apprêtait à lui tourner le dos. Soudain, un violent mal de tête lui avait transpercé le crâne, comme une lame de couteau qui aurait traversé l'œil gauche. Un halo laiteux avait voilé son champ de vision et lorsqu'il avait recouvré partiellement la vue, un cercle de curieux s'était formé autour de lui. Ils s'étaient ensuite écartés pour laisser passer les ambulanciers.

La vieille dame avait disparu.

Joona avait nié connaître Rosa Bergman et prétexté qu'il s'agissait d'un malentendu. Il avait menti. Il sait très bien qui est Rosa Bergman.

Il pense à elle tous les jours sans exception, mais *elle* ne devrait pas connaître son existence. Car si tel était le cas, cela signifiait que quelque chose avait très mal tourné.

Joona avait quitté l'hôpital au bout de quelques heures et s'était immédiatement lancé à la recherche de Rosa Bergman. Il avait posé plusieurs jours de congé, c'était une quête qu'il devait mener seul.

D'après les registres de l'état civil, personne en Suède ne répond au nom de Rosa Bergman. En revanche, plus de deux mille personnes portent le nom de Bergman en Scandinavie.

Joona avait parcouru les relevés un à un. Il y a deux semaines, il ne lui restait plus qu'à consulter les archives de l'état civil suédois. Pendant des siècles, l'Église avait tenu ces registres, mais depuis 1991 ils sont numérisés et ce sont les services de recouvrement des impôts qui assurent cette tâche.

Joona avait commencé par les registres paroissiaux du Sud du pays. Il s'était rendu aux archives départementales de Lund afin de chercher le nom de Rosa Bergman dans les fichiers en se basant sur des dates de naissance plausibles ou de baptême dans les différentes paroisses. Puis il avait poursuivi sa recherche jusqu'à Visby, à Vadstena et Göteborg. Il avait également passé plusieurs jours dans les immenses archives de Härnösand à Uppsala. Au total, il avait parcouru plusieurs centaines de milliers de documents décrivant autant de naissances, de localités et de familles.

10

La veille, Joona avait passé l'après-midi aux archives départementales d'Östersund. L'odeur douceâtre qui se dégageait des vieux documents mouchetés dominait la pièce. La lumière du soleil parcourait lentement les grands murs et avait scintillé un moment sur la pendule avant de reprendre sa course.

Juste avant la fermeture, Joona était tombé sur des documents concernant une femme née il y a quatre-vingt-quatre ans et baptisée Rosa Maja dans la paroisse de Sveg à Härjedalen dans le comté de Jämtland. Ses parents s'appelaient Kristina et Evert Bergman. Il n'y avait aucune information quant à leur mariage, mais la mère était née dix-neuf ans plus tôt et avait été baptisée du nom de Kristina Stefanson dans la même paroisse que sa fille.

Trois heures plus tard, Joona avait localisé une femme âgée de quatre-vingt-quatre ans du nom de Maja Stefanson dans une maison de retraite à Sveg. Il était déjà sept heures du soir quand Joona avait pris la route pour s'y rendre. Lorsqu'il était arrivé à destination, l'heure du coucher était passée depuis longtemps et on ne l'avait pas laissé entrer.

Joona a donc pris une chambre au *Lilla Hotellet*, et bien qu'il soit parvenu à trouver le sommeil, il s'est réveillé à quatre heures du matin et s'est posté à la fenêtre pour attendre le lever du jour.

En son for intérieur, Joona est persuadé qu'il s'agit bien de Rosa Bergman. Elle a dû choisir d'utiliser le nom de jeune fille de sa mère et se faire appeler par son deuxième prénom.

Joona consulte sa montre, il est temps de partir. Il boutonne sa veste avant de quitter sa chambre et l'hôtel.

La résidence pour personnes âgées Blåvingen est située dans un hameau aux maisons peintes en jaune. Une petite allée bordée de bancs traverse une pelouse bien entretenue.

Joona pénètre dans l'établissement et s'efforce de marcher à une allure normale en empruntant le couloir éclairé par des néons. Les portes de l'accueil et de la cuisine sont fermées.

Elle n'aurait pas dû me trouver, pense-t-il de nouveau. Elle n'était pas censée connaître mon existence. Quelque chose ne s'est pas déroulé comme prévu.

Joona ne parle jamais de ce qui a mené à sa solitude, pourtant il le porte en lui à chaque instant.

Sa vie s'est consumée aussi vite qu'un ruban de magnésium. Elle s'est enflammée un court moment pour s'éteindre au bout d'une seconde, une lumière éblouissante réduite à un tas de cendres.

Un homme à l'allure fragile fixe les couleurs vives de l'écran de télévision, il doit avoir dans les quatre-vingts ans. Il regarde une émission culinaire dans laquelle un homme chauffe de l'huile de sésame dans une sauteuse en expliquant comment donner une saveur nouvelle à un plat traditionnel d'écrevisses.

Le vieil homme se retourne et regarde Joona en plissant les yeux :

— Anders ? demande-t-il d'une voix chevrotante. C'est toi Anders ?

— Je m'appelle Joona Linna, répond-il avec un léger accent finlandais. Je cherche Maja Stefanson.

L'homme le fixe de ses yeux humides et cernés de rouge.

— Anders, écoute mon garçon. Tu dois m'aider à sortir de là. Il n'y a que des vieux ici.

L'homme frappe le dossier du canapé de son poing frêle, mais s'arrête net quand une infirmière entre dans la pièce.

— Bonjour. Je suis venu rendre visite à Maja Stefanson.

— Très bien, c'est une bonne nouvelle. En revanche, je dois vous prévenir que Maja sombre peu à peu dans la démence. Elle s'enfuit à la moindre occasion.

— Je vois.

— Cet été, elle est allée jusqu'à Stockholm.

L'infirmière guide Joona dans un couloir très peu éclairé, dont le sol, récemment lavé, luit encore. Elle ouvre une porte :

— Maja, dit-elle d'une voix douce.

11

Dans la pièce, une femme âgée est en train de faire son lit. Lorsqu'elle lève la tête, Joona la reconnaît immédiatement. C'est bien cette femme qui l'a suivi jusqu'à l'église Adolf Fredrik et lui a montré les cartes de *killelek*. Elle disait avoir un message à lui transmettre de la part de Rosa Bergman.

Son cœur bat la chamade.

Cette personne est la seule à savoir où se trouvent sa femme et sa fille.

— Rosa Bergman ? demande Joona.

— Oui, répond-elle en levant le bras comme une écolière.

— Je m'appelle Joona Linna.

— Oui, dit-elle en souriant avant de traîner les pieds vers lui.

— Vous m'aviez transmis un message.

— Cher enfant, je ne m'en souviens pas, répond-elle en s'installant dans le canapé.

Il déglutit profondément et fait un pas vers elle :

— Vous m'aviez demandé pourquoi je prétendais que ma fille était morte.

— Il ne faut pas faire ça, le sermonne-t-elle. Ce n'est pas bien du tout.

Joona s'approche encore d'un pas :

— Que savez-vous de ma fille ? Vous avez entendu quelque chose ?

Rosa se contente de sourire d'un air absent. Joona baisse les yeux, il tente de remettre de l'ordre dans ses pensées. Ses mains tremblent. Il se dirige vers la kitchenette et remplit deux tasses de café.

— Rosa, c'est important pour moi, dit-il lentement avant de poser les tasses sur la table. Très important…

Elle cligne des yeux une fois ou deux, puis demande d'une voix inquiète :

— Qui êtes-vous ? Il est arrivé quelque chose à maman ?

— Rosa, vous souvenez-vous d'une fille du nom de Lumi ? Sa mère s'appelait Summa et vous les avez aidées à…

Joona s'interrompt lorsqu'il croise le regard confus de la vieille dame.

— Pourquoi êtes-vous venue me trouver ? demande-t-il tout en sachant que sa question est vaine.

Rosa Bergman laisse tomber sa tasse de café et se met à pleurer. L'infirmière entre dans la pièce et la calme sans difficulté.

— Venez, je vous raccompagne, dit-elle à Joona à voix basse.

Ils empruntent ensemble le large couloir en sens inverse.

— Depuis combien de temps souffre-t-elle de démence ?

— Ça a évolué très vite pour Maja… Nous avons commencé à constater les premiers signes l'été dernier, ça doit donc faire environ un an qu'elle… à l'époque on appelait ça un retour à l'enfance, en fait c'est assez proche de la réalité pour la plupart d'entre eux.

— Si elle… si elle a un moment de lucidité. Prévenez-moi, je vous en prie.

Elle acquiesce :

— Ça arrive effectivement parfois.

— Prévenez-moi immédiatement, dit-il en lui donnant sa carte.

— Inspecteur de police ? s'étonne-t-elle avant de fixer la carte sur le tableau d'affichage derrière le bureau de l'accueil.

12

Une fois sur le perron de la maison de retraite, Joona prend une grande bouffée d'air frais. Comme s'il avait retenu son souffle jusque-là. Rosa Bergman avait peut-être quelque chose d'important à lui dire. Ou bien l'avait-on chargée d'une mission ? Quoi qu'il en soit, son état ne lui avait pas laissé le temps de l'accomplir.

Il ne saura jamais de quoi il retournait.

Douze années se sont écoulées depuis qu'il a perdu Summa et Lumi.

Leurs dernières traces se sont effacées avec la mémoire perdue de Rosa Bergman.

C'est fini.

Joona s'installe dans sa voiture, essuie les larmes de ses joues et ferme les yeux un instant avant de mettre le contact pour rentrer à Stockholm.

Il a déjà parcouru une trentaine de kilomètres sur l'Europaväg 45 en direction de Mora quand il reçoit un appel du chef de la Rikskrim, Carlos Eliasson. Il semble tendu :

— Il y a eu un meurtre dans un foyer pour jeunes à Sundsvall. Le centre d'appels d'urgence a reçu l'alerte peu après quatre heures du matin.

La voix de Joona est à peine audible :

— Je suis en congé.

— Tu aurais quand même pu venir à la soirée karaoké.

— Une autre fois, répond Joona comme pour lui-même.

La route file droit à travers la forêt. Au loin, les lueurs argentées d'un lac miroitent entre les arbres.

— Joona ? Qu'est-ce qui se passe ?

— Rien.

Quelqu'un appelle Carlos dans le fond de la pièce.

— J'ai une réunion de direction, mais je veux… Je viens d'avoir Susanne Öst en ligne et elle dit que la police du comté de Västernorrland ne compte pas solliciter formellement la Rikskrim.

— Alors, pourquoi tu m'appelles ?

— Je lui ai dit qu'on allait envoyer un observateur.

— On n'a pas pour habitude d'envoyer des observateurs.

Carlos baisse d'un ton :

— Maintenant, on le fait. C'est une affaire sensible. Tu te souviens du sélectionneur de l'équipe nationale de hockey, Janne Svensson… ? La presse s'était déchaînée sur l'incompétence de la police.

— Parce qu'ils n'ont jamais retrouvé…

— Ne m'en parle pas – c'était la première grosse affaire de Susanne Öst en tant que procureur. Je n'irai pas jusqu'à dire que la presse avait raison, mais nos collègues du Västernorrland auraient bien eu besoin d'un petit coup de main à l'époque. Ils étaient trop lents, c'est ce qui se passe quand on suit le protocole à la lettre… Enfin, ce n'est pas vraiment nouveau, mais les journalistes ont parfois besoin de se mettre quelque chose sous la dent.

— Il faut que je te laisse, dit Joona pour mettre un terme à la conversation.

— Tu sais bien que je ne t'appellerais pas s'il s'agissait d'un simple assassinat. Mais si les médias s'emparent de l'affaire, Joona… c'est très, très violent, très sanglant… et le corps de la fille a été mis en scène.

— Comment ?

— Elle est allongée dans un lit et il paraît que ses mains lui couvrent le visage.

Joona réfléchit un moment en silence. Les arbres défilent à toute allure. La respiration de Carlos siffle dans le combiné. Des éclats de voix résonnent dans le fond de la pièce. Sans un mot, Joona bifurque sur la Losvägen qui mène vers la côte Est avant de continuer en direction de Sundsvall.

— S'il te plaît, Joona, sois sympa, vas-y… Aide-les à résoudre l'affaire, de préférence avant que la presse ne s'en mêle.

— Alors je ne suis plus un simple observateur ?

— Si, si… contente-toi de rester en retrait, d'observer l'enquête, et de faire quelques suggestions… Simplement, tu dois comprendre qu'il s'agit plus d'un rôle passif.

— Parce que je fais l'objet d'une enquête interne ?

— Parce qu'il est important que tu fasses profil bas en ce moment.

13

Joona quitte la route côtière au nord de Sundsvall et bifurque sur la route 86 qui longe la rivière Indalsälven dans l'arrière-pays. Au bout de deux heures, il arrive aux abords du foyer isolé.

Il ralentit et bifurque sur une route de terre. Des rayons de soleil filtrent à travers la forêt et caressent les grands arbres.

Une jeune fille morte, pense Joona.

Alors que tous dormaient, elle a été assassinée et installée d'une façon bien précise dans son lit. Selon la police locale, le meurtre a été d'une extrême violence. Il n'y a pas de suspect et il est trop tard pour mettre en place des barrages routiers. En revanche, toutes les unités du comté ont été briefées et c'est l'inspecteur Olle Gunnarsson qui dirige l'enquête préliminaire.

Il est un peu moins de 10 heures lorsque Joona gare son véhicule devant la première bande de délimitation installée par la police. Des insectes bourdonnent dans le fossé. La forêt s'ouvre sur une grande clairière. Des arbres encore mouillés de rosée scintillent sur la pente qui descend vers le lac Himmelsjö. Au bord de la route, un panneau porte l'inscription : *Birgittagården, Foyer spécialisé pour jeunes*.

Joona se dirige vers les bâtiments rouge de Falun répartis autour d'une cour, comme le sont traditionnellement les fermes de Hälsingland. Une ambulance, trois véhicules de police, une Mercedes blanche et trois autres voitures sont garés devant le bâtiment central.

Un chien attaché à une laisse qui coulisse sur un filin tendu entre deux arbres aboie sans discontinuer. Un homme bedonnant vêtu d'un complet en lin froissé arborant une moustache en croc se tient devant l'entrée. Il a vu Joona, mais ne manifeste aucune intention de le saluer. Il se contente de terminer de rouler sa cigarette avant d'en lécher le papier. Joona enjambe une deuxième bande de délimitation tandis que l'homme glisse sa cigarette derrière son oreille.

— Je suis l'observateur de la Rikskrim.

— Gunnarsson. Inspecteur.

— Je suis censé suivre l'enquête.

— Oui, tant que vous ne restez pas dans nos pattes, répond-il avec un regard froid.

Joona lève les yeux sur le bâtiment principal. Les techniciens de la police scientifique sont déjà sur place. La lumière de leurs projecteurs fait briller les fenêtres d'un éclat artificiel.

Un agent de police au visage blême sort du bâtiment. Il maintient une main devant sa bouche, trébuche au pied du perron et s'appuie contre le mur pour vomir dans les orties qui ont poussé autour d'une citerne.

— C'est ce qui vous attend si vous allez faire un tour à l'intérieur, dit Gunnarsson à Joona avec un sourire.

— Que savons-nous ?

— Que dalle… C'est l'éducateur de Birgittagården qui a appelé cette nuit à quatre heures du matin pour donner l'alerte… Daniel Grim. Il était chez lui à Bruksgatan, Sundsvall, quand il a reçu un coup de fil du foyer… Il n'a pas dit grand-chose au central d'urgence si ce n'est qu'il a entendu des filles crier qu'il y avait du sang partout.

— C'est donc une des pensionnaires qui a appelé ?

— Oui.

— L'éducateur à Sundsvall et pas directement les secours ?

— Tout à fait.

— Mais il n'y avait personne de garde sur place ?

— Non.

— Ça aurait pourtant dû être le cas, non ?

— Sans doute, répond Gunnarsson d'une voix lasse.

— Laquelle des filles a appelé l'éducateur ?

— L'une des plus âgées, répond Gunnarsson après avoir consulté son carnet. Caroline Forsgren... Mais d'après ce que j'ai compris, ce n'est pas Caroline qui a trouvé le corps, mais... c'est une sacrée pagaille, plusieurs d'entre elles ont regardé à l'intérieur de la pièce. Je vous préviens, c'est vraiment horrible. L'une a été emmenée à l'hôpital. Elle était en état de choc et les ambulanciers ont jugé que ça valait mieux.

— Qui est arrivé en premier sur les lieux ?

— Deux collègues... Rolf Wikner et Sonja Rask. J'ai dû arriver... disons à six heures moins le quart et c'est là que j'ai appelé le procureur... on dirait qu'elle a eu un peu chaud aux fesses et qu'elle a appelé Stockholm... et maintenant on vous a dans les pattes.

Il adresse à Joona un sourire narquois.

— Vous avez un suspect ?

Gunnarsson inspire profondément et lui répond d'un ton sentencieux :

— Mes nombreuses années d'expérience m'ont appris qu'il faut laisser l'enquête suivre son cours... nous devons faire venir certaines personnes, commencer à interroger des témoins, rassembler les preuves...

— Je peux entrer jeter un œil ? demande Joona, le regard fixé sur la porte.

— Je vous le déconseille... nous aurons bientôt les clichés.

— Je dois voir la fille avant qu'on ne déplace le corps.

— La scène est d'une violence rare. Le meurtrier a été d'une extrême brutalité, il est sûrement grand. La victime a été placée dans son lit après sa mort. Personne n'a rien remarqué avant qu'une fille n'aille aux chiottes et mette le pied dans une mare de sang qui avait coulé sous la porte.

— C'était chaud ?

— Écoutez… ces filles ne sont pas faciles à gérer, explique Gunnarsson. Elles sont terrifiées et irascibles. Elles protestent au moindre mot, n'écoutent rien et crient sur tout le monde… Tout à l'heure, elles ont voulu forcer le périmètre pour récupérer des affaires dans leurs chambres, iPod, baume à lèvres, vestes, etc. Et quand on a voulu les transférer dans la maisonnette, deux d'entre elles se sont enfuies dans la forêt.

— Elles se sont enfuies ?

— Nous venons de les rattraper, mais… encore faut-il les faire revenir de leur plein gré, apparemment elles sont allongées par terre et exigent de monter sur les épaules de Roffe.

14

Joona enfile une combinaison de protection, gravit le petit escalier du perron et passe la porte. De nombreux projecteurs bourdonnent dans le vestibule et l'air est déjà étouffant. Le moindre recoin est éclairé par une forte lumière. De la poussière tourbillonne paresseusement dans l'air. Joona s'avance lentement sur les plaques de cheminement posées sur les larges lattes de parquet. Un cadre s'est décroché et du verre brisé scintille sous l'éclat des projecteurs. Des empreintes de bottes ensanglantées prennent plusieurs directions dans le couloir et décrivent des allées et venues depuis la porte d'entrée. La maison a conservé un style rustique et assez cossu. Des impressions au pochoir de couleurs pâles et des motifs floraux empruntés aux peintres de Dalécarlie serpentent sur les murs et les poutres apparentes.

Plus loin dans le couloir, un technicien nommé Jimi Sjöberg éclaire avec une lumière verte une chaise noire qu'il a imbibée d'une solution révélatrice.

— Du sang ? demande Joona.

— Pas sur celle-ci, marmonne Jimi en poursuivant ses recherches.

— Vous avez trouvé quelque chose d'intéressant ?

— Erixon a appelé de Stockholm et nous a ordonné de ne rien toucher avant d'avoir eu le feu vert de Joona Linna, répond-il avec un sourire.

— J'en suis reconnaissant.

— Donc, nous n'avons pas vraiment commencé. On a posé ces foutues plaques, tout photographié et filmé et… je me suis permis de prélever un échantillon des traces de sang dans le couloir pour pouvoir les envoyer au labo.

— Bien.

— Et Siri a relevé les empreintes dans le couloir avant qu'elles ne soient compromises…

Sa collègue, Siri Karlsson, vient de démonter la poignée de porte en cuivre de la chambre d'isolement. Elle la glisse délicatement dans un sachet en papier avant de rejoindre Joona et Jimi.

— Il va inspecter la scène de crime, lui explique Jimi.

— C'est assez horrible, dit Siri derrière son masque de protection. Ses yeux fatigués expriment une certaine nervosité.

— J'ai bien compris.

— Vous pouvez attendre les photos si vous préférez, dit-elle.

— C'est lui, Joona Linna.

— Excusez-moi, je ne le savais pas.

— Je suis là uniquement en tant qu'observateur.

Elle baisse les yeux et le rouge de ses joues est encore visible quand elle le regarde de nouveau.

— Tout le monde parle de vous, dit-elle. Et je trouve… je… je m'en fous de l'enquête interne. Je me réjouis de cette collaboration.

— Moi aussi, répond Joona.

Immobile, Joona écoute le bourdonnement des lampes et prend un moment pour se préparer à donner libre cours à ses premières impressions sans céder à la volonté de détourner le regard.

15

Dans le renfoncement de la chambre d'isolement, il reste encore la serrure et la clé sur la porte dépourvue de poignée. Il ferme un instant les yeux avant de pénétrer dans la pièce. Un silence de plomb règne dans la chambre. Une odeur de sang et d'urine mêlés sature l'air réchauffé par les projecteurs. Il s'oblige à respirer normalement afin de percevoir d'autres odeurs : bois humide, draps imprégnés de sueur et déodorant.

Le métal brûlant des projecteurs émet de petits crépitements. Au loin, on entend des aboiements assourdis par l'épaisseur des murs.

Joona aurait voulu quitter la chambre sur-le-champ, retourner à l'air libre et aller se réfugier dans l'obscurité de la forêt. Pourtant, il reste immobile et se force à fixer le corps allongé sur le lit dans ses moindres détails.

Du sang a coulé jusqu'à l'autre bout de la pièce, les meubles vissés au sol et les motifs bibliques peints au mur en sont éclaboussés. Il y a même du sang sur le plafond et jusqu'au cabinet de toilette sans porte. Le cadavre d'une maigre jeune fille a été placé dans le lit sur le dos. Ses mains recouvrent son visage. Elle porte une culotte blanche en coton pour seul habit, ses seins sont masqués par ses coudes et elle a les pieds croisés.

Joona sent son cœur battre à toute allure, son pouls martèle dans ses tempes. Il doit faire un effort considérable pour continuer à regarder, enregistrer la scène et réfléchir.

Le visage de la fille est dissimulé sous ses mains.

Comme si elle était terrifiée et ne voulait pas voir son agresseur.

Elle a été victime d'une violence invraisemblable avant que son corps ne soit étendu sur ce lit. Elle a reçu de nombreux coups portés avec un objet contondant sur le front et à la base du crâne.

Ce n'était qu'une petite fille, elle a dû avoir si peur.

C'était une enfant il y a seulement quelques années et une succession d'événements l'a conduite à cet endroit très précis, la chambre d'une institution spécialisée où elle devait trouver la mort. Peut-être n'a-t-elle simplement pas eu de chance avec ses parents ou les familles d'accueil. On a sans doute jugé qu'elle serait en sécurité ici. Joona examine chaque détail jusqu'à avoir l'impression de ne plus pouvoir supporter cette vision d'horreur. Il ferme alors les yeux et pense au visage de sa fille et à la pierre tombale qui n'est pas la sienne. Puis, au bout d'un moment, il peut reprendre sa minutieuse observation.

Tout indique que la victime était assise sur la chaise à côté de la petite table lorsque le meurtrier l'a attaquée.

Joona tente alors de décomposer les mouvements à l'origine des éclaboussures de sang.

Lorsqu'une goutte de sang est projetée et traverse l'air, elle prend une forme sphérique d'un diamètre d'environ cinq millimètres. On parle d'éclaboussure si la goutte est plus petite, cela signifie que l'on a affaire à un impact provoqué par une force extérieure qui l'a divisée en gouttelettes.

Joona se tient sur deux plaques de cheminement posées devant la petite table, sans doute à l'endroit précis où se trouvait le meurtrier quelques heures plus tôt. La victime était alors assise sur la chaise de l'autre côté de la table. Joona observe le dessin que forment les projections de sang, il y a des éclaboussures jusqu'en haut du mur. L'arme du crime a donc été brandie en arrière après chaque coup pour reprendre de l'élan.

Joona est déjà resté plus longtemps dans cette pièce qu'aucun autre inspecteur ne l'aurait fait. Pourtant, il n'a pas encore terminé son inspection. Son attention retourne à la fille allongée dans le lit. Il observe avec attention le piercing dans son nombril, la marque des lèvres sur le verre d'eau, la cicatrice d'un grain de beauté en dessous de son sein droit, les poils clairs de ses tibias et le bleu jauni sur sa cuisse.

Il se penche au-dessus du corps avec précaution. Une faible chaleur émane de sa peau nue. Sur les mains qui couvrent son visage, il constate qu'il n'y a pas de traces de peau sous les ongles, elle n'a donc pas griffé son agresseur. Il recule de quelques pas et l'observe à nouveau. Sa peau blanche, ses mains, ses chevilles croisées. Seul l'oreiller est ensanglanté. Elle n'a pratiquement pas de sang sur le corps.

Joona balaye la pièce du regard. Derrière la porte, il y a une petite étagère à laquelle sont fixés deux crochets. Une paire de baskets et des chaussettes blanches roulées en boule sont posées sur le sol. Un jean délavé a été pendu à un des crochets ainsi qu'un pull noir et une veste en jean. Un soutien-gorge blanc gît sur l'étagère.

Les vêtements n'ont pas l'air d'être tachés. La victime a dû se déshabiller et suspendre ses vêtements avant d'être assassinée.

Alors pourquoi son corps n'est-il pas couvert de sang ? Quelque chose a dû le protéger. Mais quoi ? Il n'y a rien dans la pièce.

16

Joona retrouve la lumière du soleil dans la cour. Le degré de violence infligé à cette jeune fille est inimaginable, et pourtant, son corps était blanc comme un galet.

Gunnarsson avait dit que le meurtrier avait fait preuve d'une grande brutalité. Selon Joona, le meurtre est d'une violence presque désespérée, mais pas brutal au sens de sauvage. Les coups étaient ciblés, le meurtrier avait effectivement l'intention de tuer, mais il a ensuite manipulé le corps avec un grand soin.

Assis sur le capot de sa Mercedes, Gunnarsson parle dans son téléphone.

Contrairement aux autres types d'affaires, il est assez rare que les enquêtes pour meurtre virent au casse-tête quand elles ne sont pas bouclées rapidement. En fait, la plupart d'entre elles finissent par se résoudre toutes seules. Joona, lui, n'a jamais misé sur un retour naturel à l'ordre des choses.

Il sait que, dans la grande majorité des cas, le meurtrier est un proche qui, peu de temps après être passé à l'acte, contacte la police et finit par avouer les faits, mais il ne compte pas sur cette éventualité.

Le cadavre a été allongé sur le lit, pense-t-il. Mais au moment d'être assassinée, la victime était assise près de la table, en petite culotte.

Il est improbable que les faits aient pu se dérouler sans le moindre bruit.

Dans un endroit pareil, il doit forcément y avoir un témoin.

L'une des pensionnaires a dû voir ou entendre quelque chose, se dit Joona en se dirigeant vers la maisonnette. Quelqu'un a sûrement deviné ce qui se tramait, a été témoin d'une menace ou d'un conflit. Le chien gémit sous l'arbre et mord sa laisse avant de recommencer à aboyer.

Joona rejoint deux hommes qui discutent sur le perron. Il déduit de leur conversation que l'un d'entre eux est chargé de la gestion du lieu du crime, c'est un homme d'une cinquantaine d'années, avec une mèche sur le côté et une chemise de police bleue. L'autre n'a pas l'air d'un policier. Il est mal rasé et son regard bienveillant exprime une grande fatigue.

— Joona Linna, observateur de la Rikskrim, dit-il en serrant la main des deux hommes.

— Åke, répond le responsable.

— Je m'appelle Daniel, dit l'homme aux yeux cernés. Je suis éducateur dans ce foyer… Je suis venu dès que j'ai su ce qui s'était passé.

— Vous avez un moment ? lui demande Joona. J'aimerais rencontrer les filles et je voudrais que vous soyez présent.

— Maintenant ?

— Si ça ne vous ennuie pas.

L'homme cligne des yeux derrière ses lunettes et dit d'une voix inquiète :

— C'est juste que deux élèves en ont profité pour se sauver dans la forêt…

— Elles ont été retrouvées.

— Oui, je sais, mais il faut que je leur parle, dit Daniel en souriant malgré lui. Elles exigent de monter sur les épaules d'un policier pour revenir.

— Gunnarsson se portera sans doute volontaire, répond Joona avant de continuer jusqu'à la maisonnette rouge.

Il se dit qu'il pourrait profiter de cette première entrevue pour tenter d'analyser les relations qu'entretiennent les pensionnaires et découvrir ce qui se cache sous la surface.

Souvent, lorsqu'une personne a été témoin d'un fait, les autres membres du groupe ont tendance à agir comme les aiguilles d'une boussole et à la désigner inconsciemment.

Joona sait bien qu'il n'a pas été mandaté pour mener des interrogatoires mais il doit savoir s'il y a des témoins, se dit-il au moment de se baisser pour passer la petite porte.

17

Le sol grince sous les pas de Joona lorsqu'il franchit le seuil de la maisonnette et pénètre dans la pièce à vivre. Trois jeunes filles sont installées dans un petit salon. La plus jeune ne doit pas avoir plus de douze ans. Elle a le teint rose et des cheveux roux comme du cuivre. Assise par terre dos au mur pour regarder la télé, elle chuchote pour elle-même et tape l'arrière de sa tête contre le mur à plusieurs reprises. Elle ferme ensuite les yeux un moment avant de les relever vers l'écran.

Les deux autres filles semblent indifférentes à son manège. Allongées dans un canapé en velours marron, elles feuillettent de vieux magazines de mode. Une psychologue de l'hôpital départemental de Sundsvall s'assied sur le sol près de la jeune fille rousse.

— Je m'appelle Lisa, dit-elle d'un ton aimable. Comment tu t'appelles ?

La fille ne décroche pas ses yeux de l'écran. Elle regarde une rediffusion de la série *Surf Academy*. Le téléviseur projette une lueur froide dans la pièce.

— Tu as entendu parler de l'histoire de la Petite Poucette ? poursuit Lisa. Je me sens souvent comme elle. Petite comme un pouce… Et toi, tu te sens comment ?

— Comme Jack l'Éventreur, répond la fille d'une voix claire sans quitter la télé du regard.

Joona prend place dans un fauteuil devant la télévision. L'une des filles dans le canapé lui adresse un regard interrogateur, mais baisse les yeux avec un petit sourire quand il lui dit bonjour. Elle a une forte carrure, ses ongles sont rongés et elle porte un jean et un pull noir sur lequel on peut lire *Razors pain you less than life**. Ses paupières sont fardées de bleu et de brillants élastiques à cheveux lui ornent les poignets. L'autre fille semble plus âgée. Elle est vêtue d'un T-shirt découpé avec un motif de cheval et un rosaire de perles blanches autour du cou. Les plis de ses bras sont parsemés de traces d'injections et une veste militaire roulée en boule lui sert d'oreiller.

— Indie ? demande la plus âgée à mi-voix. Tu es entrée voir avant l'arrivée des flics ?

— Je ne veux pas faire de cauchemars, répond d'une voix lasse l'autre fille sur le canapé.

— Pauvre petite Indie, la taquine l'aînée.

— Quoi ?

— Genre, tu as peur d'avoir des cauchemars alors que…

— Ben, oui.

— C'est ça, dit la première dans un rire. C'est ça, l'égo…

— Ferme-la, Caroline, crie la rousse.

— Miranda a été tuée, poursuit Caroline. C'est peut-être un peu plus grave que de…

— Je trouve simplement que c'est chouette de ne plus la voir, dit Indie.

— T'es vraiment tordue, répond Caroline en souriant.

— Elle était complètement allumée, putain, elle m'a brûlée avec une cigarette et…

— Arrêtez de dire des saloperies, les interrompt la rousse.

— Et elle m'a frappée avec une corde à sauter, poursuit Indie.

* "Les lames de rasoir font moins souffrir que la vie." *(Toutes les notes sont de la traductrice.)*

— T'es vraiment une salope, soupire Caroline.

— Mais absolument, je l'assume si ça te fait plaisir. C'est méga triste qu'une abrutie soit morte, mais je…

La petite rousse tape de nouveau sa tête contre le mur, puis ferme les yeux. La porte d'entrée s'ouvre et les deux filles qui s'étaient enfuies pénètrent dans le salon, sous l'escorte de Gunnarsson.

18

Adossé au fauteuil, sa veste déboutonnée un peu froissée, Joona affiche une expression impassible. Son corps musclé est détendu mais ses yeux, gris comme une baie gelée, n'ont pas lâché les dernières arrivées.

Les autres pensionnaires les huent et rient. Lu Chu se déhanche et fait le signe de la victoire.

— *Lesbian loser*, crie Indie.

— On va prendre une douche ensemble si tu veux, répond Lu Chu.

L'éducateur, Daniel Grim, pénètre dans la pièce derrière les deux filles. Il tente de se faire entendre par Gunnarsson :

— Je souhaite seulement que vous y alliez doucement avec les filles. Il baisse d'un ton avant de poursuivre. Votre simple présence les effraie…

— Ne vous inquiétez pas, répond Gunnarsson d'une voix rassurante.

— Je ne peux pas m'en empêcher.

— Pardon ?

— Je ne peux pas m'empêcher de m'inquiéter.

— Tant pis pour vous, soupire Gunnarsson. Vous n'avez qu'à dégager et me laisser faire mon travail.

Joona constate que l'éducateur est mal rasé et que le T-shirt sous sa veste est à l'envers.

— Je veux juste vous faire comprendre que… à leurs yeux, police n'est pas synonyme de sécurité.

— Si, si, plaisante Caroline.

— Ravi de l'apprendre, lui dit Daniel avec un sourire avant de se retourner vers Gunnarsson. Sérieusement… pour la plupart, la police était présente dans les moments les plus difficiles de leur vie.

Joona le voit, Daniel comprend parfaitement que le policier en a marre de ses interventions mais il décide néanmoins d'aborder une autre question :

— J'ai discuté avec le responsable de la gestion au sujet du logement pour…

— Une chose à la fois, l'interrompt Gunnarsson.

— C'est important, étant donné…

— T'es conne, dit Indie d'un ton agacé.

— Fais-toi dessus, taquine Lu Chu.

— Étant donné que ça peut être traumatisant pour les filles d'être obligées de passer la nuit ici.

— Il faut leur prendre une chambre d'hôtel ? demande Gunnarsson.

— Je devrais te buter ! crie Almira qui jette soudain un verre en direction d'Indie.

Il se fracasse contre le mur et Daniel se précipite vers le canapé. Almira se retourne, mais Indie a le temps de lui donner plusieurs coups de poing dans le dos avant que Daniel ne parvienne à les séparer.

— Ressaisissez-vous, merde ! crie-t-il.

— Almira est une putain de conne qui…

— Calme-toi Indie, dit-il en prenant sa main. On a déjà parlé de ça, tu te souviens ?

— Oui, répond-elle d'une voix plus calme.

— Tu es une gentille fille toi, non ? dit-il avec un sourire.

Elle hoche la tête et rejoint Almira pour ramasser les éclats de verre.

— Je vais chercher l'aspirateur, dit Daniel en quittant la maisonnette.

Il ferme la porte derrière lui, elle se rouvre lentement et il la repousse alors d'un coup violent. Une reproduction de Carl Larsson vacille sur le mur.

— Miranda avait-elle des ennemis ? demande Gunnarsson à brûle-pourpoint.

— Non, répond Almira en pouffant de rire.

Indie lorgne Joona. Gunnarsson hausse le ton :

— Écoutez-moi ! Vous allez vous contenter de répondre à nos questions sans crier ni faire d'histoires. À moins que ce ne soit trop demander ?

— Ça dépend des questions, répond Caroline calmement.

— Je compte bien crier, marmonne Lu Chu.

— Action ou vérité ? demande Indie en pointant Joona du doigt avec un sourire.

— Vérité, répond Joona.

— C'est moi qui mène l'interrogatoire, proteste Gunnarsson.

— Que signifie ceci ? demande Joona qui pose ses mains devant son visage.

— Comment ça ? Je sais pas, répond Indie. Vicky et Miranda jouaient à ça…

— C'est horrible, l'interrompt Caroline. Tu n'as pas vu Miranda, elle était allongée exactement comme ça, il y avait tellement de sang, il y avait du sang partout et…

Sa voix s'étrangle dans un sanglot et la psychologue s'approche d'elle pour tenter de la calmer en lui parlant à voix basse.

— Qui est Vicky ? demande Joona en se levant du fauteuil.

— C'est la dernière à être arrivée ici à…

— Mais elle est passée où, bordel ? l'interrompt Lu Chu.

— Où est sa chambre ? s'empresse de demander Joona.

— Elle a dû s'échapper pour retrouver son *fuck buddy*, dit Tuula.

— On fait généralement le plein de Stesolid, et on dort comme des…

— Mais de qui parle-t-on ? demande Gunnarsson en haussant le ton.

— Vicky Bennet, répond Caroline. Je ne l'ai pas vue de la…

— Mais elle est où, bordel de merde ?

— De toute façon, on lui a diagnostiqué tellement de trucs, dit Lu Chu en poussant un petit rire.

— Éteignez la télé, s'impatiente Gunnarsson. Je veux que tout le monde se calme et…

— Arrêtez de crier, hurle Tuula avant de monter le son.

Joona s'accroupit devant Caroline, cherche à capter son regard et la fixe d'un air grave mais calme.

— Quelle est la chambre de Vicky ?

— La dernière, au fond du couloir, répond Caroline.

19

Joona traverse la cour à toute allure. Il croise l'éducateur qui revient un aspirateur à la main, fait un signe de tête aux techniciens, grimpe les marches du perron deux par deux et pénètre dans le bâtiment principal. Les lumières sont éteintes et il fait sombre mais les plaques de cheminement luisent comme de petits cailloux.

Il manque une des pensionnaires, pense Joona. Personne ne l'a vue. A-t-elle profité du tumulte pour s'enfuir ? Les autres essayaient peut-être de la couvrir en dissimulant ce qu'elles savent.

Les recherches sur le lieu du crime ont commencé et les chambres n'ont pas encore été fouillées alors que tout le foyer aurait déjà dû être passé au peigne fin. Les événements de la matinée ont fait perdre un temps précieux aux techniciens.

Les élèves sont stressées et effrayées.

On aurait dû prévoir un intervenant spécialisé dans l'aide aux victimes.

La police a besoin de renforts, il lui faudrait davantage de techniciens et de ressources.

Il frissonne à l'idée que Vicky Bennet ait vu quelque chose et qu'elle soit terrorisée au point de s'être terrée dans sa chambre toute la nuit.

Il pénètre dans le couloir qui dessert les chambres. Mis à part quelques grincements qui proviennent des murs en bois et des solives, il n'y a pas un bruit dans la maison. La porte de la chambre d'isolement est entrebâillée. À l'intérieur, le cadavre de Miranda gît, les mains sur le visage.

Joona se souvient soudain d'avoir vu trois traces horizontales dans le renfoncement. Elles y ont été laissées par trois doigts ensanglantés, mais on ne distinguait aucune empreinte. Joona avait remarqué les traits, mais il avait été tellement absorbé dans la reconstitution du crime qu'il réalise seulement maintenant que les traces étaient dirigées du mauvais côté. Elles n'indiquaient pas que la personne s'était éloignée des lieux, mais qu'au contraire, elle s'était dirigée plus loin dans le couloir. Des empreintes de bottes et de pieds nus se chevauchent dans tous les sens alors que ces traces menaient très clairement au fond du couloir.

La personne qui les a laissées sur le mur s'est rendue dans l'une des autres chambres.

Pitié, pas d'autres victimes, chuchote Joona pour lui-même.

Il enfile des gants en latex et avance jusqu'à la dernière porte. Il entend un bruissement lorsqu'il ouvre la porte et s'arrête net pour tenter de voir quelque chose. Le bruit cesse. Joona tend doucement la main dans l'obscurité pour atteindre l'interrupteur. Il distingue à nouveau le même bruissement suivi d'un étrange cliquetis métallique.

— Vicky ?

Il tâtonne sur le mur à la recherche de l'interrupteur et l'enclenche. Une lumière jaune éclaire une pièce au décor dépouillé. Un craquement retentit soudain et la fenêtre qui donne sur la forêt et le lac Himmelsjö s'ouvre en claquant. Le bruissement provient d'un angle de la pièce. En se penchant, Joona aperçoit une volière renversée sur le sol. Une perruche jaune bat des ailes pour grimper vers le haut de la cage. Une odeur de sang emplit la pièce. Un mélange de fer et de quelque chose de sucré et rance.

Joona dispose des plaques de cheminement en plastique et entre lentement dans la pièce.

Il y a des taches de sang autour du loquet de la fenêtre. Des empreintes de mains indiquent que quelqu'un a grimpé sur le rebord, pris appui contre le chambranle et a sans doute sauté pour atterrir sur la pelouse en contrebas.

Il s'approche du lit. Un frisson lui glace la nuque lorsqu'il repousse la couette. Les draps sont imbibés de sang coagulé. Mais la personne qui s'est allongée ici n'était pas blessée, le sang séché semble étalé sur le tissu.

Une personne maculée de sang a dormi dans ces draps.

Joona demeure un moment immobile pour interpréter les différents mouvements que décrit le sang.

Quelqu'un a vraiment dormi là, conclut-il.

Lorsqu'il tente de soulever l'oreiller, celui-ci reste collé au drap et au matelas. Joona tire plus fort et découvre un marteau noir de sang sur lequel il y a des bouts marron et des touffes de cheveux. La majeure partie du sang a été absorbée par le tissu, mais la tête du marteau brille encore d'humidité.

20

Les bâtiments de Birgittagården sont baignés d'une lumière éclatante. Le lac Himmelsjö scintille mystérieusement entre les grands arbres. Quelques heures plus tôt, Nina Molander s'est levée pour aller aux toilettes et a fait la macabre découverte. Elle a réveillé toutes les pensionnaires et, terrifiées, elles ont appelé leur éducateur, Daniel Grim, qui a aussitôt alerté la police.

Nina Molander était en état de choc lorsque les ambulanciers l'ont transportée à l'hôpital départemental de Sundsvall.

Dans la cour, Gunnarsson a ouvert le coffre de sa Mercedes blanche et y a étalé les clichés de la scène de crime devant Daniel Grim et Sonja Rask.

Le chien aboie sans relâche en tirant sur sa laisse.

Lorsque Joona s'arrête près de la voiture et passe la main à travers ses cheveux hirsutes, ils se tournent tous trois vers lui.

— La fille s'est échappée par la fenêtre, dit-il.

— Elle s'est enfuie ? demande Daniel d'un ton incrédule. Vicky s'est sauvée ? Pourquoi ferait-elle…

— Il y avait du sang sur les bords de la fenêtre, dans son lit et…

— Mais ça ne signifie pas que…

— Il y avait un marteau imbibé de sang sous son oreiller, termine Joona.

— Ça n'a aucun sens, s'emporte Gunnarsson. Ce

n'est pas possible, la violence des coups était tellement bestiale.

Joona se tourne vers l'éducateur. Son visage exprime une grande fragilité dans la lumière blanche du soleil.

— Qu'est-ce que vous en dites ? lui demande Joona.

— Comment ? Que Vicky aurait… C'est complètement insensé.

— Pourquoi ?

— Il y a un instant seulement, dit Daniel Grim en souriant malgré lui, vous étiez persuadés qu'il s'agissait d'un homme de grande taille. Vicky est petite, elle pèse à peine cinquante kilos, ses poignets sont fins comme…

— Est-elle violente ? demande Joona.

— Ce n'est pas Vicky qui a fait ça, répond Daniel calmement. Je travaille avec elle depuis deux mois et je peux vous assurer que ce n'est pas elle.

— Était-elle violente avant d'arriver ici ?

— Vous savez bien que je suis tenu par le secret professionnel.

— Vous savez bien que vous nous faites perdre du temps avec votre putain de secret professionnel, lance Gunnarsson.

Daniel garde son calme :

— Je peux vous dire que j'apprends à certaines élèves à trouver une alternative aux réactions violentes… de façon qu'elles ne répondent pas par la colère face à la déception ou à la peur, par exemple.

— Mais pas Vicky, dit Joona.

— Non.

— Alors pourquoi est-elle ici ? demande Sonja.

— Je ne peux malheureusement pas m'ouvrir à vous des cas individuels.

— Mais vous ne la considérez pas comme une personne violente ?

— Elle est gentille.

— Selon vous, que s'est-il passé alors ? Pourquoi y a-t-il un marteau plein de sang sous son oreiller ?

— Je ne sais pas, ça n'a pas de sens. Elle a peut-être aidé quelqu'un ? Caché l'arme.

— Lesquelles des pensionnaires sont violentes ? demande Gunnarsson d'un ton brusque.

— Je ne peux pas désigner quelqu'un – vous devez me comprendre.

— Nous comprenons, répond Joona.

Reconnaissant, Daniel se tourne vers Joona et s'efforce de calmer sa respiration.

— Essayez de leur parler, poursuit-il. Vous verrez rapidement à qui je pense.

— Merci, dit Joona en commençant à marcher.

— Mais n'oubliez pas qu'elles ont perdu une amie, s'empresse-t-il d'ajouter.

Joona s'immobilise et revient vers l'éducateur.

— Vous savez dans quelle pièce Miranda a été retrouvée ?

— Non, mais j'ai supposé…

Daniel s'interrompt et secoue la tête.

— Parce que j'ai du mal à imaginer que ce soit sa chambre, poursuit Joona. C'est une pièce presque vide, à droite après les toilettes.

— C'est la chambre d'isolement, répond Daniel.

— Pour quelle raison s'y retrouve-t-on ?

— Parce que…

Daniel s'interrompt de nouveau, il a l'air perplexe.

— À quoi pensez-vous ?

— La porte aurait dû être verrouillée.

— Il y a une clé dans la serrure.

— Quelle clé ? demande Daniel en haussant soudain la voix. Il n'y a qu'Elisabet qui ait la clé de cette chambre.

— Qui est-ce ? demande Gunnarsson.

— Ma femme. C'est elle qui était de garde cette nuit…

— Et où est-elle maintenant ? demande Sonja.

Daniel la regarde, confus :

— Comment ça ?

— Elle est rentrée chez elle ?

Daniel semble surpris et inquiet :

— J'ai supposé qu'Elisabet avait accompagné Nina dans l'ambulance, dit-il lentement.

— Non, Nina Molander était seule, répond Sonja.

— Mais Elisabet est forcément allée à l'hôpital, jamais elle ne laisserait une élève…

— J'étais la première sur les lieux.

La fatigue a rendu sa voix rauque.

— Il n'y avait personne sur place, juste un tas de filles terrorisées.

— Mais, ma femme était…

— Appelez-la.

— J'ai essayé, son téléphone est éteint, dit Daniel à voix basse. Je croyais… je supposais…

— Quel foutoir, putain, dit Gunnarsson.

— Ma femme, Elisabet, poursuit Daniel d'une voix de plus en plus tremblante. Elle a des problèmes cardiaques, elle aurait pu, son cœur…

— Essayez de vous calmer, dit Joona.

— Elle s'est fait opérer du cœur et… elle était de garde et aurait dû être là… son téléphone est éteint et…

21

Daniel les fixe un à un d'un air désespéré. Il triture la fermeture Éclair de sa veste et répète que sa femme a des problèmes cardiaques. Le chien aboie et tire sur sa laisse avec une telle force qu'il semble sur le point de s'étrangler. Il pousse un râle puis se remet à aboyer.

Joona s'approche du chien et tente de le calmer pendant qu'il décroche la laisse. À peine Joona a-t-il lâché le collier, qu'il traverse la cour à toute vitesse avant de s'arrêter devant un petit bâtiment. Joona le rejoint à grands pas. Le chien gratte sur le seuil de la porte et pousse de petits gémissements.

Daniel fixe la scène un instant avant de se diriger vers la grange. Gunnarsson lui crie de s'arrêter, mais il ne lui obéit pas. Sa démarche est raide et on peut lire un immense désespoir sur son visage. Le gravier crisse sous ses pas. Joona tente de calmer le chien et parvient à le saisir par le collier pour l'éloigner de la porte.

Gunnarsson rejoint Daniel en courant et l'attrape par la veste. Il se libère de l'étreinte, tombe sur le gravier et s'écorche la main avant de se relever.

Le chien hurle, tire sur le collier et tend tous les muscles de son corps.

L'agent de police en uniforme se poste devant la porte pour empêcher le passage. Daniel crie d'une voix rauque qui se brise en sanglots :

— Elisabet ! Elisabet ! Laissez-moi…

Le policier tente de l'éloigner tandis que Gunnarsson s'empresse de rejoindre Joona et l'aide à maîtriser le chien.

— Ma femme, gémit Daniel. Ça pourrait être ma…

Gunnarsson ramène le chien jusqu'à l'arbre. L'animal halète, ses pattes glissent sur le gravier mais il continue à aboyer en direction de la porte.

Joona ressent soudain une douleur lancinante derrière les yeux tandis qu'il enfile un gant en latex.

Sur un panneau en bois fixé sous l'avant-toit est gravé le mot “Grange”.

Joona ouvre lentement la porte et regarde à l'intérieur de la pièce obscure. Une petite fenêtre est ouverte et des centaines de mouches bourdonnent dans l'air. Des traces de sang laissées par les pattes du chien parsèment les planches usées du sol. Sans entrer, Joona se déplace pour voir de l'autre côté de l'imposante cheminée.

Le couvercle d'un téléphone portable luit à côté d'une flaque de sang.

Le bourdonnement des mouches s'intensifie quand Joona se penche un peu plus à l'intérieur. Une femme d'une cinquantaine d'années est allongée sur le dos dans une mare de sang, la bouche grande ouverte. Elle est vêtue d'un jean, de chaussettes roses et d'un gilet en laine gris. Elle a visiblement essayé de se traîner hors de portée de son agresseur. Son crâne et toute la partie supérieure de son visage ont été défoncés.

22

Pia Abrahamsson se rend compte qu'elle conduit un peu trop vite. Elle pensait pouvoir partir plus tôt, mais la réunion entre pasteurs qui avait lieu à Östersund s'était éternisée.

Pia regarde son fils dans le rétroviseur. Sa tête pend mollement contre le bord du siège auto, il a les yeux fermés derrière ses lunettes. Le soleil matinal scintille entre les arbres et illumine son paisible petit visage.

Bien que la route file tout droit à travers la forêt de sapins, elle revient à quatre-vingts kilomètres-heure.

Les routes sont quasiment désertes. Elle n'a pas croisé un seul véhicule depuis un poids lourd chargé de bois il y a vingt minutes.

Elle plisse les yeux pour mieux voir.

Les clôtures qui servent à repousser le gibier défilent inlassablement de chaque côté. Toutes les petites routes qui traversent cet immense océan d'arbres en sont protégées.

L'homme doit être l'être le plus craintif du monde, se dit-elle. Il y a huit mille kilomètres de clôture dans ce pays, non pas pour la protection des animaux, mais pour celle des hommes.

Pia Abrahamsson jette un coup d'œil rapide à Dante sur le siège arrière. Elle est tombée enceinte alors qu'elle était pasteur dans la paroisse de Hässelby. Le père était un des rédacteurs du *Kyrkans Tidning*, le journal de l'église.

Elle était restée un instant sans bouger, un test de grossesse à la main. Elle attendait un enfant à trente-six ans.

Elle a gardé l'enfant, mais pas le père. Son fils est la meilleure chose qui lui soit arrivée.

Dante est profondément endormi. Sa tête pend lourdement sur sa poitrine. Son doudou est tombé par terre. Avant de sombrer dans le sommeil, il était si fatigué qu'il pleurnichait pour un rien. Parce que ça sentait mauvais dans la voiture à cause du parfum de maman ou parce que Super Mario avait été avalé par un monstre.

Elle est encore à vingt kilomètres de Sundsvall, et à quatre cent six de Stockholm.

Pia commence à avoir une envie pressante – elle a bu trop de café pendant la réunion.

Il faut vite qu'elle trouve une station-service ouverte, elle se dit qu'elle ne devrait pas s'arrêter au beau milieu de la forêt. Elle ne devrait pas, mais c'est pourtant ce qu'elle va faire.

Pia Abrahamsson, qui prêche chaque jour que tout ce qui arrive advient pour une raison plus profonde, sera victime dans quelques minutes de l'indifférence du hasard.

Elle se rabat lentement sur le bord de la chaussée près d'une petite route forestière et arrête son véhicule devant la barrière qui bloque le passage entre les deux clôtures. Au-delà de la barrière, une route de terre pénètre dans la forêt jusqu'à une sorte de petit terrain vague qui semble servir à stocker des débris de bois.

Elle décide de s'éloigner un peu de la route et de laisser la portière ouverte afin de pouvoir entendre Dante s'il se réveille.

— Maman ?

— Essaie de dormir encore un peu.

— Maman, ne pars pas.

— Mon poussin, je dois aller faire pipi. Je laisse la porte ouverte, je peux te voir tout le temps.

Il la regarde de ses yeux gonflés de sommeil.

— Je ne veux pas rester tout seul, chuchote-t-il.

Elle lui sourit et caresse sa joue humide de transpiration. Elle a conscience d'être trop protectrice, et de faire de lui un véritable petit garçon à sa maman, mais c'est plus fort qu'elle.

— Juste un tout petit moment.

Dante retient sa main et tente de l'empêcher de partir, mais elle se libère pour récupérer une lingette dans son sac. Pia s'éloigne ensuite de la voiture, passe sous la barrière et remonte la route forestière. Elle se retourne pour faire un signe de la main à Dante.

Et si quelqu'un qui passait par là s'amusait à la filmer les fesses à l'air avec un portable. Les photos du "pasteur qui fait pipi" ne tarderaient pas à faire le tour d'Internet.

Cette pensée la fait frissonner et elle s'enfonce encore un peu plus entre les arbres. Il y a sur le sol de nombreuses traces laissées par les engins forestiers.

Lorsqu'elle est certaine de ne plus être visible depuis la route principale, elle baisse sa culotte, soulève sa jupe et s'accroupit.

La fatigue du voyage se fait sentir lorsque ses jambes commencent à trembler et qu'elle doit s'appuyer sur la mousse qui a poussé autour du tronc d'arbre.

Le soulagement l'envahit enfin et elle ferme les yeux.

Lorsqu'elle relève la tête, elle aperçoit quelque chose sur la route forestière qu'elle ne parvient pas à identifier. Il lui semble qu'un animal s'est dressé sur deux pattes et avance, penché en avant, d'un pas mal assuré.

Un frêle visage couvert de crasse, de sang et de boue.

Pia retient son souffle.

Ce n'est pas un animal. La forêt semble avoir pris vie dans cet être, comme une petite fille faite de rameaux.

La créature vacille mais continue à avancer vers la barrière. Pia se lève et la suit.

Elle tente d'articuler quelque chose sans succès. Une branche craque sous son pied. Une fine pluie a commencé à tomber sur la forêt.

Elle avance lentement, comme dans un cauchemar ; c'est comme si elle était incapable de courir.

Entre les arbres, elle se rend compte que la créature est déjà arrivée jusqu'à sa voiture. Des bandes de tissu sales pendent autour des poignets de l'étrange fille.

Pia rejoint la route forestière en trébuchant et la voit balayer son sac du siège conducteur d'un revers de main avant de s'installer et de fermer la portière.

— Dante, halète-t-elle.

La voiture démarre sur les chapeaux de roues, écrase le téléphone portable et le trousseau de clés qui gisaient au sol avant de retourner sur la route principale. Le véhicule heurte le terre-plein de séparation des voies puis revient au centre de la chaussée et disparaît.

Pia accourt en gémissant jusqu'au barrage, le corps secoué de tremblements.

C'est insensé. Un être fait de boue est apparu comme par enchantement avant de repartir avec son fils aussi vite qu'il était venu.

Elle se glisse sous la barrière et se retrouve sur la route déserte. Elle ne crie pas, elle en est incapable. Seule sa respiration haletante vient rompre le silence.

23

La forêt défile derrière les vitres et la pluie tambourine contre le grand pare-brise. Mads Jensen, un chauffeur de poids lourds danois, aperçoit une femme au milieu de la route à un peu plus de deux cents mètres. Il pousse un juron et appuie sur le klaxon. Le son puissant la fait tressaillir mais elle ne s'écarte pas. Le chauffeur klaxonne une nouvelle fois, la femme fait lentement un pas en avant, lève le menton et observe le poids lourd qui s'approche.

Mads Jensen ralentit et sent le poids de la semi-remorque pousser contre le vieux tracteur Fliegel. Il doit freiner davantage, les freins de la remorque sont mal ajustés, le tracteur grince et la remorque vibre bruyamment avant l'arrêt du véhicule.

Le nombre de tours du moteur s'abaisse et le grondement des pistons se fait de plus en plus sourd.

La femme est restée plantée là, à seulement trois mètres du capot. Ce n'est qu'à cet instant que le conducteur se rend compte qu'elle porte une robe pastorale sous sa veste en jean. Un petit rectangle blanc se détache du col noir.

Son visage est étrangement pâle. Lorsqu'il croise son regard à travers le pare-brise, des larmes se mettent à rouler sur ses joues. Mads Jensen enclenche alors les feux de détresse et quitte la cabine.

Une forte chaleur et une odeur de gasoil émanent du moteur. Lorsqu'il la rejoint devant le véhicule, la femme prend appui d'une main sur un phare. Sa respiration est saccadée.

— Que se passe-t-il ? demande Mads.

Elle tourne la tête vers lui, les yeux écarquillés. La lumière jaune des feux de détresse clignote sur elle.

— Vous avez besoin d'aide ?

Elle hoche la tête et il tente de la guider doucement vers l'autre côté de la cabine. La pluie s'est intensifiée et l'obscurité tombe rapidement.

— Quelqu'un vous a agressée ?

Elle résiste un instant, mais finit par l'accompagner et monte jusqu'au siège passager. Il ferme la portière derrière elle et fait rapidement le tour pour s'installer derrière le volant.

— Je ne peux pas rester ici, je bloque la route. Il faut que je bouge – ça va aller ?

Bien qu'il n'obtienne aucune réponse, il met le moteur en marche et enclenche les essuie-glaces.

— Vous êtes blessée ?

Elle secoue la tête et pose une main devant sa bouche :

— Mon enfant, chuchote-t-elle. Mon…

— Qu'est-ce que vous dites ? Que s'est-il passé ?

— Elle a pris mon enfant…

— J'appelle la police – d'accord ? J'appelle la police ?

— Ah mon Dieu, gémit-elle.

24

La pluie martèle le pare-brise. Les essuie-glaces sont réglés sur la position la plus rapide. Devant eux, la chaussée baignée d'eau semble bouillir.

Pia est assise dans la cabine chauffée et tremble de tout son corps. Elle ne parvient pas à se calmer. Elle a conscience d'avoir fourni une explication confuse au chauffeur, mais il est désormais en ligne avec le centre d'appels d'urgence. On lui demande de continuer sur la route 86 puis d'aller à la rencontre d'un véhicule de secours situé à Timrå par la route 330. Le véhicule transportera ensuite Pia à l'hôpital de Sundsvall.

— Comment ça? Qu'est-ce que vous racontez? demande Pia. Il ne s'agit pas de moi. Tout ce qui importe, c'est qu'ils arrêtent la voiture.

Le chauffeur lui adresse un regard interrogateur et elle se rend compte qu'elle doit se concentrer afin de se faire comprendre. Comment faire preuve de calme quand le sol s'est dérobé sous ses pieds, qu'elle est en chute libre?

— Mon fils a été enlevé.

— Elle dit que son fils a été enlevé, répète le chauffeur dans le combiné.

— La police doit arrêter la voiture, poursuit-elle. Une Toyota… une Toyota Auris rouge. Je ne me souviens pas du numéro d'immatriculation, mais…

Le chauffeur demande à son interlocuteur de patienter.

— Mais elle est juste devant nous sur cette route… il faut que vous l'arrêtiez… Mon fils n'a que quatre ans, il est resté dedans quand je…

Il répète ce qu'a dit Pia à l'opérateur et lui indique qu'ils sont sur la route 86 en direction de l'est, à environ quarante kilomètres de Timrå.

— Il faut qu'ils se dépêchent…

Le long véhicule ralentit à l'approche d'un feu et d'un rond-point, la remorque gronde lorsque les pneus heurtent les ralentisseurs. Une fois passé un bâtiment en briques blanches, il peut de nouveau accélérer pour continuer sur la route qui longe la rivière.

Le centre d'appels met le chauffeur en relation avec une policière qui patrouille dans son véhicule. Elle se présente sous le nom de Mirja Zlatnek et leur indique qu'elle se trouve à seulement trente kilomètres, sur la route 330, à Djupängen.

Pia Abrahamsson prend le combiné, déglutit profondément pour surmonter sa panique. Elle entend que sa voix semble calme même si elle tremble encore :

— Écoutez-moi. Mon fils a été enlevé et la voiture va en direction de… attendez…

Elle se tourne vers le chauffeur :

— Où sommes-nous ? Sur quelle route ?

— La route 86.

— Combien d'avance ont-ils sur vous ? demande la policière.

— Je ne sais pas. Cinq minutes peut-être.

— Vous avez passé Indal ?

— Indal, répète Pia.

— C'est à presque vingt kilomètres, dit le chauffeur d'une voix forte.

— Alors, nous les tenons, répond l'agent Zlatnek. Ils sont piégés.

Ses mots déclenchent les pleurs de Pia Abrahamsson. Elle s'essuie rapidement les joues et entend la policière parler avec un collègue. Des barrages routiers seront montés sur la route 330 et sur le pont qui traverse la rivière. Son collègue est à Nordansjö et assure pouvoir être sur place en moins de cinq minutes.

— Ça suffira, dit rapidement Mirja Zlatnek.

Le poids lourd continue sa course le long de la rivière dans la zone peu peuplée de Medelpad. Ils savent que la voiture dans laquelle se trouve le jeune fils de Pia Abrahamsson est devant eux. Il ne peut en être autrement. Seuls de petits chemins forestiers sans raccordements croisent la 86. La route traverse la forêt sur quelques dizaines de kilomètres et dessert uniquement des sites d'exploitation.

— Je n'en peux plus, chuchote Pia.

La route forme une fourche quelques dizaines de kilomètres plus loin. L'une des bifurcations mène sur un pont au-dessus de la rivière puis la route file presque tout droit en direction du sud. L'autre longe la rivière vers la côte.

Pia serre fort ses mains et prie. Plus loin, des véhicules de police ont barré les deux bifurcations. L'un d'entre eux est posté sur une butte de l'autre côté de la rivière tandis que le second s'est arrêté à huit kilomètres vers l'est.

Le poids lourd dépasse Indal. À travers la pluie abondante, Pia et le chauffeur peuvent voir le pont désert qui s'étend au-dessus des forts courants de la rivière. Sur l'autre rive, la lumière bleue des gyrophares d'un véhicule de police balaye la culée du pont.

25

L'agent de police Mirja Zlatnek a garé sa voiture en biais sur la chaussée de façon à en bloquer toute la largeur. Pour passer, un véhicule serait obligé de sortir sur le bas-côté et d'enfoncer deux roues dans un profond fossé.

Une longue route droite s'étend devant elle. La lumière bleue des gyrophares scintille sur le bitume mouillé et les aiguilles de pin puis pénètre entre les troncs de l'épaisse forêt.

Mirja demeure immobile un moment. Elle observe la route par le pare-brise et tente de faire le point sur la situation.

La pluie qui continue de tomber à torrents a considérablement réduit la visibilité.

Elle s'était imaginé que la journée se déroulerait dans le calme étant donné que presque tous ses collègues avaient été mobilisés sur l'affaire de la fille morte à Birgittagården. La Rikskrim avait même été appelée en renfort.

Bien qu'elle n'ait jamais été réellement impliquée dans une situation traumatisante, Mirja a secrètement développé une phobie du travail de terrain. Peut-être que cette phobie a un lien avec la fois où elle avait tenté d'intervenir dans un drame familial qui avait mal fini, mais c'était il y a longtemps.

Une sorte d'inquiétude s'est peu à peu insinuée en elle. Elle préfère les tâches administratives et le travail de prévention.

Ce matin, assise à son bureau, elle avait lu une recette sur un site de cuisine : filet d'élan en croûte accompagnée de pommes château, d'une crème aux cèpes de Bordeaux et d'une savoureuse purée de topinambour.

Puis, elle s'est rendue en voiture à Djupängen pour une histoire de remorque volée lorsqu'elle a reçu un appel concernant un petit garçon enlevé.

Mirja pense pouvoir résoudre rapidement cette affaire de kidnapping : la voiture n'a nulle part où aller.

Ce tronçon de route est comme un long tunnel, ou une nasse, et le poids lourd empêche tout demi-tour.

Il n'y a que deux possibilités, soit la voiture dépasse le pont juste après Indal et tombe sur mon collègue Lasse Bengtsson qui a barré la route, soit elle vient par ici où je l'attends, se dit Mirja. Le poids lourd doit se trouver environ dix kilomètres derrière la voiture. Tout dépend évidemment de la vitesse de la voiture, mais d'ici vingt minutes elle sera forcément prise au piège.

Selon Mirja, l'enfant n'a sans doute pas été réellement kidnappé. Il doit s'agir d'un différend familial à propos de sa garde. La femme qu'elle a eu en ligne était bien trop agitée pour arriver à lui fournir des informations cohérentes, elle avait juste compris que sa voiture devait se trouver quelque part sur cette rive du Nilsböle.

C'est bientôt fini, pense-t-elle.

Elle pourra retourner au commissariat d'ici peu, prendre un café et manger un sandwich au jambon.

Pourtant, quelque chose l'inquiète. La femme avait parlé d'une fille dont les bras ressemblaient à de petites branches.

Mirja n'avait pas eu le temps de lui demander son nom. Elle a supposé que le centre d'appels d'urgence s'était occupé de prendre son identité.

Elle avait l'air particulièrement bouleversée, sa respiration était saccadée et elle avait décrit ce qui lui était arrivé comme quelque chose d'incompréhensible, auquel elle ne pouvait donner d'explication raisonnable.

La pluie martèle toujours la voiture. Mirja pose une main sur l'unité radio et demeure un moment ainsi avant d'appeler Lasse Bengtsson.

— Qu'est-ce qui se passe ? demande-t-elle.

— Il pleut des cordes, mais sinon c'est calme, pas une seule voiture, pas un chat… Attends, là, je vois un poids lourd sur la route 330, c'est un sacré engin.

— C'est lui qui a appelé.

— Mais alors où est passée la Toyota, bordel ? Je suis là depuis un quart d'heure, elle devrait arriver vers toi d'ici cinq minutes, à moins qu'un OVNI ne l'ait…

— Une seconde, s'empresse Mirja qui coupe la communication en apercevant la lumière de deux phares au loin.

26

Mirja Zlatnek sort de son véhicule et s'accroupit légèrement sous la pluie torrentielle. Elle plisse les yeux pour mieux voir la voiture qui s'approche à travers les gouttes. Sa main droite posée sur l'arme rangée dans sa gaine, elle s'avance sur la route à la rencontre du véhicule tout en indiquant au conducteur de s'arrêter avec la main gauche.

Des bulles glissent sur l'eau qui se déverse sur la route et ruisselle dans l'herbe du fossé.

La voiture ralentit. Mirja voit trembler son ombre sur la chaussée dans la lumière bleue des gyrophares. Elle entend un appel radio mais ne bouge pas. Des voix métalliques s'échappent de l'unité, la ligne crépite et pourtant elle comprend l'échange sans difficulté.

— Un sacré bain de sang, répète un jeune collègue en décrivant un deuxième corps retrouvé à Birgittagården, une femme entre deux âges.

La voiture s'approche lentement, descend sur le bas-côté et s'arrête. Mirja Zlatnek s'approche du véhicule. C'est un pick-up Mazda dont les roues sont couvertes de boue. La portière côté conducteur s'ouvre et un homme de grande taille vêtu d'un gilet de chasse vert et d'un pull Helly Hansen sort de la voiture. Ses cheveux lui arrivent aux épaules, il a un grand nez et le visage large tandis que ses yeux forment des fentes étroites.

— Vous êtes seul dans la voiture ? crie-t-elle en essuyant l'eau de son visage.

Il hoche la tête et tourne le regard en direction de la forêt.

— Écartez-vous, ordonne-t-elle en s'approchant.

Il fait un minuscule pas en arrière.

Mirja se penche pour regarder à l'intérieur de la voiture. L'arrière de sa tête est mouillé en un instant et de l'eau coule de sa nuque jusque dans le bas du dos.

Il est difficile d'avoir une vision nette avec les trombes d'eau qui s'abattent sur eux et la crasse sur le pare-brise.

Un journal est étalé sur le siège côté conducteur. L'homme était visiblement assis dessus. Elle fait le tour de la voiture, s'approche un peu plus et tente de voir ce qu'il y a sur la banquette arrière. Une vieille couverture et un thermos.

Un autre appel est transmis sur la radio, mais elle ne distingue plus un seul mot.

Le gilet de l'homme a déjà viré au vert foncé à cause de la pluie. Une sorte de cliquetis s'échappe de la voiture, comme si l'on grattait sur du métal.

Lorsqu'elle tourne la tête, l'homme s'est rapproché de quelques décimètres. À moins que son imagination ne lui joue des tours. Elle n'en n'est plus certaine. Il l'observe, laisse glisser son regard sur son corps et plisse son front charnu.

— Vous habitez dans le coin ?

Elle essuie la boue sur la plaque d'immatriculation à l'aide de son pied, note le numéro et continue de faire le tour de la voiture.

— Non, dit-il lentement.

Un sac de sport rose est posé par terre devant le siège passager. Mirja contourne la voiture tout en surveillant l'homme du coin de l'œil. Il y a quelque chose sur la plateforme arrière sous une bâche verte attachée par des sangles.

— Vous allez où ?

Il reste impassible et la suit du regard. Soudain, du sang coule dans les sillons remplis de boue et d'aiguilles de pin.

— Qu'est-ce que vous avez ici ?

Comme il ne répond pas, elle se penche au-dessus du hayon arrière. Pour atteindre la bâche, elle est obligée de prendre appui contre la voiture. L'homme se déplace un peu sur le côté. Elle parvient à attraper la bâche du bout des doigts sans détacher son regard de l'homme. Il s'humecte les lèvres tandis qu'elle soulève un coin du prélart. Elle détache son arme et jette un coup d'œil rapide vers la plate-forme. Elle aperçoit le sabot délicat d'un jeune chevreuil.

Balayé par la lumière bleue, l'homme est immobile, mais Mirja conserve une main sur son arme tandis qu'elle recule de quelques pas :

— Où est-ce que vous avez abattu le chevreuil ?

— Il gisait sur la route.

— C'était à quel endroit ?

Il lâche un lent crachat et fixe le sol entre ses jambes.

— Je peux voir votre permis de conduire ?

Il ne répond pas et ne montre pas la moindre intention d'obtempérer.

— Le permis de conduire, répète-t-elle en se rendant compte qu'elle parle d'une voix mal assurée.

— Nous en avons terminé, dit l'homme qui rejoint sa voiture.

— Vous êtes tenu par la loi de signaler tout accident impliquant du gibier…

L'homme s'installe derrière le volant, ferme la portière et démarre. Il contourne le véhicule de police en mettant deux roues dans le fossé. Puis il revient sur la chaussée et disparaît.Mirja se dit qu'elle aurait dû inspecter la voiture de plus près, défaire complètement la bâche et regarder sous la couverture de la banquette arrière.

La pluie bruit dans le feuillage. Un corbeau croasse depuis la cime d'un arbre au loin.

Mirja sursaute au bruit d'un moteur puissant derrière elle. Elle se retourne et brandit son arme, mais ne voit que la pluie.

27

Au téléphone, Mads Jensen est réprimandé par son responsable. Des taches rougeâtres marbrent son cou tandis qu'il essaie de lui expliquer la situation. Pia Abrahamsson entend une voix autoritaire s'échapper du combiné. Le responsable des transports crie quelque chose au sujet de coordination et de logistique foutues en l'air.

— Mais, hasarde Mads Jensen. Il faut bien aider ses sembla…

— Je le déduis de votre salaire, crache le responsable. Voilà mon aide.

— Un grand merci, dit Mads avant de raccrocher.

Pia contemple en silence l'épaisse forêt qui défile derrière la vitre. Le martèlement de la pluie résonne dans la cabine. Elle regarde la remorque tanguer et les arbres qui viennent de passer dans le double rétroviseur extérieur.

Mads prend un chewing-gum à la nicotine et regarde fixement la route devant lui. Le moteur gronde et les larges pneus produisent un bruit sourd sur le bitume.

Un calendrier se balance sur le tableau de bord au rythme des mouvements du poids lourd. Une femme pulpeuse serre un cygne gonflable dans une piscine. Au bas de la feuille luisante, on lit août 1968.

Ils entament une descente et le poids des poutrelles en acier qu'il transporte fait accélérer le véhicule. Au loin, entre les rangées d'arbres, une lumière bleue oscille sous la pluie. Une voiture de police barre la route. Pia

Abrahamsson sent les battements de son cœur s'intensifier. Elle fixe la voiture et la femme en pull bleu marine qui agite son bras. Pia ouvre la portière avant même que le camion ne soit arrêté. Le bruit du moteur se fait soudain assourdissant et des crépitements résonnent sous les pneus.

Elle descend les marches de la cabine et se précipite jusqu'à l'agent de police. Elle se sent comme prise de vertiges.

— Où est la voiture ? demande la femme.

— Comment ça ?

Pia fixe la femme qui est en face d'elle et tente d'interpréter les expressions de son visage mouillé de pluie. La gravité de son regard lui fait peur. Elle sent ses jambes vaciller.

— Vous avez vu la voiture lorsque vous l'avez dépassée ? insiste l'agent.

La voix de Pia est un mince filet :

— Dépassée ?

Mads Jensen les rejoint.

— Nous n'avons rien vu, lui dit-il. Vous avez dû monter les barrages trop tard.

— Trop tard ? Mais je suis arrivée par cette route, je suis venue de là…

— Alors où est passée cette putain de bagnole ?

Mirja Zlatnek retourne à son véhicule en courant et contacte son collègue :

— Lasse ? halète-t-elle.

— J'ai essayé de te joindre, dit-il. Tu ne réponds pas…

— Non, j'étais…

— Tout s'est bien passé ?

— Où est cette putain de voiture ? s'écrie-t-elle. Le poids lourd est arrivé, mais la voiture a disparu.

— Il n'y a pas d'autres bifurcations.

— Il va falloir lancer un avis de recherche et bloquer la 86 dans l'autre sens.

— Je m'en occupe immédiatement, dit-il avant de couper la communication.

Pia Abrahamsson a rejoint la policière. La pluie a imprégné ses vêtements. L'agent Mirja Zlatnek est assise sur le siège conducteur, la portière ouverte.

— Vous avez dit que vous l'attraperiez.

— Oui, je…

— C'est ce que vous avez dit, et je vous ai crue sur parole.

— Je sais, je ne comprends pas. Ça n'a pas de sens, il est impossible d'aller à deux cents kilomètres à l'heure sur ces routes, jamais la voiture n'aurait pu passer le pont avant l'arrivée de Lasse.

— Mais elle doit bien être quelque part, lance Pia en arrachant le col romain de sa chemise.

— Attendez, dit soudain Mirja Zlatnek.

Elle contacte le central :

— Ici le véhicule 321. J'ai besoin d'un barrage routier, immédiatement… Avant Aspen… Il y a une petite route, quand on connaît bien le coin il est possible de rejoindre Myckelsjö depuis Kävsta… Oui, exactement… Qui vous dites ? Parfait, il devrait être là dans huit ou dix minutes…

Mirja sort de la voiture. Son regard se perd au loin sur la route rectiligne, comme si elle s'attendait encore à voir arriver la Toyota.

— Mon garçon – il a disparu ? lui demande Pia.

— Ils n'ont nulle part où aller, répond Mirja en s'efforçant d'adopter un ton rassurant. Je comprends que vous soyez inquiète, mais nous allons les retrouver, ils ont dû quitter la route quelque part pour s'arrêter, mais ils ne peuvent pas aller plus loin…

Elle s'interrompt, essuie la pluie de son front, inspire et poursuit :

— Nous fermons les dernières routes, nous allons envoyer un hélicoptère…

Pia déboutonne le col de sa chemise et prend appui contre le capot de la voiture de police. Elle respire avec difficulté, un poids lui oppresse la poitrine. Il faut qu'elle parvienne à se calmer. Elle sait qu'elle devrait leur imposer ses exigences mais elle est incapable d'organiser ses pensées. Elle est perdue, tétanisée par une peur panique.

28

Il pleut toujours des trombes d'eau, mais seules quelques gouttes éparses passent à travers l'épaisse ramure des arbres. Un grand fourgon de police est garé au milieu de la cour de Birgittagården. On y a installé un central de liaison et un groupe d'hommes et de femmes s'affairent autour d'une table jonchée de cartes et d'ordinateurs.

Leur conversation sur les suites de l'enquête est interrompue par un échange radio concernant l'enlèvement d'un petit garçon. Des barrages routiers ont été montés sur la route 330, le pont Indal près de Kävsta et en direction du nord sur la route 86. Leurs collègues semblaient persuadés de pouvoir intercepter la voiture. Après dix minutes d'interruption, la radio s'est mise à émettre de petits crépitements et l'un des agents, Mirja, a annoncé d'une voix haletante :

— Elle a disparu, la voiture a disparu… elle aurait dû être là, mais elle n'arrive pas… Nous avons fermé toutes les routes existantes… je ne sais pas quoi faire. La mère est assise dans ma voiture, je vais essayer de lui parler…

Les policiers ont écouté la communication en silence puis se sont réunis autour de la carte. Bosse Norling suit la route 86 du doigt :

— S'ils ont monté des barrages là et là… la voiture n'a pas pu disparaître. Elle a évidemment pu s'introduire dans un garage à Bäck ou à Bjällsta… ou avoir pris une route forestière, mais ça paraît assez improbable.

— Et ils n'ont nulle part où aller, dit Sonja Rask.

— Je suis le seul à me demander si ce n'est pas Vicky Bennet qui a pris la voiture ? dit lentement Bosse.

Le crépitement contre le toit s'est atténué, mais de l'eau continue à couler le long des vitres du fourgon.

Sonja s'installe devant l'ordinateur et passe en revue différents fichiers de criminels, de suspects et les affaires de demande de garde en cours sur l'intranet de la police.

— Dans neuf cas sur dix, dit Gunnarsson qui s'adosse sur sa chaise tandis qu'il épluche une banane, les affaires de ce genre se résolvent d'elles-mêmes. Elle devait être dans la voiture avec son mec, ils se sont disputés, il a fini par en avoir marre et l'a laissée sur le bord de la route.

— Elle n'est pas mariée, répond Sonja.

— Statistiquement, poursuit Gunnarsson sur le même ton péremptoire, en Suède la majorité des enfants est née hors mariage et…

— Voilà, l'interrompt Sonja. Pia Abrahamsson a demandé la garde exclusive de son fils Dante et le père n'a jamais fait appel…

— Alors on laisse tomber l'idée d'un lien avec Vicky Bennet ? demande Bosse.

— Essaye d'abord de joindre le père, dit Joona.

— Je m'en occupe, dit Sonja avant de se diriger vers le fond du fourgon.

— Vous avez relevé quelque chose sous la fenêtre de Vicky Bennet ? demande Joona.

— Rien par terre, mais il y a des empreintes et des traces de sang coagulé sur le rebord et sur la façade, répond l'un des techniciens.

— Et à la lisière de la forêt ?

— Nous n'avons pas eu le temps de nous y mettre avant la pluie.

— Mais Vicky Bennet s'est sans doute sauvée par la forêt, dit Joona d'un air pensif.

Il observe Bosse Norling qui, penché sur la carte, pose la pointe d'un compas sur Birgittagården avant de tracer un cercle. Une méthode un peu datée.

— Ce n'est pas elle qui a pris la voiture, dit Gunnarsson. Il ne faut pas trois heures pour rejoindre la route 86 à travers la forêt et la suivre jusqu'à…

— Mais ce n'est pas évident de se repérer la nuit… elle a très bien pu passer comme ça, dit Bosse en traçant une courbe à l'est d'une zone marécageuse, puis une ligne en biais vers le nord.

— Ça pourrait coller, dit Joona.

— Le père du gamin est à Ténérife, crie Sonja depuis le fond du fourgon.

Olle Gunnarsson pousse un juron à voix basse avant d'appeler Mirja Zlatnek par radio.

— Ici Gunnarsson, avez-vous pris le témoignage de la mère ?

— Oui, je…

— Vous avez pu obtenir un signalement ?

— Ce n'était pas une mince affaire, la mère est bouleversée et ses propos sont incohérents. Elle parle d'un squelette sorti de nulle part dans la forêt avec des bandelettes qui lui pendaient des mains. Une fille au visage couvert de sang avec des branches à la place des bras…

— Mais elle a parlé d'une fille ?

— J'ai enregistré le témoignage, mais il faut qu'elle se calme avant qu'on puisse l'interroger correctement…

— Mais elle a parlé d'une fille ? répète Gunnarsson lentement.

— Oui… à plusieurs reprises.

29

Joona gare sa voiture près du barrage policier sur la route 330. Il salue les agents, leur montre sa carte de police et se dirige vers la rivière Indalsälven.

On l'a informé que les pensionnaires de Birgittagården seront provisoirement hébergées à l'hôtel Ibis. Daniel Grim a été transporté aux urgences psychiatriques de l'hôpital départemental, l'intendante Margot Lundin est chez elle à Timrå et Faduumo Axmed, infirmier à temps partiel au foyer, est en congé chez ses parents à Vänersborg.

Lorsque Mirja Zlatnek leur a confirmé que Pia Abrahamsson répétait avoir vu une fille maigre avec des bandes autour des mains, les policiers ont immédiatement compris qu'il s'agissait de Vicky Bennet.

— Comment elle ne s'est pas fait coincer par les barrages routiers, ça, c'est un mystère, a dit Bosse Norling.

Un hélicoptère a été mobilisé pour survoler la zone, mais la voiture est introuvable.

En réalité, ça n'a rien d'un mystère, se dit Joona. L'explication la plus plausible est qu'elle ait réussi à se cacher avant d'atteindre les barrages.

Mais où ?

Elle doit connaître quelqu'un qui possède un garage à Indal.

Joona a demandé un entretien avec les élèves en compagnie d'un psychologue pour enfants et d'un représentant de l'association d'aide aux victimes. Il tente désormais de se remémorer sa première entrevue dans la maisonnette. Tuula, la petite rousse vêtue d'un bas de jogging rose brillant, regardait la télé et se tapait la tête contre le mur. Indie avait associé le geste de poser ses mains sur son visage avec Vicky, et tout le monde avait crié et s'était mis à parler en même temps en s'apercevant que Vicky avait disparu. Certaines ont supposé qu'elle dormait à cause des Stesolid. Almira avait craché par terre et Indie s'était frotté le visage, étalant du fard à paupières sur sa main.

Joona s'interroge sur Tuula. Au début, elle leur avait crié de se taire, mais elle avait également dit quelque chose d'intéressant alors que toutes parlaient en même temps.

Selon elle, Vicky s'était sauvée pour aller rejoindre son *fuck buddy*.

30

L'hôtel Ibis est situé sur Trädgårdsgatan, non loin du commissariat de Sundsvall. Il y règne une odeur caractéristique d'aspirateur, de vieille moquette et de tabac froid. La façade est recouverte de tôle couleur crème. Un bol rempli de caramels trône sur le comptoir de la réception. La police a placé les pensionnaires de Birgittagården dans cinq chambres voisines et deux agents de sécurité sont postés dans le couloir.

Joona avance à grandes enjambées sur la moquette usée. La psychologue pour enfants Lisa Jern, cheveux foncés aux racines grisonnantes, une fine bouche pincée, l'attend devant la porte d'une des chambres.

— Tuula est déjà arrivée ? demande Joona.

— Oui, elle est là… mais, attendez, dit-elle lorsqu'il pose la main sur la poignée. Si je comprends bien, vous êtes ici en tant qu'observateur de la Rikskrim et…

— La vie d'un garçon est en jeu, l'interrompt Joona.

— Tuula ne dit presque rien et… Ma recommandation en tant que spécialiste est d'attendre qu'elle prenne l'initiative de parler de ce qui s'est passé.

— On n'a pas le temps pour ça, dit Joona qui s'apprête à ouvrir la porte.

— Attendez, je… Il est extrêmement important d'être sur un pied d'égalité avec les enfants, il ne faut surtout pas qu'ils se sentent pointés du doigt ou…

Joona ouvre la porte et pénètre dans la pièce. Tuula Lehti est assise sur une chaise, dos aux fenêtres. C'est une jeune fille de douze ans vêtue d'un survêtement et de baskets.

On entrevoit les voitures stationnées dans la rue entre les jalousies en bois des persiennes. Toutes les tables sont en contreplaqué et une moquette verte recouvre le sol.

Dans le fond de la pièce, un homme aux cheveux plaqués vêtu d'une chemise à carreaux en flanelle bleue consulte son téléphone portable. Joona déduit qu'il est le représentant de l'association d'aide aux victimes.

Il s'installe en face de Tuula et la regarde un moment avant de prendre la parole. Des sourcils clairs sous des cheveux rouges raides et ternes.

— Nous nous sommes brièvement rencontrés ce matin, dit-il.

Elle croise ses bras couverts de taches de rousseur sur son ventre. Ses lèvres fines sont presque exsangues.

— Bute un flic, marmonne-t-elle.

Lisa Jern contourne la table et s'installe à côté de la petite fille avachie sur sa chaise.

— Tuula, dit-elle d'une voix douce. Tu te souviens quand je t'ai dit que je me sentais parfois comme la Petite Poucette ? Ça n'a rien d'étrange. Même quand on est adulte, on peut parfois se sentir petit comme un pouce.

— Pourquoi tout le monde me parle de cette façon ridicule ? demande Tuula en regardant Joona dans les yeux. C'est parce que vous êtes attardés… ou c'est parce que vous pensez que je le suis ?

— On pense que tu dois l'être un peu, répond Joona.

Surprise, Tuula sourit et s'apprête à lui répondre quand Lisa Jern lui assure que l'inspecteur ne faisait que plaisanter.

Tuula serre ses bras plus fort autour d'elle, fixe la table et gonfle ses joues.

— Tu n'es pas du tout attardée, répète Lisa Jern au bout d'un moment.

— Si, chuchote Tuula.

Elle crache un filet de salive visqueux sur le plateau de la table et forme d'un doigt une étoile dans son crachat.

— Tu n'as pas envie de parler ? chuchote Lisa.

— Uniquement avec le Finnois, dit Tuula d'une voix presque inaudible.

— Qu'est-ce que tu as dit ?

— Je parle uniquement avec le Finnois, répète Tuula qui désigne Joona du menton.

— Sympa, dit la psychologue d'un ton sec.

Joona démarre l'enregistrement et récite calmement les formalités d'usage – lieu, heure, personnes présentes dans la pièce et motif de l'interrogatoire.

— Comment tu t'es retrouvée à Birgittagården, Tuula ?

— J'étais à Lövsta… et il s'est passé des trucs pas terribles, répond-elle en baissant les yeux. Je me suis retrouvée en isolement alors qu'en réalité j'étais trop jeune… Mais je suis restée calme, j'ai regardé la télé et au bout d'un an et quatre mois on m'a transférée à Birgittagården.

— Quelle est la différence… je veux dire, comparé à Lövsta ?

— C'est… Birgittagården est un vrai foyer… Il y a des tapis par terre et les meubles ne sont pas fixés au mur avec des putains de vis… Et c'est pas, genre, complètement verrouillé avec des alarmes partout… Et puis on dort tranquille et la bouffe est faite maison.

Joona hoche la tête. Du coin de l'œil, il voit que l'homme envoyé par l'association a toujours le nez dans son téléphone. Lisa Jern les écoute en silence.

— Qu'est-ce que vous avez mangé hier ?

— Des tacos.

— Tout le monde était à table ?

Elle hausse les épaules :

— Je crois.

— Miranda aussi ? Elle a mangé des tacos hier soir ?

— Vous n'avez qu'à lui ouvrir le ventre pour savoir – vous l'avez pas fait ?
— Non.
— Pourquoi ?
— Nous n'avons pas encore eu le temps.
Tuula fait un sourire en coin et se met à tripoter un fil défait sur son pantalon. Elle a arraché les envies de ses ongles rongés.
— J'ai vu l'intérieur de la chambre d'isolement – c'était assez chaud, dit Tuula en commençant à balancer le haut du corps.
— Tu as vu comment était allongée Miranda ? demande Joona après un moment.
— Oui, comme ça, répond Tuula du tac au tac en mettant ses mains devant son visage.
— Pourquoi a-t-elle fait ça à ton avis ?
Tuula passe son pied sous un carreau de moquette avant de le remettre à sa place.
— Elle avait peut-être peur.
— Tu as vu quelqu'un d'autre faire ça ? demande Joona d'un ton léger.
— Non, répond Tuula qui se gratte le cou.
— Vous n'êtes pas enfermées dans vos chambres ?
Tuula sourit :
— Non, on va où on veut.
— Et vous faites souvent le mur la nuit ?
— Pas moi.
La bouche de Tuula se crispe et elle fait semblant de tirer sur la psychologue avec son index.
— Pourquoi pas ?
Elle affronte son regard et répond à voix basse :
— J'ai peur du noir.
— Et les autres ?
Joona voit qu'une ride s'est creusée entre les sourcils de Lisa Jern.
— Oui, chuchote Tuula.

— Que font-elles lorsqu'elles se sauvent ?

La fille baisse les yeux et sourit pour elle-même.

— Elles sont plus âgées que toi, poursuit Joona.

— Oui, répond-elle tandis que des taches rouges apparaissent sur ses joues et sur son cou.

— Elles retrouvent des garçons ?

Elle hoche la tête.

— Vicky aussi ?

— Oui, elle fugue la nuit, dit Tuula en se penchant vers Joona.

— Tu sais qui elle retrouve ?

— Dennis.

— Qui est Dennis ?

— Je sais pas, murmure-t-elle avant de s'humecter les lèvres.

— Mais il s'appelle Dennis ? Tu connais son nom de famille ?

— Non.

— Elle est absente pendant combien de temps ?

Tuula hausse les épaules et tripote un morceau de scotch sous le siège de sa chaise.

31

Le procureur Susanne Öst attend devant l'hôtel Ibis à côté d'une Ford Fairlane. Son visage rond est dépourvu de maquillage et ses cheveux blonds réunis en une queue de cheval. Elle porte un pantalon noir et une veste de tailleur grise. Elle s'est gratté le cou avec force et un côté du col de sa chemise est relevé.

— Ça ne vous dérange pas que je joue au policier un moment ? demande-t-elle en rougissant.

— Au contraire, dit Joona en lui serrant la main.

— Nous faisons du porte à porte pour vérifier les garages, les granges, les parkings, etc., dit-elle d'une voix grave. Le filet se resserre, il n'y a pas beaucoup d'endroits où cacher une voiture par ici…

— Oui.

— Les choses se décantent maintenant que nous avons un nom, dit-elle dans un sourire avant d'ouvrir la portière de la Ford. Il y a quatre personnes du nom de Dennis dans le coin.

— Je vous suis, dit-il avant de s'installer dans sa Volvo.

L'habitacle de la voiture américaine remue un peu au moment de bifurquer en direction d'Indal. Joona la suit, absorbé dans ses pensées. Susie Bennet, la mère de Vicky, était toxicomane et sans domicile fixe jusqu'à sa mort l'hiver dernier. Vicky a été trimbalée de familles d'accueil en institutions depuis ses six ans. Elle a sans doute appris très tôt à ne pas s'attacher.

Si Vicky s'échappe la nuit pour rencontrer un garçon, il ne doit pas être très loin. Peut-être l'attend-il dans la forêt ou près du chemin de terre. Peut-être suit-elle la route 86 jusqu'à Baggböle ou Västloning.

Le bitume est presque sec, l'eau de pluie s'est accumulée dans les bas-côtés et seules quelques flaques peu profondes se sont formées sur la chaussée. Le ciel s'est éclairci, mais de grosses gouttes tombent encore dans la forêt.

Le procureur appelle Joona qui croise son regard dans le rétroviseur de la Ford.

— Nous avons trouvé un Dennis à Indal. Il a sept ans… Il y a un Dennis à Stige, mais il travaille à Leeds.

— Il nous en reste deux.

— Oui, Dennis et Lovisa Karmstedt habitent une maison près de Tomming. Nous n'y sommes pas encore allés. Dennis Rolando habite avec ses parents au sud d'Indal. Nous avons voulu leur rendre une petite visite mais c'était désert. Il est propriétaire d'un grand bâtiment industriel sur Kvarnvågen dans lequel nous n'arrivons pas à entrer… mais c'est sans doute sans importance, parce qu'ils ont réussi à le joindre et apparemment, il est en route pour Sollefteå.

— Forcez la porte.

— D'accord, répond-elle avant de raccrocher.

Les champs qui s'étendent de chaque côté de la route sont luisants de pluie. Des fermes de couleur rouge bordent la lisière de la forêt qui s'étend sur des dizaines et des dizaines de kilomètres.

Tandis que Joona dépasse la paisible localité d'Östankär, deux policiers s'attaquent aux gonds massifs d'une porte en acier à l'aide d'une disqueuse. Une cascade d'étincelles rebondit contre le mur du bâtiment industriel. Les policiers enfoncent de gros pieds-de-biche dans l'interstice et forcent la porte. À l'intérieur, protégées sous des bâches de plastique sale, une cinquantaine de vieilles bornes d'arcade sont entreposées. Le faisceau des lampes torches des policiers balaye des noms : *Space Invaders, Asteroids, Street Fighter.*

Joona voit Susanne Öst passer un coup de téléphone puis lui adresser un regard dans le rétroviseur. Elle l'appelle après quelques secondes pour lui expliquer qu'il ne reste qu'une adresse à aller vérifier. Ce n'est pas loin, ils devraient y être en dix minutes.

Elle ralentit puis s'engage sur une route qui part vers la droite, entre deux enclos détrempés, avant de s'enfoncer dans la forêt. Ils s'approchent d'une maison en bois jaune aux volets clos. Quelques pommiers poussent dans le jardin bien entretenu. Une balancelle rayée blanche et bleue a été installée au milieu du terrain.

Ils se garent et rejoignent ensemble des policiers postés près de leur véhicule. Joona les salue puis observe la maison aux volets clos.

— Nous ignorons si Vicky voulait enlever l'enfant ou simplement un véhicule pour fuir. Quoi qu'il en soit, à ce stade des événements nous devons le considérer comme un otage.

— Un otage, répète le procureur à voix basse.

Elle rejoint la porte d'entrée, sonne et annonce d'une voix claire que la police va forcer la porte si on ne les laisse pas entrer. Il y a du mouvement à l'intérieur, le sol grince et un meuble lourd est renversé.

— J'entre, dit Joona.

L'un des policiers surveille la porte d'entrée, le pignon donnant sur la pelouse ainsi que la porte du garage tandis que son collègue accompagne Joona de l'autre côté de la maison.

Leurs chaussures et le bas de leur pantalon sont trempés en quelques secondes sur l'herbe sauvage. À l'arrière de la maison, un petit escalier en béton conduit vers une porte munie d'une vitre opaque. Lorsque Joona force la porte d'un coup de pied, de petits morceaux de bois se détachent du chambranle. Du verre brisé tombe sur le tapis bleu de la buanderie.

32

Les éclats de verre crépitent sous les chaussures de Joona lorsqu'il pénètre dans une jolie buanderie où trône une calandre manuelle. Il repense aux victimes. Miranda était assise sur une chaise quand elle a été tuée. Elisabet a traversé la cour en chaussettes jusqu'à la grange. Elle a tenté de ramper pour s'échapper mais s'est rapidement retrouvée prise au piège.

Joona sent le poids de son nouveau pistolet rangé dans la gaine sous son bras droit. C'est un Smith & Wesson semi-automatique d'un calibre 45ACP. Il pèse un peu plus que le précédent, charge moins de cartouches, mais le premier tir est plus rapide.

Joona ouvre doucement une porte qui émet un long grincement. Elle donne sur une cuisine de style rustique. Un grand bol en céramique rempli de grosses pommes rouges est posé sur la table ronde. Une odeur de fumée émane d'une belle cuisinière à bois.

Des petits pains à la cannelle ont été mis à décongeler sur une assiette et un tiroir à couteaux est ouvert. À travers les lattes des volets, on devine la végétation humide du jardin.

Joona avance jusqu'au vestibule lorsque le lustre tinte au-dessus de lui. Des pendeloques en verre se sont entrechoquées. Il y a quelqu'un à l'étage.

Il monte l'escalier à pas feutrés tout en scrutant les interstices entre les marches. Des vêtements ont été accrochés sous l'escalier et pendent dans l'obscurité. Joona sort son arme au moment d'atteindre le palier. Il longe la balustrade presque sans un bruit et pénètre dans une chambre à coucher avec un lit double. Les volets sont fermés et le plafonnier ne fonctionne pas. Joona entre, vérifie ses lignes de tir et se décale sur le côté. La lunette télescopique d'un fusil de chasse est posée sur une couverture en patchwork. Il entend quelqu'un respirer tout près de lui. Joona avance encore dans la chambre et pointe son arme vers un des angles de la pièce. Derrière l'armoire ouverte, un homme châtain aux épaules arrondies le fixe du regard.

Il est pieds nus et porte un jean bleu foncé et un T-shirt blanc arborant le logo de l'entreprise Stora Enso. Il dissimule quelque chose derrière son dos et se décale lentement vers la droite pour s'approcher du lit.

— Rikskrim, annonce Joona qui abaisse un peu le canon de son arme.

— Ici, c'est chez moi, répond l'homme à voix basse.

— Vous auriez dû nous ouvrir.

Joona constate que l'homme transpire à grosses gouttes.

— Vous avez enfoncé ma porte à l'arrière ?

— Oui.

— Elle est réparable ?

— J'en doute.

Un reflet scintille sur la porte vitrée de l'armoire. L'homme cache un grand couteau de cuisine dans son dos.

— J'ai besoin de vérifier votre garage, dit Joona calmement.

— Il y a ma voiture.

— Posez le couteau et venez me montrer le garage.

L'homme tend son bras et jette un œil au couteau. Le manche verni est usé et la lame a été aiguisée de nombreuses fois.

— Ça ne peut pas attendre, dit Joona.

— Vous n'auriez pas dû détruire ma…

Soudain, Joona devine un mouvement derrière lui. Des pieds nus courent sur le plancher. Il a juste le temps de faire un pas de côté sans lâcher le couteau du regard avant que quelqu'un ne se jette sur lui. Joona lève son bras pour avoir plus d'amplitude et assène un violent coup de coude à son agresseur.

Tout en maintenant la bouche de son canon pointée sur l'homme au couteau, il atteint la personne derrière lui en pleine poitrine. Le souffle coupé, le garçon pousse un gémissement avant de tomber sur ses genoux et de s'écrouler. Allongé en chien de fusil sur le tapis, il tente de reprendre sa respiration en haletant.

— Ils viennent d'Afghanistan, dit l'homme à voix basse. Ils ont besoin d'aide et…

— Je vous tire une balle dans la jambe si vous ne posez pas ce couteau, dit Joona d'une voix autoritaire.

L'homme regarde de nouveau le couteau et le jette sur le lit. Soudain, deux jeunes enfants apparaissent sur le pas de la porte. Ils fixent Joona de leurs yeux écarquillés.

— Vous cachez des réfugiés ? Combien ça vous rapporte ?

— Comme si j'allais les faire payer, répond-il, indigné.

Joona croise le regard sombre du garçon sur le sol.

— *Do you pay him* ?* lui demande-t-il.

Le garçon secoue la tête.

— Personne n'est en situation irrégulière, dit l'homme.

— *You don't have to be afraid*, poursuit Joona. *I promise I will help you if you are abused in any way***.

Le garçon le fixe un long moment avant de secouer la tête.

* "Vous le payez ?"

** "N'ayez pas peur, je vous promets de vous aider si vous êtes victimes d'un quelconque abus."

— *Dennis is a good man**, chuchote-t-il.

— Tant mieux, dit Joona qui croise les yeux de l'homme avant de quitter la pièce.

Joona redescend l'escalier et se rend dans le garage. Il contemple un instant la vieille Saab qui y est garée. Toutes les pistes ont été explorées. Vicky et Dante ont disparu.

* "Dennis est un homme bien."

33

Flora Hansen passe la serpillière dans le couloir de l'appartement. Elle ressent encore sur sa joue gauche la brûlure de la gifle qu'elle a reçue, et son oreille siffle toujours. L'éclat du sol a disparu avec les années, mais l'eau redonne pour un instant sa brillance d'antan au couloir, là où le linoléum a été le plus usé par les passages répétés.

Une douce odeur de savon noir flotte dans l'appartement. Flora a secoué tous les tapis et s'est occupée du salon télé, de la cuisine et de la chambre de Hans-Gunnar. Elle compte en revanche attendre la diffusion de *Solsidan* pour commencer la chambre d'Ewa. Ils suivent tous deux la série et ne rateraient un épisode pour rien au monde.

Flora fait des mouvements brusques et les franges grises du balai fouettent les plinthes. Elle progresse à reculons et heurte le vieux tableau qu'elle a peint il y a plus de trente ans, lorsqu'elle était en maternelle. On avait proposé aux enfants de coller différentes sortes de pâtes sur une planche en bois puis de vaporiser de la peinture dorée sur leur création.

Le générique de la série résonne soudain dans l'appartement.

C'est maintenant ou jamais. Une douleur lancinante se réveille dans son dos lorsqu'elle soulève le seau pour l'apporter jusqu'à la chambre d'Ewa.

Elle ferme la porte derrière elle et pose le seau de façon à la bloquer. Elle rince le balai à franges et l'essore en regardant la photographie de mariage posée sur la table de nuit. Son pouls s'accélère.

Ewa cache la clé du secrétaire derrière le cadre.

Flora est hébergée dans la chambre de bonne. En échange, elle s'acquitte de toutes les tâches ménagères. Elle a été contrainte de retourner vivre chez Ewa et Hans-Gunnar après avoir perdu son poste d'infirmière à l'hôpital Sankt Göran.

Lorsqu'elle était enfant, Flora croyait que ses parents biologiques viendraient un jour la chercher. C'était peut-être des toxicomanes car Hans-Gunnar et Ewa prétendent ne rien savoir d'eux. Flora n'a aucun souvenir de ce qui a précédé son arrivée ici, à l'âge de cinq ans.

Hans-Gunnar a toujours parlé d'elle comme d'un fardeau et elle a rêvé de les quitter à peine entrée dans l'adolescence. À dix-neuf ans, elle a obtenu un poste d'infirmière auxiliaire et a emménagé dans un nouvel appartement le mois qui a suivi sa prise de fonction. Elle se dirige vers la fenêtre pour commencer à nettoyer le sol. Un peu d'eau s'écoule du balai. Sous le radiateur, des fuites d'eau ont laissé de nombreuses traces noires sur le linoléum. Les vieilles persiennes sont cassées et les lames pendent de travers. Un cheval de Dalécarlie, une figurine typique de l'artisanat de Rättvik, est posé sur le rebord de la fenêtre, entre les géraniums.

Flora s'approche lentement de la table de nuit et se fige afin de prêter attention à d'éventuels mouvements dans l'appartement.

Elle entend toujours le son du téléviseur.

Ewa et Hans-Gunnar sont encore jeunes sur la photographie. Elle est vêtue de blanc, lui porte un costume et une cravate argentée. Sur un promontoire, derrière eux, se dresse un campanile d'église surmonté d'un clocher à dôme noir. Hans-Gunnar porte un étrange chapeau. Flora ignore pourquoi ce cliché l'a toujours mise mal à l'aise.

Elle s'efforce de calmer sa respiration. Après avoir calé le manche à balai contre le mur, elle attend d'entendre le rire de sa tante pour saisir la photographie.

La clé ornée en cuivre pend à l'arrière du cadre. Flora la décroche de ses mains tremblantes mais la clé lui échappe et tombe sur le sol avec un tintement avant de rebondir sous le lit.

Flora prend appui sur le matelas pour s'agenouiller.

Des pas résonnent soudain dans le couloir. Flora se fige. Le martèlement dans ses tempes augmente encore. Le sol grince à hauteur de la porte, puis le silence retombe.

La clé est tombée près du mur entre les fils électriques poussiéreux. Elle tend la main pour la récupérer, se relève et attend quelques secondes avant de se diriger vers le secrétaire. Elle le déverrouille, abaisse le lourd panneau et ouvre un des petits tiroirs du meuble. Sous des cartes postales représentant Paris et Majorque est dissimulée l'enveloppe dans laquelle Ewa conserve chaque mois l'argent nécessaire au paiement des frais fixes. Flora ouvre l'enveloppe et prend la moitié de la somme. Elle fourre les billets dans sa poche, repose rapidement l'enveloppe et essaye en vain de refermer le petit tiroir. Quelque chose doit le bloquer.

— Flora, crie Ewa.

Elle ressort le tiroir de son compartiment, ne constate rien d'anormal et tente de le refermer mais elle tremble trop pour y parvenir.

Le bruit des pas s'approche dans le couloir. Flora appuie avec insistance sur le tiroir qui, bien que positionné de travers, finit par coulisser. Elle referme le secrétaire mais n'a pas le temps de le verrouiller. La porte s'ouvre violemment et cogne contre le seau dont l'eau éclabousse le sol.

— Flora ?

Elle saisit le balai, marmonne quelques paroles inintelligibles puis écarte le seau pour essuyer l'eau avant de poursuivre son ménage.

— Je ne trouve pas ma crème pour les mains.

Son regard est dur et les rides autour de sa bouche tombante semblent plus marquées qu'à l'accoutumée. Pieds nus sur le sol fraîchement lavé, elle flotte dans son pantalon de jogging jaune tandis que son T-shirt blanc comprime sa poitrine volumineuse et son gros ventre.

— Elle… elle est peut-être dans le placard de la salle de bains, je crois qu'elle est à côté de la lotion capillaire, dit Flora en trempant son balai dans le seau.

Le volume a augmenté pendant la coupure publicitaire et on entend des voix stridentes parler de mycoses. Postée près de la porte, Ewa la fixe du regard.

— Hans-Gunnar n'a pas aimé le café.

— Je suis désolée.

Flora essore le balai.

— Il dit que tu mets du café bon marché dans le paquet.

— Pourquoi je ferais…

— Ne mens pas, l'interrompt Ewa.

— Ce n'est pas le cas, marmonne Flora en continuant à laver le sol.

— Tu comprends bien que tu vas devoir aller chercher sa tasse, la laver et refaire du café.

Flora pose le balai contre le mur près de la porte, s'excuse et se rend dans le salon. Elle sent la clé et les billets dans sa poche. Hans-Gunnar ne lui accorde pas un regard quand elle récupère la tasse posée à côté du plateau à gâteau.

— Grouille-toi, Ewa, crie-t-il. Ça recommence !

Flora sursaute au son de sa voix, s'empresse de quitter la pièce, croise Ewa dans le couloir et l'interpelle :

— Tu te souviens que je dois me rendre à une réunion pour demandeurs d'emploi ce soir ?

— Tu ne trouveras pas de boulot de toute façon.

— Non, mais je dois y aller, c'est obligatoire… Je refais du café et j'essaie de finir les sols… Je pourrai peut-être m'occuper des rideaux demain.

34

Flora donne l'argent de la location à l'homme en pardessus gris. L'eau de son parapluie goutte sur son visage. Il lui tend la clé de la porte d'entrée et lui rappelle de la remettre comme d'habitude dans la boîte aux lettres de l'antiquaire quand elle aura terminé.

Flora le remercie et poursuit son chemin d'un pas rapide. Les coutures de son vieux manteau sont en train de lâcher. Elle a quarante ans et un visage presque enfantin qui trahit une grande solitude. En partant d'Odenplan, le premier pâté de maisons sur Upplandsgatan est composé de nombreux antiquaires et brocanteurs. Dans leur vitrine s'entassent des lustres en cristal, de petites armoires, de vieux jouets en plastique, des poupées en porcelaine, des médailles et des pendules.

À côté de la porte vitrée à barreaux du magasin *Carlén Antiquités*, une porte étroite mène à un sous-sol. Flora y attache une petite pancarte sur laquelle on peut lire : *Séance de spiritisme*.

Un escalier raide conduit au sous-sol où l'on entend chuinter les tuyaux d'évacuation chaque fois que quelqu'un tire une chasse d'eau ou utilise un robinet dans l'immeuble. Il y a eu entre quatre et six personnes à chaque séance et leur participation a à peine couvert la location du local. Flora a contacté de nombreux journaux pour les inciter à parler de sa capacité à entrer en communication avec les morts mais toutes ses tentatives sont restées vaines. En prévision de la séance de ce soir, elle a passé une annonce dans le magazine New Age *Fenomen*.

Il ne lui reste que quelques minutes avant l'arrivée des participants, mais elle sait exactement ce qu'elle a à faire. Elle dégage le centre de la pièce en poussant les meubles sur les côtés et dispose douze chaises en cercle autour d'une table. Elle y installe les deux petites poupées vêtues en costume du XIXe siècle, un homme et une femme au petit visage de porcelaine. Ces deux figurines ont pour but d'évoquer le passé aux participants mais à la fin de chaque séance, elle les range dans un placard. Elle ne les aime pas beaucoup.

Elle entoure les poupées de douze bougies et à l'aide d'une allumette enfonce un peu de sel de strontium dans l'une d'entre elles avant de dissimuler le trou laissé dans la cire.

Elle se dirige vers le placard d'un pas rapide afin de programmer la sonnerie d'un réveil mécanique. Elle a testé ce système pour la première fois il y a quatre séances. Il manque le petit marteau et lorsque le réveil sonne, on n'entend qu'un bruit saccadé provenant du placard. Avant qu'elle n'ait eu le temps de le remonter, la porte s'ouvre, elle entend le bruit de parapluies qu'on secoue, puis des pas résonnent dans l'escalier. Les premiers participants sont arrivés.

Flora croise son propre regard dans le miroir carré. Elle s'immobilise, inspire profondément et lisse la robe grise qu'elle a achetée au dépôt-vente de charité de Stadsmissionen.

Elle esquisse un léger sourire pour paraître plus sereine.

Elle allume de l'encens puis sort saluer Dina et Asker Sibelius à voix basse tandis qu'ils accrochent leurs manteaux en discutant à mi-voix.

Les participants sont pour la plupart des personnes âgées qui ont conscience que leur fin est proche, qui ne se résignent pas aux pertes qu'ils ont connues ou n'acceptent pas le caractère définitif de la mort.

La porte d'entrée s'ouvre à nouveau et l'on entend des bruits de pas dans l'escalier. Il s'agit d'un couple de personnes âgées qu'elle n'a jamais vu auparavant.

— Bonjour et bienvenue, dit-elle doucement.

Elle s'apprête à se retourner mais s'arrête dans son élan. Elle jette un regard sur l'homme en faisant semblant d'avoir vu quelque chose puis feint l'indifférence avant de leur demander de prendre place. D'autres participants les rejoignent mais à sept heures dix, elle doit se rendre à l'évidence qu'il ne viendra plus personne. Avec neuf visiteurs, c'est la meilleure séance qu'elle ait connue même si ce n'est toujours pas assez pour rembourser la somme qu'elle a prise à Ewa.

Flora s'efforce de respirer plus calmement, mais sent ses jambes trembler lorsqu'elle retourne dans la grande pièce sans fenêtres. Les participants sont déjà tous installés. Leurs conversations s'interrompent et tous les regards se tournent vers elle.

35

Flora Hansen allume les bougies. Une fois assise, elle laisse son regard se promener sur chacun des participants. Cinq d'entre eux sont déjà venus à plusieurs reprises, les autres sont nouveaux. En face d'elle est assis un homme qui semble avoir une trentaine d'années à peine. Il a un visage rieur et un air enfantin qui ne manque pas de charme.

— Bienvenue… chez moi, dit-elle en déglutissant. Si nous commencions ?

— Oui, répond le vieux Asker d'une voix tremblotante et aimable.

— Prenez-vous les mains et refermez le cercle, leur indique Flora d'une voix chaleureuse.

Le jeune homme la regarde droit dans les yeux. Son regard espiègle semble l'interroger. Une sensation d'excitation mêlée d'appréhension commence à poindre dans le creux de son estomac. Un profond silence règne désormais dans la pièce et les dix personnes réunies ressentent au même moment la présence d'esprits dans leur dos.

— Ne rompez pas le cercle, dit-elle d'une voix grave. Quoi qu'il arrive, ne rompez pas le cercle. Nous risquerions que nos visiteurs soient dans l'incapacité de retrouver leur chemin vers l'au-delà.

Les participants les plus âgés ont souvent perdu un plus grand nombre d'êtres chers qu'il ne leur en reste de vivants. Pour eux, la mort est emplie de visages connus.

— Vous ne devez jamais rien demander sur votre propre mort ni sur le diable.

— Pourquoi ? demande le jeune homme avec un sourire.

— Tous les esprits ne sont pas bienfaisants et le cercle n'est qu'une porte vers l'au-delà…

Les yeux du jeune homme semblent pétiller :

— Des démons ?

— Je ne crois pas, dit Dina Sibelius avec un sourire inquiet.

— J'essaie de garder ce passage, dit Flora d'un air sérieux. Mais ils… ils sentent notre chaleur et voient brûler les bougies.

Le silence retombe entre les participants, on entend seulement le chuintement des tuyaux ainsi qu'un étrange bourdonnement, comme si une mouche s'était prise dans une toile d'araignée.

— Vous êtes prêts ? demande-t-elle lentement.

Ils marmonnent une affirmation et Flora ressent une grande satisfaction de voir qu'ils font preuve de la plus grande attention. Elle a l'impression de pouvoir distinguer le battement de leur cœur à travers le cercle ainsi formé.

— Je vais maintenant entrer dans un état de transe.

Flora retient sa respiration et serre la main d'Asker Sibelius et celle de la femme installée à ses côtés. Les yeux fermés, elle arrête de respirer aussi longtemps qu'elle le peut avant de se mettre à trembler et d'inspirer profondément.

— Nous avons de nombreux visiteurs, dit Flora après un moment.

Ceux qui ont déjà participé aux séances marmonnent alors quelques mots. Flora sent le regard pénétrant du jeune homme se poser sur ses joues, ses cheveux, son cou.

Elle baisse la tête et décide de commencer par Violet afin de le convaincre de la véracité de son don. Flora connaît bien l'histoire de Violet Larsen, mais elle a choisi de la faire patienter jusqu'à présent. C'est une femme très seule qui a perdu son fils unique il y a cinquante ans. Un soir, le garçon est tombé gravement malade, victime d'une méningite épidémique. Aucun hôpital n'a accepté de le prendre en charge, de crainte d'une éventuelle contagion. Le mari de Violet a arpenté la ville d'hôpital en hôpital toute la nuit. À l'aube, le garçon est mort dans ses bras. Anéanti par le chagrin, il est décédé l'année suivante. En cette nuit funeste, elle a perdu tout ce qui constituait son bonheur et vit ainsi depuis un demi-siècle.

— Violet, chuchote Flora.

La vieille femme dirige ses yeux rougis vers Flora :

— Oui ?

— Il y a un enfant ici, un enfant qui tient un homme par la main.

— Comment s'appellent-ils ? chuchote Violet d'une voix tremblante.

— Ils s'appellent… le garçon dit que vous l'appelez Jusse.

Violet halète.

— C'est mon petit Jusse.

— Et l'homme dit que vous savez qui il est, vous êtes sa fleur.

Violet hoche la tête et sourit :

— C'est mon Albert.

— Ils ont un message pour vous, Violet, poursuit Flora d'une voix grave. Ils disent qu'ils sont avec vous chaque jour et chaque nuit. Vous n'êtes jamais seule.

Une grosse larme roule sur la joue ridée de Violet.

— Le garçon vous demande de ne pas être triste. Il a dit : "Maman, je vais bien. Papa est toujours à mes côtés."

— Vous me manquez tellement, répond Violet dans un sanglot.

— Je vois le garçon, il est près de vous et vous caresse la joue, chuchote Flora.

Violet pleure en silence. Il n'y a plus un bruit dans la pièce. Flora attend que la bougie ait assez fondu pour enflammer le sel de strontium, mais l'effet escompté tarde à se produire.

Elle marmonne quelque chose en se demandant quel participant choisir. Elle ferme les yeux et balance légèrement le haut de son corps.

— Il y a tellement de monde… chuchote-t-elle. Ils se bousculent à l'entrée du passage, je les sens, ils veulent vous voir, vous parler…

Elle s'interrompt après avoir entendu l'une des bougies crépiter.

— Ne vous agitez pas, murmure-t-elle.

La bougie s'embrase et une flamme rouge jaillit brusquement. Certains membres du groupe poussent un cri.

— Vous n'êtes pas la bienvenue, n'entrez pas, ordonne Flora en attendant que la flamme rouge s'éteigne. Maintenant j'aimerais appeler l'homme aux lunettes. Oui, approchez. Quel est votre nom ?

Elle fait mine d'écouter en fermant les yeux.

— Comme d'habitude, dit Flora qui lève le regard sur les participants. Il prendra comme d'habitude, des coquelets accompagnés de pommes vapeur et…

— C'est mon Stig ! s'exclame la vieille femme assise à côté de Flora.

— J'ai du mal à l'entendre, poursuit Flora. Il y a tellement de monde, ils l'interrompent tout le temps…

— Stig, chuchote la femme.

— Il vous demande pardon.

Flora sent la main de la femme trembler dans la sienne.

— Je t'ai pardonné, chuchote-t-elle.

36

À la fin de la séance, Flora prend discrètement congé des participants. Ils éprouvent souvent le besoin de rester seuls. Les souvenirs rejaillissent, l'imagination tourne à plein. Elle fait calmement le tour de la pièce pour éteindre les bougies et remettre les chaises en place. La séance a été un succès. Elle éprouve un sentiment de bien-être.

Les participants ont déposé de l'argent dans le coffret installé dans le vestibule mais cela ne suffit pas à rembourser la somme manquante dans l'enveloppe. Une nouvelle séance est prévue la semaine suivante. Ce sera sa dernière chance de réunir ce qu'elle doit à Ewa avant que celle-ci ne se rende compte de son vol. Elle a passé une annonce dans le magazine *Fenomen*, mais le nombre de participants est encore trop faible. Ces derniers temps, elle se réveille en pleine nuit et fixe l'obscurité de ses yeux secs en se demandant comment s'en sortir. Ewa paie ses factures à la fin du mois. Elle va bientôt se rendre compte qu'il manque de l'argent. Dehors, la pluie a cessé. Il fait nuit noire. La lumière des réverbères et des néons se reflète sur la chaussée mouillée. Flora verrouille la porte et met la clé dans la boîte aux lettres de *Carlén Antiquités*.

Tandis qu'elle décroche la petite pancarte en carton et la fourre dans son sac, elle s'aperçoit que quelqu'un se tient sous le porche voisin. C'est le jeune homme qui a participé à la séance. Il fait un pas vers elle et lui adresse un sourire gêné.

— Bonsoir, je me demandais… est-ce que je peux vous inviter à boire un verre de vin ?

— Ce n'est pas possible, répond-elle machinalement, comme si elle était conditionnée par sa timidité.

— Vous avez vraiment été fantastique.

Flora ignore quoi répondre et sent son visage s'empourprer.

— C'est juste que je dois partir pour Paris, ment-elle.

— Je n'ai pas le temps de vous poser quelques questions ?

Elle comprend alors que c'est sûrement un des journalistes qu'elle avait tenté de contacter.

— Je pars très tôt demain matin.

— Accordez-moi une demi-heure, s'il vous plaît.

Tandis qu'ils se hâtent de rejoindre le bistrot le plus proche de l'autre côté de la rue, le jeune homme lui explique qu'il s'appelle Julian Borg et qu'il travaille pour le journal *Nära*.

Quelques minutes plus tard, ils sont installés à une table recouverte d'une nappe en papier blanc. Elle trempe doucement ses lèvres dans le verre de vin rouge. Les saveurs sucrées et amères se confondent dans sa bouche et lui procurent une agréable sensation de chaleur. Julian Borg, qui a commandé une salade César, l'observe avec curiosité.

— Comment est-ce que ça a commencé ? Vous avez toujours vu des esprits ?

— Quand j'étais petite, je croyais que tout le monde en était capable, il n'y avait rien d'étrange pour moi. La facilité qu'elle éprouve à mentir la fait rougir.

— Qu'avez-vous vu à cette époque ?

— Des personnes que je ne connaissais pas et qui habitaient chez nous… je me disais qu'ils devaient se sentir seuls… et de temps en temps, il arrivait qu'un enfant me rejoigne dans ma chambre et que j'essaye de jouer avec lui…

— En avez-vous parlé à vos parents ?

— J'ai vite appris qu'il ne valait mieux pas, répond Flora avant de boire une nouvelle gorgée. En fait, c'est seulement il y a peu que je me suis rendu compte que de nombreuses personnes ont besoin des esprits même si elles ne peuvent pas les voir… et les esprits ont également besoin des humains. J'ai enfin trouvé ma vocation. Je suis l'intermédiaire qui leur permet de se rencontrer.

Elle soutient un instant le regard amical de Julian Borg.

En réalité, tout a commencé quand Flora a perdu son travail. Elle voyait de moins en moins ses anciens collègues et en l'espace d'un an, elle a perdu tout contact avec ses amis. Une fois ses droits aux allocations chômage épuisés, ne pouvant plus prétendre à aucune indemnité, elle n'a eu d'autre choix que de retourner vivre chez Ewa et Hans-Gunnar. Cependant, par l'intermédiaire de l'agence pour l'emploi, elle a pu suivre une formation aux métiers de l'onglerie où elle a rencontré Jadranka, une Slovaque. Jadranka était sujette à des épisodes dépressifs, mais lorsqu'elle allait bien, elle se ménageait un revenu supplémentaire en travaillant pour le service téléphonique d'un site internet, Tarot-service. Un jour, Jadranka a emmené Flora à une grande séance de spiritisme organisée par le mouvement spirituel Sanningssökarna. À la suite de cette expérience, elles se sont dit qu'elles pourraient facilement faire la même chose, en beaucoup mieux. Quelques mois plus tard, elles ont trouvé le sous-sol d'Uplandsgatan. Après seulement deux séances, la dépression de son amie s'est aggravée et elle a été internée dans une clinique au sud de Stockholm. Flora a néanmoins décidé de poursuivre seule leur projet.

Elle a donc emprunté de nombreux ouvrages sur la guérison par la foi, les vies antérieures, les anges, l'aura et le corps astral. Puis elle s'est renseignée sur des sujets plus précis, comme les sœurs Fox, les miroirs magiques ou Uri Geller, mais elle s'est surtout intéressée aux projets de James Randi visant à démystifier les phénomènes paranormaux en révélant les différents trucs utilisés.

Flora n'a jamais communiqué avec un esprit, mais elle possède le don de dire exactement ce que les gens veulent entendre.

— Vous employez le mot "esprit" et non celui de "fantôme", dit Julian en reposant ses couverts sur son assiette.

— C'est la même chose. Mais le mot fantôme a une connotation sinistre, en tout cas négative.

Julian sourit et lui adresse un regard bienveillant :

— Je dois admettre que… j'ai vraiment du mal à croire à tout cela, mais…

— Il faut avoir l'esprit ouvert, l'interrompt Flora. Conan Doyle, par exemple, vous savez, celui qui a écrit tous les livres sur Sherlock Holmes… Il était spirite.

— Avez-vous déjà aidé la police ?

— Non, c'est…

Flora rougit. Ne sachant comment répondre, elle jette un œil à sa montre.

— Excusez-moi, vous devez partir, dit-il. Il prend ses mains dans les siennes sur la table. Je sais que vous voulez aider les gens. Je trouve ça bien. Je tenais à vous le dire.

Le cœur de Flora s'est emballé quand il l'a touchée. Elle n'ose pas le regarder. Ils se lèvent et sortent du café.

37

Les bâtiments de Birgittagården ont retrouvé toute leur beauté avec la lumière du jour. Joona et le procureur Susanne Öst discutent près d'un immense bouleau à branches pendantes. Il s'en détache encore, de loin en loin, quelques gouttes de pluie scintillantes.

— La police continue le porte à porte à Indal, dit le procureur. Quelqu'un a heurté un feu tricolore et on a retrouvé des débris de verre au sol, mais après… plus rien.

— Je dois m'entretenir à nouveau avec les élèves, dit Joona en songeant à la violence des événements qui se sont déroulés derrière les fenêtres embuées du bâtiment.

— J'ai cru que partir à la recherche de ce Dennis nous mènerait quelque part.

Joona pense à la chambre d'isolement. Il a comme un mauvais pressentiment. Il tente de reconstituer la scène mais ne parvient qu'à se figurer des ombres se mouvant entre les meubles. Les protagonistes sont comme masqués par du verre dépoli.

Il prend alors une grande inspiration et soudain, la pièce dans laquelle gît Miranda, les mains posées sur le visage, se matérialise dans son esprit. Les projections de sang trahissent la violence des coups et il parvient désormais à isoler chacun d'entre eux. L'angle d'impact du troisième coup porté diffère des précédents, la suspension vacille et Miranda est aspergée de sang.

— Mais il n'y a aucune trace de sang sur son corps, chuchote-t-il.

— Qu'est-ce que vous dites ? demande le procureur.

— Je dois vérifier quelque chose, répond Joona.

Au même moment, la porte d'entrée s'ouvre sur un petit homme vêtu d'une combinaison de protection étanche. Holger Jalmert, professeur de sciences forensiques à l'université d'Umeå, met un certain temps à ôter son masque, dévoilant un visage trempé de sueur.

— J'organise un nouvel interrogatoire avec les filles dans une heure, dit Susanne.

— Merci, dit Joona avant de traverser la cour.

Devant sa camionnette, le professeur ôte sa combinaison et la glisse dans un sac-poubelle qu'il scelle méticuleusement.

— La couette a disparu, dit Joona.

— J'ai enfin le plaisir de rencontrer Joona Linna, dit le professeur avec un sourire. Il ouvre un paquet contenant une nouvelle combinaison.

— Êtes-vous allé dans la chambre de Miranda ?

— Oui.

— Il n'y avait pas de couette ?

Holger fronce les sourcils :

— Non, vous avez raison.

— Vicky a dû la cacher dans l'armoire ou sous le lit de sa chambre.

— Je m'apprêtais à y aller.

Joona a déjà fait quelques pas vers la porte. Le professeur le suit du regard. Il se dit que la réputation de Joona Lina semble se vérifier : il est si obstiné qu'il resterait des heures à observer une scène de crime jusqu'à pouvoir lire en elle comme dans un livre ouvert.

Il jette l'emballage, prend deux combinaisons et lui emboîte le pas.

Ils se changent puis enfilent des couvre-chaussures et

des gants en latex avant d'ouvrir la porte de la chambre de Vicky.

— On dirait qu'il y a quelque chose sous le lit.

— Chaque chose en son temps, marmonne Holger en mettant son masque.

Joona attend dans l'encadrement de la porte tandis que le professeur photographie et mesure la pièce à l'aide d'un télémètre laser. Ces relevés permettront ensuite de placer les indices dans un système de coordonnées tridimensionnel.

Un poster à l'effigie de Robert Pattinson, visage blafard et regard souligné par du fard à paupières foncé, est accroché au mur, juste au-dessus des motifs bibliques qui y sont peints. Un grand bol rempli d'antivols du magasin H&M est posé sur une étagère. Joona observe les gestes de Holger, qui colle un film sur le sol à l'aide d'un rouleau en caoutchouc, puis le soulève délicatement pour le photographier. Il procède ainsi jusqu'au lit avant de continuer vers la fenêtre. Lorsqu'il soulève le film, le dessin d'une semelle de chaussure de sport apparaît sur la fine couche de gélatine jaune.

— Je dois bientôt m'en aller, dit Joona.

— Et vous voulez que je regarde avant sous le lit…

Holger secoue la tête face à l'impatience de Joona mais pose néanmoins une plaque de cheminement près du lit. Une fois à genoux, il tend la main vers une forme indistincte.

— Effectivement, on dirait bien qu'il s'agit d'une couette, dit-il d'un air concentré.

Il tire délicatement la lourde couette jusqu'à la plaque de plastique. Elle est roulée en boule et imbibée de sang.

— Je pense que Miranda l'avait autour des épaules au moment du meurtre, dit Joona à voix basse.

Holger l'enveloppe dans du plastique et l'introduit dans un sac. Joona consulte sa montre, il a encore dix minutes devant lui. Holger fait de nombreux prélèvements. Il utilise des écouvillons humides pour les taches de sang et pour les croûtes qu'il laisse sécher un moment avant de les emballer.

— Si jamais vous trouvez quoi que ce soit qui puisse nous mener à un lieu ou une personne, prévenez-moi immédiatement, dit Joona.

— Très bien.

Pour l'analyse du marteau dissimulé sous l'oreiller, le professeur utilise cent vingt écouvillons qu'il référence séparément. Il colle les fibres et les cheveux sur des lamelles transparentes et enveloppe des touffes de cheveux dans du papier. Quant à la chair et aux fragments d'os, il les introduit dans des tubes qui seront congelés afin d'empêcher le développement des bactéries.

38

La salle de conférences de l'hôtel Ibis est occupée. Joona patiente dans la salle du petit-déjeuner tandis que le procureur tente de trouver une autre pièce où mener les interrogatoires. Un téléviseur posé sur un support métallique fixé au mur est allumé. Joona tente de joindre Anja et tombe sur sa messagerie. Il lui demande alors de vérifier s'il y a un médecin légiste expérimenté à Sundsvall.

À la télévision, les différentes éditions d'informations font le point sur les meurtres de Birgittagården et reviennent sur les derniers rebondissements de l'affaire. Des images des barrages policiers et des plans fixes des bâtiments rouges et du panneau du foyer spécialisé défilent sur l'écran. Une carte retrace l'itinéraire présumé du suspect. Un journaliste posté sur la route 86 évoque l'enlèvement et les barrages infructueux.

Joona s'approche du téléviseur lorsqu'une voix annonce que la mère du garçon enlevé a demandé à faire passer un message au ravisseur.

Pia Abrahamsson apparaît à l'écran, le visage tourmenté. Elle est assise à une table de cuisine, une feuille à la main.

“Si vous m'entendez… Je comprends que vous ayez subi des injustices, mais Dante n'a rien à voir là-dedans…” Pia regarde droit dans la caméra, son menton tremble : “Il faut me le rendre, chuchote-t-elle. Je suis sûre que vous êtes quelqu'un de bien, mais Dante n'a que quatre ans et je sais à quel point il doit être effrayé… il est si…" Elle regarde la feuille et des larmes commencent à perler sur ses joues. "Ne lui faites pas de mal, pas à mon petit…"

Elle fond en larmes. Secouée par des sanglots déchirants, elle détourne son visage de la caméra puis le journal reprend dans les studios de Stockholm.

Installé à une table haute, un psychiatre légiste de l'hôpital Säter s'entretient de la gravité de la situation avec le présentateur : "Je n'ai pas accès au dossier médical de cette jeune fille et je ne voudrais pas spéculer sur sa culpabilité en ce qui concerne les deux meurtres qui ont été commis. En revanche, au regard de son internement, on peut supposer qu'elle souffre d'une grave instabilité psychique et même si…

— Mais quels sont les risques ? demande le présentateur.

— Il est possible qu'elle ne se préoccupe pas du garçon. Peut-être même l'oublie-t-elle complètement à certains moments… mais il est très jeune et s'il se met soudain à pleurer ou à réclamer sa mère, elle est susceptible de se mettre en colère et donc de représenter un danger potentiel pour lui…"

Susanne Öst entre dans la pièce. Elle vient chercher Joona. Un petit sourire aux lèvres, elle lui propose une tasse de café et un biscuit. Il la remercie et la suit dans l'ascenseur. Une fois au dernier étage, ils pénètrent dans une suite nuptiale dépourvue de tout charme : un minibar fermé dans un coin, un jacuzzi fatigué, des dorures qui s'effritent.

Tuula Lehti est allongée sur le grand lit à baldaquin et regarde Disney Channel. Le représentant de l'association d'aide aux victimes leur fait signe de la tête. Susanne ferme la porte tandis que Joona s'installe sur une chaise recouverte de velours rose.

— Pourquoi m'as-tu dit que Vicky fréquentait un certain Dennis ?

Tuula se redresse et serre un coussin en forme de cœur sur sa poitrine.

— C'est ce que je pensais.

— Qu'est-ce qui t'a fait croire ça ?

Tuula hausse les épaules et lève les yeux vers l'écran.

— Avait-elle parlé de lui ?

— Non, répond-elle avec un petit sourire.

— Tuula, il faut vraiment que je retrouve Vicky.

Elle repousse le couvre-lit en velours et la couverture rose du pied puis se tourne à nouveau vers l'écran.

— Je suis obligée de rester là toute la journée ?

— Non, tu peux retourner dans ta chambre si tu veux, répond le représentant de l'association.

— *Sinä olet vain pieni lapsi*, dit Joona. Tu n'es qu'une enfant.

— *Ei*, répond-elle à voix basse en le regardant dans les yeux.

— Tu ne devrais pas être obligée de vivre dans une institution.

— Je m'y plais, dit-elle d'une voix monotone.

— Tu n'as jamais eu de problèmes ?

— Non.

— Miranda t'a pourtant frappée hier.

— Oui, admet Tuula en comprimant de plus en plus le coussin en forme de cœur.

— Pourquoi était-elle en colère ?

— Elle a cru que j'étais allée dans sa chambre pour fouiller dans ses affaires.

— Et c'était le cas ?

Tuula mâchonne le coussin.

— Oui, mais j'ai rien pris.

— Pourquoi as-tu fait ça ?

— Je fouille dans la chambre de tout le monde.

— Pourquoi ?

— Ça m'amuse.

— Mais Miranda a cru que tu lui avais pris quelque chose ?

— Oui, elle était vénère…

— Qu'aurais-tu pris selon elle ?

— Elle me l'a pas dit, rétorqua Tuula avec un sourire.

— À ton avis ?

— Je sais pas, en général ça concerne les médocs… Lu Chu m'a poussée dans l'escalier quand elle a cru que j'avais piqué ses putain de cachetons.

— Si ce n'était pas des médicaments – qu'est-ce que ça aurait pu être ?

— Peu importe, soupire Tuula. Maquillage, boucles d'oreilles…

Elle se décale vers le bord du lit, s'adosse et chuchote quelque chose au sujet d'un collier en strass.

— Et Vicky ? Elle a l'habitude de se battre ?

Tuula sourit à nouveau :

— Non.

— Que fait-elle alors ?

— Je peux rien dire, je la connais pas, je crois qu'elle m'a même pas adressé un mot, mais…

Elle s'interrompt et hausse les épaules.

— Pourquoi ?

— J'en sais rien.

— Mais tu as déjà dû la voir en colère, non ?

— Elle s'automutile alors vous pouvez…

Tuula ne termine pas sa phrase et secoue la tête.

— Qu'allais-tu dire ?

— Que vous pouvez laisser tomber… elle va bientôt se suicider et ça vous fera un problème en moins, lança Tuula sans un regard pour Joona.

Les yeux fixés sur ses doigts, elle chuchote quelque chose pour elle-même, puis se lève brusquement et sort de la pièce.

39

Caroline entre dans la pièce accompagnée du représentant de l'association d'aide aux victimes. Un peu plus âgée que les autres pensionnaires, elle porte un long T-shirt ample sur lequel est dessinée l'empreinte d'un chaton. Un tatouage en forme de runes fait le tour de son bras. Des cicatrices d'injections lacèrent ses avant-bras.

Elle salue Joona avec un sourire timide avant de s'installer dans le fauteuil près du bureau marron.

— Tuula dit que Vicky a l'habitude de s'échapper la nuit pour retrouver un garçon.

— Non, dit Caroline en poussant un petit rire.

— Tu n'y crois pas ?

Caroline sourit :

— Elle ne fait pas ce genre de choses.

— Tu as l'air bien sûre de toi.

— Tuula pense qu'on est toutes des grosses salopes.

— Et Vicky ne fait pas le mur ?

Elle prend un air grave :

— Si.

— Que fait-elle dehors ? demande Joona sans laisser transparaître son impatience.

Caroline le regarde dans les yeux un instant avant de détourner le regard.

— Elle va s'asseoir derrière la grange pour appeler sa mère.

Joona sait que la mère de Vicky est morte avant son arrivée à Birgittagården, mais choisit de ne pas contredire Caroline sur ce point et lui demande d'une voix calme :

— Et de quoi parlent-elles ?

— En fait... Vicky ne fait que lui laisser des messages, mais je crois... enfin si j'ai bien compris, que sa mère ne la rappelle jamais.

Joona hoche la tête. Il semble que personne n'ait annoncé à Vicky la mort de sa mère.

— As-tu entendu parler de Dennis ?

— Non, répond Caroline sans hésitation.

— Réfléchis bien.

Elle le regarde calmement dans les yeux, mais tressaille lorsque le téléphone de Susanne Öst se met à vibrer pour indiquer la réception d'un message.

— Qui serait-elle susceptible d'aller voir ? poursuit Joona bien que la dynamique qu'il tentait de créer ait été perturbée.

— Sa mère – c'est la seule personne qui me vienne à l'esprit.

— Pas d'amis ni de garçons ?

— Non. Je la connais pas... enfin, on est toutes les deux ADL et on se voyait pas mal, mais elle ne me parlait presque jamais d'elle.

— Que signifie ADL ?

Caroline pousse un petit rire :

— On dirait un diagnostic, mais c'est juste l'abréviation d'*All Day Lifestyle**. Ça désigne les filles qui ne posent pas de réels problèmes. On a le droit de sortir un peu, d'aller à Sundsvall faire des courses, des trucs marrants...

— Mais vous avez bien dû parler pendant ces sorties, non ?

— Un peu, enfin... pas vraiment.

* Mode de vie quotidien.

— À qui se confiait-elle alors ?
— Personne. À part Daniel, bien sûr.
— L'éducateur ?

40

Joona et Susanne quittent la chambre et se dirigent vers l'ascenseur situé au bout du couloir. Elle pousse un petit rire lorsqu'ils appuient sur le bouton en même temps.

— Quand pourra-t-on interroger Daniel Grim ? demande Joona.

— Hier, le médecin a estimé qu'il était encore trop tôt, ce qui est compréhensible. Ce n'est pas facile pour lui mais je vais refaire une demande et nous verrons bien ce qu'ils disent.

Une fois au rez-de-chaussée, ils se dirigent vers la sortie avant d'apercevoir Gunnarsson qui attend à la réception.

— C'est vrai, j'ai reçu un message m'informant que l'autopsie avait commencé, dit Susanne à Joona.

— Bien, quand aurons-nous le premier procès-verbal ?

— Rentrez chez vous, siffle Gunnarsson. Vous n'avez rien à faire ici et il n'est pas question de consulter le moindre procès-verbal. Vous devriez plutôt…

— Mais enfin, calmez-vous, l'interrompt Susanne.

— On est tellement mous ici qu'on laisse un putain d'observateur gérer toute l'enquête préliminaire sous prétexte qu'il vient de Stockholm.

— J'essaye simplement d'aider, dit Joona. Étant donné…

— Fermez-la.

— Il s'agit de mon enquête préliminaire, déclare le procureur en fusillant Gunnarsson du regard.

— Alors, vous devriez savoir que Joona Linna fait l'objet d'une enquête interne et que le procureur de l'Inspection gén…

— Comment ? demande Susanne, incrédule. C'est vrai ?

— Oui, répond Joona. Mais ma mission…

— Et moi qui vous faisais confiance. Une moue se dessine sur sa bouche. Je vous ai inclus dans l'enquête. Je vous écoute, poursuit-elle. Vous n'avez pas été honnête avec moi.

— Je n'ai pas le temps pour ces histoires, dit Joona d'un air grave. Je dois m'entretenir avec Daniel Grim.

— Je vais m'en occuper, dit Gunnarsson.

— Vous comprenez bien que c'est très important, poursuit Joona. Daniel Grim est peut-être le seul qui…

— Je ne compte pas collaborer avec vous, l'interrompt le procureur.

— Vous êtes exclu de l'enquête, dit Gunnarsson.

— J'ai perdu toute confiance en vous, dit Susanne dans un soupir avant de se diriger vers la sortie.

— À plus, dit Gunnarsson avant de lui emboîter le pas.

— Si vous interrogez Daniel, parlez-lui de Dennis. Demandez-lui s'il sait de qui il s'agit et surtout où est passée Vicky. Nous devons absolument obtenir un nom ou un lieu. Daniel est le seul à qui Vicky se confiait et il…

— Rentrez chez vous, dit Gunnarsson en souriant.

Il lui fait un signe de la main avant de disparaître.

41

Daniel Grim travaille en tant qu'éducateur à Birgittagården depuis onze ans. Adepte des méthodes de la psychothérapie cognitivo-comportementale, il utilise le programme *Aggression Replacement Training* qui s'articule autour de la maîtrise de soi, du savoir-être et du raisonnement moral. Dans ce cadre, il organise, au moins une fois par semaine, des entretiens individuels avec chaque pensionnaire.

La nuit du drame, sa femme, Elisabet, était l'infirmière de garde. En arrivant sur les lieux, il a d'abord pensé qu'elle avait accompagné la jeune Nina Molander, en état de choc, jusqu'à l'hôpital. Mais lorsqu'il a compris que le corps d'Elisabet avait été retrouvé dans la grange, il s'est effondré. Avant qu'on ne lui annonce sa mort, très inquiet, il n'avait cessé de balbutier qu'elle avait des problèmes cardiaques. La nouvelle de son assassinat l'avait plongé dans un état mutique. Son corps avait été pris de tremblements, il avait commencé à respirer par saccades et de grosses gouttes de sueur s'étaient mises à dégouliner le long de ses joues. Il s'était laissé porter sans un mot jusqu'à l'ambulance où on l'avait allongé sur une civière.

Une cigarette à la main, l'inspecteur Gunnarsson sort de l'ascenseur au niveau du service psychiatrique 52A de l'hôpital du comté de Västernorrland.

Un jeune homme en blouse blanche déboutonnée vient à sa rencontre, Gunnarsson lui serre la main puis l'accompagne dans un couloir aux murs gris clair.

— Comme je vous l'ai dit au téléphone, je ne pense pas qu'un interrogatoire soit envisageable…

— Oui, mais je voudrais seulement papoter un peu avec lui.

Le médecin s'arrête et observe Gunnarsson un instant avant de lui expliquer :

— Daniel Grim est dans un état de stress traumatique, également appelé activation physiologique. Ce sont l'hypothalamus et le système limbique…

— Je n'en ai rien à faire, l'interrompt Gunnarsson. La seule chose que je dois savoir, c'est s'il est bourré de médocs et complètement dans les vapes.

— Non, il n'est pas dans les vapes comme vous dites, mais je ne vous aurais jamais laissé le voir s'il n'y avait pas eu…

— On a un double homicide sur les bras qui…

— Vous savez pertinemment qui a le dernier mot ici, l'interrompt le médecin d'une voix assurée. Si j'estime qu'un entretien avec la police pourrait mettre en péril le rétablissement du patient, vous devrez prendre votre mal en patience.

Gunnarson s'efforce de répondre d'un ton plus calme :

— Je comprends.

— Mais étant donné que le patient a lui-même répété vouloir vous aider, je pensais vous autoriser à lui poser quelques questions en ma présence.

— Je vous en suis reconnaissant, dit Gunnarsson avec un sourire.

Ils font encore quelques pas, prennent un autre couloir, longent une rangée de fenêtres qui donnent sur une cour intérieure avec des lucarnes et des conduits de ventilation puis le médecin ouvre la porte d'une chambre. Les draps et la couette gisent sur un petit canapé. Daniel Grim est adossé contre le radiateur sous la fenêtre. Son visage est étrangement détendu. Il ne lève pas les yeux quand ils entrent dans la pièce.

Gunnarsson s'installe sur une chaise en face de lui. Après un moment, il pousse un juron et s'accroupit devant l'homme en deuil.

— Je dois vous parler… Nous devons retrouver Vicky Bennet… elle est soupçonnée des meurtres de Birgittagården et…

— Mais je…

Daniel chuchote quelques mots. Gunnarsson s'interrompt aussitôt et attend la suite :

— Je n'ai pas entendu.

Le médecin les observe en silence.

— Je ne pense pas que ce soit elle, chuchote Daniel. Elle est tellement gentille et…

Il essuie les larmes sur ses joues et derrière ses lunettes.

— Je sais que vous êtes tenu par le secret professionnel, dit Gunnarsson. Mais pensez-vous pouvoir m'aider de quelque façon que ce soit à retrouver Vicky Bennet ?

— Je vais essayer, marmonne Daniel. Sa bouche est crispée.

— Connaît-elle quelqu'un qui habiterait aux alentours de Birgittagården ?

— Peut-être… j'ai un peu de mal à rassembler mes pensées…

Gunnarsson soupire et tente de changer son angle d'approche.

— Vous étiez l'éducateur de Vicky, dit-il d'une voix grave. Où a-t-elle pu aller selon vous ? On se fout royalement de savoir si elle est coupable ou non. On n'en sait rien. Mais il est plus que probable qu'elle ait enlevé un enfant.

— Non, chuchote-t-il.

— Qui va-t-elle voir ? Où va-t-elle ?

— Elle a peur, répond Daniel d'une voix tremblante. Elle se faufile sous un arbre pour se cacher, c'est… c'est… C'était quoi votre question déjà ?

— Pensez-vous à un endroit où elle pourrait avoir trouvé refuge ?

Daniel bredouille quelques mots à propos des troubles cardiaques d'Elisabet. C'était la seule chose qui l'inquiétait.

— Daniel, vous n'êtes pas obligé de continuer, dit le médecin. Je peux demander à la police de revenir plus tard si vous avez besoin de repos.

Daniel secoue rapidement la tête et s'efforce de calmer sa respiration.

— Donnez-moi des noms de lieux, dit Gunnarsson.

— Stockholm.

— Où exactement ?

— Je… je n'en sais rien…

— Mais c'est pas vrai, merde ! s'exclame Gunnarsson.

— Pardon, pardon…

Le menton de Daniel se met à trembler et ses lèvres se déforment de douleur. Des larmes inondent ses yeux. Il détourne son visage et son corps est soudain secoué de gros sanglots.

— Elle a tué votre femme avec un marteau et…

Daniel cogne l'arrière de sa tête contre le radiateur avec une telle force que ses lunettes tombent sur ses genoux.

— Sortez, dit le médecin d'un ton cinglant. Pas un mot de plus. C'était une énorme erreur, il n'y aura plus d'interrogatoire.

42

Le parking de l'hôpital de Sundsvall est quasiment désert. En ce jour gris, le long bâtiment donne une impression de désolation. La facade de briques foncées percée de fenêtres blanches semble fermer les yeux au monde. Joona enjambe une petite haie et se dirige vers l'entrée principale. Il n'y a personne à la réception. Il attend devant le comptoir lorsque arrive un agent d'entretien.

— Où se trouve le service médicolégal ? demande Joona.

— Deux cent cinquante kilomètres au nord, dit l'homme avec un sourire amical. Mais si vous parlez du service de pathologie, je peux vous indiquer le chemin.

Ils parcourent ensemble plusieurs couloirs déserts et empruntent un grand ascenseur jusqu'au sous-sol de l'hôpital. Il fait froid et le carrelage est fissuré à plusieurs endroits.

L'agent d'entretien ouvre deux grandes portes métalliques. Au fond du couloir, un panneau indique "Service de pathologie clinique et de cytologie".

— Bonne chance, dit l'homme en désignant la porte d'un geste.

Joona le remercie et poursuit seul dans le couloir. Les civières et les chariots ont laissé des traces sur le sol. Il passe devant un laboratoire, ouvre la porte de la chambre mortuaire et pénètre dans une pièce peinte à la chaux dans laquelle trône une table d'autopsie en inox. Un lustre à pendeloques est suspendu au plafond. La lumière froide des néons est éblouissante. Une porte grince. Deux personnes poussant une civière pénètrent dans la pièce.

— Excusez-moi, dit Joona.

Un homme mince en blouse blanche se retourne. Il porte des lunettes d'aviateur dont les montures blanches scintillent légèrement. C'est un très vieil ami de Joona, le médecin légiste en chef, Nils Åhlén, surnommé l'Aiguille. Son jeune assistant se tient à ses côtés. Ses longues mèches teintes en noir drapent les épaules de sa blouse blanche.

— Qu'est-ce que vous faites là ? demande Joona d'un air joyeux.

— Une femme de la Rikskrim m'a appelé et m'a menacé, répond l'Aiguille avec un sourire.

— Anja, dit Joona.

— J'ai eu peur… Elle avait l'air intraitable. Joona ne pouvait certainement pas monter jusqu'à Umeå pour parler à un simple légiste.

— Puisqu'on est là, on en profitera pour aller au festival de metal Nordfest, dit Frippe.

— The Haunted joue au *Club Deströyer*, précise l'Aiguille en réprimant un sourire.

— Dans ce cas… dit Joona.

Frippe se met à rire. Joona voit qu'il porte un pantalon en cuir et des santiags sous ses couvre-chaussures bleu clair.

— On s'est occupés de la femme… Elisabet Grim, dit l'Aiguille. La seule chose étrange, ce sont ses blessures aux mains.

— Des blessures qu'elle se serait faites en se défendant ?

— Oui, sauf qu'elles sont du mauvais côté, dit Frippe.

— On pourra y jeter un œil tout à l'heure, dit l'Aiguille. Mais d'abord, accordons un peu d'attention à Miranda Ericsdotter.

— Vous êtes en mesure d'estimer l'heure du décès ?
— Comme tu le sais, la température baisse…
— *Algor mortis*, dit Joona.
— Oui, et ce refroidissement décrit une courbe en forme de vague… qui se stabilise lorsqu'il approche la température ambiante…
— Il le sait déjà, l'interrompt Frippe.
— Donc… en prenant en compte les hypostases et la rigidité cadavérique, on peut conclure que la jeune fille et la femme sont mortes à peu près au même moment vendredi soir tard.
Joona les regarde pousser la civière jusqu'à la table d'autopsie. Les deux légistes comptent jusqu'à trois avant de déplacer le corps enveloppé dans une housse mortuaire plombée.
Lorsque Frippe ouvre le sac, une odeur âcre de pain de seigle moisi et de moût mêlée à celle du sang se répand dans la pièce.
La jeune fille est allongée sur la table dans la position où elle a été retrouvée, mains devant le visage et chevilles croisées. La rigidité cadavérique est due à une accumulation des ions calcium dans les cellules musculaires. Des filaments se forment entre deux sortes de protéines, entraînant l'immobilisation du muscle. La rigidité débute souvent dans le cœur et le diaphragme. Après une demi-heure, elle s'étend à la musculature de la mâchoire. On la constate au niveau de la nuque après environ deux heures.
Joona sait qu'il sera difficile de déplacer les mains de Miranda.
Une idée étrange germe dans son esprit. Ce n'est peut-être pas Miranda qui se cache derrière. L'image d'un visage transformé s'empare de lui, il imagine des yeux abîmés ou même énucléés.
— Nous n'avons pas encore reçu de demande d'examen, dit l'Aiguille. Pourquoi a-t-elle les mains posées sur le visage ?

— Je l'ignore, répond Joona à voix basse.

Frippe photographie méticuleusement le corps.

— Je suppose qu'il s'agit d'une autopsie médicolégale et que vous voulez un rapport officiel ? demande l'Aiguille d'un ton sérieux.

— Oui.

— On devrait avoir une secrétaire pour les homicides, grommelle le médecin légiste en contournant la table d'autopsie.

— Toujours en train de râler, dit Frippe avec un petit sourire.

— Oui, je vous demande pardon, dit l'Aiguille avant de s'arrêter un instant derrière la tête de Miranda.

Joona se remémore ce qu'écrivait le poète allemand Rilke sur l'obsession de l'homme à vouloir différencier les morts des vivants et sur les anges qui échappent à ce dualisme.

— L'hypostase indique une immobilité du corps, marmonne l'Aiguille.

— Oui, mais je pense que le corps de Miranda a été déplacé juste après le meurtre, dit Joona. D'après ce que j'ai pu constater à partir des traces de sang, les tissus étaient encore souples lorsqu'on l'a installée sur le lit.

Frippe hoche la tête en signe d'approbation :

— À ce moment-là, il n'y avait pas encore d'hypostase.

Joona s'oblige à rester avec les deux médecins tandis qu'ils effectuent l'examen externe du corps. La jeune fille étendue sur la table d'autopsie n'est pas beaucoup plus âgée que sa propre fille. Des veines jaunâtres ont commencé à apparaître sous sa peau blanche. Autour de son cou et le long de ses cuisses, on devine le pâle réseau veineux, semblable à un entrelacs de petites rivières. Son ventre, légèrement bombé, a pris une couleur plus sombre.

Joona observe avec attention le travail des médecins légistes. L'Aiguille découpe la culotte blanche de la victime avec un naturel déconcertant avant de l'emballer pour analyse. Tout en écoutant leur conversation et leurs premières observations, Joona se représente la scène de crime.

L'Aiguille constate l'absence de blessures défensives visibles et discute du peu de dommages sur les tissus mous avec Frippe.

Rien n'indique qu'il y ait eu lutte ou sévices corporels.

Miranda n'a pas tenté de prendre la fuite ni opposé de résistance à son agresseur. Comme si elle s'était résignée aux coups.

Joona pense à la chambre froide où elle a passé ces dernières heures. Les deux hommes prélèvent des cheveux avec leurs racines et du sang dans des tubes EDTA pour effectuer des comparaisons.

L'Aiguille procède à un curage des ongles puis se tourne vers Joona. Il se racle discrètement la gorge :

— Pas de dépôt de peau… elle ne s'est pas défendue.

— Je sais.

Les médecins entament l'examen des blessures de la boîte crânienne. Joona s'approche de la table de façon à pouvoir suivre leurs observations.

— De violents coups portés avec un objet contondant sont sans doute à l'origine de la mort, dit l'Aiguille qui constate que Joona fait preuve d'une grande attention.

— Reçus de face ?

— Oui, en biais, répond l'Aiguille en désignant les cheveux ensanglantés. On observe diverses fractures et un enfoncement de l'os temporal… On va procéder à une scanographie, mais je présume que des vaisseaux sanguins ont été déchirés à l'intérieur du crâne et que des fragments d'os ont pénétré le cerveau.

— Comme chez Elisabet Grim, l'examen interne révélera sûrement des traumatismes au niveau du cortex cérébral, dit Frippe.

— Il y a de la myéline dans les cheveux, dit l'Aiguille.

— Des vaisseaux ont été déchirés dans la boîte crânienne d'Elisabet, du sang et du liquide céphalorachidien se sont écoulés dans la fosse nasale, explique Frippe.

— Et selon vous, elles sont mortes à peu près en même temps, dit Joona.

— L'intervalle est très court, confirme Frippe en hochant la tête.

— Elles ont été frappées de face et la cause du décès est identique dans les deux cas, poursuit Joona. Même arme du crime et…

— Non, l'interrompt l'Aiguille. Il ne s'agit pas de la même arme.

— Mais le marteau, dit-il d'une voix à peine audible.

— Le crâne d'Elisabet a été enfoncé avec un marteau mais pour Miranda il s'agit d'une pierre.

Joona le fixe des yeux :

— Elle a été tuée avec une pierre ?

43

Joona n'a pas quitté le service de pathologie avant d'avoir vu le visage de Miranda. L'idée qu'elle n'a pas voulu le montrer après sa mort lui trotte encore dans la tête. Il a ressenti une étrange appréhension quand les médecins ont dû forcer pour retirer ses mains.

Assis au bureau de Gunnarsson au commissariat de Sundsvall, Joona parcourt le premier rapport technique. Une lumière jaune s'infiltre par les persiennes. Un peu plus loin, une femme est assise dans la lueur bleutée d'un ordinateur. Le téléphone sonne et elle marmonne quelque chose d'un ton agacé en apercevant le numéro sur l'écran.

Un des murs est recouvert de plans et de photographies du petit Dante Abrahamsson. Les étagères fixées sur les autres murs débordent de classeurs et de piles de feuilles. La photocopieuse émet un bourdonnement quasi continu. Un poste de radio diffuse un morceau pop dans la petite pièce prévue pour la pause-café. Lorsque la musique s'arrête, Joona entend l'avis de recherche pour la troisième fois :

"La police recherche une jeune fille de quinze ans et un petit garçon de quatre ans. Ils sont peut-être ensemble. La jeune fille a de longs cheveux blonds, le garçon porte des lunettes et il est vêtu d'un pull bleu marine et d'un pantalon en velours foncé. Ils ont été vus pour la dernière fois dans une Toyota Auris sur la route 86 en direction de Sundsvall. Veuillez contacter la police au 114 14 si vous disposez de renseignements..."

Joona se lève pour changer de station et retourne à sa place avec une tasse de café. Une voix de soprane cristalline retentit soudain et, malgré la mauvaise qualité de l'enregistrement, on reconnaît Birgit Nilsson en Brünhilde dans *L'Anneau du Nibelung* de Wagner.

Son café à la main, il pense au petit garçon enlevé par une jeune fille potentiellement psychotique. Il les imagine dans un garage, le garçon contraint de rester allongé à même le béton sous des couvertures, ligoté, la bouche fermée par du scotch. S'il est encore en vie, il doit être terrorisé.

Joona poursuit la lecture du rapport technique.

Il a été confirmé que les clés retrouvées dans la serrure de la chambre d'isolement étaient bien celles d'Elisabet Grim et que les empreintes sanglantes observées sur les lieux du crime y ont été laissées par les bottes retrouvées dans la chambre de Vicky Bennet.

Il est question de deux meurtres. Mais ils ne semblent pas avoir été commis avec les mêmes intentions. Miranda serait la victime initialement visée, mais afin de pouvoir la tuer, le meurtrier a dû se procurer les clés d'Elisabet.

D'après la reconstitution des techniciens, une dispute ayant éclaté plus tôt dans la soirée du vendredi pourrait avoir été l'élément déclencheur, même si une rivalité de longue date pouvait aussi avoir été à son origine.

Avant l'heure du coucher, Vicky Bennet serait allée chercher un marteau et des bottes dans la réserve puis aurait attendu le moment propice dans sa chambre. Une fois les autres pensionnaires endormies, elle aurait exigé d'Elisabet Grim qu'elle lui donne ses clés. Celle-ci aurait refusé et se serait enfuie pour aller se réfugier dans la grange. Vicky Bennet l'aurait suivie et assassinée à coups de marteau pour récupérer les clés, puis serait retournée dans le bâtiment principal pour déverrouiller la chambre d'isolement et tuer Miranda. Enfin, pour une raison encore inconnue, elle aurait installé sa victime dans son lit et placé les mains de celle-ci sur son visage. Vicky serait alors retournée dans sa chambre, aurait caché le marteau et les bottes avant de sortir par la fenêtre et de s'enfuir dans la forêt.

Les techniciens qui ont reconstitué le cours des événements supposent donc que les deux victimes ont été tuées avec le marteau et Joona sait qu'il faudra plusieurs semaines avant que le SKL* ne rende les résultats de ses analyses.

Mais Miranda a été tuée à coups de pierre.

Joona se représente la frêle jeune fille étendue sur une civière, sa peau blanche comme de la porcelaine, ses chevilles croisées, le bleu sur sa cuisse, les mains sur son visage.

Pourquoi a-t-elle été assassinée avec une pierre alors que Vicky avait le marteau en sa possession ?

Joona observe attentivement les photographies de la scène de crime. Comme il a l'habitude de le faire pour chaque homicide, il imagine ce qui a pu se passer ensuite. Il essaie de se mettre dans la peau du tueur afin de considérer chaque choix, si épouvantable soit-il, comme une nécessité. Pour le meurtrier, tuer est la seule option possible, la solution la plus simple ou bien la meilleure à un moment donné.

De ce point de vue, le meurtre n'est ni horrible ni bestial, il apparaît seulement comme un acte rationnel ou tentant.

Un meurtrier n'anticipe pas nécessairement tous ses actes. Le premier coup est un exutoire nécessaire et justifié à ses yeux. Et le suivant peut sembler très éloigné, à des années-lumière, jusqu'à ce que la pulsion meurtrière reprenne soudain le dessus. La mort peut aussi marquer la fin d'une longue saga qui commence avec le

* *Statens Kriminaltekniska Laboratorium* : laboratoire gouvernemental de la police technique et scientifique.

premier coup et qui s'achève treize secondes plus tard par le dernier.

Tous les indices laissent supposer que Vicky Bennet a tué Miranda et Elisabet, mais personne ne l'en croit capable, ni psychologiquement ni physiquement.

Pourtant chacun d'entre nous porte cette violence en lui, pense Joona en reposant le rapport dans le casier de Gunnarsson. Nous en devinons les reflets dans nos rêves et notre imagination, mais la majorité des personnes parvient à la maîtriser.

Gunnarsson entre dans le commissariat et accroche son pardessus froissé au porte-manteau. Il se couvre la bouche et lâche un rot avant de se diriger vers la cafetière dans la pièce voisine. Puis il entre dans le bureau, une tasse de café à la main, et ricane en apercevant Joona :

— On ne vous regrette pas trop à Stockholm ?

— Non.

Gunnarsson jette un œil à son paquet de cigarettes et se tourne vers la femme devant l'ordinateur :

— Tous les rapports doivent me parvenir directement.

— Oui, répond-elle en baissant la tête.

Gunnarsson grommelle quelque chose.

— Comment s'est passé votre entretien avec Daniel Grim ?

— Bien, non pas que ça vous regarde. J'ai dû avancer sur la pointe des pieds.

— Qu'a-t-il dit au sujet de Vicky ?

Gunnarsson pousse un long soupir et secoue la tête :

— Rien qui puisse intéresser la police.

— Et vous lui avez parlé de Dennis ?

— Ce putain de médecin s'est jeté sur moi comme si c'était sa mère et a interrompu tout le tralala.

Gunnarsson se gratte le cou, il semble avoir oublié le briquet et le paquet de cigarettes qu'il tient dans la main.

— Je veux une copie du rapport de Holger Jalmert lorsqu'il arrive, dit Joona. Et également des résultats du SKL et…

— Non, mais franchement, dégagez de mon bac à sable, l'interrompt Gunnarsson. Il adresse un grand sourire à sa collègue mais perd son assurance en croisant le regard grave de Joona.

— Vous n'avez pas la moindre idée de la façon de retrouver Vicky Bennet et le garçon, dit Joona en se levant lentement de sa chaise. Ni la moindre idée de la façon dont faire avancer l'enquête.

— Je compte sur les renseignements fournis par la population, répond Gunnarsson. Il y a toujours quelqu'un qui a vu quelque chose.

44

Ce matin, Flora s'est réveillée juste avant que son réveil ne sonne. Hans-Gunnar voulait que son petit-déjeuner lui soit servi au lit à 8h15. Une fois qu'il s'est levé, Flora a pu aérer la chambre et faire le lit. Ewa, vêtue seulement d'un bas de jogging jaune et de son soutien-gorge couleur chair, s'est installée sur une chaise pour la surveiller. Elle s'est ensuite levée pour s'assurer que le drap soit complètement lisse et bien replié sous le matelas. Elle exige que le dessus-de-lit en tricot pende de façon égale de chaque côté et Flora a dû s'y reprendre à trois fois pour la satisfaire.

Il est l'heure du déjeuner et Flora est revenue du supermarché Ica avec les courses et des cigarettes pour Hans-Gunnar. Elle lui rend la monnaie et attend comme d'habitude qu'il vérifie le ticket de caisse.

— Merde, il est bien cher ce fromage.

— Tu m'as dit d'acheter du cheddar, lui rappelle Flora.

— Mais pas à ce prix-là. Tu réfléchis un peu et tu en prends un autre.

— Pardon, je croyais…

Avant qu'elle puisse terminer sa phrase, la chevalière de Hans-Gunnar scintille devant son visage et il lui assène une violente gifle. Tout se passe très vite. Son oreille se met à siffler et sa joue semble se tendre à l'endroit où il l'a frappée.

— C'est toi qui voulais du cheddar, dit Ewa depuis le canapé. Ce n'est quand même pas de sa faute.

Hans-Gunnar grommelle une phrase de laquelle se détache le mot imbécile et va sur le balcon pour fumer une cigarette. Flora finit de ranger les courses avant de retourner dans sa chambre pour s'asseoir un instant sur son lit. Elle touche délicatement sa joue rougie. Elle n'en peut plus des coups. Parfois, il la frappe plusieurs fois par jour. Autrement, il fait comme si elle n'existait pas. Le pire ce n'est pas la douleur, c'est le bruit de son souffle court et le poids de son regard qui s'attarde sur elle.

Pour autant qu'elle s'en souvienne, il ne la frappait pas lorsqu'elle était enfant. Il travaillait et n'était pas souvent à la maison. Autrefois, il lui montrait les différents pays sur le globe dans sa chambre.

Ewa et Hans-Gunnar rejoignent leurs amis pour une partie de pétanque. Dès qu'elle entend la porte d'entrée se refermer derrière eux, elle tourne la tête vers le vieux bureau au coin de sa chambre. Elle y a posé un bibelot que sa maîtresse lui a offert au collège, un chariot en verre tiré par un cheval. Dans le tiroir du haut, elle a conservé un doudou de son enfance : une Schtroumpfette avec ses cheveux blonds et ses chaussures à talons. Dans le tiroir du milieu, sous une pile de serviettes méticuleusement pliées, est rangée une robe de soirée verte. Elle l'a achetée dans un magasin Myrorna au début de l'été. Elle ne l'a jamais mise en dehors de sa chambre, mais elle l'enfile souvent quand Ewa et Hans-Gunnar ne sont pas là.

Elle commence à déboutonner son gilet en laine quand elle entend des voix dans la cuisine. La radio est allumée. Elle va l'éteindre et voit qu'Ewa et Hans-Gunnar ont mangé du quatre-quarts. Des miettes sont tombées devant le garde-manger. Ils ont laissé traîner un verre de sirop de fraise à moitié vide sur l'évier et la bouteille n'est pas rangée.

Flora ramasse les miettes avec un chiffon qu'elle rince ensuite pour laver le verre.

La radio diffuse des informations à propos d'un meurtre commis dans le Nord de la Suède. Une jeune fille a été retrouvée assassinée dans une institution spécialisée pour adolescents.

Flora essore le chiffon et l'étend sur le robinet. La police ne veut pas en dire davantage sur l'enquête en cours, mais le journaliste interroge quelques-unes des pensionnaires en direct :

— On voulait savoir ce qui se passait, alors je me suis frayé un passage jusqu'à la porte, dit une fille à la voix cassée. Je n'ai pas eu le temps de voir grand-chose avant qu'on me tire en arrière. J'ai crié mais j'ai vite compris que ça ne servait à rien.

Flora attrape la bouteille de sirop et se dirige vers le frigo.

— Tu veux bien nous expliquer ce que tu as vu ?

— Oui, j'ai vu Miranda, elle était genre allongée sur le lit, comme ça. Oui exactement comme ça, vous voyez ?

Flora se fige.

— Elle avait les yeux fermés ? demande le journaliste.

— Non, comme ça, les deux mains devant le visage pour…

— Tu ne racontes que des conneries, crie une autre voix.

Flora entend soudain quelque chose se briser sur le sol et sent un liquide visqueux sur ses pieds. La bouteille de sirop lui a échappé des mains. Son ventre se noue. Elle a juste le temps d'arriver aux toilettes avant de vomir.

45

Lorsque Flora ressort des toilettes, le flash info est terminé et une femme à l'accent allemand explique comment préparer des recettes d'automne. Flora ramasse les tessons, nettoie le sol et demeure un moment immobile au milieu de la pièce. Elle fixe ses mains blanches et glacées, puis elle se dirige vers le téléphone dans le couloir pour appeler la police.

Il y a des crépitements sur la ligne puis la première sonnerie retentit.

— Police, j'écoute, répond une femme d'une voix lasse.

— Bonjour, je m'appelle Flora Hansen et j'aurais aimé savoir…

— Attendez, je n'ai pas entendu.

— Je m'appelle Flora Hansen et je voudrais vous communiquer une information concernant le meurtre de la fille à Sundsvall.

Un moment de silence puis l'agent de police demande sur le même ton monocorde :

— Que voulez-vous nous dire ?

— Vous payez les informations ?

— Non, désolée.

— Mais, je… je crois avoir vu la fille morte.

— Vous voulez dire que vous étiez présente lors des faits ? s'empresse de demander l'agent.

— Je suis médium, dit Flora d'une voix mystérieuse. J'entre en contact avec les morts… et j'ai tout vu, mais je crois… je crois que je m'en souviendrais mieux si j'étais rémunérée.

— Vous êtes en contact avec les morts, répète la policière de sa voix lasse. C'est ça, votre info ?

— La fille avait les mains sur son visage.

— Écoutez, c'est écrit dans tous les journaux, répond la femme qui perd visiblement patience.

Gagnée par la honte, Flora sent son cœur se serrer. L'envie de vomir la reprend. La sueur ruisselle le long de son dos. Elle n'a pas préparé son discours et prend conscience qu'elle n'aurait pas dû commencer de cette façon. Les unes des journaux étaient effectivement affichées chez Ica lorsqu'elle est allée faire les courses.

— Je l'ignorais, chuchote-t-elle. Je vous dis seulement ce que j'ai vu… et il y a d'autres éléments qui valent bien une petite contrepartie.

— Nous ne procédons pas comme…

— J'ai vu l'arme du crime, vous pensez peut-être que vous l'avez retrouvée, mais vous vous trompez, parce que…

— Vous savez que nous appeler sans motif constitue un délit ? Vous encourez une amende. Vous comprenez que vous me faites perdre mon temps et que, pendant notre conversation, une personne disposant de véritables informations a peut-être essayé d'appeler.

— Oui, mais je…

Flora s'apprête à lui donner des précisions sur l'arme lorsqu'elle entend un petit clic dans le combiné. Elle regarde un instant l'appareil avant de recomposer le numéro.

46

L'Église suédoise a mis un appartement à disposition de Pia Abrahamsson dans une grande maison en bois située dans le quartier résidentiel de Sundsvall. L'étage, décoré avec les meubles des designers Carl Malmsten et Bruno Mathsson, est grand et beau. Les diacres qui font ses courses lui ont conseillé de s'entretenir avec un prêtre mais elle ne peut s'y résoudre.

Toute la journée, elle a sillonné les petits hameaux aux alentours d'Indal et le long des routes forestières dans sa voiture de location. À plusieurs reprises elle a croisé des agents de police qui lui ont conseillé de rentrer chez elle.

Elle est allongée sur son lit, encore tout habillée, et fixe l'obscurité. Elle n'a pas dormi depuis la disparition de Dante. Le téléphone sonne. Elle tend la main pour l'attraper et coupe le son après s'être rendu compte qu'il s'agissait de ses parents. Ils l'appellent sans arrêt. Seule, dans cet appartement étranger, Pia fixe l'obscurité.

Les pleurs de Dante résonnent constamment dans sa tête. Il a peur et la réclame, il demande à rentrer chez sa maman.

Pia ne peut rester ainsi à ne rien faire et se lève.

Elle prend sa veste et ouvre la porte d'entrée. Un goût de sang emplit sa bouche tandis qu'elle s'installe au volant de la voiture. Il faut qu'elle le retrouve. Et s'il était assis dans un fossé le long de la route ? Il s'est peut-être caché sous un morceau de carton. La ravisseuse l'a peut-être simplement laissé quelque part ?

Les routes sont désertes, tout le monde semble dormir. Elle tente de voir quelque chose à travers la brume derrière la lumière des phares.

Elle s'arrête à l'endroit où Dante a été enlevé et attend un moment, ses mains tremblantes posées sur le volant, avant de faire demi-tour. Elle rejoint la petite ville d'Indal où la voiture aurait disparu. Elle ralentit en passant devant une école primaire, bifurque au hasard sur Solgårdsvägen et longe les villas plongées dans l'obscurité.

Elle freine brusquement en apercevant un mouvement sous un trampoline. Elle sort de la voiture et traverse d'un pas titubant une petite haie de rosiers pour accéder au jardin. Elle s'écorche les jambes, se précipite jusqu'au trampoline et se rend compte qu'il s'agit seulement d'un chat grassouillet qui y a trouvé refuge.

Elle se retourne vers la maison en briques et fixe les stores fermés. Son cœur bat la chamade.

— Dante ? hurle-t-elle d'une voix enrouée. Dante ? C'est maman ! Où es-tu ?

C'est un cri de désespoir. Des lumières s'allument dans la maison. Pia passe dans le jardin voisin, elle sonne et tambourine sur la porte avant de se diriger vers un petit cabanon.

— Dante ! crie-t-elle de toutes ses forces.

Elle longe les maisons de Solgårdsvägen en appelant son fils, cogne sur les portes des garages, ouvre de petites cabanes de jeu, traverse des taillis broussailleux, enjambe un fossé et s'élance sur Indalsvägen.

Une voiture freine et des crissements de pneus retentissent. Elle fait un pas en arrière et tombe à la renverse. Elle lève des yeux écarquillés sur la policière en uniforme qui la rejoint en courant :

— Vous allez bien ?

Confuse, Pia observe la femme au grand nez et coiffée de deux tresses blondes qui l'aide à se relever :

— Vous l'avez retrouvé ?

Un autre agent s'approche pour lui signifier qu'ils vont la raccompagner chez elle.

— Dante a peur du noir, dit Pia en prenant soudain conscience de la détresse dans sa voix. Je suis sa mère, mais j'ai manqué de patience avec lui, je le forçais à retourner dans son lit quand il venait me rejoindre. Il était là, dans son petit pyjama et il me disait qu'il avait peur, mais je…

— Où avez-vous laissé votre voiture ? demande la femme en prenant Pia par le bras.

— Lâchez-moi, crie Pia en se dégageant avec force. Il faut que je le retrouve !

Elle frappe la policière au visage et pousse un cri lorsque les deux agents la plaquent contre la chaussée. Elle se débat pour se libérer mais ils lui font une clé de bras dans le dos pour l'immobiliser. Pia s'écorche le visage contre le bitume et pleure avec le désespoir d'un enfant.

47

Joona Linna songe à l'absence de témoignages qui ne facilite pas l'enquête : personne n'a rien vu ni ne semble savoir quoi que ce soit au sujet de Vicky Bennet. Il emprunte une magnifique route qui longe des champs vallonnés et des lacs qui scintillent à la lumière du soleil. Joona arrive bientôt devant une maison en pierre blanche dont la véranda est ornée d'un citronnier aux petits fruits verts et jaunes planté dans un grand pot.

Il sonne à la porte et patiente un instant avant de faire le tour de la maison.

Nathan Pollock est assis sous un pommier dans une chaise de jardin blanche. Il a une jambe dans le plâtre.

— Nathan ?

L'homme se fige et se retourne. Il se protège du soleil d'une main. Un petit sourire se dessine sur ses lèvres :

— Joona Linna, c'est vraiment toi ?

Ses cheveux gris sont réunis en une queue de cheval, il porte un pantalon noir et un pull à grosses mailles. Nathan Pollock fait partie de la Riksmordskommissionen, un groupe de six experts qui assistent la police nationale lors d'enquêtes particulièrement difficiles.

— Joona, je suis navré de cette histoire d'enquête interne, je n'aurais pas dû te laisser entrer à la Brigaden.

— Tu n'y es pour rien, répond Joona en s'installant en face de lui.

Nathan secoue lentement la tête :

— Je me suis pris la tête avec Carlos. C'est vraiment injuste que tu sois montré du doigt de cette manière.

— C'est comme ça que tu t'es cassé la jambe ?

— Non, c'est un ours qui a débarqué dans le jardin, dit Nathan dont le sourire dévoile une dent en or.

— Ou alors, il est tombé de l'échelle en ramassant des pommes, lance une voix claire derrière eux.

— Matilda, dit Joona.

Il se lève et prend la femme dans ses bras. Elle a les cheveux roux et la peau recouverte de taches de rousseur.

— Inspecteur, s'exclame-t-elle avec un grand sourire avant de s'installer avec eux. J'espère que tu as apporté un peu de travail à mon chéri. Il va finir par se mettre au sudoku.

— Peut-être bien.

— C'est vrai ? demande Nathan avec un petit sourire en grattant sur son plâtre.

— J'ai pu observer la scène de crime et les corps, mais je n'ai accès ni aux rapports, ni aux résultats d'analyses…

— À cause de l'enquête interne ?

— Je ne suis pas chargé de l'enquête préliminaire, mais j'aimerais avoir ton avis.

— Là, tu fais un heureux, dit Matilda en caressant la joue de son mari.

— C'est gentil de penser à moi.

— Tu es le meilleur que je connaisse, répond Joona.

Il se rassied et fait un compte rendu précis de l'affaire à Nathan. Matilda quitte la table après un moment et entre dans la maison. Pollock écoute l'exposé de Joona avec attention, il pose des questions sur certains détails, hoche la tête et demande à Joona de poursuivre.

Un chat gris vient se frotter aux jambes de Nathan. Les oiseaux chantent. Joona décrit les chambres, la position des corps, les éclaboussures et les flaques de sang, les empreintes de pieds et les lambeaux de chair retrouvés sur la scène de crime. Nathan ferme les yeux et se concentre sur les propos de Joona qui lui fait part de la découverte du marteau sous l'oreiller, de la couette ensanglantée et de la fenêtre ouverte.

— Voyons voir, chuchote Pollock. Ce sont des crimes extrêmement violents, mais il n'y a aucune trace d'entailles, et les cadavres n'ont pas été découpés…

Joona laisse Pollock suivre son propre raisonnement. Il a effectué un grand nombre de profilages et ne s'est encore jamais trompé.

Le profilage consiste à établir l'analyse comportementale d'un meurtrier en envisageant le crime comme une métaphore de l'état psychologique de celui qui l'a commis. L'idée sous-jacente est que le psychisme d'une personne peut se refléter dans ses actes. Si un crime ne semble pas avoir été perpétré de façon méthodique, on peut supposer que le psychisme du tueur répond à une structuration chaotique qui ne peut être dissimulée que si celui-ci est une personne solitaire.

Joona voit les lèvres de Nathan Pollock bouger pendant qu'il réfléchit. Par moments, il chuchote quelques mots ou tire distraitement sur sa queue de cheval.

— Je pense être en mesure de visualiser les corps… et le schéma des éclaboussures. Tu sais que la plupart des meurtres surviennent dans un moment de fureur. Il arrive ensuite que le tueur panique à la vue du sang et du chaos laissé derrière lui. C'est à ce moment qu'ils sortent leurs disqueuses et leurs sacs-poubelles… ou qu'ils pataugent dans le sang avec une brosse à récurer et qu'ils laissent des traces biologiques partout.

— Mais pas dans ce cas.

— Car le meurtrier n'a pas essayé de dissimuler les faits.

— Je me suis fait exactement la même réflexion, commente Joona.

— La violence est extrême mais pas imprévisible, il ne s'agit pas d'un règlement de compte qui aurait mal tourné. L'intention meurtrière semble avérée dans les deux cas… Les victimes sont prises au piège dans des pièces dont elles ne peuvent s'échapper… La violence ne semble pas motivée par la haine, ça s'apparente plus à des exécutions.

— Nous pensons que le meurtrier est une fille.

— Une fille ?

Joona croise le regard interrogateur de Nathan et lui montre une photo de Vicky Bennet.

Nathan pousse un petit rire et hausse les épaules :

— Excuse-moi, mais ça m'étonnerait beaucoup.

Matilda les rejoint avec du thé et des beignets. Nathan remplit les trois tasses.

— Tu ne penses pas qu'une fille en soit capable ?

— Je n'ai encore rien vu de tel, répond Nathan avec un sourire.

— Toutes les filles ne sont pas gentilles, intervient Matilda.

Nathan désigne la photo :

— Elle est connue pour être violente ?

— Non, au contraire.

— Alors, vous recherchez la mauvaise personne.

— Nous avons la certitude qu'elle a kidnappé un enfant hier.

— Mais elle ne l'a pas tué ?

— Pas à notre connaissance, répond Joona en se servant un beignet.

Nathan se redresse sur sa chaise et plisse les yeux vers le ciel.

— Si la fille n'est pas violente, si elle n'a pas d'antécédents ou n'a pas déjà fait l'objet d'une enquête similaire, je ne pense pas que ce soit elle.

— Et si c'était elle ? insiste Joona.

Nathan secoue la tête et souffle sur son thé :

— Ça ne colle pas. Je viens de lire un article sur le travail de David Canter… Tu sais qu'il axe ses profilages sur le rôle que l'auteur du crime confère à la victime durant l'acte même. L'idée m'avait déjà effleuré… l'auteur se sert de la victime comme d'un adversaire dans un drame qui se jouerait en lui.

— Oui… on peut le voir comme ça.

— Et selon les types définis par David Canter, le visage recouvert signifie que le meurtrier voulait ôter toute humanité à la victime, la transformer en objet… Les hommes qui appartiennent à cette catégorie se livrent souvent à une violence extrême…

— Et s'ils jouaient simplement à cache-cache ? l'interrompt Joona.

— Qu'est-ce que tu veux dire ? demande Nathan en le regardant droit dans ses yeux gris.

— La victime compte jusqu'à cent et le meurtrier se cache.

Nathan rit et laisse l'idée faire son chemin en lui :

— Alors, le but serait de le chercher…

— Oui, mais où ?

— Le seul conseil que je puisse te donner, c'est de chercher dans les lieux qui appartiennent au passé. Le passé reflète toujours l'avenir…

48

La Rikskrim est la seule organisation policière opérationnelle en Suède chargée de la grande criminalité au niveau national et international. Son chef, Carlos Eliasson, est posté à la petite fenêtre du huitième étage, le regard perdu sur les pentes escarpées du parc Kronoberg.

Il ignore qu'au même moment, Joona Linna, qui rentre d'une brève visite au vieux cimetière juif, arpente l'un des sentiers du parc.

Carlos retourne à son bureau et ne voit pas l'inspecteur aux cheveux ébouriffés traverser Polhemsgatan et se diriger vers la porte d'entrée en verre du commissariat. Joona passe devant un panneau publicitaire représentant le rôle de la Rikskrim dans un monde nouveau. Benny Rubin est avachi devant son ordinateur. Une conversation au sujet d'une nouvelle collaboration avec Europol leur parvient depuis le bureau de Magdalena Ronander.

Joona est rentré à Stockholm après avoir été convoqué par les deux personnes chargées de l'enquête interne le concernant. Après avoir pris son courrier dans son casier, il s'installe à son bureau et passe en revue les différentes enveloppes. Comme Nathan Pollock, il ne parvient pas à associer l'image de Vicky Bennet à celle des deux meurtres.

Même si la police n'a pas accès à son dossier psychiatrique, rien n'indique que Vicky Bennet soit dangereuse. Elle est inconnue des services de police et ceux qui l'ont déjà rencontrée semblent avoir gardé d'elle le souvenir d'une jeune fille réservée et gentille.

Pourtant, les indices matériels l'accablent et il est presque certain qu'elle a enlevé Dante. Peut-être gît-il déjà dans un fossé, le crâne fracassé. S'il est toujours en vie, il y a urgence. Est-il encore dans la voiture avec Vicky, à l'abri des regards dans un garage ? Peut-être lui crie-t-elle dessus en ce moment même ? Peu à peu gagnée par une rage violente.

Nathan Pollock n'avait pas dérogé à ses habitudes et lui avait conseillé de fouiller dans son passé. C'était aussi simple qu'évident – le passé reflète toujours l'avenir.

Vicky a déménagé de nombreuses fois. Au cours de ces quinze dernières années, elle a été enlevée à sa mère, une sans-abri, et elle a connu différentes familles d'accueil avant d'être placée en urgence en institution spécialisée. Vicky a bien dû se réfugier quelque part et la réponse est peut-être à trouver chez l'une de ces familles ou dans une conversation engagée avec l'un de ses tuteurs, compagnons ou parents provisoires.

Il doit bien exister des personnes en qui elle a confiance et à qui elle a pu se confier.

Joona s'apprête à se lever pour rejoindre Anja et voir si elle a pu trouver des noms ou des adresses quand elle apparaît dans l'encadrement de la porte. Son corps robuste est serré dans une petite jupe noire et comme souvent, elle porte un pull angora. Ses cheveux blonds sont réunis avec goût et son rouge à lèvres est d'une couleur éclatante.

— Avant de te dire quoi que ce soit, je dois préciser que plus de cinquante mille enfants sont placés chaque année. Lorsque les politiciens ont permis au secteur privé d'avoir un rôle à jouer, on a parlé de réforme de diversification de l'offre de santé. Seulement, maintenant, presque tous les foyers appartiennent à des gestionnaires de capital risque. Et c'est exactement comme les enchères d'enfants d'autrefois, c'est la structure qui facture le moins cher qui obtient la garde… On économise sur le personnel, l'enseignement, la thérapie et les soins dentaires pour faire de l'argent…

— Je sais, dit Joona. Mais Vicky Bennet…

— Mon idée était d'entrer en contact avec la personne qui a supervisé le dernier placement.

— Tu veux bien le faire ?

Elle lui adresse un sourire indulgent et penche la tête sur le côté :

— C'est déjà fait, Joona Linna…

— Tu es formidable, répond-il d'une voix sincère.

— Je ferais n'importe quoi pour toi.

— Je ne le mérite pas, dit Joona avec un sourire.

— Non, tu as raison, répond-elle avant de quitter la pièce.

Il reste un moment assis, puis il sort dans le couloir et va toquer à la porte d'Anja avant de l'ouvrir.

— Les adresses, dit Anja en désignant un tas de feuilles dans l'imprimante.

— Merci.

— Quand il a entendu mon nom, il a dit qu'en Suède il y avait une fabuleuse nageuse de papillon qui portait le même, dit-elle en rougissant.

— Tu lui as dit que c'était toi ?

— Non. Quoi qu'il en soit, il a dit que Vicky Bennet n'est apparue dans les registres de l'état civil qu'à l'âge de six ans. Sa mère, Susie, était sans domicile fixe et apparemment elle lui a donné naissance en dehors de tout cadre médical. Quand elle a été prise en charge en psychiatrie, Vicky a été placée chez deux tuteurs bénévoles ici, à Stockholm.

Joona récupère les feuilles encore chaudes dans la photocopieuse, il examine les dates des placements et la colonne d'adresses qui retrace son parcours depuis les premiers tuteurs, Jack et Elin, au 47 Strandvägen, jusqu'au foyer Ljungbacken à Uddevalla et Birgittagården à Sundsvall.

À plusieurs reprises, une note indique que Vicky a demandé à revenir dans sa première famille d'accueil : "L'enfant demande à pouvoir retourner dans la famille Frank, mais la famille refuse." Ça fait un certain temps que Vicky Bennet n'a plus été confiée à une famille d'accueil et qu'elle va d'hébergements provisoires en institutions de soins et foyers spécialisés.

Il repense au marteau retrouvé sous l'oreiller et aux traces de sang sur le chambranle de la fenêtre puis au visage fin, aux cheveux blonds parsemés d'épis et à l'expression résolue de Vicky sur la photo.

— Pourrais-tu vérifier si Jack et Elin habitent toujours à la même adresse ?

Le visage rond d'Anja s'anime :

— Lis *Hänt i Veckan*, tu apprendras une chose ou deux.

— Comment ça ?

— Elin et Jack Frank sont séparés, mais elle a gardé l'appartement… C'est sa fortune, après tout.

— Ils sont célèbres ?

— Elle fait beaucoup pour les œuvres de charité, enfin plus que la plupart des riches… Elle et Jack ont investi énormément d'argent dans des villages d'enfants et des associations bénévoles.

— Et Vicky Bennet vivait chez eux ?

— Ça n'a pas dû bien fonctionner.

La liste à la main, Joona se dirige vers la porte mais se retourne une dernière fois vers Anja avant de sortir :

— Qu'est-ce que je peux faire pour te remercier ?

— Je nous ai inscrits à un cours, répond-elle avec empressement. Promets-moi de venir avec moi.

— C'est quoi comme cours ?

— Relaxation… *Kâma Sûtra* quelque chose…

49

Sur Strandvägen, le numéro 47 est situé juste en face du pont Djurgården. C'est un immeuble luxueux. Derrière une belle porte d'entrée, on devine une magnifique cage d'escalier de couleur sombre. Bien qu'elle n'y ait vécu que très peu de temps, Elin et Jack Frank étaient la seule famille chez qui Vicky Bennet voulait revenir. Elle en a exprimé le souhait, encore et encore, mais s'est toujours heurtée à un refus.

Un panneau noir brillant porte l'inscription "Frank". Lorsque Joona sonne à la porte, elle s'ouvre presque aussitôt. Un homme à l'allure décontractée, aux cheveux dorés coupés court et au teint bronzé regarde l'inspecteur d'un air interrogateur.

— Je cherche Elin Frank.

— Robert Bianchi, je suis le *consigliere* d'Elin, dit l'homme en lui tendant la main.

— Joona Linna, Rikskrim.

Un petit sourire se dessine sur les lèvres de l'homme.

— Ça m'a l'air passionnant, mais…

— Je dois lui parler.

— Puis-je me permettre de demander de quoi il s'agit? Je ne voudrais pas la déranger inutilement…

L'homme s'interrompt lorsqu'il croise le regard glacial de Joona.

— Patientez dans le vestibule, je vais voir si elle peut vous recevoir, dit-il avant de disparaître par une porte.

Le vestibule est entièrement vide. Il n'y a aucune armoire, pas d'objets, pas de chaussures, ni de vêtements. Seul un imposant miroir en verre se détache sur les murs blancs.

Joona tente de s'imaginer une enfant comme Vicky dans cette maison. Une fillette perturbée qui n'est apparue dans les registres officiels qu'à l'âge de six ans. Une enfant habituée à considérer un garage ou un passage souterrain comme un refuge où passer la nuit et qui se retrouverait soudain propulsée dans un tel milieu.

Robert Bianchi, qui arbore un sourire poli, revient dans la pièce et lui demande de l'accompagner. Ils traversent un grand salon baigné de lumière où plusieurs canapés et un poêle de faïence ont été installés. D'épais tapis étouffent le bruit de leurs pas dans les différentes salles de réception de l'appartement. Ils s'arrêtent devant une porte fermée.

— Vous pouvez frapper, lui dit Robert avec un sourire mal assuré.

Joona toque à la porte et entend des talons hauts claquer sur le parquet. La porte s'ouvre sur une femme élancée entre deux âges, aux cheveux châtain clair et aux grands yeux bleus. Elle porte une robe rouge très fine qui s'arrête juste sous les genoux. C'est une belle femme sobrement maquillée. Trois rangs de perles blanches ornent son cou.

— Entrez, Joona, dit-elle doucement mais d'une voix très claire.

La pièce est très lumineuse. On y a disposé un bureau ainsi qu'un canapé et des fauteuils en cuir blanc près d'étagères encastrées dans le mur.

— Je m'apprêtais à prendre un peu de *chai* – cela vous conviendrait-il ?

— Oui, c'est parfait.

Robert quitte la pièce et Elin désigne le canapé.

— Asseyons-nous.

Sans se presser, elle s'installe en face de lui et croise une jambe sur l'autre.

— De quoi s'agit-il ? demande-t-elle en l'observant d'une mine grave.

— Il y a des années, vous et votre mari Jack Andersson avez accueilli une petite fille…

— Nous avons aidé de nombreux enfants de différentes manières lorsque…

— Elle s'appelait Vicky Bennet, l'interrompt Joona d'une voix douce.

Une ombre passe sur le visage de son hôte, mais sa voix reste calme :

— Je me souviens très bien de Vicky, répond-elle avec un léger sourire.

— De quoi vous souvenez-vous ?

— Elle était mignonne, une enfant adorable et elle…

Elin Frank s'interrompt. Ses yeux semblent fixer un point dans le vide devant elle. Ses mains sont immobiles.

— Nous avons des raisons de croire qu'elle a assassiné deux personnes dans une institution près de Sundsvall.

La femme détourne le visage, mais Joona a le temps de voir son regard s'obscurcir. Elle lisse la robe qui drape ses genoux. Ses mains tremblent légèrement.

— En quoi cela me concerne-t-il ?

Robert frappe à la porte et entre en poussant un petit chariot devant lui. Elin Frank le remercie et lui demande de leur laisser le chariot.

— Vicky Bennet a disparu depuis vendredi, explique Joona dès que le majordome a quitté la pièce. Il est possible qu'elle essaie d'entrer en contact avec vous.

Elin évite de croiser son regard. Elle penche légèrement la tête et déglutit.

— Non, répond-elle d'une voix sèche.

— Pourquoi penser qu'elle ne tentera pas de vous contacter ?

— Elle ne le fera jamais, répond-elle en se levant. J'ai eu tort de vous laisser entrer avant d'avoir vérifié l'objet de votre visite.

Joona commence à disposer les tasses et se tourne vers elle :

— Qui pensez-vous que Vicky serait susceptible d'aller voir ? Pourrait-elle chercher à contacter Jack ?

— Si vous avez d'autres questions, vous êtes libre de vous adresser à mon avocat, dit-elle avant de quitter la pièce.

Après un court moment, Robert entre dans le salon.

— Je vous raccompagne.

— Merci beaucoup, répond Joona en servant du thé dans les deux tasses.

Il boit un peu de thé, sourit et prend un biscuit au citron sur une assiette recouverte d'une serviette en lin blanche. Sans se presser, il finit sa tasse, prend la serviette posée sur ses genoux, s'essuie la bouche, replie la serviette et la pose sur la table avant de se lever.

Joona entend les pas de Robert derrière lui tandis qu'ils traversent les salons, la salle de réception où trône le poêle et le vestibule au sol de pierre blanche. Joona ouvre la porte qui donne sur la cage d'escalier.

— Il y a une chose que je dois vous dire : il est important qu'Elin ne soit pas associée à une affaire qui puisse avoir un effet négatif…

— Je comprends, l'interrompt Joona. Mais ce n'est pas d'Elin Frank dont il s'agit…

— Pour elle si, et pour moi, l'interrompt Robert.

— Oui, mais quand le passé vous rattrape, il est rarement indulgent.

50

La salle de gym de l'appartement est située dans la continuité de la plus grande salle de bains. Elin court généralement sept kilomètres par jour et son coach personnel la suit au Mornington Health Club deux fois par semaine. Une télévision éteinte est fixée au mur en face du tapis de course. À gauche, la vue donne sur les toits et les clochers de l'église Oscar.

Elle n'écoute pas de musique aujourd'hui et seuls le bruit de ses chaussures contre le caoutchouc, le tintement de ses haltères, le bourdonnement du tapis et le son de sa propre respiration résonnent dans la pièce. Sa queue de cheval sautille entre ses omoplates. Elle est seulement vêtue d'un bas de survêtement et d'un soutien-gorge de sport blanc. Après cinquante minutes d'effort, son pantalon est imprégné de transpiration au niveau du fessier et son soutien-gorge est trempé.

Elle songe à l'époque où Vicky Bennet, encore une petite fille aux cheveux ébouriffés, est arrivée chez elle. C'était il y a huit ans. Elin avait attrapé des chlamydias au cours d'un voyage linguistique en France lorsqu'elle était jeune. Faute de soins, Elle était devenue stérile. À l'époque, cela n'avait aucune importance car elle n'avait pas l'intention d'avoir des enfants et pendant des années, elle s'est réjouie de ne pas avoir à se préoccuper d'une quelconque contraception.

Elle n'était mariée à Jack que depuis deux ans lorsqu'il avait commencé à parler d'adoption. Chaque fois qu'il abordait le sujet, elle lui répétait qu'elle ne voulait pas avoir d'enfants, que c'était une trop grosse responsabilité.

Jack était amoureux d'elle à l'époque et il l'a soutenue quand elle lui a proposé de se porter volontaire pour assister ou accueillir des enfants en difficulté.

Elin a donc contacté les services sociaux de Stockholm et Jack l'y a accompagnée afin de rencontrer un responsable qui les a interrogés sur leur domicile, leur profession et leur situation familiale.

Un mois plus tard, Elin et Jack ont été convoqués à un entretien individuel basé sur la méthode Kälvsten et ont dû répondre à une quantité infinie de questions. Elle se rappelle encore l'expression stupéfaite de l'assistante sociale lorsqu'elle a compris qui était Elin Frank.

Trois jours après, le téléphone a sonné. L'assistante sociale lui a expliqué qu'elle pensait à un enfant qui aurait besoin de réconfort et de calme pendant un certain temps.

— Elle a six ans et… je pense que cela pourrait faire… l'affaire, il faudra procéder par étapes, mais dès qu'elle aura retrouvé des repères, nous avons des psychologues à vous recommander.

— Que lui est-il arrivé ?

— Sa mère est sans abri et souffre de troubles psychologiques… Les autorités sont intervenues quand on a retrouvé la petite fille endormie dans une voiture de métro.

— Mais elle va bien ?

— Elle était un peu déshydratée, mais le médecin affirme qu'elle est en bonne santé… J'ai essayé de lui parler… elle a l'air gentille, mais elle est introvertie.

— Vous savez comment elle s'appelle ?

— Oui… Vicky… Vicky Bennet.

Elin Frank accélère la cadence à la fin de l'exercice. Le tapis gronde, sa respiration s'intensifie, elle augmente la résistance puis ralentit. Elle s'étire ensuite près de la barre de danse et évite de croiser son regard dans le grand miroir. Elle retire ses chaussures et quitte la pièce, les jambes lourdes et parcourues de picotements. Avant d'entrer dans la salle de bains, elle ôte son soutien-gorge qui est déjà tout froid, le jette par terre puis baisse son pantalon et sa culotte. Elle les piétine pour s'en extirper et entre dans la cabine de douche.

Même si ses muscles se détendent une fois que l'eau chaude ruisselle sur son cou, l'angoisse qui l'habitait refait surface. Ça la démange, comme si elle se trouvait au bord de l'hystérie. Quelque chose en elle voudrait hurler sans relâche. Dans le but de se ressaisir, elle baisse la température de l'eau et se force à rester sous le jet glacial. Elle lève la tête vers le pommeau de douche jusqu'à ce que le froid lui saisisse les tempes et qu'elle soit obligée de couper l'eau et de sortir pour s'essuyer.

51

Elin sort de son dressing vêtue d'une jupe mi-longue en velours et d'un body en nylon de la dernière collection Wolford. On devine la peau de ses bras et de ses épaules à travers le tissu noir incrusté de petites pierres brillantes. Le tissu du body est si délicat qu'elle doit mettre des gants spéciaux pour l'enfiler. Installé dans un fauteuil en peau d'agneau dans la bibliothèque, Robert parcourt des documents qu'il glisse dans différentes pochettes en cuir.

— Qui était la fille sur laquelle la police est venue vous interroger ?

— Personne, répond Elin.

— Quelque chose dont nous devons nous inquiéter ?

— Non.

Robert Bianchi est son conseiller et son assistant depuis six ans. Il est homosexuel mais n'a jamais été en couple. Elin pense qu'il aime surtout être vu aux côtés d'hommes séduisants. C'était Jack qui lui avait suggéré d'engager un assistant homosexuel pour lui éviter d'être jaloux. Elle se souvient d'avoir répondu que ça lui était égal tant qu'il n'avait pas une voix trop efféminée.

Elle s'installe près de lui dans l'autre fauteuil, étire les jambes et lui montre ses chaussures vernies à talons.

— Merveilleux, dit-il avec un sourire.

— J'ai vu le planning pour le reste de la semaine, dit-elle.

— Dans une heure vous avez une réception au *Clarion Hotel Sign*.

Un bus qui passe sur Strandvägen fait trembler les grandes baies vitrées. Bien qu'il reste discret, Elin sent le regard de Robert sur elle mais ne se tourne pas vers lui. Elle se contente de faire glisser sur sa chaîne la petite croix en diamants qu'elle porte dans le creux du cou.

— Avec Jack nous nous sommes occupés d'une petite fille qui s'appelait Vicky… c'était il y a longtemps.

— Vous l'avez adoptée ?

— Non, elle avait une mère, elle est seulement venue vivre chez nous, mais je…

Elle s'interrompt et fait glisser la croix sur la chaîne.

— Quand cela ?

— Quelques années avant ton arrivée. Mais je ne faisais pas encore partie de la direction du groupe et Jack venait de commencer sa collaboration avec Zentropa.

— Vous n'êtes pas obligée de me le raconter.

— Nous pensions être prêts, enfin autant que possible, nous nous doutions que ce ne serait pas facile, mais… Tu arrives à comprendre ce pays, toi ? Je veux dire, au début tout est soigneusement préparé, nous avons dû rencontrer des assistants sociaux et des responsables en tout genre, tout a été vérifié dans le moindre détail, de notre situation financière jusqu'à notre vie sexuelle… mais dès que notre candidature a été validée, il s'est passé seulement trois jours avant qu'on se retrouve avec un enfant dont il fallait s'occuper. Assez étrange, tu ne trouves pas ? Tu sais, ils ne nous ont rien dit sur elle, nous n'avons eu aucun soutien.

— Classique.

— Nous avions réellement de bonnes intentions… et il est arrivé qu'elle vive ici jusqu'à neuf mois de suite. Ils ont essayé de la ramener à sa mère de nombreuses fois, mais ils finissaient toujours par retrouver Vicky sous de vieux cartons dans un garage quelque part dans la banlieue de Stockholm.

— C'est triste.

— À la fin, Jack ne supportait plus toutes ces nuits où il fallait intervenir auprès des services sociaux pour aller la récupérer, l'amener aux urgences ou simplement lui faire prendre un bain et lui donner à manger… On aurait sans doute fini par se séparer, de toute façon, mais… une nuit, il m'a simplement demandé de choisir…

Elin adresse un sourire las à Robert :

— Je n'arrive pas à comprendre pourquoi il m'y a obligée.

— Parce qu'il ne pense qu'à lui.

— Mais nous n'étions qu'une famille d'accueil, je ne pouvais pas choisir entre lui et un enfant qui allait habiter chez nous pendant quelques mois, ça n'avait aucun sens… Et il savait bien qu'à cette époque, j'étais complètement dépendante de lui.

— Non, intervient Robert.

— Mais si, c'est la vérité. Alors, quand la mère de Vicky a obtenu un nouveau logement, j'ai accepté qu'il téléphone aux services sociaux… Ça semblait se passer plutôt bien avec la mère cette fois…

Sa voix se brise et elle se surprend à laisser échapper quelques larmes.

— Pourquoi ne m'en avez-vous jamais parlé ?

Elin essuie ses yeux. Elle ignore ce qui la pousse à mentir :

— Ce n'est rien, ce n'est pas comme si j'y pensais tout le temps.

— Il faut aller de l'avant, dit Robert comme s'il lui cherchait une excuse.

— Oui, chuchote Elin qui cache son visage dans ses mains.

— Qu'y a-t-il ? demande-t-il, inquiet.

— Robert, dit-elle dans un soupir avant de lui jeter un regard. Je n'ai rien à voir avec cette histoire, mais ce policier m'a raconté que Vicky avait assassiné deux personnes.

— Vous voulez dire ce qui vient de se passer dans le Norrland ?

— Je l'ignore.

— Est-ce que vous êtes encore en contact avec elle ? demande-t-il lentement.

— Non.

— Parce que vous devez éviter à tout prix d'être associée à cette affaire.

— Je sais… Bien sûr, j'aurais aimé faire quelque chose pour l'aider, mais…

— Restez en dehors de ça.

— Je devrais peut-être appeler Jack.

— Non, ne faites pas ça.

— Il a le droit de savoir.

— Mais il ne faut pas qu'il l'apprenne par vous. Vous allez vous faire du mal, vous le savez très bien. Chaque fois que vous lui parlez…

Elle esquisse un sourire entendu et pose sa main sur celle de Robert :

— Viens ici à 8 heures demain pour faire le point sur la semaine prochaine.

— Bien, répond-il avant de quitter la pièce.

Elin prend le téléphone mais attend que Robert ait fermé la porte derrière lui pour composer le numéro de Jack.

Il répond d'une voix rauque et endormie :

— Elin ? Tu as vu l'heure ? Tu ne peux pas continuer à m'appeler…

— Tu dormais ?

— Oui.

— Seul ?

— Non.

— Tu essaies seulement de me faire du mal ou…

— Nous sommes divorcés, Elin, l'interrompt-il.

Elin rejoint la chambre à coucher et s'arrête au milieu de la pièce, les yeux rivés sur le grand lit.

— Dis-moi que je te manque, chuchote-t-elle.

— Bonne nuit, Elin.

— Tu peux avoir l'appartement de Broome Street si tu veux.

— Je ne le veux pas, c'est toi qui aimes New York.

— La police semble penser que Vicky a tué deux personnes.

— Notre Vicky ?

Sa bouche commence à trembler et des larmes lui montent aux yeux :

— Oui… ils sont venus me poser des questions sur elle.

— Quelle horreur, répond-il à voix basse.

— Tu ne pourrais pas venir ? J'ai besoin de toi… tu peux amener Norah si tu veux, je ne suis pas jalouse.

— Elin… je ne viendrai pas à Stockholm.

— Désolée d'avoir appelé, dit Elin avant de raccrocher.

52

Au dernier étage d'un immeuble situé au 21 de Kungsbron se trouve le parquet pour les affaires policières et les enquêteurs internes de la Rikspolisstyrelsen, la direction centrale de la police. Joona est installé dans un petit bureau avec le responsable de l'enquête, Mikael Båge, et la secrétaire générale, Helene Fiorine.

— Le jour en question, la police de sûreté a fait une descente dans les locaux de la Brigaden, un groupe d'extrême gauche, dit Båge avant de se racler la gorge. Il est allégué dans la plainte que l'inspecteur Linna de la Rikskrim aurait été présent à l'adresse susdite en même temps ou juste avant…

— C'est exact, répond Joona qui jette un regard aux voies ferrées et à la baie Barnhus par la fenêtre.

Helene Fiorine pose son stylo et son carnet et pousse un soupir embarrassé.

— Joona, je dois vous demander de prendre cette enquête au sérieux.

— C'est ce que je fais, dit-il d'un air absent.

Elle plonge son regard un peu trop longtemps dans ses yeux gris argenté avant d'esquisser un rapide hochement de tête et de saisir son stylo.

— Avant de conclure, dit Mikael Båge en se curant l'oreille d'un doigt, je dois évoquer le soupçon qui pèse sur vous…

— Il s'agit peut-être simplement d'un malentendu,

l'interrompt Helene. Les deux affaires se sont malencontreusement croisées.

— Mais dans la plainte dont vous faites l'objet, poursuit Båge en observant son index, il apparaît que vous auriez fait échouer l'opération de la police de sûreté en alertant le premier cercle du groupe.

— Oui, c'est exact, répond Joona.

Helene Fiorine se lève et, ne sachant que dire, elle observe Joona d'un air navré.

— Vous les avez prévenus qu'une descente aurait lieu ? demande Båge avec un sourire.

— Ces jeunes étaient immatures mais pas dangereux et pas…

— La police de sûreté n'était pas de cet avis, l'interrompt Båge.

— Non, répond Joona d'une voix à peine audible.

— Nous conclurons ici l'interrogatoire préliminaire, dit Helene Fiorine qui rassemble ses documents.

53

Il est quatre heures et demie passées quand Joona traverse Tumba. Il a autrefois enquêté sur un triple homicide perpétré dans une maison du quartier. La liste des différentes adresses où a séjourné Vicky Bennet est posée sur le siège passager. La dernière était celle de Birgittagården, et la première 47, Strandvägen.

Elle s'est forcément confiée à l'une des personnes chez qui elle a vécu, ne serait-ce que pour évoquer le nom d'amis qu'elle aurait quelque part.

La seule chose qu'Elin ait dite au sujet de Vicky était qu'elle était mignonne et qu'il s'agissait d'une enfant adorable. Mignonne et adorable, se répète Joona.

Avant d'être accueillie par la famille Frank, Vicky était une enfant en péril, une enfant qui avait besoin d'aide, quelqu'un envers qui on fait preuve de compassion. Peut-être que, pour le couple, il s'agissait de charité mais, pour Vicky, Elin était la première mère qu'elle ait connue après sa mère biologique.

Cela a dû représenter un changement considérable dans sa vie. Elle était au chaud et pouvait manger à sa faim. Elle dormait dans un vrai lit et portait de beaux vêtements. La période passée chez Elin et Jack avait dû conserver une saveur particulière dans l'esprit de la jeune fille.

Joona met le clignotant et se déporte sur la voie de gauche. Il a étudié la liste et a décidé de tenter sa chance avec les dernières adresses. Avant Birgittagården, elle avait habité au foyer de Ljungbacken et encore avant cela, deux semaines chez la famille Arnander-Johansson, dans la ville de Katrineholm.

Il pense à la façon dont l'Aiguille et Frippe avaient dû procéder pour retirer les mains de Miranda de son visage. Ils avaient forcé le mouvement des bras pétrifiés sous l'effet de la rigidité cadavérique. Le corps inanimé semblait résister, comme si Miranda ne voulait pas qu'on découvre son visage, comme si elle avait honte.

Mais son visage était apaisé et blanc comme de la nacre.

D'après l'Aiguille, elle était assise avec une couette enroulée autour des épaules lorsqu'elle avait été frappée avec la pierre. Six ou sept fois, si Joona a bien interprété les éclaboussures de sang. Elle a ensuite été installée sur le lit avec les mains posées sur le visage. La dernière chose qu'elle ait vue avant de mourir était son meurtrier.

Joona ralentit et traverse une zone résidentielle avant de se garer le long d'une haie de potentilles en fleur. Il quitte la voiture et se dirige vers une grande boîte aux lettres en bois sur laquelle est fixée une plaque en cuivre portant l'inscription : "Arnander-Johansson." Une femme contourne la maison, un seau rempli de pommes rouges à la main. Elle semble avoir des problèmes de hanche et par moments sa bouche se tord de douleur. C'est une femme de forte corpulence avec une grosse poitrine et d'épais avant-bras.

— Vous venez de le rater, dit la femme en apercevant Joona.

— Classique, plaisante-t-il.

— Il a dû aller à l'entrepôt… pour une histoire de bordereau.

— De qui parle-t-on ? demande Joona avec un sourire.

Elle pose le seau :

— Je croyais que vous étiez celui qui devait jeter un œil sur le tapis de course.

— Combien coûte-t-il ?

— Sept mille, il est tout neuf.

Le silence retombe. Elle essuie sa main sur son pantalon et l'observe un instant.

— Je suis de la Rikskrim et je dois vous poser quelques questions.

— À quel sujet ? demande-t-elle d'une voix faible.

— Vicky Bennet, qui a habité ici... il y a presque un an.

La femme hoche la tête puis désigne la porte d'un air triste avant d'entrer. Joona la suit dans une cuisine meublée d'une table en pin recouverte d'une nappe au crochet. Des rideaux fleuris ornent les fenêtres qui donnent sur le jardin de la maison. La pelouse a été tondue récemment. Des pruniers et des groseilliers à maquereau marquent la limite du terrain. Une dalle en bois a été posée devant une petite piscine bleu clair. Des jouets flottent à la surface de l'eau près d'une petite bouche d'évacuation.

— Vicky s'est enfuie, dit Joona de but en blanc.

— J'ai lu ça, chuchote-t-elle en posant le seau sur l'évier.

— Où pensez-vous qu'elle se cache ?

— Aucune idée.

— Vous a-t-elle déjà parlé d'amis, d'un petit copain... ?

— Vicky n'habitait pas vraiment ici.

— Et pour quelle raison ?

— C'était comme ça, dit-elle avant de se retourner.

La femme verse de l'eau dans le réservoir d'une cafetière, mais interrompt son geste.

— L'usage veut qu'on offre du café, dit-elle mollement.

Joona aperçoit deux garçons blonds qui reproduisent des prises de karaté dans le jardin. Ils sont minces et bronzés et vêtus de grands shorts de bain. Leur jeu est un peu trop agité, un peu trop violent, mais cela ne les empêche pas de rire sans arrêt.

— Vous accueillez des enfants et des adolescents dans votre famille ?

— Notre fille a dix-neuf ans, alors… ça fait quelques années qu'on le fait maintenant.

— Combien de temps restent-ils en général ?

— Ça dépend… c'est parfois un peu le va-et-vient, ajoute-t-elle en se retournant vers Joona. Beaucoup ont connu des conditions familiales affreuses.

— C'est difficile ?

— Non, ce n'est pas difficile… il y a des conflits, c'est sûr, mais en réalité, il suffit de bien poser les limites à ne pas franchir.

L'un des garçons mime un coup de pied sauté au-dessus de la piscine et atterrit dans l'eau qui éclabousse le rebord. L'autre garçon donne quelques coups droits dans le vide avant de suivre son exemple en faisant un tour sur lui-même avant de toucher l'eau.

— Mais Vicky n'a vécu ici que quelques semaines ? dit Joona en observant la femme. Elle évite son regard et gratte son aisselle.

— Nous avons deux garçons, répond-elle d'une voix hésitante. Ça fait deux ans qu'ils sont chez nous… ils sont frères… on avait espéré que ça fonctionne avec Vicky, mais malheureusement il a fallu interrompre son séjour.

— Que s'est-il passé ?

— Rien… Je veux dire… Ce n'était pas de sa faute, ce n'était la faute de personne… C'était juste trop difficile. Nous sommes une famille normale et nous n'avons pas eu le courage.

— Mais Vicky… elle était difficile à gérer ?

— Non, dit-elle d'une voix faible. C'était…

Elle se tait.

— Que voulez-vous dire ? Que s'est-il passé ?

— Rien.

— Vous avez de l'expérience. Comment avez-vous pu abandonner après seulement deux semaines ?

— Les choses sont comme elles sont.

— Je pense qu'il s'est passé quelque chose, répète-t-il avec la même douceur dans la voix.

— Qu'est-ce que vous fabriquez ? demande-t-elle, gênée.

— Je vous en prie, racontez-moi ce qui s'est passé.

Ses joues s'empourprent. La rougeur s'étend à la peau rugueuse de son cou et gagne le creux de sa poitrine.

— Nous avons reçu de la visite, chuchote-t-elle la tête baissée.

— Qui ?

Elle secoue la tête. Joona lui tend un petit carnet et un stylo. Des larmes se mettent à couler sur ses joues. Elle lève les yeux vers lui, puis prend le stylo et note quelque chose.

54

Joona conduit depuis trois heures lorsqu'il arrive au 35, Skrakegatan, à Bengtsfors. Les larmes de la femme sont tombées sur la feuille où elle a écrit l'adresse. Il a dû lui retirer le carnet des mains et lorsqu'il a tenté de lui en faire dire davantage, elle s'est contentée de secouer la tête avant de quitter précipitamment la cuisine pour aller s'enfermer dans les toilettes.

Il a dépassé chacune des maisons en briques rouges du lotissement en direction d'une aire de manœuvre située devant un garage. Le numéro 35 correspond à la dernière maison. Le vent a renversé les meubles de jardin en plastique blanc sur la pelouse mal entretenue. La boîte aux lettres accrochée sur une chaîne noire regorge de prospectus de pizzerias et de supermarchés.

Joona descend de voiture, enjambe l'herbe sauvage qui a poussé autour de la grille et remonte la petite allée en pavés qui mène à la maison. Un paillasson trempé sur lequel est inscrit "clés, porte-monnaie, portable" gît devant la porte. À l'intérieur, des sacs-poubelles noirs obstruent les fenêtres. Joona appuie sur la sonnette. Un chien aboie et après quelques secondes, il sent que quelqu'un l'épie par le judas. Une personne fait tourner deux verrous et entrebâille la porte bloquée par une chaîne de sécurité. Une odeur de vin rouge parvient jusqu'à Joona.

Il n'arrive pas à voir la personne qui se tient dans l'obscurité.

— Est-ce que je peux entrer un moment ?

— Elle ne veut pas te voir, répond un garçon d'une voix éraillée.

Un chien grogne et Joona entend le cliquetis des mailles de son collier étrangleur.

— Mais je dois lui parler.

— On ne veut rien acheter, crie une femme dans la maison.

— Je suis de la police.

Des pas résonnent à l'intérieur.

— Il est seul ? demande la femme.

— Je crois, chuchote le garçon.

— Tu tiens Zombie ?

— Tu vas ouvrir, maman ?

La voix du garçon trahit son inquiétude. La femme avance jusqu'à la porte :

— Que voulez-vous ?

— Auriez-vous des informations à me donner à propos de Vicky Bennet ?

Les griffes du chien grattent le sol. La femme ferme la porte et la verrouille. Joona l'entend crier quelque chose au garçon. Après quelques secondes, la porte s'entrebâille de nouveau d'une dizaine de centimètres. Elle a ôté la chaîne de sécurité. Joona pousse la porte et pénètre dans un couloir. La femme lui tourne le dos. Elle est vêtue d'un collant couleur chair et d'un T-shirt blanc. Lorsque Joona ferme la porte derrière lui, il fait si noir qu'il est obligé de s'arrêter un instant. Il n'y a pas une seule lampe allumée.

Elle presse le pas devant lui. Le soleil darde ses rayons sur les fenêtres recouvertes de sacs-poubelles au travers desquels de petites déchirures luisent telles des étoiles. Une lueur grise filtre dans la cuisine. Un cubitainer est posé sur la table. Une grande flaque de vin s'est répandue sur le linoléum.

Lorsque Joona rejoint le salon, la femme est déjà installée dans un canapé en toile de jean. Des rideaux violet foncé descendent jusqu'au ras du sol mais il voit que des sacs-poubelles ont aussi été installés dans cette pièce. Pourtant, un faible rayon de lumière tombe sur la main de la femme depuis la porte de la véranda. Joona constate que ses ongles sont soignés et vernis de rouge.

— Installez-vous, dit-elle d'une voix calme.

— Merci.

Joona s'assied en face d'elle sur un grand tabouret. Lorsque ses yeux se sont habitués à l'obscurité, il s'aperçoit qu'il y a quelque chose d'étrange sur son visage.

— Que voulez-vous savoir ?

— Vous vous êtes rendue chez la famille Arnander-Johansson.

— Oui.

— Quel était l'objet de votre visite ?

— Je les ai mis en garde.

— Contre quoi ?

— Tompa ! crie la femme. Tompa !

Une porte s'ouvre et Joona entend le bruit de pas lents s'approcher. Il ne voit pas le garçon mais sent sa présence et devine sa silhouette contre la bibliothèque. Le garçon est entré dans la pièce.

— Allume le plafonnier.

— Mais maman…

— Fais-le !

Il appuie sur le bouton et un grand globe en papier de riz illumine la pièce. Le grand garçon maigrichon se tient la tête baissée dans la lumière éclatante. Joona l'observe. Le visage du garçon semble avoir été déchiqueté par un chien de combat. Il n'a pas de lèvre inférieure et ses dents sont complètement exposées. Sa joue droite est creuse et de couleur incarnate. Une blessure rouge et profonde lacère son front de la racine des cheveux jusqu'au sourcil. Joona se tourne vers la femme et se rend compte qu'elle aussi est défigurée. Pourtant, elle lui sourit. Elle n'a plus d'œil droit, des entailles profondes parsèment son visage et son cou. Il s'agit au moins d'une dizaine de coups. L'autre sourcil pend sur son œil et sa bouche est coupée en plusieurs endroits.

— Vicky s'est énervée, dit la femme tandis que son sourire s'efface.

— Que s'est-il passé ?

— Elle nous a attaqués avec un tesson de bouteille. Je n'aurais jamais cru qu'une telle haine pouvait habiter quelqu'un, elle ne s'arrêtait pas. Je me suis évanouie mais je me souviens de la douleur des blessures creusées par le verre, du tesson qui se brisait à l'intérieur de ma chair. J'ai compris que je n'avais plus de visage.

55

La commune de Sundsvall a négocié au prix fort la prise en charge des pensionnaires de Birgittagården par l'entreprise de soins de santé Orre. Elles ont quitté l'hôtel Ibis pour être logées provisoirement dans la petite ville de Hårte.

C'est un vieux village de pêcheurs sans église où l'école a fermé il y a presque cent ans. La mine a été abandonnée et le magasin d'alimentation Ica a mis la clé sous la porte lorsque les propriétaires ont pris leur retraite. Pourtant, l'été, le petit village retrouve une certaine animation grâce à ses plages de sable blanc qui longent la côte Jungfru.

Les six filles habiteront l'ancienne boutique du village pendant quelques mois. La maison est spacieuse et munie d'une grande véranda en verre. Elle est située à l'endroit où la petite route qui mène au village se divise en deux comme la langue d'un serpent.

Les filles ont fini de dîner. Quelques-unes traînent encore dans la salle à manger et contemplent la mer bleue nappée d'un léger brouillard. Dans le grand salon, Solveig Sundström, venue du foyer de Sävstagården, tricote devant le feu qui crépite dans la cheminée.

Un couloir froid mène de la salle de séjour à une petite cuisine où est posté un vigile. Il a une vue dégagée sur le vestibule et la porte d'entrée. Par la fenêtre, il peut voir la pelouse qui s'étend jusqu'à la route.

Lu Chu et Nina cherchent des chips dans le garde-manger mais doivent se contenter d'un paquet de Frosties.

— Qu'est-ce que vous feriez si le meurtrier revenait ? demande Lu Chu.

La main tatouée du vigile tressaille sur la table. Il hasarde un sourire figé :

— Vous êtes en sécurité ici.

Il a une cinquantaine d'années, le crâne rasé et une fine mouche taillée entre sa lèvre inférieure et la pointe de son menton. On devine le dessin de ses muscles sous la chemise bleu foncé à l'emblème d'une société de gardiennage.

Lu Chu ne répond pas et se contente de l'observer en fourrant les pétales de céréales dans sa bouche et en mâchant bruyamment. Nina fouille dans le réfrigérateur et en sort un paquet de jambon fumé et un pot de moutarde.

De l'autre côté de la maison, installées autour d'une table dans la véranda, Caroline, Indie, Tuula et Almira jouent aux cartes.

— Je peux avoir tous tes valets ? dit Indie.

— Ils sont dans la mer, répond Almira en pouffant de rire.

Indie tire une carte et la regarde d'un air satisfait.

— Ted Bundy était exactement comme un boucher, dit Tuula à voix basse.

— La vie de ma mère, comment tu parles, soupire Caroline.

— Il allait de pièce en pièce et assommait ses victimes comme des bébés phoques. D'abord Lisa et Margaret, après…

— Ta gueule, la coupe Almira en poussant un petit rire.

Tuula sourit. Caroline ne peut réprimer un frisson.

— Qu'est-ce qu'elle fout là, la bonne femme ? demande Indie d'une voix forte.

La femme assise devant la cheminée lève les yeux puis reprend son tricot.

— On continue à jouer ? s'impatiente Tuula.

— C'est à qui ?

— Moi, dit Indie.

— Comment tu triches, putain, dit Caroline avec un sourire.

— Le téléphone est complètement mort, dit Almira. Je l'avais mis à charger dans la chambre et maintenant…

— Tu veux que je regarde ? demande Indie.

Elle ôte le couvercle, sort la batterie et la remet dans l'appareil mais rien ne se passe.

— Bizarre.

— Laisse tomber, dit Almira.

Indie ressort la batterie :

— Il n'y a même pas de carte SIM, putain !

— Tuula, dit Almira d'une voix sévère. T'as pris ma carte SIM ?

— Je sais pas, répond-elle en faisant la moue.

— J'en ai besoin – tu piges ?

La femme a posé son tricot et entre dans la véranda.

— Que se passe-t-il ?

— On gère ça entre nous, répond Caroline d'une voix calme.

Tuula pince les lèvres, l'air triste.

— J'ai rien piqué, geint-elle.

— Ma carte SIM a disparu, dit Almira d'une voix forte.

— Ce qui ne signifie pas forcément qu'elle te l'a prise, s'indigne la femme.

— Almira a dit qu'elle allait me frapper, dit Tuula.

— Je ne tolérerai aucune violence ici, dit la femme avant de retourner s'asseoir avec son ouvrage.

— Tuula, dit Almira à voix basse. J'ai vraiment besoin de téléphoner.

— Ça va être difficile, répond Tuula avec un sourire.

De l'autre côté de la baie, la forêt s'obscurcit de plus en plus, le ciel s'assombrit tandis que l'eau scintille comme du plomb liquide.

— La police pense que c'est Vicky qui a tué Miranda, dit Caroline.

— Ce qu'ils sont cons, marmonne Almira.

— Je la connais pas, aucune de nous la connaît, dit Indie.

— Arrête-toi.

— Imagine qu'elle est en route pour venir ici et…

— Chuuut, l'interrompt Tuula.

Elle se lève, se fige et fixe l'extérieur de la maison.

— Vous avez entendu ? dit-elle en se tournant vers Caroline et Almira.

— Non, dit Indie dans un soupir.

— On est bientôt mortes, chuchote Tuula.

— T'es vraiment malade, espèce de grosse tarée, dit Caroline qui ne peut s'empêcher de réprimer un sourire. Elle attrape la main de Tuula et la pose sur ses genoux pour la caresser.

— N'aie pas peur, il ne se passera rien.

56

Caroline se réveille dans le canapé. Les dernières braises luisent paresseusement dans la cheminée, dégageant une douce chaleur. Elle se redresse et regarde autour d'elle dans le séjour et la salle à manger. Elle comprend qu'elle s'est endormie dans le canapé et que tout le monde est allé se coucher en la laissant là.

Elle se lève, s'approche d'une des grandes fenêtres et regarde au-dehors. On peut encore voir l'eau derrière les abris à bateaux noirs. Tout est silencieux. La lune, malgré les nuages, éclaire la mer d'une faible lumière. Elle ouvre la porte en pin qui grince sur ses gonds et sent l'air frais du couloir sur son visage. De petits craquements s'échappent des meubles en bois derrière elle. Des ombres dansent dans le couloir. Elle distingue à peine les portes qui mènent aux chambres des filles. Le sol est glacé. Soudain, elle pense entendre quelque chose, un soupir ou un gémissement.

Le bruit vient des toilettes.

Elle s'approche lentement. Son cœur bat à tout rompre. La porte est entrouverte. Il y a quelqu'un à l'intérieur. Elle entend à nouveau l'étrange bruit.

Caroline regarde avec précaution par la fente de la porte. Nina est assise sur la cuvette, les jambes écartées. Elle affiche une mine indifférente. Un homme est agenouillé devant elle, le visage entre ses cuisses. Elle a remonté sa veste de pyjama pour qu'il puisse lui tripoter un sein pendant qu'il la lèche.

— Bon, ça va maintenant, dit Nina d'une voix morne.

— D'accord, répond-il avant de se lever rapidement.

Il détache du papier-toilette pour s'essuyer la bouche et Caroline s'aperçoit qu'il s'agit du vigile.

— Donne-moi le fric, dit Nina en tendant la main.

Le vigile fouille dans ses poches.

— Merde, j'ai que quatre-vingts.

— Mais t'avais dit cinq cents.

— Qu'est-ce que tu veux que je te dise ? J'ai que quatre-vingts.

Nina pousse un soupir et prend l'argent.

Caroline se dépêche de dépasser l'encadrement de la porte et se glisse à pas feutrés dans la petite chambre glaciale qu'on lui a attribuée. Elle ferme la porte et allume le plafonnier. Elle voit son reflet dans la vitre et se rend compte qu'on peut la voir de l'extérieur. Elle s'empresse de baisser les stores. Pour la première fois depuis très longtemps, elle a peur du noir.

Elle éprouve une sensation désagréable en repensant aux yeux clairs de Tuula quand elle parlait de tueurs en série. La petite Tuula était surexcitée et s'amusait à faire peur aux autres en leur disant que Vicky les avait suivies jusqu'à ce petit village de pêcheurs.

Caroline décide de ne pas aller se brosser les dents. Pour rien au monde elle ne retournerait dans ce long couloir obscur.

Elle déplace la chaise jusqu'à la porte et tente de bloquer le dossier sous la poignée sans y parvenir. Elle prend quelques numéros du magazine *Allers* et les pose de ses mains tremblantes sous les pieds de la chaise pour la rehausser et faire remonter la poignée.

Elle a l'impression que quelqu'un se faufile dans le couloir devant sa chambre. Elle regarde par le trou de la serrure et sent des frissons monter le long de sa colonne vertébrale.

Soudain, un claquement résonne derrière elle. Le store s'est détaché et s'est enroulé sur lui-même.

— Mon Dieu, soupire-t-elle en le baissant.

Elle s'immobilise un instant et prête attention au moindre bruit avant d'éteindre la lumière et de se glisser rapidement dans son lit. Elle serre la couverture matelassée autour d'elle et attend que les draps se réchauffent.

Immobile, elle fixe la poignée dans l'obscurité et repense à Vicky Bennet. Elle semblait si timide, si réservée. Comment croire qu'elle soit à l'origine de cette horreur ? Avant de pouvoir écarter cette pensée, l'image de la tête fracassée de Miranda et du sang qui goutte du plafond s'impose à elle.

Soudain, des pas assurés résonnent dans le couloir. Le bruit cesse un instant, puis reprend avant de s'arrêter devant sa porte. Malgré l'obscurité qui règne dans la pièce, Caroline voit que quelqu'un tente de baisser la poignée calée contre le dossier de la chaise. Caroline ferme les yeux, recouvre ses oreilles de ses mains et récite un psaume sur les enfants de Dieu.

57

Des claquements résonnent dans la nuit. Un siège-auto pour enfant cogne contre le mur du grand barrage près de la centrale hydroélectrique de Bergeforsen. On distingue à peine le dossier en plastique gris à la surface de l'eau. Il a été emporté jusqu'ici par la rivière Indalsälven. Depuis la fonte des neiges dans les montagnes du Jämtland, elle a un débit très rapide. Les centrales du lac Storjön ont toujours régulé le débit de la rivière en cas d'inondation. Après les pluies torrentielles des derniers jours, la centrale de Bergeforsen a ouvert les vannes de façon progressive. Aujourd'hui, plus de deux millions de litres d'eau sont déversés à chaque seconde et de puissants courants parcourent l'Indalsälven alors que ces derniers mois, elle ressemblait davantage à un lac bercé de lents mouvements. Le siège-auto percute le mur du barrage puis glisse légèrement en arrière avant de le heurter, encore et encore.

*

Joona court sur la petite route qui longe le bord du barrage. À droite, la rivière s'étend comme un sol luisant, mais à gauche, un mur en béton d'environ trente mètres plonge dans le vide. La hauteur est vertigineuse. L'eau qui jaillit des déversoirs avec une force exceptionnelle bouillonne et gronde sur les rochers noirs situés en contrebas.

Près du garde-fou, deux agents de police en uniforme accompagnés d'un employé de la centrale regardent la surface lisse de l'eau en amont. L'un des policiers, une gaffe à la main, désigne le siège-auto. Il est entouré de quelques déchets. Une bouteille en plastique vide tourne sur elle-même. Des branches de sapin, des rameaux et des morceaux de carton se sont amassés contre le barrage. Joona regarde l'eau noire en contrebas. Les courants tiraillent le siège. Seul le dossier en plastique rigide est encore visible. Il est impossible de dire si un enfant y est toujours attaché.

— Retourne-le, dit Joona.

Le policier hoche rapidement la tête et se penche aussi loin qu'il peut au-dessus du garde-fou. Il laisse la gaffe percer la surface et dégage une grosse branche. Il la plonge ensuite plus profondément et la soulève délicatement pour fixer le crochet. Il la ramène à lui d'un coup sec et de l'eau éclabousse le parapet lorsque le siège se retourne pour laisser apparaître un tissu à carreaux.

Il est vide. Les sangles noires remuent lentement dans l'eau. Joona regarde le fauteuil. Le corps de l'enfant peut tout à fait avoir glissé sous la ceinture pour sombrer vers le fond.

— Comme je vous le disais au téléphone, il semble que ce soit le bon siège… il n'a pas l'air particulièrement endommagé, mais il est difficile d'en être certain, dit l'agent.

— Veillez à ce que les techniciens utilisent un sac étanche pour le récupérer.

Le policier lâche le siège qui se retourne lentement.

— Retrouvez-moi près de la tête du pont à Indal, dit Joona avant de s'éloigner lentement vers sa voiture. Il y a une zone de baignade là-bas, non ?

— Qu'est-ce qu'on va y faire ?

— Se baigner, répond Joona sans l'ombre d'un sourire.

58

Joona arrête sa voiture près de la tête de pont, laisse la portière ouverte et se dirige vers une grande pelouse en pente. Un ponton s'avance dans l'eau agitée depuis une petite plage de sable.

Sa veste s'ouvre avec le vent. On devine les muscles de l'inspecteur sous sa chemise grise. Il marche le long de la route et sent l'humidité, l'odeur de l'herbe et des épilobes à épi. Il s'arrête, se baisse et ramasse un petit cube en verre entre les plantes. Il le conserve dans la paume de la main et regarde à nouveau vers l'eau.

— Ils ont quitté la route ici.

L'un des policiers descend jusqu'à la plage, suit des yeux la direction que désigne Joona et secoue la tête.

— Il n'y a pas de trace. Rien, crie-t-il.

— Je crois avoir raison.

— Nous ne le saurons jamais – il y a eu trop de pluie, dit l'autre agent de police.

— Mais il n'a pas plu sous l'eau, dit Joona.

Il descend vers la plage à grandes enjambées, dépasse le policier et avance jusqu'au bord de l'eau. Il suit la rivière en amont sur quelques mètres et aperçoit des traces de pneus sous l'eau. Les sillons parallèles qu'ils ont creusés sur le sable disparaissent à mesure que la profondeur augmente.

— Vous voyez quelque chose ? crie le policier.

— Oui, répond Joona en entrant dans la rivière.

L'eau fraîche ruisselle autour de ses jambes et l'emporte doucement sur le côté. Il avance dans la rivière en faisant de grands pas. Il est impossible de voir avec précision ce qu'il y a sous la surface scintillante et en perpétuel mouvement. De longues plantes serpentent au gré du courant. Des bulles et des alluvions sont emportés dans la même direction. L'agent de police pénètre à son tour dans l'eau et pousse un juron.

Joona devine une forme plus sombre à environ dix mètres.

— J'appelle les plongeurs, dit l'agent.

Joona retire rapidement sa veste, la donne à son collègue et continue d'avancer.

— Qu'est-ce que vous faites ?

— Je dois savoir s'ils sont morts, répond-il en lui tendant son arme.

Le courant tire sur son pantalon qui s'alourdit de plus en plus. Ses jambes et le bas de son dos sont parcourus de frissons.

— Attention, la rivière charrie des morceaux de bois, crie l'autre policier. Vous ne pouvez pas nager à cet endroit.

Joona avance dans l'eau. Le fond se dérobe soudain sous ses pieds. Lorsque l'eau froide lui arrive à la taille, il plonge sans précipitation. Ses oreilles bourdonnent. Il nage les yeux ouverts. Les rayons du soleil pénètrent la surface. De la vase tourbillonne dans les remous.

Il force sur ses jambes et plonge plus profond. Il voit soudain la voiture échouée non loin des traces de pneus. Le courant a déplacé le véhicule vers le milieu de la rivière. La tôle rouge luit devant lui. Il manque le pare-brise et les deux vitres de l'aile droite. L'eau traverse l'habitacle de part en part.

Joona s'approche encore et s'efforce de ne pas penser à ce qu'il risque de découvrir. Il voudrait pouvoir se contenter d'enregistrer le maximum d'éléments pendant les quelques secondes que va encore durer son observation mais ne parvient pas à lutter contre l'image qui s'impose à lui. Vicky, encore installée sur le siège conducteur, la ceinture passant en diagonale sur son corps, les bras tendus en avant et la bouche béante. Ses cheveux ondulent autour de son visage.

Son rythme cardiaque s'accélère. La lumière est presque absente. Crépuscule et silence assourdissant.

Il s'avance vers la portière arrière droite et attrape le rebord où était fixée la vitre mais son corps est entraîné sur le côté. La carcasse se met à grincer et il perd prise lorsque la voiture glisse quelques mètres plus loin, emportée par le courant. De la vase tournoie dans l'eau. Il a du mal à se repérer. Il fait quelques brasses. Le nuage de boue se dissipe peu à peu.

Au-dessus de lui, à environ trois mètres, un autre monde est baigné de soleil. Juste sous la surface, un rondin de bois gorgé d'eau glisse rapidement tel un lourd projectile.

Ses poumons commencent à brûler et se contractent de façon spasmodique. L'eau est très agitée à cette profondeur.

Joona saisit de nouveau le montant de la vitre. Du sang s'échappe de sa main avant de se diluer dans l'eau. Il lutte de toutes ses forces pour ramener son corps au niveau de la portière et essayer de regarder à l'intérieur de la voiture. Du sable mélangé à de petites algues flotte devant son visage.

La voiture est vide. Le pare-brise a disparu et les essuie-glaces se balancent au gré des courants. Les corps ont pu être aspirés hors du véhicule et entraînés au fond de la rivière. Il regarde autour de la voiture. Rien n'aurait pu retenir les corps. Les rochers sont lisses et les plantes aquatiques trop fines.

Joona ressent une vive douleur dans les poumons, mais il sait qu'il reste toujours un peu plus de temps qu'il n'y paraît. Le corps doit apprendre à patienter.

Pendant son service militaire, il a dû plusieurs fois nager douze kilomètres en tenant un drapeau de signalisation, il est même remonté à la surface depuis un sous-marin sans combinaison et avec un ballon de sauvetage pour seule aide. Il a également nagé sous la glace dans le golfe de Finlande. Il peut se passer d'oxygène pendant encore quelques secondes. Il contourne la voiture en quelques brasses énergiques et observe la vaste étendue qui s'offre à lui. L'eau s'écoule comme un vent puissant balayerait la terre. Les ombres des rondins qui flottent à la surface défilent rapidement sur le fond. Vicky a quitté la route, a traversé la plage sous une pluie battante et s'est enfoncée dans l'eau. Les vitres se sont sans doute brisées lorsque le véhicule a percuté le feu tricolore. La voiture s'est instantanément remplie d'eau et ne s'est immobilisée qu'une fois totalement immergée. Mais où sont les corps ? Il doit essayer de les retrouver. À cinq mètres de lui, quelque chose scintille sur le sable. Une paire de lunettes est emportée vers le milieu de la rivière, là où les courants sont les plus puissants. Il devrait remonter à la surface, mais il pense pouvoir tenir encore un peu. Des flashs lumineux brouillent sa vue tandis qu'il nage. Quand il tend la main pour attraper les lunettes, un petit tourbillon les soulève de quelques centimètres. Il se retourne et pousse sur ses jambes pour remonter sans avoir le temps de voir où il va. Il doit respirer avant de perdre connaissance. Une fois à la surface, il remplit enfin ses poumons d'air et ne voit pas le rondin qui heurte son épaule de plein fouet. Il hurle de douleur. Le choc a déboîté la tête de l'humérus de la cavité de l'épaule et Joona se retrouve à nouveau sous l'eau. Ses oreilles bourdonnent. À la surface de l'eau, le soleil scintille.

59

Tandis qu'il explorait la carcasse, ses collègues de la police du Västernorrland se sont procuré un bateau pour le rejoindre. Lorsqu'ils ont vu le rondin le percuter, ils l'ont attrapé, remonté par-dessus le bastingage et allongé dans le canot.

— Désolé, haleta Joona. Il fallait que je sache…

— Où le rondin vous a-t-il percuté ?

— Il n'y avait pas de corps dans la voiture, poursuivit Joona en gémissant de douleur.

— Regarde son bras, dit l'agent.

— Merde, chuchota son collègue.

Du sang coulait sur la chemise trempée de Joona et son bras avait pris une position anormale. Il semblait pendre mollement dans le tissu musculaire. Les policiers ont délicatement pris les lunettes dans sa main pour les glisser dans un sac plastique.

L'un des policiers l'a emmené à l'hôpital de Sundsvall. Dans la voiture, Joona est resté les yeux fermés, immobile, pendant tout le trajet. Il tenait son bras serré contre lui. Malgré la douleur, il avait tenté de décrire à l'agent la façon dont la voiture avait glissé sur le fond en lui expliquant que l'eau était entrée dans l'habitacle par les vitres cassées.

— Il n'y avait personne, chuchota-t-il.

— Les corps ont pu être emportés plus loin, dit l'agent. Ce n'est pas la peine que les plongeurs les cherchent :

soit ils se sont empêtrés dans quelque chose et on n'en saura jamais rien… soit ils seront bloqués par le barrage comme le siège.

Deux infirmières qui papotaient gaiement se sont occupées de Joona à l'hôpital. Elles étaient toutes les deux blondes et on aurait pu croire qu'il s'agissait d'une mère et sa fille. Elles lui ont ôté ses vêtements trempés sans la moindre gêne et avec une rapidité exemplaire. Lorsqu'elles ont commencé à le sécher et ont vu l'état de son bras, elles se sont immédiatement tues. Elles ont nettoyé et recouvert sa blessure avant qu'on ne vienne le chercher pour lui faire passer une radio.

Vingt minutes plus tard, un médecin est entré dans la salle d'examen avec les clichés. Il lui a expliqué que rien n'était cassé et qu'il s'agissait d'une luxation de l'épaule. La mauvaise nouvelle, c'était qu'il allait falloir la lui remettre en place, mais la bonne nouvelle était que le bourrelet glénoïdien semblait intact. Il a dû s'allonger sur le côté, le bras pendant. Le médecin lui a injecté vingt milligrammes de lidocaïne directement dans l'articulation afin de soulager la douleur. Il s'est assis par terre pour tirer le bras vers lui pendant qu'une des infirmières poussait l'omoplate vers la colonne vertébrale et que l'autre repositionnait la tête de l'humérus. Un craquement a retenti. Joona a serré les dents puis il a expiré lentement.

La voiture que conduisait Vicky Bennet a disparu sur une portion de route qui ne compte aucune sortie et bien que la police ait affirmé avoir contrôlé toutes les caches possibles, les médias s'étaient montrés très critiques.

Ils ignoraient que Joona était le seul à avoir compris ce qui s'était passé lorsqu'il avait vu le siège-auto dans l'eau. Si la voiture avait fini sa course dans la rivière, il n'y avait qu'un seul endroit où cela avait pu arriver sans attirer l'attention de la police ou des services de secours.

Après Indal, la route 86 tourne de façon abrupte vers la droite pour rejoindre le pont qui passe au-dessus de la rivière. La voiture a dû continuer tout droit, traverser la pelouse et la petite plage pour finir sa course dans l'eau.

Comme les vitres s'étaient déjà brisées, la voiture a sombré presque instantanément et les fortes pluies qui se sont abattues sur la région ont effacé les traces de pneus sur le sable. Le véhicule a disparu en l'espace de quelques secondes.

60

Joona s'est rendu dans l'un des garages de la police. Son bras est stabilisé et protégé par une grande écharpe bleu foncé. La voiture volée par Vicky Bennet a été installée sous une grande tente. La carcasse a été sortie de la rivière avec une grue télescopique puis emballée dans du plastique pour le transport. Tous les sièges ont été démontés et placés à côté de la voiture. Sur un long banc sont exposés les divers éléments retrouvés à l'intérieur, empaquetés dans des sacs en plastique étiquetés. Joona les observe. Les techniciens ont isolé des empreintes appartenant à Vicky et à Dante et ont attribué une référence aux sacs qui contiennent des débris de verre, une bouteille d'eau en plastique, une basket qui semble appartenir à Vicky et les lunettes du petit garçon.

La porte d'un bureau s'ouvre et Holger Jalmert pénètre dans le garage, un dossier à la main.

— Vous vouliez me montrer quelque chose, dit Joona.

— Oui, tant qu'à faire, dit Holger dans un soupir. Il manque tout le pare-brise, vous l'avez vous-même constaté en plongeant dans la rivière, il s'est brisé quand la voiture est entrée en collision avec le feu tricolore… Mais malheureusement, j'ai trouvé des cheveux appartenant au garçon dans l'encadrement.

— Je suis navré de l'apprendre, dit Joona qui sent l'amertume l'envahir.

— Oui, c'est ce qu'on craignait tous.

Joona regarde une photographie des cheveux coincés sur le côté droit de l'encadrement ainsi qu'un agrandissement montrant trois de ces cheveux collés sur un film transparent.

Ils devaient rouler à vive allure. Tout indique que Vicky Bennet et Dante Abrahamsson ont été éjectés à travers ce qu'il restait du pare-brise.

Joona lit dans un rapport que des débris de verre tachés du sang du garçon ont été retrouvés. De plus, le capot de la voiture a été déformé avant de pénétrer dans l'eau. Il est difficile d'imaginer comment les cheveux auraient été arrachés de la tête de Dante s'il n'avait pas été projeté dans la rivière à travers la vitre.

Les vannes du barrage de Bergeforsen étaient ouvertes et la rivière était parcourue de puissants courants.

La colère de Vicky Bennet avait dû se dissiper avant l'accident. Elle n'avait pas tué Dante et l'avait gardé dans la voiture.

— Vous pensez que le garçon était encore vie au moment où il a été projeté dans l'eau ? demande Joona à voix basse.

— Oui, il a probablement perdu connaissance en heurtant le montant de l'habitacle. Ensuite il s'est noyé… mais nous devons encore attendre que les corps soient charriés jusqu'au barrage.

Holger désigne un sac plastique qui contient un pistolet à eau rouge :

— J'ai un petit garçon et…

Holger s'interrompt et s'installe sur une chaise de bureau.

— Oui, répond Joona qui pose sa main valide sur son épaule.

— Nous devons dire à la mère que nous allons cesser les recherches et attendre, dit Holger.

Sa bouche se contracte involontairement.

*

Un silence inhabituel règne dans le petit commissariat. Quelques agents en uniforme discutent près de la cafetière. Une femme pianote lentement sur le clavier de son ordinateur. Dehors, la lumière grise rappelle celle des tristes jours d'école.

Lorsque Pia Abrahamsson ouvre la porte, les derniers murmures cessent. Elle est vêtue d'un pantalon et d'une veste en jean qui lui comprime la poitrine. Ses cheveux noisette qui dépassent de son béret sont raides et ternes. Son dernier shampoing doit remonter à plusieurs jours. Elle n'est pas maquillée et ses yeux fatigués trahissent son appréhension.

Mirja Zlatnek se lève d'un bond et lui offre une chaise.

— Je ne veux pas m'asseoir, dit Pia d'une voix faible.

Mirja ouvre un bouton sur le col de sa chemise.

— Nous vous avons demandé de venir parce que… nous craignons à vrai dire que…

Pia pose une main sur le dossier de la chaise.

— Ce que j'essaye de vous dire, poursuit Mirja, c'est…

— Oui ?

— Nous ne pensons pas qu'ils soient encore en vie.

Pia réagit à peine à l'annonce. Elle ne s'effondre pas et hoche la tête lentement en s'humectant les lèvres.

— Pourquoi pensez-vous qu'ils ne sont plus en vie ? demande-t-elle d'une voix basse et étrangement calme.

— Nous avons retrouvé votre voiture, dit Mirja. Elle a quitté la route et s'est retrouvée dans la rivière à une profondeur de quatre mètres, elle était très abîmée et…

Sa voix s'efface.

— Je veux voir mon fils, dit Pia avec un calme désarçonnant. Où se trouve son corps ?

— C'est… Nous n'avons pas encore retrouvé les corps, mais… C'est très délicat, mais la décision a été prise d'arrêter les plongées.

— Mais…

La main de Pia Abrahamsson monte vers la croix en argent située sous ses vêtements, dans le creux de son cou, mais s'arrête sur son cœur.

— Dante n'a que quatre ans, dit-elle d'un ton étonné. Il ne sait pas nager.

— Non, dit Mirja dont la bouche tombante exprime la tristesse.

— Mais il… il aime bien jouer dans l'eau, chuchote Pia.

Son menton se met à trembler légèrement. Elle reste un moment immobile et semble engoncée dans ses vêtements. Le col rigide de sa chemise blanche dépasse de sa veste. Avec de lents mouvements, comme une personne brisée et âgée, elle s'installe enfin sur la chaise.

61

Après sa séance de sauna, Elin Frank prend une douche et fait quelques pas sur le sol en pierre lisse jusqu'au grand miroir puis elle s'essuie avec une serviette chaude. Sa peau est encore humide lorsqu'elle enfile le kimono noir que Jack lui a offert l'année de leur séparation. Elle sort de la salle de bains, traverse les pièces lumineuses au parquet blanc et rejoint la chambre à coucher.

Elle avait posé sur le lit une robe brillante couleur cuivre de la marque Karen Miller et une culotte dorée Dolce & Gabbana.

Elle suspend le kimono et met quelques gouttes de son parfum *La Perla*, puis attend un court instant avant d'enfiler ses vêtements. Lorsqu'elle pénètre dans le grand salon, elle s'aperçoit que son conseiller, Robert, cache le téléphone avec précipitation. Elle est aussitôt gagnée par l'inquiétude.

— Qu'y a-t-il ? demande-t-elle.

Le T-shirt enfantin à rayures de son employé est remonté et on aperçoit son ventre rond au-dessus de son jean blanc.

— Le photographe de *Vogue* a dix minutes de retard, dit Robert sans la regarder.

— Je n'ai pas encore eu le temps de regarder les infos, dit-elle en essayant de paraître décontractée. Tu sais si la police a retrouvé Vicky ?

Ces derniers jours, elle n'a pas osé regarder les

informations ni lire les journaux. Elle est obligée de prendre un cachet pour arriver à s'endormir vers dix heures du soir et un deuxième vers trois heures du matin.

— Tu as entendu quelque chose ? répète-t-elle d'une voix faible.

Robert se gratte le crâne.

— Elin, je ne veux pas que vous vous inquiétiez.

— Je ne m'inquiète pas, mais c'est…

— Personne ne vous mêlera à ça.

— Il n'y a pas de mal à se tenir informé, dit-elle d'un air nonchalant.

— Vous n'avez rien à voir avec cette histoire.

Elle a retrouvé la maîtrise de son visage et lui adresse un sourire en demi-teinte :

— Suis-je vraiment obligée de me fâcher contre toi ?

Il secoue la tête et rabaisse son T-shirt.

— J'ai entendu la fin des informations à la radio en venant ici, mais je ne sais pas si c'est vrai. Apparemment, ils ont retrouvé la voiture volée au fond d'une rivière… et il me semble que des plongeurs allaient commencer à en sonder le fond.

Elin détourne rapidement le visage. Ses lèvres tremblent et son cœur bat à tout rompre.

— C'est mauvais signe, dit-elle d'une voix monocorde.

— Voulez-vous que j'allume la télé ?

— Non, ce n'est pas la peine, chuchote-t-elle.

— Ce serait évidemment tragique s'il s'avérait qu'ils se sont noyés.

— Ne sois pas cynique.

Elle déglutit avec peine. Son cou est douloureux, elle se racle doucement la gorge et regarde la paume de ses mains.

62

Elin n'oubliera jamais le jour où Vicky est entrée dans leur vie. Une fillette au visage fermé et couverte de bleus jaunâtres sur les bras se tenait sur le pas de sa porte. À l'instant où elle l'a vue, elle a su que c'était la fille dont elle avait toujours rêvé. Jusqu'à ce jour, elle avait ignoré désirer secrètement une fille, mais avec Vicky, elle s'était rendu compte à quel point elle avait voulu un enfant.

Vicky était une fillette vraiment à part, rien d'étonnant à cela. Au début, il lui arrivait de courir jusqu'à la chambre puis de s'arrêter net pour regarder fixement Elin avant de faire demi-tour. Peut-être pensait-elle retrouver sa mère biologique et pouvoir se glisser dans le lit avec elle ? Ou alors elle se ravisait simplement une fois arrivée, ne voulant peut-être pas montrer sa peur ou craignant d'être rejetée.

Elin se souvient parfaitement du bruit des petits pas qui s'éloignaient sur le parquet.

Parfois, Vicky voulait s'asseoir sur les genoux de Jack pour regarder les émissions pour enfants, mais jamais sur les siens.

Vicky ne lui faisait pas confiance ou n'osait pas, mais Elin sentait qu'elle l'observait souvent en cachette.

Petite Vicky, une fillette silencieuse qui ne jouait que si elle était certaine que personne ne la voyait, qui n'osait pas ouvrir ses cadeaux de Noël de crainte qu'ils ne soient pas réellement pour elle. Vicky qui reculait chaque fois qu'on voulait l'embrasser.

Un jour, Elin lui a acheté un petit hamster blanc et une grande cage avec des échelles et de longs tunnels en plastique rouge. Vicky s'en est occupée pendant les vacances de Noël mais il a disparu avant la rentrée. Elle l'a relâché dans un parc près de l'école et quand Jack lui a expliqué qu'il ne s'en sortirait peut-être pas dans le froid, elle s'est précipitée dans sa chambre et a fait claquer la porte au moins dix fois. Cette nuit-là, elle a bu toute une bouteille de bourgogne et a vomi partout dans le sauna. La même semaine, elle a volé deux bagues en diamants qu'Elin avait héritées de sa grand-mère maternelle et a refusé de dire ce qu'elle en avait fait. Elin ne les a jamais retrouvées.

Elin avait conscience que Jack supportait de plus en plus difficilement la situation. Il commençait à dire que leur vie était trop compliquée pour assurer la stabilité d'un enfant qui avait besoin d'autant d'attention. Il s'est peu à peu renfermé et désengagé de l'éducation de la fillette.

Elle a compris qu'elle était sur le point de le perdre.

Lorsque les services sociaux ont décidé qu'il était temps de faire une nouvelle tentative pour remettre Vicky à sa mère biologique, Elin a senti qu'elle et Jack avaient vraiment besoin de cette pause pour se retrouver. Vicky n'a même pas voulu prendre le téléphone qu'Elin lui avait acheté afin qu'elles puissent rester en contact.

Un soir, Jack et Elin ont dîné jusque tard à l'*Operakällaren*. En rentrant ils ont pu faire l'amour et dormir sans interruption pour la première fois depuis des mois. Le matin suivant, il lui a expliqué qu'ils ne pourraient plus rester ensemble si elle ne mettait pas fin à son engagement avec les services sociaux.

Elin l'a laissé appeler le responsable et lui expliquer qu'ils n'avaient plus le courage de se porter volontaires en tant que famille d'accueil.

Vicky et sa mère ont quitté l'établissement de traitement en milieu ouvert à Västerås et ont trouvé refuge dans une petite maison sur un terrain de jeu. La mère de Vicky a recommencé à la laisser seule la nuit et après deux jours sans nouvelles d'elle, Vicky est revenue à Stockholm.

Jack n'était pas à la maison le soir où elle avait sonné à leur porte. Elin n'avait pas su quoi faire. Elle se souvient de s'être blottie contre le mur du vestibule et d'avoir écouté les sonneries répétées et la petite voix qui chuchotait son nom.

Vicky avait fini par se mettre à pleurer et avait ouvert la fente pour le courrier :

— S'il te plaît, laisse-moi revenir ? Je veux être avec toi. S'il te plaît, Elin, ouvre la porte… je serai sage. Je t'en prie, s'il te plaît…

Lorsque Jack et Elin ont rompu leur engagement, l'assistante sociale les a mis en garde :

— Vous ne devrez pas expliquer à Vicky pourquoi vous arrêtez.

— Pourquoi ? avait demandé Elin.

— Parce qu'elle se sentira coupable. Elle va se dire que c'est de sa faute si vous abandonnez.

Elin est donc restée muette et, après ce qui lui a semblé être une éternité, elle a fini par entendre les pas de Vicky s'éloigner.

63

Elin fixe son propre regard dans l'imposant miroir de la salle de bains. La lumière indirecte jette de petits reflets sur l'iris de ses yeux. Elle a pris deux Valium et s'est servi un verre de riesling.

Dans le salon, le jeune photographe Nassim Dubois du *Vogue* français installe son matériel et règle la lumière. L'interview s'est déroulée la semaine précédente lorsque Elin était en Provence à l'occasion d'une vente aux enchères de bienfaisance. Elle a vendu toute sa collection d'art français et la maison dessinée par Jean Nouvel à Nice afin de monter un fonds de garantie pour des microcrédits destinés aux femmes en Afrique du Nord.

Elle se décale du miroir et compose le numéro de Jack pour lui dire qu'on a retrouvé la voiture de Vicky dans l'Indalsälven. Elle attend qu'il réponde bien que l'avocat de Jack lui ait déjà signifié que tout contact concernant Vicky devait passer par le bureau du juriste. Elle n'est plus amoureuse de lui, mais parfois elle éprouve le besoin d'entendre sa voix.

Peut-être lui dira-t-elle seulement qu'elle a vendu son Basquiat aux enchères. Avant qu'il ne décroche, elle se ravise et raccroche.

Elle sort de la salle de bains. Sa main cherche un soutien sur le mur. Elle traverse le salon et rejoint la double porte vitrée. Elle pénètre sur la grande terrasse avec une lenteur qui pourrait passer pour de la sensualité. Nassim siffle son admiration.

— Vous êtes absolument magnifique, dit-il avec un sourire.

Elle sait que cette robe couleur cuivre aux fines bretelles lui va à merveille. Un fin collier en or blanc et des boucles d'oreilles assorties viennent parfaire sa tenue.

Il veut qu'elle s'adosse contre la balustrade avec une immense écharpe Ralph Lauren autour des épaules. Elle laisse l'écharpe virevolter dans le vent tout en veillant à ce que le tissu se gonfle comme une voile derrière elle.

Il n'utilise pas de posemètre mais incline un réflecteur argenté de façon que son visage soit baigné de lumière.

Il la photographie à distance avec un téléobjectif, puis s'approche, s'agenouille malgré son jean serré et prend une série de photos avec un vieux Polaroïd.

Des gouttelettes de transpiration perlent sur le front de Nassim. Il n'arrête pas de lui faire des compliments tout en restant totalement concentré sur la composition et la lumière.

— Dangereux, sexy, marmonne-t-il.

— Vous trouvez ? répond-elle tout sourire.

Il s'arrête, la regarde dans les yeux, hoche la tête avant d'esquisser un sourire un peu gêné.

— Mais surtout sexy.

— C'est adorable.

Elin ne porte pas de soutien-gorge et sent sa peau frissonner dans le vent. Ses tétons pointent à travers la robe. Elle se surprend à espérer qu'il s'en aperçoive et comprenne qu'elle commence à être ivre.

Il s'allonge soudain juste en dessous d'elle avec un vieil appareil Hasselblad et lui demande de se pencher en avant et de plisser les lèvres comme si elle voulait recevoir un baiser.

— *Une petite pomme**, dit-il.

Ils se sourient et brusquement elle se sent bien, presque excitée par le flirt.

Elle distingue clairement les muscles de sa poitrine. Son fin T-shirt remonté dévoile un ventre plat. Elle plisse légèrement les lèvres et il photographie, lui dit qu'elle est la meilleure, un véritable top model, puis il abaisse l'appareil jusqu'à sa poitrine et lève les yeux sur elle.

— Je pourrais continuer comme ça indéfiniment, dit-il d'une voix sincère. Mais je vois que vous avez froid.

Elle hoche la tête :

— Entrons prendre un whisky.

* En français dans le texte.

64

À l'intérieur, Ingrid a allumé un feu dans le grand poêle en faïence. Ils s'installent dans le canapé pour déguster un whisky pur malt. Ils discutent un moment de l'interview et de l'importance des microcrédits qui sont devenus un moyen de s'en sortir pour de nombreuses femmes. Le mélange de Valium et d'alcool la calme, lui procure une sorte de paix intérieure.

Nassim lui dit que le journaliste français était très content de l'interview puis lui explique que sa mère est originaire du Maroc.

— C'est important ce que vous faites, dit-il avec un sourire. Si ma grand-mère maternelle avait pu avoir un microcrédit, la vie de ma mère aurait été totalement différente.

— J'essaye de faire ce que je peux, mais…

Elle s'interrompt et plonge son regard dans celui du photographe.

— Personne n'est parfait, dit-il en s'approchant d'elle.

— J'ai trahi une fille… Une fille qu'il ne fallait surtout pas trahir… Elle…

Il lui caresse la joue pour la réconforter et chuchote quelques mots en français. Elle lui sourit et frémit sous le coup de l'ivresse.

— Si vous n'étiez pas aussi jeune, je serais tombée amoureuse, dit-elle en suédois.

— Que dites-vous ?

— Je suis jalouse de votre petite amie.

Elle sent son haleine, une odeur de menthe et de whisky. Comme le parfum des herbes, songe-t-elle en observant sa bouche parfaitement dessinée. Une envie subite de l'embrasser l'étreint, mais elle se dit qu'il risque de prendre peur.

Elle pense au fait que Jack a cessé de lui faire l'amour juste après que Vicky a disparu de leur vie. Elle n'avait pas accepté l'idée qu'il n'ait simplement plus envie d'elle. Elle s'était convaincue que c'était dû au stress, au trop peu de temps passé à deux, à la fatigue. Elle a alors commencé à faire des efforts pour le séduire à nouveau, elle se faisait belle, organisait des dîners romantiques, des moments d'intimité.

Mais il ne la voyait plus.

Une nuit, il l'avait trouvée allongée sur le lit vêtue de son négligé couleur chair et lui avait annoncé de but en blanc qu'il ne l'aimait plus. Il avait rencontré une autre femme. Il voulait divorcer.

— Attention, votre verre.

— Mon Dieu, chuchote-t-elle en voyant qu'un peu de whisky s'est renversé sur sa robe.

— Ce n'est rien.

Il prend une serviette en tissu, s'agenouille près d'elle et la pose délicatement sur la tache en entourant sa taille de son autre main.

— Il faut que je me change.

Elle se lève en titubant pour ne pas tomber sur le côté. Le mélange de Valium, de vin et de whisky a redoublé d'effet. Il la soutient en traversant les différents salons. Elle se sent faible et fatiguée, s'appuie contre lui et l'embrasse dans le cou. La chambre à coucher est plus fraîche et baigne dans une semi-obscurité. Seule une lampe couleur crème est allumée à côté de la table de chevet.

— Je dois m'allonger.

Elle ne dit rien lorsqu'il la dépose sur le lit et lui retire lentement ses chaussures.

— Je t'aide, dit-il à voix basse.

Elle feint d'être plus ivre qu'elle ne l'est en réalité et reste impassible lorsqu'il déboutonne sa robe de ses mains tremblantes. Elle écoute sa lourde respiration et se demande s'il va oser la toucher et profiter de son état. Immobile et seulement vêtue de sa culotte dorée, elle l'observe à travers un voile de brume et ferme les yeux. Il marmonne quelque chose, puis elle sent des doigts gelés et nerveux lui retirer sa culotte.

Elle plisse les yeux vers lui quand il se déshabille. Son corps est svelte et très bronzé, comme s'il avait travaillé dans les champs. Un tatouage gris lui orne l'épaule. Un œil oudjat.

Il murmure à nouveau quelques mots et la rejoint dans le lit. Son cœur se met à battre plus vite. Elle devrait peut-être l'arrêter, mais elle se sent flattée par son désir. Elle se dit qu'il ne la pénétrera pas mais qu'elle le laissera la regarder et se masturber comme un petit garçon.

Elle s'efforce de se concentrer sur ses gestes et de profiter du moment. Le souffle court, il écarte délicatement ses cuisses. Elle le laisse faire.

Son sexe est trempé mais elle ne se sent pas en phase avec la situation. Il s'allonge sur elle et Elin sent son membre chaud et dur contre son pubis. Lentement, elle se détourne et referme les cuisses.

Elle ouvre les yeux et croise son regard effrayé avant de les refermer. Délicatement, comme pour ne pas la réveiller, il écarte à nouveau ses cuisses. Elle sourit pour elle-même, le laisse regarder, sent le poids de son corps contre le sien, puis, soudain, il s'enfonce en elle.

Elle gémit faiblement et sent les battements de son cœur lorsqu'il se plaque contre elle. Il commence immédiatement à rythmer sa pénétration, le souffle haletant.

Une sensation de malaise l'envahit, elle aimerait tant le désirer mais il est trop pressé, il s'enfonce trop rapidement et bien trop violemment en elle. Un sentiment de solitude l'envahit et l'excitation s'estompe aussitôt. Elle se contente de rester immobile jusqu'à ce qu'il ait terminé.

— Pardon, pardon, chuchote Nassim qui récupère ses affaires. Je pensais que c'était ce que vous vouliez…

Moi aussi, pense-t-elle sans avoir la force de lui répondre. Elle l'entend qui s'habille rapidement. Elle n'a qu'une envie, qu'il parte. Elle voudrait aller se laver et prier Dieu que Vicky soit encore en vie jusqu'à ce qu'elle s'endorme.

65

Posté près du garde-fou, Joona laisse errer son regard le long du grand mur en béton. Vingt mètres plus bas, l'eau est évacuée par trois grands déversoirs sous lesquels le mur se courbe comme un gigantesque toboggan. Une énorme quantité d'eau est projetée sur le béton avant d'aller bouillonner dans le lit rocheux de la rivière.

Le bras toujours en écharpe et sa veste posée sur ses épaules, il se penche au-dessus du garde-fou, sonde la rivière du regard et pense à la course de la voiture sous une pluie torrentielle. Le véhicule heurte le feu près de Bjällsta. Les vitres se brisent. Vicky est attachée mais le choc latéral projette sa tête contre la vitre. En un instant, la voiture est parsemée de débris de verre et la pluie froide pénètre l'habitacle.

Un silence terrible s'ensuit, quelques secondes de vide. Puis le garçon, terrifié, se met à crier. Le corps secoué de tremblements, Vicky sort de la voiture. Des éclats de verre tombent de ses vêtements. Elle ouvre la portière arrière, détache le siège-auto, vérifie si le garçon est blessé et tente de le calmer avant de reprendre le volant. Peut-être avait-elle prévu de traverser le pont lorsqu'elle a aperçu les gyrophares bleus du barrage policier sur l'autre rive. Prise de panique, elle quitte la route et ne parvient pas à maîtriser le véhicule qui s'enfonce dans la rivière. Le choc propulse sa tête contre le volant et elle perd connaissance.

Au moment où la voiture a sombré dans l'eau, ils

étaient certainement tous les deux inconscients. Les courants ont lentement emporté leurs corps inertes hors du véhicule avant de les traîner sur le fond rocheux.

Il prend son portable pour appeler Carlos Eliasson. Le plongeur est déjà au pied du ponton de la centrale. Une combinaison étanche bleue moule son corps.

— Carlos, répond son chef.

— Susanne Öst veut classer l'enquête préliminaire. Mais je n'ai pas encore terminé.

— C'est toujours frustrant, mais le meurtrier est mort… et malheureusement ce n'est plus justifiable d'un point de vue économique.

— Nous n'avons pas de corps.

Il entend Carlos grommeler quelque chose avant d'être pris d'une quinte de toux. Joona patiente pendant que son chef boit un verre d'eau. Il songe à la façon dont il a fouillé le passé de Vicky à la recherche de quelqu'un qui saurait où elle aurait pu aller.

— Les corps peuvent mettre des semaines à refaire surface, dit Carlos en se raclant la gorge.

— Mais je n'ai pas fini, insiste Joona.

— Tu t'obstines encore, crie Carlos.

— Il faut que je…

— Ce n'est même pas ton affaire, l'interrompt Carlos.

Joona observe un rondin noir entraîné par le courant et qui vient percuter le barrage avec un bruit sourd.

— Si, ça l'est.

— Joona, dit Carlos dans un soupir.

— Les indices désignent Vicky, mais il n'y a aucun témoin et elle n'a pas été jugée.

— On ne juge pas les morts.

Vicky n'avait pas de mobile. Comment justifier le fait qu'elle ait dormi dans son lit après des meurtres si violents ? De plus, l'Aiguille a conclu qu'Elisabet a été tuée avec un marteau alors que Miranda aurait été achevée à coups de pierre.

— Accorde-moi une semaine, Carlos, dit-il d'une voix grave. J'ai besoin de trouver certaines réponses avant de rentrer.

Carlos marmonne quelque chose à côté du combiné.

— Je n'entends pas.

— Ce n'est pas officiel, répète Carlos d'une voix plus forte. Mais tant que l'enquête interne qui te vise n'est pas bouclée, tu peux continuer de ton côté.

— Quelles sont mes ressources ?

— Tes ressources ? Tu es un observateur et tu ne peux pas…

— J'ai fait appel à un plongeur, dit Joona avec le sourire.

— Un plongeur ? demande Carlos, incrédule. Tu as la moindre idée de ce que ça coûte de…

— Et un maître-chien.

Joona entend le bruit d'un moteur et se retourne. Une petite voiture grise s'est arrêtée près de la sienne. C'est une Messerschmitt KR du début des années soixante avec deux roues à l'avant et une à l'arrière. La portière s'ouvre et Gunnarsson s'extirpe du véhicule, une cigarette à la bouche.

— C'est moi qui décide s'il faut plonger, crie Gunnarsson en se dirigeant vers Joona d'un pas pressé. Vous n'avez rien à faire ici.

— Je suis un observateur, répond Joona d'une voix calme avant de poursuivre son chemin jusqu'au ponton où le plongeur est en train de se préparer.

66

Le plongeur est un homme d'une cinquantaine d'années. Il a de l'embonpoint, mais ses épaules sont larges et ses bras musclés. La combinaison en néoprène lui serre le cou et le ventre. Il se présente à Joona sous le nom de Hasse.

— Il est impossible de fermer les vannes, le risque d'inondation est trop important, l'informe Joona.

— Je vois, répond brièvement Hasse en observant l'eau agitée en contrebas.

— Il y aura beaucoup de courant, précise Joona.

— Oui, répond le plongeur avec un regard calme.

— Ça ira ?

— J'étais démineur dans le régiment côtier KA 1… ça ne peut pas être pire, répond Hasse avec un léger sourire.

— C'est du nitrox dans vos bouteilles ?

— Oui.

— Qu'est-ce que c'est ? demande Gunnarsson qui vient de les rejoindre.

— C'est comme de l'air, mais avec un taux d'oxygène plus élevé, répond Hasse en enfilant son gilet non sans difficulté.

— Vous pouvez rester combien de temps sous l'eau ?

— Avec celles-ci – facilement deux heures…

— Je vous suis reconnaissant d'être venu, dit Joona.

Le plongeur hausse les épaules et explique d'un air sincère :

— Mon fils est à un camp de foot au Danemark… Ishøj, ça s'appelle. J'avais promis de l'accompagner, mais, vous voyez, il n'y a que moi et le petit et je dois faire rentrer un peu de thune…

Il secoue la tête et désigne le masque de plongée sur lequel est fixée une caméra digitale, qui sera reliée à un ordinateur par un câble qui longe la corde de sécurité.

— J'enregistre mes plongées. Vous voyez tout ce que je vois… et nous pouvons nous parler.

Un tronc emporté par la rivière heurte le bord du barrage.

— Pourquoi y a-t-il tous ces morceaux de bois dans l'eau ? demande Joona.

Hasse enfile laborieusement son équipement et dit d'un ton neutre :

— Qui sait… quelqu'un s'est sans doute débarrassé de bois rongé par les scolytes.

Une femme au visage fatigué vêtue d'un jean bleu, de bottes de pluie et accompagnée d'un berger allemand les rejoint depuis le parking de la centrale.

— Voilà un putain de limier, dit Gunnarsson en frissonnant.

Le maître-chien Sara Bengtsson passe la grille et dit quelques mots à voix basse. Le chien s'arrête aussitôt et s'assied. Elle ne lui accorde pas un regard et poursuit son chemin, certaine qu'il lui obéira.

— Content que vous ayez pu venir, dit Joona en lui serrant la main.

Sara Bengtsson croise brièvement son regard, retire sa main puis cherche quelque chose dans ses poches.

— Je suis l'enquêteur en charge ici, dit Gunnarsson. Et je ne suis pas un adepte des chiens – sachez-le.

— Bon, je suis là maintenant, dit Sara qui jette un œil à son chien.

— Comment s'appelle-t-elle ? demande Joona.

— Jackie, dit la femme avec un sourire.

— Nous allons sonder le fond avec un plongeur, explique Joona. Mais cela nous aiderait beaucoup si Jackie pouvait marquer l'arrêt… c'est possible ?

— Oui, répond-elle en repoussant un caillou d'un petit coup de pied.

— Il y a beaucoup d'eau et de sacrés courants, avertit Gunnarsson.

— Au printemps dernier, elle a retrouvé un corps à soixante-cinq mètres de profondeur, dit Sara dont les joues s'empourprent.

— Alors on attend quoi, bordel ? demande Gunnarsson avant d'allumer une cigarette.

Sara Bengtsson ne semble pas l'entendre. Son regard se perd sur l'eau noire et scintillante de la rivière. Elle enfonce ses mains dans ses poches et attend un instant avant d'appeler Jackie d'une voix douce. La chienne la rejoint immédiatement. Elle s'agenouille, caresse l'animal sur le cou et derrière les oreilles. Elle lui parle d'un ton encourageant et lui explique ce qu'ils cherchent avant d'avancer sur le bord du barrage.

La chienne a été entraînée pour détecter l'odeur du sang et des poumons de cadavres. Les chiens utilisés dans le cadre d'enquêtes policières sont censés associer l'odeur cadavérique à quelque chose de positif, mais Sara sait que cette odeur est toujours source d'anxiété pour Jackie et qu'elle a besoin d'être réconfortée avant sa recherche.

Ils dépassent l'endroit où l'on a retrouvé le siège-auto de Dante. Sara Bengtsson guide délicatement le museau de Jackie vers l'eau.

— Je n'y crois pas une seconde, dit Gunnarsson en se caressant le ventre.

Sara s'arrête et lève un bras. Jackie semble avoir flairé quelque chose. La chienne tend son long museau au-dessus du bord.

— Qu'est-ce que tu sens ?

La chienne renifle et se déplace latéralement avant de reculer pour continuer à longer le bord.

— Abracadabra, marmonne le plongeur en ajustant son gilet.

Joona observe le maître-chien et le berger allemand au pelage roux. Ils se déplacent lentement le long du garde-fou et s'approchent du milieu de la rivière, juste au-dessus des vannes du barrage. Des mèches blondes se sont détachées de la queue de cheval de Sara et voltigent devant son visage. Soudain, la chienne s'arrête, gémit et se penche au-dessus de l'eau. Elle se lèche le museau, s'agite et fait un tour sur elle-même.

— Il y a quelqu'un là-bas ? demande Sara d'une voix à peine audible. Elle scrute l'étendue d'eau noire.

La chienne ne veut pas s'arrêter. Elle continue d'avancer, renifle un placard électrique, puis retourne à l'endroit où elle a gémi.

— Qu'y a-t-il ? demande Joona en s'approchant.

— Sincèrement, je l'ignore. Elle n'a pas marqué l'arrêt, mais elle se comporte comme si…

La chienne aboie et la femme s'accroupit près d'elle.

— Qu'est-ce qui se passe, Jackie ? demande-t-elle d'une voix douce.

La chienne remue la queue lorsque Sara l'enlace et lui dit que c'est une bonne chienne. Jackie pousse de petits gémissements et s'allonge sur le dos, se gratte derrière l'oreille et se lèche le museau.

— Mais qu'est-ce que tu fais ? demande Sara avec un sourire étonné.

67

La puissance des courants fait vibrer le barrage. Des bouées de signalisation qui serviront à indiquer l'emplacement d'éventuelles trouvailles sont rangées dans une bassine en plastique à côté de sacs mortuaires étanches soigneusement pliés.

— Je vais commencer près de la centrale pour quadriller la zone, explique Hasse.

— Non, descendez là où le chien a réagi, dit Joona.

— C'est les femmes qui décident maintenant ? demande Hasse, visiblement blessé dans son amour-propre.

Loin des remous de la surface, les imposantes grilles situées devant les déversoirs permettent de retenir les plus gros déchets charriés par la rivière. Le plongeur vérifie l'arrivée d'oxygène des bouteilles, connecte le câble de la caméra à l'ordinateur et met son masque. Joona apparaît à l'écran.

— Faites un petit signe à la caméra, dit Hasse en entrant dans l'eau.

— Remontez si le courant est trop fort, dit Joona.

— Soyez prudent, crie Gunnarsson.

— J'ai l'habitude de plonger dans les rapides mais si je ne remonte pas, dites à mon fils que j'aurais dû aller avec lui.

— On se boira une mousse à l'hôtel Laxen quand ce sera terminé, dit Gunnarsson en lui faisant un signe de la main.

Hasse Boman disparaît dans l'eau. La surface s'agite de quelques remous avant de redevenir lisse. Gunnarsson sourit et jette son mégot dans l'eau. On devine encore la silhouette du plongeur. Des bulles d'oxygène remontent à la surface.

Sur l'écran, ils ne voient que le mur en béton qui défile devant la caméra. La respiration lourde du plongeur siffle dans l'enceinte.

— À quelle profondeur êtes-vous ? demande Joona.

— Neuf mètres seulement.

— Il y a beaucoup de courant ?

— C'est comme si on me tirait les jambes.

Joona suit la descente du plongeur. Le mur en béton défile toujours. Sa respiration semble plus contrainte. De temps à autre, les mains du plongeur apparaissent sur le mur et ses gants bleus semblent briller à la lueur de la lampe.

— Il n'y a rien ici, s'impatiente Gunnarsson en faisant les cent pas.

— La chienne a senti que…

— Elle n'a pas marqué l'arrêt, l'interrompt Gunnarsson d'une voix forte.

— Non, mais elle a senti quelque chose.

Joona songe à la façon dont les corps auraient pu être emportés avant de sombrer au plus profond de la rivière, là où les courants sont les plus puissants.

— Dix-sept mètres… il y a de sacrés courants ici, dit le plongeur d'une voix métallique.

Gunnarsson donne du mou à la corde de sécurité qui passe à toute vitesse sur la balustrade en métal avant de disparaître dans l'eau.

— Ça va trop vite, dit Joona. Gonflez votre gilet.

Le plongeur commence à remplir son gilet avec l'air des bouteilles. D'ordinaire, cette technique est utilisée pour équilibrer la flottaison et remonter à la surface, mais Joona a raison, il doit diminuer la vitesse de sa descente et faire attention à tout ce que l'eau charrie.

— C'est bon, annonce-t-il au bout d'un moment.

— Si c'est possible, j'aimerais que vous descendiez voir près des grilles, dit Joona.

Hasse évolue plus lentement pendant quelques secondes avant que la descente ne s'accélère à nouveau, comme si les vannes s'ouvraient davantage. Des déchets de toutes sortes, des rameaux et des feuilles qui semblent aspirés par le bas défilent devant son visage.

Gunnarsson décale le câble et la corde de sécurité avant qu'un rondin ne vienne frapper le mur de plein fouet.

68

Hasse Boman est attiré vers le fond. Sa descente est beaucoup trop rapide et l'eau gronde dans ses oreilles. S'il heurte quelque chose, il pourrait se briser les jambes. Son cœur bat la chamade. Il tente de gonfler le gilet mais la soupape refuse de lui obéir.

Il essaie de s'agripper au mur pour ralentir mais de longs filaments d'algues s'en détachent et sont entraînés vers le fond. Il ne dit rien aux policiers de la peur qui commence à naître en lui.

La force d'aspiration est beaucoup plus importante qu'il ne l'avait imaginé. Il descend de plus en plus vite. Des bulles et des traînées de sable défilent dans le faisceau de sa lampe avant de disparaître dans le noir. Autour de lui règne l'obscurité la plus totale.

— À quelle profondeur êtes-vous ? demande Joona.

Il n'a pas le temps de regarder son capteur et ne répond pas. Sa priorité est de parvenir à stopper la descente. Il tient son détendeur d'une main et tente de maintenir son corps à la verticale de l'autre. Un sac en plastique passe devant lui.

Toujours aspiré vers le fond, il s'efforce d'atteindre la soupape située dans son dos, mais il ne parvient pas à la visser et se cogne le coude contre le mur en béton. Il perd l'équilibre. Paniqué, il sent l'adrénaline abonder dans ses veines. Il doit absolument retrouver la maîtrise de la descente.

— Vingt-six mètres, halète-t-il.

— Vous êtes bientôt arrivé aux grilles.

Le courant qui l'entraîne vers les grilles secoue ses jambes de tremblements incontrôlables. À cette vitesse, chaque branche ou morceau de bois cassé se transforme en une arme redoutable. Il doit lâcher des poids afin de pouvoir s'arrêter mais en conserver une quantité suffisante pour la remontée.

Les bulles d'air qui s'échappent du masque forment un fil de perles qui sont entraînées vers le bas. La force de l'aspiration semble encore s'intensifier. Dans son dos un nouveau courant prend de l'amplitude. La température de l'eau chute rapidement. Il lui semble que toute la rivière le pousse contre le mur.

Plus haut, un amas de branchages se dirige droit sur lui. Les feuilles tremblent et glissent le long du mur. Il tente de se dégager, mais les branches se prennent dans la corde de sécurité et le heurtent de plein fouet avant de disparaître dans le noir.

— Que s'est-il passé ? demande l'inspecteur.

— C'est le bazar en bas.

De ses mains tremblantes, le plongeur détache des poids de son gilet et parvient enfin à ralentir sa descente infernale. Son corps est parcouru de tremblements. Il est comme suspendu dans l'eau près du mur. La visibilité se dégrade, du sable et de la terre tourbillonnent autour de lui.

Soudain, ses pieds heurtent quelque chose, il regarde vers le bas et comprend qu'il a atteint un rebord en béton situé juste au-dessus des grilles. Une grande quantité de branches, de morceaux de troncs, de feuilles et d'ordures se sont amassés devant les déversoirs. La force de l'eau qui s'engouffre par la grille est si puissante que le moindre mouvement semble impossible.

— Je suis en place mais il est difficile de voir quoi que ce soit, tout un tas de merdes se sont amassées ici.

Il avance avec précaution entre les grosses branches et tente de maintenir la corde de sécurité dégagée. Il passe par-dessus un tronc tremblant. Quelque chose de mou et sombre bouge derrière un rameau de pin. Il souffle sous le coup de l'effort pour s'en approcher. Sa respiration s'accélère.

— Que se passe-t-il ?

— Il y a quelque chose là…

69

L'eau est grise. Des bulles défilent devant le visage du plongeur. Il s'agrippe d'une main à la paroi et tente d'écarter les aiguilles de pin.

Soudain, un œil écarquillé et une rangée de dents apparaissent devant lui. Pris de court par la proximité de sa découverte, il halète et manque de glisser. C'est un phénomène optique, tout paraît plus proche sous l'eau. On s'y habitue, mais il est difficile de lutter contre l'effet de surprise. Le corps de l'élan est collé contre les grilles, mais son cou est coincé entre une grosse branche et une rame cassée. Les puissants courants ballottent la tête de l'animal qui effectue d'amples ondulations.

— J'ai trouvé un élan, dit-il en s'éloignant de la carcasse.

— Alors c'est ça qui a fait réagir le chien, dit Gunnarsson.

— Je remonte ?

— Cherchez encore un peu, répond Joona.

— Plus bas ou sur le côté ?

— C'est quoi là-bas ? Tout droit ? demande Joona.

— On dirait du tissu, répond Hasse.

— Vous pouvez y aller ?

Hasse sent l'acide lactique saturer les muscles de ses bras et de ses jambes. Il balaie lentement du regard tout ce qui est entassé contre les grilles et tente de faire abstraction des rameaux de pin noirs et des branches. Tout tremble. Il se dit qu'il achètera la nouvelle PlayStation avec l'argent qu'il a gagné avec cette plongée. Il va faire la surprise à son fils quand il rentrera du camp.

— Un carton, ce n'est qu'un carton…

Il tente de dégager le carton ondulé. Celui-ci se décompose mollement sous ses doigts. Un gros morceau est aspiré par le courant et vient se coller contre les grilles.

— Je suis presque à bout de forces, je remonte.

— C'est quoi ce blanc qu'on voit ? demande Joona.

— Quoi donc ?

— À l'endroit où vous regardez là, il y avait quelque chose. J'ai cru voir un truc entre les feuilles, près des grilles, un peu plus bas.

— Peut-être un sac plastique, suggère le plongeur.

— Non.

— Allez, remontez, crie Gunnarsson. Vous avez trouvé un élan, c'est ça que le cabot a flairé.

— Un chien pisteur peut être troublé par ce genre de cadavres, mais pas de cette façon, dit Joona. Je crois qu'il y a autre chose.

Hasse Boman descend plus bas et dégage les feuilles et de fines branches empêtrées les unes dans les autres. Ses muscles tremblent sous l'effort qu'il doit fournir pour lutter contre le courant. Il est poussé en avant et doit forcer sur son bras pour ne pas se retrouver plaqué contre la paroi. La corde de sécurité vibre sans interruption.

— Je ne trouve rien, halète-t-il.

— Remontez, crie Gunnarsson.

— J'arrête ?

— Oui s'il le faut, répond Joona.

— Tout le monde n'est pas comme vous, siffle Gunnarsson.

— Qu'est-ce que je fais ? demande le plongeur. Il faut me dire ce qu'il faut…

— Continuez latéralement, dit Joona.

Une branche heurte Hasse Boman dans le cou, mais il continue sa recherche. Il arrache un bâton pointu qui s'est coincé dans la grille. De nouveaux amas se forment sans cesse. Il hâte son exploration et aperçoit soudain quelque chose. C'est un sac à bandoulière blanc en tissu.

— Attendez ! Ne le touchez pas, dit Joona. Approchez-vous et éclairez-le.

— Vous le voyez là ?

— Il pourrait être à Vicky. Glissez-le délicatement dans une pochette.

70

L'eau qui s'écoule vers le barrage emporte un gros morceau de bois. Une branche qui sort de l'eau semble traîner sur la surface. Gunnarsson ne parvient pas à dégager la corde de sécurité à temps. Un bruit sourd retentit avant que la communication avec le plongeur ne soit coupée.

— Nous avons perdu la connexion, dit Joona.

— Il faut le remonter.

— Tirez la corde trois fois.

— Il ne répond pas.

— Faites des mouvements plus amples.

Gunnarsson tire à nouveau sur la corde et sent presque aussitôt la réponse du plongeur.

— Il a tiré deux fois.

— Ça veut dire qu'il arrive.

— La corde se détend – il est en chemin.

— Il faut qu'il se dépêche de remonter.

Une dizaine de rondins se dirigent vers le barrage à toute vitesse. Gunnarsson passe de l'autre côté du garde-fou et Joona remonte la corde de sécurité de sa main valide.

— Je crois que je le vois, dit Gunnarsson en désignant une forme dans l'eau.

Ils entrevoient sa combinaison bleue qui ondule sous la surface comme un drapeau au vent.

Joona arrache la grande écharpe qui lui maintient le bras et ramasse la gaffe sur le sol. Le premier rondin a percuté le mur et se décale deux mètres plus loin.

Joona repousse le suivant avec la gaffe. Hasse Boman remonte enfin à la surface et Gunnarsson se penche pour lui tendre la main.

— Montez, montez !

Hasse le regarde d'un air perplexe et s'accroche au rebord du barrage. Armé de sa gaffe, Joona passe également de l'autre côté de la balustrade pour mieux protéger le plongeur.

— Dépêchez-vous, crie-t-il.

Un rondin à l'écorce noire presque dissimulé sous la surface est dangereusement entraîné par un rapide.

— Attention !

Joona enfonce la gaffe entre les troncs d'arbres qui tourbillonnent dans les remous. Après quelques secondes, elle heurte le plus gros tronc. Le manche se casse en deux, mais le rondin est dévié et passe à quelques centimètres de la tête de Hasse. Il percute le barrage dans un grondement terrible, roule sur lui-même et l'une de ses branches vient fouetter Hasse dans le dos avec une violence telle que celui-ci se retrouve projeté sous l'eau.

— Essayez de l'attraper, crie Joona.

La corde s'enroule autour du tronc et Hasse est entraîné vers le fond. Des bulles remontent à la surface. La corde qui s'est tendue sur la balustrade fait vibrer la structure en métal. Le bois gronde contre le mur en béton. Hasse parvient à sortir son couteau et à couper la corde, il bat des pieds de toutes ses forces et attrape la main de Gunnarsson.

Un tronc vient heurter l'amas qui s'est formé contre le mur. Trois autres rondins le percutent juste au moment où Gunnarsson remonte Hasse de l'eau.

Gunnarsson l'aide à se débarrasser de ses lourdes bouteilles et le plongeur s'effondre. Joona récupère la pochette en plastique tandis que, de ses mains tremblantes, Hasse retire sa combinaison et le reste de son équipement. Il est couvert de bleus et d'écorchures. Sur son dos, du sang colore son T-shirt blanc. Il a l'air de souffrir le martyre et lâche un juron en se relevant.

— Ce n'est peut-être pas ce que j'ai fait de plus malin dans ma vie, halète-t-il.

— Mais je pense que vous avez trouvé quelque chose d'important, dit Joona.

Il regarde le sac dans la pochette remplie d'eau. Il est comme en apesanteur dans le liquide trouble. Quelques brins d'herbe jaunâtres suivent son mouvement. Il retourne la pochette lourde avec précaution et la tient face au soleil. Ses doigts s'enfoncent dans le plastique et sentent le sac.

— Nous sommes à la recherche de cadavres et vous vous satisfaites d'un putain de sac, dit Gunnarsson dans un soupir.

La lumière du soleil tombe sur la pochette. Un reflet jaune clair danse sur le front de Joona. Une tache marron foncé souille le tissu. C'est du sang. Il est persuadé que c'est du sang.

— Il y a du sang. C'est cette odeur que la chienne a flairée, mêlée à celle de l'élan… C'est pour cette raison qu'elle ne savait pas comment marquer.

Joona retourne à nouveau la pochette lourde et froide. Le sac tourne également dans l'eau trouble.

71

Joona patiente devant le portail fermé du garage de la police, situé à Sundsvall dans une grande zone industrielle près de Bergsgatan. Il voudrait s'entretenir avec les techniciens et connaître le contenu du sac trouvé dans le barrage. Personne ne répond, ni à l'interphone ni à ses appels répétés. Derrière la haute clôture le site semble abandonné, le parking est vide et toutes les portes sont fermées.

Joona s'installe au volant de sa voiture et se rend au commissariat de Storgatan où il pense trouver Gunnarsson. Il croise Sonja Rask dans l'escalier. Elle est en civil. Ses cheveux sont encore mouillés, elle est légèrement maquillée et semble de bonne humeur.

— Bonjour. Gunnarsson est là-haut ?

— Oubliez-le, dit-elle d'un air las. Il se sent menacé, il est persuadé que vous voulez lui piquer son boulot.

— Je suis un simple observateur.

Les yeux sombres de Sonja s'animent.

— Oui, on m'a dit que vous êtes allé direct dans l'eau et que vous avez plongé jusqu'à la voiture.

— Juste pour observer, dit Joona avec un sourire.

Elle rit, lui donne une petite tape sur le bras, puis semble brusquement gagnée par la timidité et dévale l'escalier.

Joona continue de monter. Comme d'habitude, la radio est allumée dans la salle de repos. Quelqu'un parle au téléphone d'une voix monocorde. Derrière des portes vitrées, Joona aperçoit une dizaine de personnes installées autour d'une table de conférence.

Gunnarsson est assis à l'une des extrémités. Joona s'approche de la porte vitrée. À l'intérieur de la salle une femme croise son regard et secoue la tête, ce qui ne l'empêche pas d'entrer.

— Non mais je rêve, marmonne Gunnarsson.

— Je dois voir le sac de Vicky Bennet.

— Nous sommes en pleine réunion, dit Gunnarsson d'un ton sec avant de baisser les yeux sur des feuilles posées devant lui.

— Tout est chez les techniciens à Bergsgatan, explique Rolf d'un air gêné.

— Il n'y a personne.

— Mais merde, laissez tomber à la fin, siffle Gunnarsson. L'enquête préliminaire est classée et, en ce qui me concerne, les enquêteurs internes peuvent vous déguster au petit-déj'.

Joona hoche la tête et quitte le commissariat. Il rejoint sa voiture et réfléchit quelques secondes avant de prendre la direction de l'hôpital départemental de Sundsvall. Il tente de cerner ce qui le gêne vraiment dans les meurtres de Birgittagården.

Vicky Bennet, une gentille fille qui n'était peut-être pas si gentille. Vicky Bennet a tailladé le visage d'une mère et de son fils avec un tesson de bouteille.

Ils ont été défigurés mais n'ont ni consulté un médecin, ni porté plainte. Avant de se noyer, Vicky était soupçonnée de deux meurtres d'une extrême violence. Tout indique qu'il y avait préméditation : elle a attendu la tombée de la nuit pour tuer Elisabet avec un marteau afin de récupérer ses clés et de déverrouiller la porte de la chambre d'isolement pour tuer Miranda.

Pourtant, un détail curieux subsiste. L'Aiguille affirme que Miranda a été tuée avec une pierre. Pourquoi Vicky laisserait-elle le marteau dans sa chambre pour aller chercher une pierre ? Son vieil ami légiste pourrait se tromper et c'est l'une des raisons pour lesquelles il n'en a encore parlé à personne. C'est à l'Aiguille de présenter sa théorie une fois qu'il aura mené à bien ses recherches.

De plus, Vicky a dormi dans son lit après les meurtres. Holger Jalmert avait qualifié les observations de Joona d'intéressantes mais impossibles à prouver. Pourtant du sang frais avait été étalé ou essuyé sur les draps et une heure plus tard ce même sang avait laissé sur le matelas l'empreinte pâteuse du bras de Vicky qui avait changé de position.

Sans témoins, il n'obtiendra sans doute jamais de réponses à ses questions.

Joona a lu les dernières notes d'Elisabet Grim dans le journal de bord du foyer. Rien ne laisse présager le drame. Les pensionnaires n'ont rien vu et aucune d'entre elles ne connaissait réellement Vicky Bennet.

Sa décision est prise, il veut s'entretenir avec Daniel Grim. Cela vaut le coup d'essayer, même s'il n'est pas très à l'aise avec l'idée de déranger un homme en deuil. Daniel Grim est la personne en qui les filles semblent avoir eu le plus confiance et si quelqu'un est susceptible de comprendre ce qui a pu se passer, c'est sans doute lui.

Joona sort lentement le téléphone de sa poche et une douleur lancinante éclate dans son épaule. Il compose le numéro en repensant à la dernière fois qu'il l'a vu à Birgittagården. Il avait tenté de rester le plus calme possible devant les filles, mais lorsqu'il a compris qu'Elisabet avait été assassinée, son visage s'était tordu de douleur.

Le médecin avait parlé d'activation physiologique pour expliquer son état. Le stress post-traumatique pourrait gravement altérer sa mémoire à court terme.

— Clinique psychiatrique, Rebecka Stenbeck, répond une voix après cinq sonneries.

— J'aurais souhaité parler avec un patient… du nom de Daniel Grim.

— Un instant.

Il entend les doigts de la femme pianoter sur un clavier.

— Je suis navrée, mais le patient n'est pas autorisé à prendre des appels.

— De qui relève cette décision ?

— Son médecin, répond la femme d'une voix froide.

— Pourriez-vous me le passer ?

Joona entend un petit tintement suivi des sonneries de l'émission d'appel.

— Rimmer.

— Je m'appelle Joona Linna, je suis inspecteur à la Rikskrim. Il est très important que je parle à l'un de vos patients. Il s'appelle Daniel Grim.

— Je comprends mais il n'en est pas question, répond Rimmer.

— Nous enquêtons sur un double homicide et…

— Je vous demande de ne pas contester ma décision, vous mettriez en péril le rétablissement du patient.

— Je sais que Daniel Grim souffre terriblement, mais je promets de…

— Le patient va se rétablir et la police pourra bientôt l'interroger, l'interrompt Carl Rimmer d'un ton aimable.

— Quand ?

— Je dirais dans un mois ou deux.

— Mais je dois lui parler maintenant, ça ne durera pas longtemps.

— Je suis dans l'obligation de refuser, répond Rimmer sur un ton définitif. Il a été bouleversé par l'interrogatoire de votre collègue.

72

Flora rentre du supermarché Daglivs d'un pas pressé, elle porte un lourd carton de nourriture. Le ciel s'est obscurci, mais dans la rue les lampadaires ne sont pas encore allumés. Son ventre se noue quand elle repense à l'appel qu'elle a passé à la police. Elle s'est sentie rejetée et est restée assise de longues minutes dans la cuisine, les joues rouges de honte. L'agent lui a bien signifié qu'appeler sans raison valable était passible d'une amende, mais elle a recomposé le numéro pour leur parler de l'arme du crime. Depuis, elle n'a pas cessé de repasser cette conversation dans sa tête :

— Police j'écoute, a répondu la femme qui venait de la mettre en garde.

— Je m'appelle Flora Hansen, dit-elle avant de déglutir. Je viens d'appeler…

— Concernant les meurtres à Sundsvall, dit la femme d'une voix maîtrisée.

— Je sais où se trouve l'arme du crime, ment-elle.

— Vous êtes consciente que je vais déposer plainte contre vous, Flora Hansen ?

— Je suis médium, j'ai vu le couteau ensanglanté, il est dans l'eau… Dans une eau sombre et scintillante à la fois – c'est tout ce que j'ai vu, mais je… en échange d'une contrepartie financière, je peux entrer en transe et désigner l'endroit exact.

— Dans les prochains jours, dit la policière d'un ton grave, votre infraction vous sera notifiée et…

Flora avait raccroché.

Elle passe devant le petit magasin halal et regarde dans la poubelle s'il n'y a pas de bouteilles dont elle pourrait récupérer la consigne. Elle place le carton sous son bras droit. Une fois arrivée devant la porte de l'immeuble, elle constate que le verrou est cassé et entre dans la cage d'escalier.

L'ascenseur est coincé au sous-sol. Elle emprunte l'escalier jusqu'au deuxième étage, ouvre la porte, pénètre dans le vestibule et allume le plafonnier. L'interrupteur s'abaisse mais il n'y a aucune lumière.

Flora pose le carton, verrouille la porte et ôte ses chaussures. Lorsqu'elle se penche pour les ranger, les poils de ses bras se hérissent. L'air est glacé. Elle sort le reçu et la monnaie et se dirige vers le salon.

Elle devine la forme du canapé, celle du grand fauteuil aux ressorts fatigués et distingue la vitre noire de la télévision. Une odeur de poussière et de circuits surchauffés plane dans la pièce.

Sans franchir le seuil, elle tend la main et tâtonne sur le papier peint à la recherche de l'interrupteur. Rien ne se produit lorsqu'elle appuie dessus.

— Il y a quelqu'un ? chuchote-t-elle.

Le sol grince et une tasse tinte sur une soucoupe. Quelqu'un bouge dans l'obscurité et la porte de la salle de bains se referme.

Flora s'avance en direction du bruit.

Le revêtement en plastique est froid sous ses pieds, comme dans une pièce aérée trop longtemps par un jour d'hiver. Tandis qu'elle tend la main pour ouvrir la porte de la salle de bains, Flora se souvient qu'Ewa et Hans-Gunnar allaient ce soir-là à la pizzeria pour fêter l'anniversaire d'un ami. Il ne peut donc y avoir personne dans la salle de bains, mais Flora va au bout de son geste et ouvre la porte.

Dans la lueur grise qui se reflète dans le miroir, elle aperçoit quelque chose qui lui coupe le souffle et l'oblige à reculer. Un enfant est allongé par terre, entre la baignoire et les toilettes. C'est une fille qui se couvre les yeux de ses mains. Sa tête baigne dans une mare de sang et de petites gouttes rouges ont éclaboussé les bords blancs de la baignoire, le mur et le rideau de douche.

Flora trébuche sur le tuyau de l'aspirateur et fait tomber le bas-relief en plâtre peint qu'Ewa avait acheté à Copenhague. Elle tombe à la renverse et se cogne l'arrière de la tête sur le sol du couloir.

73

Le sol sous son dos est froid comme un champ gelé. Flora soulève la tête et regarde fixement vers la salle de bains. Son cœur bat à tout rompre dans sa poitrine. Il n'y a ni fille dans la baignoire ni sang sur le rideau de douche.

Un des jeans de Hans-Gunnar gît sur le sol à côté des toilettes. Elle cligne des yeux et se dit qu'elle a dû avoir une hallucination.

Elle déglutit et repose la tête sur le sol pour reprendre ses esprits. Elle a un goût de sang dans la bouche.

En regardant plus loin dans le couloir, elle se rend compte que la porte de sa chambre est ouverte. Un frisson remonte le long de son dos. Elle sait qu'elle l'avait fermée, elle le fait toujours.

Soudain, un courant d'air glacial balaye le couloir en direction de sa chambre. De petits moutons de poussière tourbillonnent en l'air. Elle les suit du regard. Ils dansent au-dessus du sol et atterrissent entre deux pieds nus.

Flora entend l'étrange gémissement qui sort de sa gorge. La fille qui gisait près de la baignoire se tient désormais sur le pas de la porte de sa chambre.

Flora tente de se relever, mais son corps est paralysé par la peur. Elle sait qu'elle voit un fantôme. Pour la première fois de sa vie, elle voit réellement un fantôme.

La fille a dû avoir les cheveux réunis dans une belle coiffure, ils sont désormais emmêlés et tachés de sang.

Flora a le souffle court. Son pouls bourdonne dans ses oreilles. La fille cache quelque chose dans son dos. Elle s'avance vers Flora. Ses pieds nus s'arrêtent à seulement quelques centimètres de son visage.

— Qu'est-ce que j'ai derrière moi ? demande la fille d'une voix à peine audible.

— Tu n'existes pas, chuchote Flora.

— Tu veux que je te montre mes mains ?

— Non.

— Mais je n'ai rien…

Une lourde pierre heurte le sol avec un bruit sourd derrière la fille. Le choc fait sautiller les débris de plâtre. L'enfant montre ses mains vides, le sourire aux lèvres.

La pierre gît entre ses pieds. Grosse, de couleur sombre et aux bords tranchants. La fille pose doucement un pied dessus. La pierre dodeline. Elle la repousse avec difficulté.

— Mais meurs, à la fin, marmonne-t-elle. Meurs.

L'enfant s'accroupit et pose ses mains grises sur la pierre. Elle tente d'avoir une bonne prise mais ses mains glissent et elle les essuie sur sa robe. Elle recommence et fait tomber la pierre sur le côté.

— Qu'est-ce que tu vas faire ? demande Flora.

— Ferme les yeux et je disparais, répond la fille en soulevant la pierre au-dessus de la tête de Flora.

La pierre est lourde mais elle la tient de ses bras tremblants à quelques centimètres du visage de Flora. Un des côtés semble humide.

Soudain, les lampes s'allument. Flora roule sur le côté et se redresse. La fille a disparu. Des voix sortent du téléviseur et le frigo se remet à bourdonner.

Elle se lève, allume d'autres lumières, regagne sa chambre, ouvre les placards et regarde sous le lit. Elle s'installe ensuite à la table de la cuisine. Elle essaie de composer le numéro de la police, les mains tremblantes.

Le standard automatique lui propose plusieurs options : déposer une plainte, fournir des renseignements ou obtenir des réponses à des questions d'ordre général. Elle peut également choisir d'être mise en relation avec un agent.

— Police j'écoute, dit une voix aimable à l'autre bout de la ligne.

— J'aurais aimé parler à quelqu'un qui s'occupe de ce qui s'est passé à Sundsvall, dit Flora d'une voix tremblante.

— De quoi s'agit-il ?

— Je crois… je crois que j'ai vu l'arme du crime, chuchote Flora.

— Ne quittez pas. Je vais vous mettre en relation avec le service des renseignements.

Flora s'apprête à protester lorsqu'elle entend un petit clic dans le combiné. Après quelques secondes, une autre femme lui répond :

— Service des renseignements, j'écoute.

Flora ignore s'il s'agit de la femme qu'elle a déjà eue à l'autre bout du fil.

— J'aimerais parler avec quelqu'un qui travaille sur l'affaire des meurtres de Sundsvall.

— Vous devez d'abord me dire de quoi il s'agit.

— C'était une grosse pierre.

— Je n'entends pas ce que vous dites. Parlez plus fort s'il vous plaît.

— Ce qui s'est passé à Sundsvall… Vous devez chercher une grosse pierre. Un des côtés est taché de sang et…

Flora s'interrompt. Elle sent la sueur de ses aisselles couler le long de sa taille.

— Comment se fait-il que vous ayez des informations sur les meurtres de Sundsvall ?

— J'ai… quelqu'un m'en a parlé.

— Quelqu'un vous a parlé des meurtres de Sundsvall ?

— Oui, chuchote Flora.

Elle sent son pouls battre dans ses tempes. Ses oreilles sifflent.

— Continuez.

— Le tueur a utilisé une pierre… une pierre avec des bords tranchants, c'est tout ce que je sais.

— Quel est votre nom ?

— C'est sans importance. Je voulais seulement…

— Je reconnais votre voix, dit l'agent. Vous avez déjà appelé à propos d'un couteau ensanglanté. J'ai déposé une plainte à votre encontre, Flora Hansen… Vous devriez contacter un médecin – je crois que vous avez besoin d'aide.

La policière met fin à la communication et Flora reste un moment avec le combiné à la main. Lorsque le carton de courses se renverse dans le couloir, elle sursaute et fait tomber le support de l'essuie-tout.

74

Elin Frank est revenue dans son appartement il y a une heure. Elle assistait à une longue réunion avec la direction de la filiale de Kingston pour discuter de l'avenir de deux holdings en Grande-Bretagne. L'angoisse l'assaille lorsqu'elle se rappelle qu'elle a mélangé Valium et alcool avant de coucher avec le photographe de *Vogue*. Depuis, elle ne cesse de se répéter qu'elle avait besoin de se distraire, que ce n'était qu'une aventure sans conséquence, et qu'elle n'avait pas fait l'amour depuis longtemps. Pourtant, la honte la fait transpirer.

Elle a pris une bouteille de Perrier dans la cuisine et traverse les différentes pièces de l'appartement vêtue de son bas de jogging rouge pâle et d'un T-shirt délavé avec une photo fissurée d'ABBA. Elle s'arrête devant le téléviseur. Une femme élancée vers une barre de saut en hauteur dans un grand stade. Elin pose la bouteille d'eau sur la table en verre, prend l'élastique qu'elle a autour du poignet et attache ses cheveux en queue de cheval avant de continuer jusqu'à la chambre à coucher.

Plus tard dans la soirée, elle doit participer à une conférence téléphonique avec une succursale de sa société à Chicago. Un bain de paraffine et une manucure sont programmés à la même heure. À huit heures, elle doit se rendre à un dîner de charité où elle sera assise à l'une des premières tables, accompagnée du président du groupe Volvo. La princesse héritière doit remettre le prix de la fondation Allmänna arvsfonden et le groupe Roxette se produira sur scène.

Elle déambule entre les hautes penderies de son dressing. Le son du téléviseur parvient jusqu'à elle, mais elle n'y prête pas vraiment attention et n'entend pas que les informations ont commencé. Elle ouvre certaines des armoires et parcourt les vêtements du regard. Elle finit par choisir une robe d'un vert métallique qu'Alexander McQueen a dessinée spécialement pour elle.

On prononce le nom Vicky Bennet à la télé. L'angoisse la reprend. Elle laisse tomber la robe et se précipite dans le salon.

Le cadre blanc du téléviseur donne l'impression que l'image est projetée directement sur le mur. Un inspecteur du nom d'Olle Gunnarsson est interviewé devant un commissariat morne. Il s'efforce de sourire, mais l'agacement se lit dans son regard. Il lisse sa moustache et hoche la tête.

— Je ne peux me prononcer sur l'enquête en cours, dit-il avant de s'éclaircir la voix.

— Mais vous avez interrompu les recherches avec les plongeurs ?

— C'est exact.

— Cela signifie-t-il que vous avez retrouvé les corps ?

— Je ne peux répondre à cette question.

La lueur du téléviseur vacille dans la pièce. Elin voit apparaître les images du treuillage de la voiture accidentée. La grue soulève le véhicule qui, après avoir été remonté à la surface, se met à osciller légèrement. De l'eau se déverse de la carcasse tandis qu'une voix grave raconte que la voiture volée par Vicky Bennet a été retrouvée dans l'Indalsälven plus tôt dans la journée. On craint que la jeune fille, soupçonnée de deux meurtres, et Dante Abrahamsson, âgé de quatre ans, ne soient décédés.

La police ne veut pas en dire davantage, mais d'après les informations de la rédaction d'*Aktuellt*, les plongées ont pris fin et l'alerte enlèvement a été levée…

Une photographie de Vicky apparaît à l'écran. Elin n'écoute plus les propos du présentateur. Elle est plus âgée, plus mince, mais elle n'a pas changé. Elin a l'impression que son cœur cesse de battre. Elle se souvient de ce qu'elle ressentait quand elle portait la petite fille endormie dans ses bras.

— Non, chuchote Elin. Non…

Elle fixe son visage fin et pâle encadré par des cheveux naturellement ondulés mais mal entretenus et emmêlés. Ils doivent toujours être aussi difficiles à brosser. C'est encore une enfant et ils annoncent qu'elle est morte.

Son regard est dur sur le cliché. Elle semble poser à contrecœur. Elin s'éloigne du téléviseur, vacille et s'appuie contre le mur sans se rendre compte que son tableau d'Erland Cullberg se décroche et heurte le sol.

— Non, non, non, gémit-elle. Pas comme ça, pas comme ça… non, non…

La dernière chose qu'elle ait entendue, ce sont ses pleurs de l'autre côté de la porte et maintenant Vicky est morte.

— Je ne veux pas, crie-t-elle.

Son cœur semble prêt à exploser dans sa poitrine. Elle se dirige vers la vitrine éclairée où est exposée l'assiette de séder que son père lui a offerte et qui se transmet dans sa famille depuis des générations. Elle agrippe le bord supérieur et la renverse de toutes ses forces. La vitrine se fracasse contre le sol. Les éclats de verre se répandent sur le parquet. La magnifique assiette ornée est brisée.

Comme si une douleur fulgurante avait éclaté dans son ventre, elle se plie en deux et se pelotonne à terre. La respiration haletante, elle se répète encore et encore la même litanie.

— J'avais une fille, j'avais une fille, j'avais une fille.

Elle se redresse soudain, s'empare d'un morceau de l'assiette brisée et s'entaille le poignet. Du sang chaud coule sur sa main et ses genoux. Elle enfonce le tesson plus profondément dans la chair, gémit de douleur et entend la serrure cliqueter. Quelqu'un est entré dans l'appartement.

75

Joona fait revenir deux épais filets de bœuf dans une poêle en fonte. Il a bardé la viande et l'a assaisonnée avec des grains de poivre noir et vert. Lorsque les tournedos sont bien colorés, il les introduit dans le four, ajoute du sel et les laisse cuire sur une fine couche de pommes de terre tranchées. Il fait ensuite réduire une sauce concoctée à base de porto, de raisins de Corinthe et de truffes. La lenteur avec laquelle il remplit deux verres de saint-émilion trahit sa distraction.

L'odeur terreuse du mélange merlot cabernet sauvignon plane déjà dans la cuisine lorsqu'on sonne.

Disa se tient sur le pas de la porte, dans un imperméable rouge à pois blancs. Ses grands yeux brillent, son visage est mouillé de pluie.

— Joona, je pensais vérifier si tu es un policier aussi bon qu'on le dit.

— Et comment vas-tu t'y prendre ?

— Avec un test. Tu trouves que je suis comme d'habitude ?

— Plus belle.

— Non, dit-elle avec un sourire.

— Tu t'es coupé les cheveux et tu utilises pour la première fois depuis un an la barrette achetée à Paris.

— Autre chose ?

Son regard s'attarde sur son visage fin, ses joues rouges, ses cheveux brillants coupés au bol et son corps svelte.

— Elles sont nouvelles, dit-il en désignant ses chaussures à talons.

— Marc Jacobs… un peu trop chères pour moi.

— Elles sont jolies.

— Rien d'autre ?

— Je n'ai pas fini, dit-il en prenant ses mains dans les siennes. Il les retourne et observe ses ongles.

Elle ne peut réprimer un sourire quand il lui dit qu'elle porte le même rouge à lèvres que lorsqu'ils sont allés au Théâtre Södra. Il touche délicatement ses boucles d'oreilles et croise son regard. Sans la quitter des yeux, il se décale de façon que la lumière du lampadaire tombe sur son visage.

— Tes yeux. La pupille gauche ne se rétracte pas à la lumière.

— Bien joué, monsieur le policier. On m'a donné des gouttes.

— Tu as fait examiner ton œil ?

— Apparemment il y a un problème avec le corps vitré, mais rien de grave, dit Disa en rejoignant la cuisine.

— C'est bientôt prêt. La viande doit juste cuire encore un peu.

— J'aime beaucoup l'ambiance.

— Ça fait longtemps qu'on ne s'est pas vus. Je suis très content que tu sois là.

Ils trinquent en silence et, comme chaque fois que Joona la regarde, elle sent une agréable chaleur envahir son corps. Elle a l'impression de rayonner. Disa détourne le regard, laisse le vin tourner dans le verre, hume son bouquet puis le goûte à nouveau.

— Il est à la bonne température.

Joona dispose la viande et les pommes de terre sur un lit de roquette, de basilic et de thym. Il verse délicatement la sauce sur les filets et se dit qu'il aurait dû s'expliquer avec Disa depuis longtemps déjà.

— Comment tu vas en ce moment ?

— Sans toi tu veux dire ? Mieux que jamais, dit Disa d'un ton sec.

Le silence retombe. Elle pose lentement sa main sur la sienne.

— Pardon, poursuit-elle. Mais je suis tellement en colère contre toi parfois, quand je suis mal lunée.

— Et comment es-tu aujourd'hui ?

— Mal lunée.

Joona boit une gorgée de vin.

— J'ai beaucoup pensé au passé ces derniers temps.

Elle sourit et hausse les sourcils :

— Ces derniers temps ? Tu penses toujours au passé.

— C'est vrai ?

— Oui, tu y penses… mais tu ne m'en parles pas.

— Non, je…

Il s'interrompt et plisse ses yeux gris. Disa sent un frisson remonter le long de son dos.

— Tu m'as invitée à dîner parce que tu devais me parler. J'avais décidé de ne plus jamais t'adresser la parole, et je reçois ton coup de fil… après plusieurs mois…

— Oui, je…

— Tu n'en as rien à foutre de moi, Joona.

— Disa… pense ce que tu veux de moi, dit-il d'une voix grave. Mais je veux que tu saches que je tiens à toi. Et que je pense à toi tout le temps.

— Oui, dit-elle en se levant lentement de table, sans croiser son regard.

— Il s'agit d'autre chose, des choses horribles que…

Joona la regarde enfiler son imperméable à pois.

— Au revoir, chuchote-t-elle.

Il s'entend dire :

— Disa, j'ai besoin de toi. C'est toi que je veux.

Elle le fixe du regard. Sa frange sombre et brillante descend jusqu'à ses cils.

— Qu'est-ce que tu as dit ? demande-t-elle au bout d'un moment.

— C'est toi que je veux, Disa.

— Ne dis pas ça, marmonne-t-elle en remontant la fermeture Éclair de ses bottines.

— J'ai besoin de toi, j'ai toujours eu besoin de toi. Mais je n'ai pas voulu te mettre en danger, je ne supporte pas l'idée qu'il puisse t'arriver quelque chose si…

— Que pourrait-il m'arriver ?

— Tu pourrais disparaître, lui dit-il sans détour avant de prendre son visage dans ses mains.

— C'est toi qui disparais.

— Ce n'est pas de l'appréhension, je te parle de choses réelles qui…

Elle se hisse sur la pointe des pieds pour l'embrasser sur la bouche et s'attarde un moment dans la chaleur de son souffle. Il cherche sa bouche et l'embrasse délicatement à plusieurs reprises jusqu'à ce qu'elle entrouvre ses lèvres.

Ils s'embrassent lentement, Joona déboutonne son imperméable et le laisse tomber sur le sol.

— Disa, chuchote-t-il en lui caressant les épaules et le dos.

Il se presse contre son corps, respire son odeur, l'embrasse dans le cou et sent son collier en or dans sa bouche. Il embrasse son menton puis ses lèvres douces et humides.

Il cherche sa peau chaude sous son chemisier. Les boutons à pression s'ouvrent avec un cliquetis. Ses tétons sont durs, son ventre tressaille, sa respiration s'accélère.

Elle le regarde avec gravité et l'entraîne vers la chambre. Son chemisier est ouvert et ses seins brillent comme de la porcelaine polie.

Ils s'arrêtent pour s'embrasser encore. Les mains de Joona glissent sur ses reins et ses fesses sous le tissu fin de sa culotte.

Disa s'écarte délicatement, elle sent la chaleur palpiter dans son sexe humide. Ses joues brûlent et ses mains tremblent lorsqu'elle déboutonne le pantalon de Joona.

76

Après le petit-déjeuner, Disa paresse au lit avec une tasse de café et parcourt le *Sunday Times* sur son iPad pendant que Joona prend sa douche et s'habille.

Hier il a décidé de ne pas se rendre au Musée nordique pour contempler la couronne de mariée samie en racines tressées et a préféré passer du temps avec Disa. Il n'avait pas prévu ce qui allait se passer mais la démence de Rosa Bergman avait peut-être fini par rompre le dernier lien qui l'unissait à Summa et Lumi. Plus de douze années ont passé depuis.

Il doit désormais se faire à l'idée qu'il n'y a plus de raison d'avoir peur. Pourtant, il ne peut s'empêcher de penser qu'il aurait dû en parler à Disa, la mettre en garde et lui expliquer ses craintes afin qu'elle puisse choisir en toute connaissance de cause.

Il se tient sur le seuil de la chambre et l'observe un long moment à son insu, puis il se dirige vers la cuisine et compose le numéro du professeur Holger Jalmert.

— Joona Linna à l'appareil.

— On m'a dit que Gunnarrsson commencait à être vraiment pénible, dit Holger d'un ton amusé. Il m'a fait promettre de ne pas vous envoyer de copie du rapport.

— Mais vous pouvez m'en parler ? demande Joona avant de prendre le reste de sa tartine et sa tasse de café en faisant un signe de main à Disa qui lit, le front plissé.

— Sans doute pas, dit Holger en riant avant de retrouver son sérieux.

— Vous avez eu le temps de jeter un œil au sac qu'on a trouvé au barrage ?

— Oui, j'ai fini. Je rentre en voiture à Umeå.

— Le sac contenait-il des documents ?

— Rien à part le reçu d'un kiosque à journaux.

— Téléphone portable ?

— Non, malheureusement.

— Qu'avons-nous alors ? demande Joona qui laisse son regard errer sur le ciel gris au-dessus des toits.

Holger prend une inspiration et dit, comme s'il lisait un texte :

— Il y a une forte probabilité que ce soit du sang que nous ayons retrouvé sur le sac. J'en ai coupé un morceau pour l'expédier au SKL… Il contenait aussi un peu de maquillage, deux rouges à lèvres différents, un bout de crayon à yeux, une barrette en plastique rose, des épingles à cheveux, un porte-monnaie avec une tête de mort, un peu d'argent, une photographie de Vicky, un outil pour vélo, une boîte de médicaments sans étiquette qui a été également envoyée au SKL, une plaquette de Stesolid, deux stylos… et caché dans la doublure j'ai retrouvé un couteau aiguisé, comme ceux qu'on utilise pour tailler des sushis.

— Mais aucune trace écrite, pas de noms, pas d'adresses ?

— Non, c'est tout…

Joona entend les pas de Disa sur le parquet derrière lui, mais ne se retourne pas. Il sent la chaleur de son corps et a un frisson en sentant ses lèvres douces dans son cou et ses bras autour de lui.

Joona attend que Disa soit sous la douche pour s'installer à la table de la cuisine et composer le numéro de Solveig Sundström, la responsable des pensionnaires de Birgittagården.

Elle sait peut-être quel genre de médicaments prenait Vicky. Il compte huit sonneries avant d'entendre un petit clic dans le combiné.

— Caroline… dit la jeune fille qui décroche un vieux téléphone posé sur le fauteuil.

— Est-ce que Solveig est là ?

— Non, je ne sais pas où elle se trouve pour le moment – je peux prendre un message ?

Caroline est la pensionnaire la plus âgée, elle fait une tête de plus que Tuula. Elle a des cicatrices d'injections dans le pli de son bras mais semble sensée, intelligente et déterminée à changer.

— Tout va bien chez vous ?

— Vous êtes l'inspecteur, c'est ça ?

— Oui.

Il y a un petit silence avant que Caroline ne demande doucement :

— C'est vrai que Vicky est morte ?

— Malheureusement, c'est ce qu'on pense.

— C'est trop bizarre.

— Tu sais quel genre de médicaments prenait Vicky ?

— Vicky ?

— Oui.

— Elle était drôlement fine et belle pour quelqu'un sous Zyprexa.

— C'est un neuroleptique, non ?

— On m'en donnait aussi avant, mais maintenant je ne prends que de l'Imovane pour arriver à dormir. C'est génial de ne plus avoir besoin de Zyprexa.

— Il y a beaucoup d'effets secondaires ?

— Ça doit dépendre de la personne, mais moi… j'ai dû prendre dix kilos.

— On se fatigue vite ? demande Joona qui visualise les draps trempés de sang dans lesquels Vicky avait dormi.

— Au début c'est tout le contraire… il suffisait que je commence à sucer un cachet pour que toute cette saloperie se déclenche… le corps te démange de l'intérieur, on devient irritable et on crie pour un rien, une fois j'ai même balancé mon portable contre le mur et j'ai aussi arraché les rideaux… mais au bout d'un moment, les effets basculent et alors, c'est comme si on était enveloppé dans une grosse couverture. On se calme et on a envie de dormir tout le temps.

— Est-ce que tu sais si Vicky suivait un autre traitement ?

— Elle doit faire comme la plupart d'entre nous et stocker tout ce qui marche… Stesolid, Lyrica, Ketogan…

Une voix résonne dans le fond. L'infirmière est entrée dans la pièce et a dû voir Caroline avec le téléphone à l'oreille.

— Je vais faire un rapport – c'est du vol.

— Il a sonné, j'ai répondu, dit Caroline. C'est un inspecteur qui cherche à vous joindre… Il vous soupçonne du meurtre de Miranda Ericsdotter.

— Ne fais pas l'idiote, dit l'infirmière qui prend le combiné et s'éclaircit la voix avant de répondre : Solveig Sundström.

— Joona Linna, je suis inspecteur à la Rikskrim et j'enquête sur le…

La femme raccroche sans un mot mais Joona ne la rappelle pas – il a déjà obtenu sa réponse.

77

Une Opel blanche s'arrête sous la toiture plate de la station-service Statoil. Une femme vêtue d'un pull bleu clair en sort. Elle se dirige vers la pompe en libre service et fouille dans son sac à bandoulière.

Ari Määtilainen détourne le regard et pose deux grosses saucisses sur le lit de purée nappée de sauce Texas et d'oignons frits. Il jette un œil au gros motard qui attend son plat et lui explique de façon machinale qu'il faut aller prendre les boissons au distributeur.

Les fermetures Éclair de sa veste en cuir crissent contre la vitrine du comptoir lorsqu'il se penche pour récupérer son plat.

— *Danke*, lâche-t-il avant de se diriger vers la machine à café.

Ari augmente légèrement le son de la radio et voit que la femme en pull bleu clair s'est un peu éloignée tandis que l'essence s'écoule dans le réservoir de l'Opel.

Ari tend l'oreille lorsque le journaliste fait le point sur les dernières évolutions dans l'affaire du garçon disparu :

“Les recherches pour retrouver Vicky Bennet et Dante Abrahamsson ont été suspendues. La police du Västernorrland n'a pas encore fait de communiqué, mais différentes sources nous ont confirmé qu'ils ont vraisemblablement trouvé la mort samedi matin. La police est critiquée pour avoir déclenché l'alerte au niveau national. La rédaction d'*Ekot* a tenté de joindre le chef de la Rikskrim, Carlos Eliasson, pour avoir un commentaire…”

— C’est quoi ce bordel, chuchote Ari.

Il regarde le post-it qui se trouve encore près de la caisse, prend son téléphone et compose à nouveau le numéro de la police.

— Sonja Rask. Police j’écoute, répond une femme.

— Bonjour. Je les ai vus… j’ai vu la fille et le garçon.

— Qui est à l’appareil ?

— Ari Määtilainen. Je travaille à Statoil, à Dingersjö. J’écoutais la radio et ils ont dit que les enfants étaient morts samedi matin, mais ce n’est pas le cas, je les ai vus dans la nuit de samedi à dimanche.

— Vous parlez de Vicky Bennet et Dante Abrahamsson ? demande Sonja d’une voix sceptique.

— Oui, je les ai vus dans la nuit, on était déjà dimanche, alors ils n’ont pas pu mourir le samedi comme ils le disaient à la radio – je me trompe ?

— Vous avez vu Vicky Bennet et Dante Abrahamsson le…

— Oui.

— Pourquoi n’avez-vous pas alerté la police avant ?

— Mais je l’ai fait, j’ai parlé à un agent.

Ari repense à samedi soir, il écoutait Radio Guld. L’alerte enlèvement n’avait pas encore été déclenchée au niveau national, mais les médias locaux incitaient déjà la population à être vigilante.

À onze heures, un poids lourd s’est arrêté sur le parking derrière les pompes de diesel. Le chauffeur a dormi pendant trois heures.

Tard dans la nuit, à deux heures et quart, Ari a jeté un œil aux enregistrements des caméras de surveillance et c’est là qu’il les a aperçus. À l’écran, sur une image en noir et blanc, le poids lourd est apparu sous un autre angle. La station-service paraissait déserte lorsque le gros véhicule a démarré et quitté son emplacement. Soudain,

Ari a vu une silhouette derrière le bâtiment, non loin de la station de lavage. Ce n'était pas une mais deux personnes. Il fixait l'écran. Le poids lourd a fait demi-tour pour rejoindre la bretelle de sortie. La lumière des phares a balayé les grandes vitres et Ari a quitté sa place derrière le comptoir pour contourner le bâtiment en courant mais ils avaient déjà disparu. La jeune fille et le petit garçon avaient disparu.

78

Joona se gare devant la station-service Statoil à Dingersjö, trois cent soixante kilomètres au nord de Stockholm. C'est une journée ensoleillée et un vent frais agite sporadiquement de vieux fanions publicitaires. Joona et Disa déjeunaient à la *Villa Källhagen* lorsqu'il a reçu un appel urgent de l'agent Sonja Rask à Sundsvall.

Joona entre dans la boutique. Un homme aux yeux enfoncés sous une casquette Statoil range des livres de poche dans un présentoir en fer-blanc. Joona jette un œil au menu sur le tableau lumineux et aux saucisses qui tournent dans le gril automatique.

— Qu'est-ce qui vous ferait plaisir ? demande l'homme.

— *Makkarakeitto*, répond Joona.

— *Soumalainen makkarakeitto*, dit Ari Määtilainen avec un sourire. Ma grand-mère me faisait de la soupe à la saucisse quand j'étais petit.

— Avec du pain de seigle ?

— Oui, mais malheureusement je n'ai que de la nourriture suédoise ici, dit l'homme en désignant les hamburgers.

— De toute façon, je ne suis pas là pour manger – je suis de la police.

— Je m'en suis douté… j'ai déjà parlé avec un de vos collègues la nuit où je les ai vus, dit Ari en faisant un geste vers l'écran.

— Qu'aviez-vous vu ?
— Une fille et un petit garçon à l'arrière.
— Vous les avez vus à l'écran ?
— Oui.
— Distinctement ?
— Non, mais… j'ai l'habitude de garder un œil sur ce qui se passe.
— Le policier est arrivé dans la nuit ?
— Non, le lendemain matin, il s'appelait Gunnarsson. Il a trouvé qu'on voyait que dalle et il m'a dit que je pouvais effacer l'enregistrement.
— Mais vous ne l'avez pas fait.
— À votre avis ?
— Je pense que vous stockez les enregistrements sur un disque dur externe.

Ari Määtilainen lui sourit et conduit Joona dans un bureau minuscule à côté de la réserve. Un canapé-lit est replié dans un coin, quelques canettes de Red Bull gisent sur le sol et une brique de lait fermenté a été oubliée sur le rebord d'une fenêtre couverte de givre. Un ordinateur portable connecté à un disque dur externe est posé sur un petit bureau à compartiments. Ari Määtilainen s'installe sur une chaise de bureau grinçante et fait défiler les fichiers rangés par date et heure.

— J'ai entendu à la radio qu'on était à la recherche d'une fille et d'un petit garçon, et puis j'ai vu ça en pleine nuit, dit-il avant de cliquer sur un fichier.

Joona se penche vers l'écran sale. L'extérieur et l'intérieur de la station-service apparaissent dans quatre petits cadres. Des horloges digitales font défiler l'heure. Sur les images grises on distingue Ari derrière le comptoir. Par moments, il feuillette un journal et mange distraitement quelques rondelles d'oignon frit.

— Ce poids lourd est là depuis trois heures, explique Ari en pointant l'un des cadres du doigt. Mais là il va bientôt partir…

Une ombre bouge à l'intérieur de la cabine.

— Vous pouvez agrandir l'image ?

— Attendez…

Soudain, le poids lourd démarre et ses phares projettent une lumière froide sur un bosquet. Ari choisit un autre enregistrement et sélectionne le mode plein écran.

— C'est là qu'on les voit, chuchote-t-il.

Le poids lourd apparaît maintenant sous un autre angle de vue. Il démarre et commence à avancer lentement. En bas de l'écran, Ari désigne l'arrière de la station où sont rangés les poubelles et les conteneurs de recyclage. C'est un endroit peu éclairé qui semble désert. Pourtant, on devine soudain un mouvement dans la porte vitrée noire de la station de lavage. Une silhouette frêle apparaît à l'écran. Quelqu'un se tient contre le mur. L'image est pixélisée. Il est impossible de distinguer son visage ou d'autres détails mais il est certain qu'il s'agit d'un être humain. Il y a une autre forme à côté.

— C'est possible d'améliorer la qualité de l'image ?

— Attendez, chuchote Ari.

Le poids lourd tourne et s'engage sur la bretelle de sortie. Soudain, la lumière des phares se reflète dans la porte vitrée à côté de la silhouette.

Pendant quelques secondes, la vitre est entièrement blanche et l'arrière de la station-service est baigné d'une lumière aveuglante. Joona a le temps d'apercevoir une fille fluette et un enfant qui suivent le poids lourd du regard puis tout redevient noir.

Ari montre l'écran du doigt au moment où les deux silhouettes courent le long du mur gris foncé avant de se fondre dans le noir moucheté et de disparaître hors du cadre.

— Vous les avez vus ?

— Revenez en arrière.

Joona n'a pas besoin de préciser à quelle séquence il fait référence. Ari sélectionne les quelques secondes où l'arrière de la station est éclairé par les phares du poids lourd et les passe au ralenti. On voit à peine le long véhicule avancer, mais la lumière des phares semble clignoter lorsqu'elle passe entre les arbres et sur la façade de la station avant d'inonder les vitres. L'enfant a le visage baissé et masqué par l'ombre. La fille a les pieds nus. Elle semble tenir des sacs plastique dans les deux mains. La lumière s'intensifie par intermittence. Elle lève lentement la main.

Joona se rend compte qu'il ne s'agit pas de sacs plastique, mais de bandages défaits. En voyant les bandes de gaze humide pendre dans la lumière, il sait désormais avec certitude que Vicky Bennet et Dante Abrahamsson ne se sont pas noyés dans la rivière.

L'horloge digitale affiche 2 h14 dans la nuit de samedi à dimanche. D'une façon ou d'une autre, ils ont réussi à sortir de la voiture et ont traversé la rivière jusqu'à la plage située sur l'autre rive. Ils ont ensuite parcouru cent cinquante kilomètres vers le sud. Les cheveux emmêlés de la jeune fille descendent le long de son visage. Ses yeux sombres brillent intensément à la lumière des phares avant que l'obscurité ne retombe.

Ils sont en vie. Ils sont encore en vie tous les deux.

79

Le chef de la Rikskrim, Carlos Eliasson, tourne le dos à la porte lorsque Joona pénètre dans son bureau.

— Assieds-toi, dit-il d'un ton énigmatique.

— J'arrive de Sundsvall et…

— Attends, l'interrompt Carlos.

Perplexe, Joona observe un instant son dos avant de s'installer dans le fauteuil en cuir clair. Il laisse son regard courir sur la surface lisse et brillante du bureau en bois verni. La lueur des aquariums s'y reflète par endroits.

Carlos inspire profondément, puis se retourne. Il semble différent, mal rasé. Des poils épars ont poussé sur sa lèvre supérieure et son menton.

— Qu'est-ce que tu en dis ? demande-t-il avec un large sourire.

— Tu t'es laissé pousser la barbe, dit lentement Joona.

— Une barbe complète, dit Carlos d'un ton enthousiaste. Oui… enfin, je crois qu'elle va bientôt se garnir. Je ne compte plus jamais me raser, j'ai balancé tous mes rasoirs électriques à la poubelle.

— Bien, dit Joona d'un ton bref.

— Mais ma barbe n'est pas ce qui nous intéresse, dit Carlos comme pour clore le sujet. Si j'ai bien compris, les plongeurs n'ont pas retrouvé les corps.

— Non, dit Joona en sortant un cliché réalisé à partir des enregistrements des caméras de surveillance de la station-service. On n'a pas retrouvé les corps…

— C'est parti, marmonne Carlos.
— Puisqu'ils ne sont pas dans la rivière.
— Et tu en es certain ?
— Vicky Bennet et Dante Abrahamsson sont toujours en vie.
— Gunnarsson a appelé au sujet de l'enregistrement de la station-service et…
— Déclenche une nouvelle alerte nationale, l'interrompt Joona.
— Alerte nationale ? On ne peut pas appuyer comme ça sur un bouton, l'éteindre, rappuyer dessus…
— Je sais que c'est Vicky Bennet et Dante Abrahamsson qui sont sur cette image, dit Joona d'un air sévère. Ça a été enregistré plusieurs heures après l'accident. Ils sont en vie et il faut déclencher une nouvelle alerte nationale.
Carlos tend une jambe :
— Tu peux chausser le brodequin si tu veux, mais je ne lancerai pas un nouvel avis de recherche.
— Regarde les images.
— La police du Västernorrland s'est rendue à la station aujourd'hui, dit Carlos qui plie le cliché en un petit carré dur. Ils ont envoyé une copie du disque dur au SKL, deux de leurs experts ont regardé les enregistrements et ils estiment tous les deux qu'il est impossible d'identifier ces deux personnes avec certitude.
— Mais tu sais que j'ai raison.
— D'accord, admettons. Il se peut que tu aies raison, l'avenir nous le dira… mais je ne compte pas me ridiculiser en lançant un avis de recherche pour une personne que la police considère comme morte.
— Je n'abandonnerai pas tant que…
— Attends, attends, l'interrompt Carlos avant d'inspirer profondément. Joona, le procureur général a désormais l'enquête interne dont tu fais l'objet sur sa table.
— Mais…

— Je suis ton supérieur et je prends cette plainte contre toi très au sérieux. À vrai dire, j'aimerais entendre de ta bouche que tu es conscient de ne pas diriger l'enquête préliminaire de Sundsvall.

— Je ne dirige pas l'enquête préliminaire.

— Et que fait un observateur si le procureur de Sundsvall choisit de classer l'affaire ?

— Rien.

— Alors nous sommes d'accord, dit Carlos avec un sourire.

— Non, répond Joona avant de quitter la pièce.

80

Allongée sur son lit, Flora fixe le plafond. Son cœur bat encore à toute vitesse. Dans son rêve, elle était dans une petite pièce avec une fille qui ne voulait pas montrer son visage et qui se cachait derrière une échelle en bois. Il se dégageait d'elle quelque chose d'étrange. Elle semblait dangereuse. Elle ne portait rien d'autre qu'une culotte en coton blanc et Flora pouvait voir ses seins de jeune fille. Elle attendait que Flora s'approche d'elle pour se détourner et pouffait de rire en posant ses mains sur ses yeux.

La veille, Flora avait lu des articles sur les meurtres de Sundsvall, Miranda Ericsdotter et Elisabet Grim. L'esprit fantôme qui lui a rendu visite monopolise ses pensées même si elle se souvient aujourd'hui de la scène comme de la réminiscence d'un rêve. Pourtant, elle est certaine d'avoir vu la fille morte dans le couloir, elle n'avait pas plus de cinq ans. Cette nuit, dans la petite pièce, elle avait l'âge de Miranda.

Immobile, Flora est attentive au moindre bruit. À chaque craquement ou lorsque le sol grince, son cœur s'emballe. Celui qui a peur du noir n'est pas maître dans sa maison. Celui qui a peur du noir se faufile chez lui et surveille ses propres mouvements.

Flora ne sait pas quoi faire. Il est huit heures moins le quart. Elle se redresse, se dirige vers la porte de sa chambre et l'ouvre pour voir si elle entend du bruit dans l'appartement.

Personne n'est encore levé. Elle rejoint la cuisine sur la pointe des pieds pour préparer le café de Hans-Gunnar. Le soleil du matin scintille sur l'évier. Flora plie les bords d'un filtre à café non blanchi et le met dans la cafetière. Quand elle entend des pas sourds dans son dos, elle est saisie d'une telle peur qu'elle en a la respiration coupée.

Elle se retourne. Ewa, vêtue d'une culotte et d'un T-shirt bleu, se tient dans l'encadrement de la porte de sa chambre à coucher.

— Qu'y a-t-il ? demande-t-elle en voyant son visage. Tu pleurniches encore ?

— Je… il faut que je sache… je pense avoir vu un fantôme. Tu ne l'aurais pas vu ? Ici dans la maison. Une petite fille…

— Il y a vraiment quelque chose qui ne tourne pas rond chez toi, Flora.

Elle s'apprête à aller dans le salon quand Flora pose une main sur son bras charnu.

— Mais c'est vrai, je te le jure… quelqu'un l'avait frappée avec une grosse pierre, là, derrière la t…

— Tu le jures ? l'interrompt Ewa d'un ton sec.

— J'ai juste… Est-ce que les fantômes ne pourraient pas exister pour de vrai ?

Ewa la prend par l'oreille et la tire en avant.

— Je n'arrive pas à comprendre pourquoi tu aimes tant mentir. Tu l'as toujours fait et tu le feras…

— Mais j'ai vu…

— Tais-toi, siffle Ewa qui lui tord l'oreille.

— Aïe…

— On ne tolère pas le mensonge dans cette maison, dit-elle en tirant plus fort.

— Pitié, arrête… aïe.

Ewa finit par lâcher prise au bout de quelques secondes. Les larmes aux yeux, Flora passe une main sur son oreille endolorie tandis qu'Ewa se dirige vers la salle de bains. Après être restée interdite un moment, elle allume la cafetière et retourne dans sa chambre. Elle referme la porte derrière elle, allume la lampe et s'assoit sur son lit pour pleurer. Elle a toujours cru que les médiums simulaient.

— Je n'y comprends rien, marmonne-t-elle.

Et si elle avait vraiment attiré des fantômes lors de ses séances de spiritisme ? Peut-être le fait qu'elle n'y croie pas elle-même n'avait-il aucune importance. Lorsqu'elle formait un cercle avec les participants et invoquait les esprits, ceux qui le désiraient pouvaient passer les portes de l'au-delà. J'ai réellement vu un fantôme, se dit-elle. J'ai vu la petite fille morte et Miranda voulait me montrer quelque chose.

Ce n'était pas impossible, ce genre de choses devait pouvoir exister. Ses lectures lui avaient appris que l'énergie ne disparaissait pas avec la mort. De nombreuses personnes ont affirmé avoir vu des fantômes sans être considérées comme des malades. Flora tente de rassembler ses pensées et de faire le point sur les événements de ces derniers jours.

J'ai rêvé de la fille, c'est certain, mais lorsque je l'ai vue dans le couloir, j'étais éveillée. Je l'ai vue de mes propres yeux, je l'ai entendue parler, j'ai senti sa présence. Flora s'allonge dans son lit, ferme les yeux et se dit qu'elle a peut-être perdu connaissance après s'être cogné la tête sur le sol.

Un jean traînait par terre entre les toilettes et la baignoire. J'ai eu peur, j'ai reculé et je suis tombée. Elle se sent soudain soulagée à l'idée qu'elle a pu rêver, même la première fois. J'ai dû rester un moment inconsciente et j'ai rêvé du fantôme. C'est comme ça que cela a dû se passer. Elle sourit pour elle-même, les yeux fermés, lorsque, soudain, elle sent une odeur de cheveux brûlés dans la pièce. Elle se redresse et sent les poils de ses bras se hérisser lorsqu'elle s'aperçoit qu'il y a quelque chose sous son oreiller. Elle le déplace. Une grosse pierre est posée sur le drap blanc.

— Pourquoi ne fermes-tu pas les yeux ? demande une voix claire.

La fille est tapie dans l'ombre derrière la lampe et l'observe sans respirer. Ses cheveux sont poisseux et noirs de sang coagulé. Bien qu'éblouie par la lumière de la lampe, Flora peut voir l'entrelacs de ses veines marron sous la peau morte de ses bras gris.

— Tu ne dois pas me regarder, dit la fille d'une voix dure avant d'éteindre la lumière.

L'obscurité est complète et Flora tombe du lit. Des taches bleu clair flottent devant ses yeux. La lampe heurte le sol, elle entend les draps se froisser et des pas rapides sur le sol, les murs et le plafond. Flora rampe pour s'éloigner, se relève, tâtonne sur la porte et pénètre dans le couloir en trébuchant. Elle réprime un cri et pousse de petits gémissements. Après avoir tenté de retrouver son calme, elle se dirige vers le vestibule en prenant appui contre le mur pour ne pas tomber. Haletante, Flora saisit le téléphone sur le guéridon, mais l'appareil lui échappe des mains. Elle s'agenouille et compose le numéro de la police.

81

Robert avait retrouvé Elin à genoux à côté de la vitrine cassée.

— Elin, qu'est-ce qui se passe ?

Elle s'était levée sans le regarder. Du sang coulait le long de son bras gauche, à l'intérieur de sa main et gouttait du bout de trois de ses doigts.

— Vous saignez de…

Sans prêter attention aux éclats de verre, Elin s'était dirigée vers sa chambre avant que Robert ne l'arrête et ne lui dise qu'il allait appeler son médecin de famille.

— Je ne veux pas, ça m'est égal…

— Elin, cria-t-il d'une voix bouleversée. Vous saignez.

Elle a regardé son bras et déclaré qu'il faudrait peut-être panser la plaie, puis elle s'est rendue dans le bureau en semant de grosses gouttes de sang sur son passage.

Elle s'est installée devant l'ordinateur, a retrouvé le numéro de la Rikskrim et appelé le standard. Elle a demandé à parler avec la personne chargée de l'enquête sur les meurtres de Birgittagården. Une femme a transféré son appel et elle a réitéré sa demande. Elle a ensuite entendu une respiration lente et le bruit d'un clavier d'ordinateur à l'autre bout du fil puis son interlocuteur a poussé un soupir avant de continuer à écrire.

— L'enquête préliminaire est dirigée par le parquet de Sundsvall, a expliqué un homme d'une voix fluette.

— N'y a-t-il pas un policier avec lequel je pourrais parler ?

— Le bureau du procureur collabore avec la police du Västernorrland.

— Un inspecteur de la Rikskrim est venu me voir, c'est un homme grand avec des yeux gris et…

— Joona Linna.

— Oui.

Elin a pris un stylo et noté le numéro sur la couverture en papier glacé d'un magazine de mode puis a remercié l'homme avant de raccrocher. Elle a immédiatement composé le numéro de l'inspecteur, mais on l'a informée qu'il était en déplacement et ne serait de retour que le lendemain.

Elin s'apprêtait à appeler le bureau du procureur de Sundsvall lorsque son médecin est arrivé. Il ne lui a pas posé de questions et Elin s'est contentée de garder le silence pendant qu'il nettoyait ses plaies. Elle a jeté un œil à l'édition du mois d'août du *Vogue* anglais posé sur le bureau. Le numéro de Joona Linna était écrit sur les seins de Gwyneth Paltrow.

Une fois ses plaies pansées, elle est retournée dans le salon. Une société de nettoyage avait déjà retiré la vitrine et le verre cassé, le sol avait été lavé. Robert avait veillé à ce que l'assiette de séder soit remise à un conservateur du musée consacré à l'art méditerranéen, le Medelhavsmuseet.

82

Sans un sourire, Elin Frank traverse lentement le couloir en direction du bureau de Joona Lina. Elle porte des lunettes de soleil noires pour cacher ses yeux bouffis par les larmes. Son trench-coat gris granit de la marque Burberry est déboutonné et elle a noué un châle en soie argentée autour de ses cheveux. La douleur lancinante au niveau des entailles sur ses poignets ne s'est pas calmée.

Ses talons claquent sur le sol usé du couloir. Une affiche volette sur son passage : “Si vous pensez que vous ne valez rien et que les bleus font partie du quotidien, vous devez venir nous voir.” Quelques hommes en uniforme bleu foncé disparaissent en direction des locaux de l'Insatsstyrkan*. Une femme corpulente vêtue d'un pull angora rouge vif et d'une jupe noire serrée moulante sort d'un bureau et l'attend, les mains posées sur les hanches.

— Je m'appelle Anja Larsson, annonce la femme.

Elin tente de lui dire qu'elle veut s'entretenir avec Joona Linna, mais sa voix s'étrangle. La femme lui adresse alors un sourire et lui dit qu'elle va la conduire jusqu'à l'inspecteur.

— Je vous prie de m'excuser, chuchote Elin.

— Ce n'est rien, dit Anja qui l'accompagne jusqu'à la porte de Joona, frappe et ouvre.

* Abréviation de Nationella Insatsstyrkan, unité d'élite au sein de la police suédoise, l'équivalent du GIGN en France.

— Merci pour le thé, dit Joona qui propose une chaise à Elin.

Elle se laisse tomber sur la chaise. Anja et Joona échangent un bref regard.

— Je vais chercher de l'eau, dit Anja.

Le silence s'installe dans la pièce. Elin tente de se calmer pour arriver à parler et attend un moment avant de se lancer.

— Je sais qu'il est trop tard et je sais que je ne vous ai pas aidé lorsque vous êtes venu chez moi et… et j'imagine ce que vous devez penser de moi et…

Elle perd soudain ses moyens, sa bouche se tord et des larmes coulent derrière ses lunettes de soleil et sur ses joues. Anja revient avec un verre d'eau et une grappe de raisins humide posée sur une assiette avant de quitter la pièce.

— J'aimerais vous parler de Vicky Bennet maintenant, dit Elin d'une voix maîtrisée.

— Je vous écoute, dit-il d'un ton aimable.

— Elle avait six ans lorsqu'elle est venue chez moi et j'avais… je l'ai gardée pendant neuf mois…

— C'est ce que j'ai cru comprendre.

— Mais ce que vous ne savez pas, c'est que j'ai… je l'ai trahie comme personne ne devrait trahir un autre être humain.

— Pourtant, cela arrive parfois.

Elle enlève ses lunettes de ses mains tremblantes et observe ses cheveux blonds ébouriffés, son visage grave et ses yeux gris d'un air songeur.

— Je ne m'aime plus. Mais je… j'aimerais vous faire une proposition… je suis prête à financer ce que vous voudrez… de façon que vous retrouviez les corps et que l'enquête se poursuive sans coupe budgétaire.

— Pourquoi feriez-vous cela ?

— Même si rien ne pourra redevenir comme avant, cela pourrait… Je veux dire, imaginez qu'elle soit innocente.

— Rien ne l'indique.

— Non, mais je ne peux pas croire que…

Elin s'interrompt et ses yeux s'emplissent à nouveau de larmes, troublant sa vue.

— Parce qu'elle était mignonne et gentille lorsqu'elle était enfant ?

— La plupart du temps, elle ne l'était même pas, dit Elin avec un sourire.

— C'est bien ce que je pensais.

— Allez-vous pouvoir continuer l'enquête si j'en paye les frais ?

— Nous ne pouvons pas accepter votre argent pour…

— Je suis certaine que l'on doit pouvoir trouver une solution juridique.

— Peut-être, mais cela ne changera rien, explique Joona d'une voix douce. Le procureur est sur le point de classer l'enquête préliminaire…

— Que dois-je faire ? chuchote Elin.

— Écoutez, je ne devrais pas vous en parler, mais je compte continuer les recherches, je suis persuadé que Vicky est toujours en vie.

— Mais ils ont annoncé sa mort aux informations, chuchote Elin avant de se lever, une main sur la bouche.

— En effet, la voiture a été retrouvée à quatre mètres de profondeur et il y avait du sang et des cheveux sur l'encadrement du pare-brise.

— Mais vous ne pensez pas qu'ils soient morts ? demande-t-elle en essuyant les larmes sur ses joues.

— Je sais qu'ils ne se sont pas noyés dans la rivière.

— Doux Jésus, chuchote Elin.

83

Elin se rassoit et détourne le visage pour pleurer. Joona lui laisse un peu de temps pour se remettre de ses émotions et se dirige vers la fenêtre. Il tombe une pluie fine et les branches des arbres vacillent dans le vent de l'après-midi.

— Vous avez une idée de l'endroit où elle pourrait se cacher ? demande-t-il après un moment.

— Sa mère dormait généralement dans des garages… j'ai rencontré Susie alors qu'elle devait essayer de s'occuper de Vicky pendant un week-end. À l'époque, elle avait obtenu un logement à Hallonbergen, mais ça n'avait pas fonctionné et elles dormaient dans le métro. On a retrouvé Vicky dans un tunnel entre Slussen et Mariatorget.

— Ça risque d'être difficile de la retrouver.

— Je n'ai pas vu Vicky depuis huit ans, mais le personnel de Birgittagården… ceux qui se sont occupés d'elle, ils doivent savoir quelque chose.

— Oui, dit Joona en hochant la tête.

— Qu'y a-t-il ?

Il croise son regard.

— Les seules personnes auxquelles Vicky se confiait étaient l'infirmière qui a été assassinée… et son mari qui est éducateur. Il doit en savoir beaucoup sur elle… enfin, au moins quelque chose qui pourrait nous être utile. Il est très fragile psychologiquement et son médecin ne laisse pas la police l'interroger. Il n'y a rien à faire, il pense que cela mettrait son rétablissement en péril.

— Mais je ne suis pas policier, dit Elin. Je peux lui parler.

Elle croise le regard de Joona et se rend aussitôt compte que c'était exactement ce qu'il souhaitait entendre.

Dans l'ascenseur, elle ressent une terrible fatigue, comme si le fait d'avoir pleuré avait eu sur elle l'effet d'un somnifère. Elle repense à la voix de l'inspecteur et à son doux accent finnois. Ses yeux gris étaient beaux et étrangement vifs.

La femme qui travaillait avec lui avait appelé l'hôpital départemental de Sundsvall et avait appris que Daniel Grim avait été transféré dans le service psychiatrique mais que son médecin avait veillé à ce qu'aucun membre de la police ne puisse lui rendre visite ni même le contacter pendant tout le temps que durerait son rétablissement.

Elin sort par la grande porte vitrée du bâtiment de la Rikskrim, traverse la rue et s'installe au volant de sa BMW pour composer le numéro de l'hôpital de Sundsvall. Son appel est transféré à la standardiste du service 52B qui l'informe que Daniel Grim ne peut pas recevoir d'appels mais que les visites se terminent à 18 heures.

Elle entre l'adresse dans le GPS de sa voiture et se rend compte qu'elle doit parcourir trois cent soixante-quinze kilomètres. Si elle part maintenant, elle arrivera à sept heures moins le quart. Elle fait demi-tour sur Polhemsgatan, monte sur le trottoir devant l'entrée du bâtiment, puis file tout droit sur Fleminggatan. Au feu rouge, elle reçoit un appel de Robert Bianchi qui lui rappelle qu'elle a rendez-vous avec Kinnevik et Sven Warg dans vingt minutes pour parler de la Waterfront Expo.

— Je n'aurai pas le temps.

— Je leur dis de commencer sans vous ?

— Robert, j'ignore quand je pourrai revenir, mais ce ne sera pas aujourd'hui.

Sur l'Europaväg 4, elle bloque la vitesse à vingt-neuf kilomètres-heure au-dessus de la limite autorisée. Elle se moque des contraventions, mais elle ne voudrait pas qu'on lui retire son permis.

84

Joona sent et sait que Vicky et Dante sont en vie. Il ne peut pas les abandonner maintenant. Une fille qui a abattu deux personnes et qui en a défiguré deux autres a enlevé un petit garçon des bras de sa mère et s'est cachée quelque part avec lui.

Tout le monde les croit morts. Plus personne ne les cherche. Joona pense à l'état d'avancement de l'enquête quand Sonja Rask l'a appelé pour lui parler de la station-service. Il avait appris par l'une des pensionnaires de Birgittagården que Vicky prenait du Zyprexa. Joona en a contrôlé les effets secondaires auprès de la femme de l'Aiguille qui est psychiatre. Il lui manque encore trop d'informations mais il est possible que Vicky Bennet ait pris une dose excessive de son médicament.

Caroline lui avait dit qu'il suffisait qu'elle suce un comprimé pour ressentir des démangeaisons et lui avait décrit les accès de colère que le médicament provoquait chez elle. Il ferme les yeux et s'imagine Vicky exigeant d'Elisabet qu'elle lui donne ses clés. Elle la menace avec le marteau, puis soudain, envahie par la colère, elle la frappe à plusieurs reprises. Elle récupère ensuite le trousseau de clés dans la poche du cadavre et ouvre la porte de la chambre d'isolement. Miranda est assise sur une chaise, une couette enroulée autour des épaules lorsque Vicky surgit dans la pièce et la frappe à la tête avec une pierre. Elle la traîne jusqu'au lit et place ses mains sur son visage. Ce n'est qu'après les deux meurtres que sa colère finit par s'estomper. L'effet calmant du médicament a pris le dessus et Vicky, totalement décontenancée, cache la couette ensanglantée sous son lit. Sans doute terrassée de fatigue, elle n'a que le temps de mettre les bottes dans son armoire et de cacher le marteau sous son oreiller avant de s'endormir. Elle ne réalise ce qu'elle a fait que quelques heures plus tard, lorsqu'elle se réveille. Prise d'une peur panique, elle se sauve par la fenêtre et s'enfonce dans la forêt. Les effets du médicament pourraient en partie expliquer sa colère et le fait qu'elle ait dormi dans des draps couverts de sang. Mais qu'a-t-elle fait de la pierre ? Y avait-il au moins une pierre ? Joona est de nouveau assailli par le doute et se demande pour la deuxième fois de sa vie si l'Aiguille ne s'est pas trompé.

85

Elin passe la porte du service 52B à six heures moins cinq. Elle interpelle une infirmière sur son passage et l'informe qu'elle est là pour rendre visite à Daniel Grim.

— Les visites sont terminées, répond la femme avant de poursuivre son chemin.

— Il reste cinq minutes, répond Elin avec un sourire.

— Nous fermons les portes à six heures moins le quart pour respecter l'heure de fermeture.

— Je suis venue de Stockholm en voiture.

L'infirmière s'arrête et la regarde d'un air songeur.

— Si on commence à faire des exceptions, les gens vont courir dans les couloirs à toute heure, dit-elle d'une voix sévère.

— Je vous en prie, laissez-moi seulement…

— Mais vous n'aurez même pas le temps de prendre un café.

— Ça ne fait rien.

L'infirmière, qui semble encore hésiter, finit par faire un signe de tête à Elin pour l'inviter à la suivre. Elles empruntent un couloir sur la droite et l'infirmière frappe à la porte d'une chambre.

— Merci, dit Elin.

Elle attend que l'infirmière reparte avant d'entrer. Un homme entre deux âges se tient près de la fenêtre. Il a le teint gris et ne s'est pas rasé ce matin, et peut-être pas la veille non plus. Il porte un jean et une chemise froissée.

Il la regarde avec des yeux interrogateurs et passe une main dans ses cheveux fins.

— Je m'appelle Elin Frank, dit-elle d'une voix douce. Je sais que je vous dérange et je vous prie de m'en excuser.

— Non, c'est… c'est…

Il semble avoir pleuré des jours durant mais dans un autre contexte, elle l'aurait trouvé très séduisant. Il a les traits fins et semble un homme mûr, intelligent.

— J'ai besoin de vous parler, mais je comprendrais parfaitement si vous n'en avez pas le courage.

— Il n'y a aucun problème, dit-il d'une voix qui pourrait se nouer à tout instant. Des journalistes sont venus m'interroger les premiers jours, mais je n'arrivais pas à parler, je n'en avais pas la force, il n'y avait rien à dire… J'aimerais bien essayer d'aider la police, mais ça ne s'est pas très bien passé, je n'arrive pas à rassembler mes pensées.

Elin tente de trouver un moyen d'aborder le sujet de Vicky mais elle a conscience que la jeune fille qui a détruit sa vie doit être un monstre à ses yeux. Il ne sera pas facile d'obtenir son aide.

— Je peux entrer un moment ?

— À vrai dire, je ne sais pas, dit-il en se frottant le visage.

— Daniel, je regrette ce qui vous est arrivé.

Il chuchote un merci et s'assoit. Il lève ensuite les yeux vers elle.

— Je vous dis merci, mais je n'ai pas encore réalisé, dit-il lentement. Tout est si irréel, je me faisais du souci pour le cœur d'Elisabet… et…

Son visage s'assombrit, laissant transparaître sa douleur.

— Je ne peux pas imaginer ce que vous traversez, dit-elle à mi-voix.

— J'ai mon propre psychologue maintenant, dit-il avec un sourire triste. Je n'aurai jamais cru avoir besoin d'un psychologue… Il m'écoute, attend patiemment pendant que je renifle, je me sens… Vous savez, il ne laisse pas la police m'interroger. J'aurai sans doute pris la même décision à sa place mais en même temps, je me connais, je m'en sortirai. Je devrais peut-être lui dire que je pense avoir le courage de leur parler… non pas que je sache si je peux leur être d'une quelconque utilité.

— C'est sans doute une bonne décision que de suivre ses conseils.

— J'ai l'air si perdu que ça ? demande-t-il avec un sourire.

— Non, mais…

— Parfois je me souviens de choses dont je devrais peut-être parler à la police, puis je les oublie à nouveau, parce que je… c'est curieux, mais je ne parviens pas vraiment à rassembler mes pensées. Comme si j'étais accablé de fatigue.

— Ça passera sûrement.

Il s'essuie le nez et lève la tête vers elle.

— Je vous ai demandé pour quel journal vous travaillez ?

Elle secoue la tête.

— Je suis ici parce que Vicky Bennet habitait chez moi quand elle avait six ans.

86

Le silence s'installe dans la chambre. Des pas résonnent dans le couloir. Daniel cligne des yeux derrière ses lunettes et pince les lèvres comme s'il réunissait toutes ses forces pour encaisser l'information.

— Ils parlaient d'elle aux infos… de la voiture et du garçon, chuchote-t-il après un moment.

— Je sais, répond-elle à voix basse. Mais… si elle était toujours en vie – où est-ce que vous pensez qu'elle irait se cacher ?

— Pourquoi me demandez-vous ça ?

— Je ne sais pas… J'aimerais savoir en qui elle avait confiance.

Il l'observe un instant avant de lui poser la question qui lui brûle les lèvres :

— Vous ne pensez pas qu'elle est morte ?

— Non.

— Vous ne le pensez pas parce que vous ne voulez pas l'admettre. Mais avez-vous la moindre raison de croire qu'elle ne se serait pas noyée dans cette rivière ?

— Ce n'est pas pour vous faire peur, mais nous sommes convaincus qu'elle s'en est sortie.

— Nous ?

— Un inspecteur et moi.

— Mais je ne comprends pas… pourquoi disent-ils qu'elle s'est noyée si ce n'est pas…

— Ils le pensent, la plupart d'entre eux croient qu'elle s'est noyée, la police a interrompu les recherches…

— Mais pas vous ?

— À présent, je suis peut-être la seule qui me préoccupe de Vicky.

Elle n'a pas le courage de lui adresser un sourire, elle n'a plus la force d'adoucir sa voix ou de se montrer prévenante.

— Et maintenant vous voulez mon aide pour la retrouver ?

— Elle peut blesser le petit garçon. Elle peut en blesser d'autres.

— Je ne pense pas, dit Daniel qui la regarde avec une expression sincère. J'ai toujours dit aux enquêteurs que je doutais fortement qu'elle ait pu tuer Miranda, je n'arrive toujours pas à y croire…

Daniel s'interrompt mais ses lèvres remuent lentement, un faible murmure s'en échappe.

— Qu'est-ce que vous dites ? demande-t-elle d'une voix douce.

— Pardon ?

— Vous avez chuchoté quelque chose.

— Je ne pense pas que Vicky ait tué Elisabet.

— Vous ne pensez pas…

— Cela fait de nombreuses années que je travaille avec des jeunes filles en difficulté et je… ça ne colle pas, tout simplement.

— Mais…

— Au fil de ma carrière, j'ai rencontré des personnes vraiment désorientées qui… qui devaient refréner l'instinct criminel qu'elles avaient en elles… qui…

— Mais pas Vicky ?

— Non.

Elin laisse échapper un large sourire et sent les larmes lui monter aux yeux avant de parvenir à maîtriser ses émotions.

— Vous devriez expliquer cela à la police.

— Je l'ai déjà fait, ils savent que selon moi Vicky n'est pas violente. Mais je peux évidemment me tromper, dit Daniel en se frottant les yeux.

— Pourriez-vous m'aider ?

— Vous avez dit que Vicky a vécu chez vous pendant six ans ?

— Non, elle avait six ans lorsqu'elle est entrée dans ma vie.

— Que voulez-vous que je fasse ?

— Je dois la retrouver, Daniel… Vous lui avez parlé pendant des heures, vous devez bien savoir quelque chose au sujet de ses amis, de petits copains… n'importe quoi qui puisse m'aider.

— Oui, peut-être… Nous avons parlé de la dynamique du groupe et… je n'arrive pas à éclaircir mes pensées, excusez-moi.

— Essayez.

— Je l'ai vue presque tous les jours et on a eu… je ne sais plus, peut-être vingt-cinq entretiens individuels. Vicky, elle est… le danger avec elle, c'est qu'elle se perd assez souvent, dans ses pensées j'entends… je m'inquiéterais du fait qu'elle puisse abandonner le garçon quelque part, au milieu de la route…

— Où a-t-elle pu trouver refuge ? Y avait-il une famille qu'elle appréciait ?

87

La porte de la chambre s'ouvre et l'infirmière auxiliaire entre avec les comprimés de Daniel. Elle s'arrête net et son cou se raidit comme si elle avait été témoin de quelque chose d'indécent avant de se tourner vers Elin.

— Qu'est-ce que c'est que ces histoires ? Vous étiez censée rester cinq minutes.

— Je sais. Mais il est très important que je…

— Il est presque six heures et demie.

— Excusez-moi, dit Elin en se tournant vers Daniel. Où dois-je commencer à chercher…

— Veuillez sortir, rugit la femme.

— Je vous en prie, implore Elin en joignant ses deux mains. Je dois parler avec…

— Vous êtes lente à la détente ? l'interrompt l'infirmière. Je vous ai dit de sortir…

Elle pousse un juron et quitte la pièce. Elin prend Daniel par le haut du bras :

— Vicky a dû vous parler d'endroits qu'elle connaissait ou d'amis.

— Oui, évidemment, mais rien ne me revient à l'esprit, j'ai du mal à…

— Essayez, je vous en prie…

— Je sais que je ne vous suis d'aucune utilité, je devrais me souvenir de quelque chose, mais…

Daniel se pince le front avec des gestes brusques.

— Mais les autres filles – elles doivent bien savoir quelque chose à son sujet ?

— Oui, peut-être que… Caroline devrait…

Un homme en blouse blanche accompagné par l'infirmière pénètre dans la chambre.

— Je dois vous demander de me suivre.

— Accordez-moi une minute, répond Elin.

— Non, vous allez venir avec moi immédiatement.

— Pitié, dit Elin qui le regarde dans les yeux. Il s'agit de ma fille…

— Allez, venez, dit-il d'une voix plus douce.

La bouche d'Elin tremble à cause des pleurs qu'elle tâche de retenir quand elle s'agenouille devant les deux employés de l'hôpital.

— Accordez-moi encore quelques minutes, les implore-t-elle.

— Nous allons devoir vous traîner hors d'ici si…

— Maintenant, ça suffit, dit Daniel d'une voix forte.

Il aide Elin à se relever tandis que l'infirmière proteste.

— Elle ne peut pas rester dans le service après…

— Fermez-la, l'interrompt Daniel qui entraîne Elin hors de la chambre. Allons parler dans le hall d'entrée ou sur le parking.

Ils empruntent le couloir et entendent des pas derrière eux, mais poursuivent leur chemin.

— Je compte aller voir les filles de Birgittagården, dit Elin.

— Elles n'y sont pas, elles ont été évacuées.

— Où ça ?

Il lui tient la porte vitrée et lui emboîte le pas :

— Un village de pêcheurs au nord de Hudiksvall.

Elin appuie sur le bouton de l'ascenseur.

— On me laissera les rencontrer ?

— Non, sauf si je vous accompagne, dit-il au moment où s'ouvrent les portes de l'ascenseur.

88

Assis côte à côte dans la BMW, Elin et Daniel gardent le silence. Une fois qu'ils ont rejoint l'Europaväg 4, elle sort son portable et appelle Joona Linna.

— Excusez-moi de vous déranger, dit-elle sans parvenir à réprimer le tremblement dans sa voix.

— Vous pouvez m'appeler quand vous le voulez, répond Joona d'une voix aimable.

— Je suis avec Daniel et il ne pense pas que Vicky ait pu commettre ces atrocités.

— Toutes les preuves matérielles et tout...

— Mais ça ne colle pas, Daniel dit qu'elle n'est pas violente, l'interrompt-elle, bouleversée.

— Je pense qu'elle peut être violente.

— Vous ne la connaissez pas, s'étrangle Elin.

S'ensuit un silence de quelques secondes avant que Joona ne l'interrompe de sa voix posée.

— Demandez à Daniel de vous parler du Zyprexa.

— Zyprexa ?

Daniel tourne la tête vers elle.

— Interrogez-le sur les effets secondaires, dit Joona avant de mettre fin à la communication.

Ils suivent la côte sur quelques kilomètres puis filent à travers d'immenses forêts.

— Quels sont les effets secondaires ? demande-t-elle à voix basse.

— Des pics d'agressivité si on excède la dose prescrite, répond Daniel d'un ton neutre.

— Vicky prenait ce médicament ?

Il hoche la tête.

— C'est un bon médicament, tente-t-il d'expliquer.

La lumière des phares se perd entre les troncs à la lisière de la forêt. Plus loin, des ombres semblent se chevaucher jusqu'à ce qu'il ne reste plus que l'obscurité.

— Vous êtes consciente d'avoir dit que Vicky était votre fille ? demande Daniel.

— Oui, je sais, à l'hôpital. C'est sorti tout seul…

— Elle l'était pendant quelque temps.

— Oui, elle l'était, dit Elin le regard rivé sur la route.

Ils contournent le grand lac Armsjö qui brille comme de la fonte dans l'obscurité quand Daniel halète soudain.

— Je viens de penser à quelque chose que Vicky a dit au début… Mais maintenant je ne m'en souviens plus, dit-il avant de réfléchir un moment. Si… elle parlait de ses amis chiliens qui avaient une maison…

Il s'interrompt et détourne le regard vers la vitre passager pour essuyer les larmes de ses joues.

— On devait aller au Chili avec Elisabet juste avant le tremblement de terre…

Il reprend son souffle et demeure silencieux, les mains posées sur les genoux.

— Vous étiez en train de parler de Vicky.

— C'est ça… qu'est-ce que je disais ?

— Qu'elle avait des amis chiliens.

— Oui…

— Et qu'ils avaient une maison quelque part.

— J'ai dit ça ?

— Oui.

— C'est quoi ce bordel, marmonne-t-il. Qu'est-ce

que j'ai ? Enfin… c'est complètement insensé – j'aurais dû rester à l'hôpital.

Elin lui adresse un petit sourire :

— Je suis contente que vous ne l'ayez pas fait.

89

La route serpente dans la forêt obscure entre les granges affaissées et les fermes décorées du Hälsingland. Au bout de la route, quelques maisons rouge de Falun font face à une mer d'huile qui s'étire comme une éternité opalescente. Le mât fleuri de la Saint-Jean n'a pas encore été démonté, il est recouvert de feuilles de bouleau brunies et de fleurs fanées. À quelques mètres, se dresse une maison en bois pourvue d'une belle véranda en verre qui donne sur la mer. C'était autrefois une boutique de village, mais elle a été rachetée il y a quelques années par l'entreprise de soins de santé Orre.

Le véhicule s'engage entre les poteaux de la grille et lorsque Elin détache sa ceinture, Daniel lui dit d'une voix grave :

— Vous devez vous attendre à ce que… ces filles, elles ont eu des vies difficiles. Elles testent les limites et elles vont chercher à vous provoquer.

— Je pense pouvoir m'en sortir. J'ai été adolescente moi aussi.

— C'est une tout autre affaire – je vous le promets. Ce n'est pas toujours facile… même pour moi. Elles peuvent vraiment être terribles parfois.

— Alors, comment faut-il leur répondre ?

— Le mieux c'est d'être clair et honnête…

— Je m'en souviendrais, dit-elle en ouvrant la portière.

— Attendez, je dois… avant que nous entrions. Il y a un agent de sécurité à l'intérieur et je pense qu'il devrait rester auprès de vous.

Elin esquisse un sourire.

— Ce n'est pas un peu exagéré ?

— Je ne sais pas, peut-être… je ne veux pas vous effrayer, mais je… Il se trouve qu'en ce qui concerne deux d'entre elles, je ne veux pas que vous restiez seule en leur présence, ne serait-ce qu'un instant.

— Lesquelles ?

Daniel hésite avant de répondre.

— Almira et une jeune fille qui s'appelle Tuula.

— Elles sont si dangereuses que ça ?

Il lève une main.

— Je voudrais seulement que vous soyez avec le vigile lorsque vous leur parlerez.

— D'accord.

— Ne vous inquiétez pas, dit-il avec un sourire rassurant. En réalité, elles sont toutes adorables.

Lorsqu'ils quittent la voiture, l'air est encore doux et apporte avec lui l'odeur de la mer.

— L'une d'entre elles doit forcément savoir qui sont les amis de Vicky, dit Elin.

— Mais il n'est pas certain qu'elles aient envie de vous le dire.

Une allée d'ardoises noires contourne le pignon et mène jusqu'au perron de la véranda. Les talons hauts des sandales rouges d'Elin s'enfoncent dans la pelouse humide entre les pierres. Il est tard, mais l'une des pensionnaires fume assise dans la balancelle près du grand lilas. Son visage et ses bras tatoués luisent dans la pénombre.

— Daniel, dit la fille avec un sourire avant de jeter sa cigarette dans l'herbe.

— Salut, Almira.

— Voici Elin, dit Daniel.

— Salut, dit Elin avec un sourire.

Almira la regarde mais ne lui rend pas son sourire. Ses sourcils noirs et épais se rejoignent au-dessus de son nez et ses joues sont recouvertes de points noirs.

— Vicky a tué sa femme, dit soudain Almira en regardant Elin droit dans les yeux. Et une fois Elisabet morte, elle a tué Miranda… je ne crois pas qu'elle sera satisfaite avant qu'on soit tous morts.

Almira monte les marches et passe la porte d'entrée.

90

Elin et Daniel suivent Almira et pénètrent dans une vieille cuisine de campagne où sont accrochées des marmites en cuivre faites à la main. Des lirettes recouvrent le sol. Il y a un garde-manger dans un coin de la pièce. Installées à une table en pin, Lu Chu et Indie mangent de la glace directement dans le pot en feuilletant de vieilles bandes dessinées.

— C'est bien que tu sois là, dit Indie en apercevant Daniel. Il faut que tu parles à Tuula. Elle est complètement malade, je crois qu'il faut lui redonner son médicament.

— Où est Solveig ? demande-t-il.

— Elle est partie quelque part, répond Almira en prenant une cuillère dans un tiroir.

— Quand est-elle sortie ? demande Daniel d'un air sceptique.

— Juste après le repas, marmonne Lu Chu sans quitter son journal du regard.

— Alors il n'y a que l'employé de la société de sécurité avec vous ?

— Anders, dit Almira en s'installant sur les genoux de Lu Chu. Il n'est resté que les deux premiers soirs.

— Comment ça ? s'emporte Daniel. Qu'est-ce que tu racontes ? Vous êtes toutes seules ?

Almira hausse les épaules et commence à manger de la glace.

— Je dois savoir, poursuit Daniel.
— Solveig devait revenir, dit Indie.
— Mais il est huit heures du soir, bordel, dit Daniel qui prend son téléphone dans sa poche.

Il appelle l'entreprise de soins de santé et obtient le numéro de garde. Personne ne répond mais il laisse un message disant qu'il faut toujours qu'il y ait du personnel formé sur place, qu'il y a certaines choses sur lesquelles on ne peut pas se permettre de faire des économies et qu'ils doivent assumer leurs responsabilités.

Tandis que Daniel parle au téléphone, Elin observe les filles. Almira mange de la glace assise sur les genoux d'une jolie fille aux traits orientaux dont le visage rond est recouvert de boutons d'acné. Elle feuillette un vieux numéro de *Mad* et embrasse sans arrêt Almira dans le cou.

— Almira, dit Elin. Où penses-tu que Vicky se cache ?
— Je n'en sais rien, répond-elle avant de sucer sa cuillère.
— Mais enfin, Vicky est morte, dit Indie. Vous n'êtes pas au courant ? Elle s'est tuée avec un petit garçon.
— *Shit*, s'exclame Lu Chu en pointant Elin du doigt. Je vous reconnais… Vous êtes pas, genre, la plus riche de Suède ?
— Ça suffit, dit Daniel.
— Putain, je te jure, poursuit Lu Chu avant de tambouriner sur la table et de s'écrier : Moi aussi je veux de l'argent !
— Baisse un peu la voix.
— Je l'ai reconnue, c'est tout. J'ai quand même le droit de dire que je l'ai reconnue, non ?
— Tu peux dire ce que tu veux, dit Daniel d'un ton calme.
— On aimerait savoir si vous avez la moindre idée de l'endroit où Vicky avait prévu de se cacher, dit Elin.
— C'est vrai qu'elle restait souvent dans son coin, dit Daniel. Mais vous lui parliez quand même parfois.

On ne doit pas forcément être meilleures amies pour se connaître… je veux dire, je connais le nom de ton ex-petit copain, Indie.

— On est de nouveau ensemble, dit-elle avec un petit sourire.

— Depuis quand ?

— Je l'ai appelé hier et on s'est expliqués.

— Tant mieux, répond Daniel avec un sourire. Ça me fait plaisir.

— Ces derniers temps, Vicky ne traînait qu'avec Miranda, dit Indie.

— Et avec Caroline, dit Daniel.

— Parce qu'elles avaient les sorties ADL ensemble, renchérit Indie.

— Qui est Caroline ? demande Elin.

— Elle fait partie des pensionnaires plus âgées, répond Daniel. Elle partageait certaines activités quotidiennes avec Vicky.

— Je n'arrive pas à comprendre qu'on s'occupe encore de Vicky, dit Almira en haussant la voix. Elle a carrément massacré Miranda.

— Ce n'est pas sûr, intervient Elin.

— Pas sûr, répète Almira d'un ton cinglant. Vous auriez dû la voir – elle était carrément morte, je vous le dis. Il y en avait, du sang…

— Ne crie pas, dit Daniel.

— Et quoi encore ? Il faut dire quoi, putain ? Qu'il s'est rien passé ? dit Indie d'une voix forte. Que Miranda est toujours en vie, Elisabet aussi…

— Je dis seulement…

— Mais t'étais même pas là, merde, crie Almira. Vicky a fracassé la tête d'Elisabet avec un putain de marteau et toi tu crois qu'elle est toujours en vie.

— Essayez de ne pas parler toutes en même temps, dit Daniel en tâchant de maîtriser sa voix.

Indie lève la main à la façon d'une écolière.

— Elisabet était une putain de droguée. Je déteste les drogués et je…

Almira ricane :

— Parce que ta mère a pris un…

— Une à la fois, Almira, l'interrompt Daniel en essuyant rapidement ses larmes d'un revers de main.

— Je m'en fous d'Elisabet, elle peut brûler en enfer, je m'en fous, conclut Indie.

— Comment peux-tu dire une chose pareille ? demande Elin.

— On l'a entendue cette nuit-là, ment Lu Chu. Elle a crié à l'aide pendant une éternité, mais on est restées dans nos lits à l'écouter.

— Elle criait et criait et criait, dit Almira avec un sourire.

Daniel s'est retourné face au mur. Un profond silence règne dans la cuisine. Daniel reste un moment immobile, puis il s'essuie le visage avec sa manche avant de les regarder.

— Vous êtes conscientes que c'est assez moche ce que vous faites.

— Mais drôle, dit Almira.

— Tu trouves ?

— Oui.

— Et toi Lu Chu ?

Elle hausse les épaules.

— Tu ne sais pas ?

— Non.

— On a déjà parlé de ce genre de situations.

— D'accord… désolé, c'était moche.

Il essaie d'esquisser un sourire mais il a l'air terriblement triste.

— Où est Caroline ? demande Elin.

— Dans sa chambre, répond Lu Chu.

— Tu peux nous montrer ?

91

Un couloir glacial mène de la cuisine jusqu'à un salon pourvu d'une cheminée et à la salle à manger avec la véranda qui donne sur la mer. Sur l'un des murs du couloir se succèdent les portes qui mènent aux différentes chambres. Lu Chu marche devant Elin. Elle porte un bas de jogging trop ample et des baskets dont les bords postérieurs sont repliés sous ses talons. Elle désigne sa chambre puis celle de Tuula avant de s'arrêter devant une porte avec une petite cloche en porcelaine colorée nouée autour de la poignée.

— Caro dort ici.

— Merci, dit Elin.

— Il commence à se faire tard, dit Daniel à Lu Chu. Va te brosser les dents et te préparer pour la nuit.

Elle hésite un instant avant de se diriger vers la salle de bains. Lorsque Daniel frappe à la porte, la clochette en porcelaine tinte. Une jeune femme ouvre la porte et regarde Daniel avec de grands yeux avant de l'embrasser doucement.

— On peut entrer ? demande-t-il d'une voix douce.

— Bien sûr, répond-elle en tendant la main à Elin. Caroline.

Elin se présente à son tour et garde sa main frêle dans la sienne un instant. Le visage clair de Caroline est couvert de taches de rousseur. Son maquillage est discret, ses sourcils couleur sable sont épilés et ses cheveux lisses sont réunis en un chignon flou.

Dans la chambre au papier peint bariolé, un bureau est installé sous la fenêtre et un tableau représentant un pêcheur coiffé d'un chapeau imperméable en train de fumer la pipe est suspendu au mur.

— Nous sommes là pour te parler de Vicky, dit Daniel qui s'installe sur le lit bien fait.

— J'étais sa mère adoptive il y a de nombreuses années, dit Elin.

— Quand elle était petite ?

Elin hoche la tête et Caroline se mord la lèvre en regardant par la fenêtre qui donne sur l'arrière de la maison.

— Tu connais un peu Vicky, dit Elin après un moment.

— Je ne crois pas qu'elle osait faire confiance aux autres, dit Caroline en souriant. Mais je l'aimais bien… elle était calme et elle avait un humour complètement barjo quand elle était fatiguée.

Elin s'éclaircit la voix et demande de but en blanc :

— Est-ce qu'elle te parlait de gens qu'elle avait rencontrés ? Elle avait peut-être un petit ami quelque part ou des amis ?

— On ne parle presque jamais des conneries du passé, ça plombe le moral de tout le monde.

— Et des choses positives alors – que rêvait-elle de devenir, que voulait-elle faire en sortant ?

— Parfois on parlait d'aller travailler à l'étranger. Vous voyez, pour la Croix-Rouge ou Save the Children, mais qui nous emploierait ?

— Vous pensiez faire ça ensemble ?

— On faisait qu'en parler, dit Caroline patiemment.

— J'ai pensé à une chose, dit Daniel en se frottant le front. Je n'étais pas là vendredi, mais j'ai cru comprendre que Miranda était en chambre d'isolement – tu sais pourquoi ?

— Elle avait frappé Tuula, dit Caroline d'un ton neutre.

— Pourquoi ? demande Elin.

La fille hausse les épaules.

— Parce qu'elle le méritait, elle arrête pas de voler. Elle a pris mes boucles d'oreilles hier.

— Qu'a-t-elle pris à Miranda ?

— Quand on se baignait dans le lac, elle a pris le sac à main de Vicky et le soir elle a pris un collier à Miranda.

— Elle a pris le sac à main de Vicky ? demande Elin d'une voix tendue.

— Elle lui a rendu, mais elle a gardé quelque chose… j'ai pas trop compris ce qu'elle lui a volé, mais apparemment c'était quelque chose que Vicky avait eu de sa mère.

— Vicky s'est fâchée contre Tuula ? demande Elin.

— Non.

— Vicky et Caroline ne sont jamais impliquées dans les disputes, dit Daniel en tapotant le bras frêle de Caroline.

— Daniel, on a besoin de toi, dit Caroline en le regardant d'un air grave. Tu dois t'occuper de nous.

— Je reviens bientôt. J'aimerais vraiment, mais je… je ne suis pas vraiment en état de…

Lorsque Daniel retire sa main, elle tente de la retenir :

— Mais tu reviens ? Pas vrai ?

— Oui, je reviens.

Ils sortent. Caroline, l'air déprimé, reste seule au milieu de la pièce.

92

Daniel frappe à la porte de la chambre de Tuula. Ils attendent un moment sans que personne ne vienne leur ouvrir et se dirigent vers le salon.

— Souvenez-vous de ce que j'ai dit tout à l'heure, insiste Daniel d'un air grave.

Le feu dans la cheminée est éteint. Quelques assiettes sales traînent sur la table. Derrière les grandes baies vitrées de la véranda, on devine le port plongé dans l'obscurité. Des cabanes de pêcheurs argentées et décolorées par le soleil sont alignées sur la grève et se reflètent dans la mer. La vue est magnifique, mais la petite fille rousse a installé sa chaise face au mur et fixe le lambris blanc.

— Salut Tuula, dit Daniel d'un ton léger.

La fille se retourne et le regarde de ses yeux pâles. Son air inquiet se mue en une expression difficilement définissable.

— J'ai de la fièvre, marmonne-t-elle avant de se retourner vers le mur.

— Belle vue.

— N'est-ce pas, répond-elle en continuant à fixer le lambris.

Elin peut voir qu'elle sourit un instant avant que son visage ne retrouve son sérieux.

— Je dois te parler, dit Daniel.

— Vas-y.

— Je voudrais pouvoir voir ton visage quand on parle.

— Tu veux que je le découpe ?

— Ce serait plus simple de tourner la chaise.

Elle pousse un long soupir, fait pivoter la chaise et se rassied, le visage fermé.

— Tu as pris le sac de Vicky ce vendredi-là, dit Elin.

— Quoi ? Qu'est-ce que t'as dit ? Qu'est-ce que t'as dit, putain ?

Daniel tente d'atténuer les propos d'Elin.

— Elle se demandait…

— Ta gueule ! crie Tuula.

Ils restent un moment sans rien dire. Tuula se pince les lèvres et arrache les envies autour d'un ongle.

— Tu as pris le sac de Vicky, répète Elin.

— Mais tu mens, putain, dit Tuula à voix basse, le regard rivé sur le sol.

Elle affiche une mine triste. Son corps est secoué de tremblements. Elin se penche pour lui caresser la joue :

— Je ne veux pas…

Tuula attrape Elin par les cheveux, prend une fourchette sur une table et tente de la lui planter dans le visage, mais Daniel arrête sa main à temps. Il maintient fermement Tuula qui se débat, donne des coups de pied et hurle.

— Putain de salope, je vais défoncer toutes les putains de…

Tuula pleure. Daniel l'immobilise toujours. Il est assis et l'oblige à rester sur ses genoux. Après un moment son corps finit par se détendre. Elin s'est écartée et tâte son cuir chevelu endolori.

— Tu as juste emprunté le sac – je sais, dit Daniel.

— De toute façon, c'était que des trucs bons à jeter à la poubelle, répond Tuula. J'aurais dû tout brûler.

— Il n'y avait rien dans le sac que tu aies voulu garder ?

— Juste le bouton de fleur, dit la fille qui rencontre son regard.

— C’est sympa ça – je peux le voir?

— Un tigre veille sur lui.

— Oh là là.

— Il se colle sur un mur, marmonne-t-elle.

— Y avait-il autre chose?

— J’aurai dû foutre le feu à Vicky quand on était dans la forêt…

Pendant que Tuula est avec Daniel, Elin quitte la véranda, traverse le salon et rejoint le couloir froid. Il est obscur et désert. Elle avance jusqu’à la porte de la chambre de Tuula, jette un œil en direction du salon pour s’assurer que Daniel est toujours occupé avec elle et pénètre dans la petite pièce.

93

Elin a le cœur qui bat la chamade. Elle entre dans une petite chambre avec une seule fenêtre située sous le larmier du toit en tuiles. Une lampe de chevet renversée sur le sol éclaire la pièce d'une faible lumière.

Une tenture brodée portant l'inscription "L'important c'est d'être ensemble" est accrochée sur un mur blanc. Elin pense à Tuula qui a passé sa langue sur ses lèvres gercées et dont le corps s'est mis à trembler juste avant qu'elle essaie de lui planter une fourchette en plein visage.

Une curieuse odeur sucrée mêlée à celle de la moisissure flotte dans l'air saturé de la pièce. Elle espère que Daniel comprendra où elle est allée et retiendra Tuula.

Sur le lit étroit sans couette ni matelas, une petite valise rouge est posée à même les lattes du sommier. Elle avance lentement. Son ombre se projette sur le plafond tandis qu'elle se penche au-dessus du lit pour ouvrir la valise. Elle contient un album photo, quelques vêtements froissés et des flacons de parfum sur lesquels sont représentées des princesses Disney et un papier de bonbon.

Elin referme la valise, balaye la pièce du regard et s'aperçoit qu'environ trente centimètres séparent le bureau du mur. Des coussins et des draps ont été installés derrière le meuble. Tuula a choisi de dormir dans ce petit espace plutôt que dans son lit.

Elin s'avance d'un pas prudent, s'immobilise lorsqu'elle entend grincer une latte du parquet et demeure un instant dans la même position avant de poursuivre. Elle inspecte les tiroirs du bureau mais n'y trouve que des draps repassés et de petits sacs en tissu qui contiennent de la lavande séchée. Elle soulève les draps mais ne trouve rien, referme délicatement le tiroir du bas et se redresse au moment où des pas résonnent dans le couloir. Elle tente de respirer sans bruit et entend tinter la clochette de Caroline avant que le silence ne retombe.

Elin attend un moment, contourne le bureau et observe l'oreiller sans taie. Elle sent à nouveau l'étrange odeur et repousse la couette ainsi qu'une couverture grise avant de soulever le matelas. Une forte odeur de putréfaction s'en dégage. Sur une feuille de journal, elle découvre du pain moisi, quelques os de poulet, des morceaux de pomme oxydés, de petites saucisses et de vieilles pommes de terre sautées.

Tuula marmonne qu'elle est fatiguée, se libère de l'étreinte de Daniel et s'approche de la grande baie vitrée pour en lécher la surface.

— As-tu entendu Vicky parler de quelque chose ? demande Daniel.

— Genre ?

— Si elle connaît des cachettes ou des endroits qui…

— Non, répond-elle avant de se tourner vers lui.

— Mais tu écoutes les filles plus âgées en général.

— Toi aussi.

— Je sais, mais j'ai du mal à me rappeler certaines choses en ce moment, ça s'appelle l'activation physiologique.

— C'est dangereux ?

Il secoue la tête mais ne parvient pas à sourire.

— Je vois un psychologue et on me donne des médicaments.

— Ne sois pas triste, dit-elle en penchant la tête sur le côté. En réalité, c'est bien que Miranda et Elisabet soient mortes… parce qu'il y a beaucoup trop de gens sur Terre.

— Mais j'aimais Elisabet, j'avais besoin d'elle et…

Tuula tape l'arrière de sa tête contre la baie vitrée, le verre tremble et grince. Une longue fissure en diagonale est apparue sur l'une des vitres.

— Je crois qu'il vaut mieux que j'aille dans ma chambre pour me cacher derrière le bureau, marmonne-t-elle.

— Attends.

95

Elin est agenouillée au pied du lit de Tuula devant une malle américaine peinte à la main. Sur le couvercle, il est écrit : Fritz Gustavsson, 1861, Harmånger. Au début du xxe siècle, plus d'un quart de la population suédoise avait émigré aux États-Unis. Peut-être que Fritz n'a jamais pris la route. Elin tente d'ouvrir le couvercle mais ses mains glissent et elle se casse un ongle. Elle refait une tentative, la malle est fermée à clé.

Un bruit retentit, comme si une vitre s'était brisée dans la véranda. Après quelques secondes, elle entend Tuula pousser un cri avant que sa voix ne cède.

Elin frissonne et se dirige vers la fenêtre. Sept petites boîtes en métal ou en porcelaine sont posées sur le rebord. Elle en ouvre deux. La première est vide ; l'autre contient de vieux rubans.

Par la fenêtre, elle aperçoit la façade rouge foncé à l'angle de la maison mais elle ne peut distinguer la pelouse qui dans la nuit apparaît comme un abîme impénétrable. Une lumière allumée dans une autre chambre éclaire seulement les cabinets extérieurs et les orties.

Elle ouvre une boîte en porcelaine, découvre quelques vieilles pièces en cuivre, la repose et en attrape une autre en métal décorée d'un arlequin en couleurs. Elle retire le couvercle, en verse le contenu dans sa main et a juste le temps de constater qu'il s'agit de quelques clous et d'une abeille morte lorsqu'elle devine un mouvement à l'extérieur. Elle regarde de nouveau par la fenêtre et sent le rapide battement de son pouls dans ses tempes. Tout est calme. La faible lueur de la chambre voisine éclaire toujours les orties. Elle entend seulement sa propre respiration dans le silence. Soudain, une silhouette passe dans la lumière et Elin lâche la petite boîte.

La vitre de la fenêtre est noire et elle réalise que quelqu'un pourrait se tenir de l'autre côté pour l'observer sans qu'elle s'en aperçoive. Elle décide de quitter la chambre de Tuula lorsqu'elle remarque un petit autocollant sur la porte d'un réduit. Elle s'approche et voit qu'il s'agit du tigre de Winnie l'Ourson.

Tuula avait dit qu'un tigre veillait sur le bouton de fleur. À l'intérieur du réduit, un ciré est suspendu à un crochet devant un vieil aspirateur. Les mains tremblantes, elle sort l'aspirateur. Sur le sol, il y a des baskets aplaties et une taie d'oreiller poussiéreuse. Elle la prend par un coin et sent aussitôt que son poids n'est pas normal.

Les objets s'entrechoquent lorsqu'elle verse le contenu de la taie sur le parquet. Elle contenait des pièces, des boutons, des barrettes, des billes, une carte SIM, un stylo bille, des capuchons de rouges à lèvre, des boucles d'oreilles et un porte-clés accroché à une petite plaque en métal avec une fleur bleu clair. Elin la retourne et voit le nom Dennis gravé au dos. Cela doit être l'objet dont parlait Caroline, celui que Vicky aurait eu par sa mère.

Elin met le porte-clés dans sa poche et jette un œil aux autres objets en les remettant un à un dans la taie d'oreiller. Elle range l'aspirateur et ajuste le ciré avant de refermer la porte.

Elle se précipite vers la porte de la chambre, écoute un moment, ouvre et sort.

Tuula se tient dans le couloir.

La petite fille rousse attend à seulement quelques mètres et l'observe en silence.

96

Tuula fait un pas en avant et lui montre sa main ensanglantée. Teint livide, un regard intense et scrutateur. On ne voit pas ses sourcils. Des mèches rousses tombent sur ses joues.

— Retourne dans la chambre, dit Tuula.

— Il faut que je parle à Daniel.

— On peut y aller ensemble et se cacher, dit la fille d'un ton sec.

— Qu'est-ce qui s'est passé ?

— Va dans la chambre, répète-t-elle en s'humectant les lèvres.

— Tu veux me montrer quelque chose ?

— Oui.

— Quoi ?

— C'est un jeu… Vicky et Miranda y ont joué la semaine dernière, dit Tuula en tenant ses mains devant son visage.

— Il faut que j'y aille.

— Viens avec moi, je vais te montrer comment faire, chuchote Tuula.

Des pas résonnent dans le couloir et Elin voit Daniel s'approcher avec une boîte à pansements à la main. Lu Chu et Almira sortent de la cuisine. Tuula touche l'arrière de sa tête. Du sang recouvre ses doigts.

— Tuula, tu étais censée rester sur la chaise, dit Daniel en l'entraînant vers la cuisine. On doit nettoyer la plaie et voir si tu as besoin de points de suture…

Elin attend que son cœur retrouve un rythme normal. Elle tâte le porte-clés dans sa poche. Après quelques minutes, Tuula sort de la cuisine et avance d'un pas lent dans le couloir en faisant traîner sa main le long du lambris. Daniel marche à ses côtés et lui parle d'une voix calme et grave. Elle hoche la tête et disparaît dans sa chambre. Elin attend que Daniel la rejoigne avant de lui demander ce qui s'est passé.

— Ce n'est pas très grave… elle s'est cogné plusieurs fois la tête contre la vitre et elle s'est cassée.

— Est-ce que Vicky a mentionné le nom de Dennis ? demande Elin à voix basse avant de lui montrer le porte-clés.

Il le regarde, le fait tourner dans sa main et chuchote le nom de Dennis pour lui-même.

— C'est que, j'ai l'impression d'avoir déjà entendu ce nom, dit-il. Mais je… Elin, j'ai honte, je me sens nul parce que…

— Vous essayez…

— Oui, mais il n'est pas certain que Vicky m'ait raconté quoi que ce soit qui puisse aider la police… Elle ne parlait pas beaucoup et…

Il s'interrompt lorsqu'ils entendent des pas lourds sur les marches du perron. La porte d'entrée s'ouvre. Une femme corpulente âgée d'une cinquantaine d'années entre et s'apprête à verrouiller la porte lorsqu'elle remarque leur présence.

— Vous n'avez pas le droit d'être ici, dit-elle en venant à leur rencontre.

— Je m'appelle Daniel Grim, je suis…

— Vous comprenez bien que les pensionnaires ne peuvent pas recevoir de visiteurs à cette heure tardive, l'interrompt la femme.

— Nous allons partir, dit-il. Nous devons seulement demander à Caroline si…

— Vous n'allez pas lui demander quoi que ce soit.

97

Dans l'ascenseur qui le conduit à son bureau, Joona observe le porte-clés. Il a été mis dans une pochette en plastique. La plaque ressemble à une grande pièce, comme un dollar en argent, mais porte le nom "Dennis" gravé d'un côté et une fleur bleu clair à sept pétales de l'autre. Un anneau assez épais est accroché dans un petit trou sur le bord.

Elin Frank avait appelé Joona la veille au soir. Elle était encore en voiture et allait déposer Daniel avant de prendre une chambre d'hôtel à Sundsvall. Elin lui a expliqué que Tuula avait volé le porte-clés dans le sac de Vicky le vendredi.

— Visiblement, l'objet était important pour Vicky. C'est sa mère qui le lui a donné, lui a-t-elle dit avant de lui promettre de le faire envoyer par coursier une fois arrivée à l'hôtel.

Joona inspecte le petit sac en plastique sous la forte lumière avant de le remettre dans la poche de sa veste et de sortir de l'ascenseur au quatrième étage. Il doit maintenant comprendre pourquoi la mère de Vicky lui aurait donné un porte-clés portant le nom de Dennis.

Le père de Vicky Bennet est inconnu et Susie a donné naissance à sa fille en dehors du système médical. L'enfant n'est apparue dans les registres de l'état civil qu'à l'âge de six ans. Peut-être la mère a-t-elle toujours connu l'identité du géniteur ? Peut-être était-ce pour elle une façon de le dire à Vicky ?

Joona se rend dans le bureau d'Anja pour savoir si elle a trouvé quelque chose mais il n'a pas le temps d'ouvrir la bouche qu'elle lui annonce :

— Il n'y a pas de Dennis dans la vie de Vicky Bennet. Ni à Birgittagården, ni à Ljungbacken, ni dans aucune des familles chez qui elle a vécu.

— Curieux.

— J'ai même appelé Saga Bauer, l'informe Anja avec un sourire. La Säpo a ses propres registres.

— Mais quelqu'un doit bien savoir qui est ce Dennis, dit-il en s'appuyant sur le bord de son bureau.

— Non, dit-elle dans un soupir et en tambourinant sur le bureau avec ses ongles peints en rouge.

Joona regarde par la fenêtre. De gros nuages défilent dans le ciel.

— Je cale, avoue-t-il. Je ne peux pas exiger le rapport du SKL, je ne peux pas mener d'interrogatoire, je n'ai rien pour avancer.

— Tu devrais peut-être admettre qu'il ne s'agit même pas de ton affaire, suggère Anja à voix basse.

— Je ne peux pas, chuchote-t-il.

Anja sourit d'un air satisfait et ses joues rondes s'empourprent.

— Faute de mieux, j'aimerais que tu écoutes quelque chose. Et il ne s'agit pas de tango finlandais cette fois.

— Ça ne m'est même pas venu à l'esprit.

— Bien sûr que si, marmonne Anja qui pianote sur le clavier de son ordinateur. Voici un appel téléphonique que j'ai reçu aujourd'hui.

— Tu enregistres tes conversations ?

— Oui, répond-elle d'une voix neutre.

On entend une voix de femme dans les enceintes de l'ordinateur.

— Je suis navrée d'appeler ainsi sans arrêt, dit la femme d'une voix timide. J'ai parlé avec un agent de police à

Sundsvall qui m'a dit qu'un inspecteur du nom de Joona Linna pourrait être intéressé par…

— Parlez-moi d'abord à moi, l'interrompt Anja.

— Mais vous devez vraiment m'écouter, parce que je… Je dois vous dire une chose importante à propos des meurtres de Birgittagården.

— La police a mis en place un service téléphonique.

— Je sais.

Sur le bureau d'Anja, un bibelot chinois représentant un chat salue de la patte sans s'arrêter. Joona entend le petit cliquetis du mécanisme tandis qu'il écoute la voix de la femme.

— J'ai vu la fille, elle ne voulait pas montrer son visage. Et il y avait une grosse pierre ensanglantée, vous devez rechercher une pierre…

— Vous voulez dire que vous avez été témoin du meurtre ?

Le souffle court de la femme résonne dans les enceintes.

— J'ignore pourquoi j'ai vu tout ça. J'ai peur et je suis très fatiguée, mais je ne suis pas folle.

— Vous voulez dire que vous avez vu le meurtre ?

— Ou alors je suis vraiment folle, poursuit la femme d'une voix tremblante sans faire attention à la question d'Anja.

Elle raccroche. Anja lève les yeux de l'écran.

— Cette femme s'appelle Flora Hansen. Une plainte a été déposée contre elle.

— Pourquoi ?

Anja hausse ses épaules rondes.

— Brittis, au standard des renseignements, en a eu assez… Visiblement, elle a appelé plusieurs fois pour donner de faux renseignements et en tirer une contrepartie financière.

— C'est une habituée ?

— Non, seulement depuis Birgittagården… J'ai pensé que tu devais écouter l'enregistrement avant qu'elle ne t'appelle, parce qu'elle va le faire. Elle n'a pas l'air de vouloir abandonner, elle a continué à appeler malgré la plainte et elle est parvenue jusqu'à moi.

— Qu'est-ce que tu sais au sujet de cette femme ? demande Joona d'un air songeur.

— Brittis m'a dit que Flora Hansen a un alibi en béton pour la nuit des meurtres. Elle a organisé une séance de spiritisme avec neuf autres personnes au numéro 40 d'Upplandsgatan, lui répond-elle sur un ton amusé. Flora se fait donc passer pour une médium et, moyennant rémunération, prétend être en mesure de poser des questions aux esprits.

— Je vais aller la voir, dit-il en se dirigeant vers la porte.

— Joona, je voulais simplement te montrer que la population est au courant pour les meurtres, dit-elle avec un sourire mal assuré. Et tôt ou tard on obtiendra des renseignements. Si Vicky Bennet est encore en vie, quelqu'un finira bien par la repérer.

— Oui, répond-il en fermant les boutons de sa veste.

Anja s'apprête à rire lorsqu'elle croise le regard gris de Joona et comprend soudain de quoi il est question.

— La pierre, dit-elle à mi-voix. C'est vrai cette histoire de pierre ?

— Oui. Mais il n'y a que le légiste et moi qui savons que le meurtrier a utilisé une pierre.

98

Bien qu'il s'agisse d'une procédure peu commune, la police suédoise a eu recours à des médiums et des voyants à quelques reprises. Joona se souvient du meurtre d'Engla Höglund. À l'époque, la police avait sollicité un médium qui avait donné un signalement très détaillé de deux assassins. La description s'était finalement avérée complètement fantaisiste.

Le véritable coupable avait été retrouvé grâce à une personne qui testait un appareil photo qu'elle venait d'acquérir et qui avait pris par hasard une photo de la fillette et de la voiture de l'assassin.

Il y a quelque temps, Joona avait lu une étude indépendante effectuée aux États-Unis sur la médium qui avait le plus souvent été sollicitée par la police dans le monde. L'étude concluait qu'elle n'avait apporté des informations pertinentes dans aucune des cent cinquante enquêtes préliminaires auxquelles elle avait participé.

Le soleil de l'après-midi a décliné pour laisser place à la pénombre. Joona frissonne lorsqu'il sort de sa voiture et se dirige vers un immeuble gris aux balcons bardés de paraboles. Le verrou de la porte d'entrée est cassé et il y a des tags roses dans tout le hall. Joona emprunte l'escalier jusqu'au deuxième étage et sonne à la porte dont la fente pour le courrier est surmontée du nom “Hansen”.

Une femme au teint pâle et vêtue de vêtements gris et usés ouvre la porte. Elle lui jette un regard effarouché.

— Je m'appelle Joona Linna, dit-il en montrant sa carte. Vous avez appelé la police plusieurs fois…

— Désolée, chuchote-t-elle avant de baisser les yeux.

— Il ne faut pas nous appeler si vous n'avez rien à raconter.

— Mais, je… j'ai téléphoné parce que j'ai vu la fille qui est morte, dit Flora.

— Je peux entrer un instant ?

Elle hoche la tête et le précède dans un couloir sombre revêtu de lino. Ils pénètrent dans une petite cuisine. Flora s'installe sur l'une des quatre chaises autour de la table et entoure ses épaules avec les mains.

Joona s'approche de la fenêtre et regarde à l'extérieur. La façade d'en face est recouverte d'une bâche de protection. Le thermomètre accroché sur le rebord de la fenêtre vacille légèrement dans le vent.

— Je crois que Miranda me rend visite parce que c'est moi qui l'ai fait revenir de l'au-delà pendant une séance de spiritisme. Mais je… je ne sais pas trop ce qu'elle veut.

— Quand cette séance a-t-elle eu lieu ?

— J'en fais une chaque semaine… Je gagne ma vie en communiquant avec les morts, dit-elle tandis qu'un muscle de son œil droit se contracte.

— Moi aussi en quelque sorte, répond Joona d'une voix calme.

Il s'installe en face d'elle.

— Je n'ai plus de café, chuchote-t-elle.

— Ça ne fait rien. Vous avez parlé d'une pierre quand vous avez appelé.

— Je ne savais pas quoi faire, Miranda me montre sans arrêt une pierre pleine de sang.

Elle montre la taille de la pierre avec ses mains.

— Vous faisiez donc une séance de spiritisme, dit-il calmement. Et l'esprit d'une fille est venu vous raconter…

— Non, ça ne s'est pas passé comme ça, l'interrompt-elle. C'était après la séance, quand je suis rentrée chez moi.

— Et qu'a dit cette fille ?

Flora le regarde droit dans les yeux. Le souvenir qu'elle se remémore rend son expression impénétrable.

— Elle me montre la pierre et me dit de fermer les yeux.

Joona l'observe d'un regard indéchiffrable.

— Si Miranda revient, j'aimerais que vous lui demandiez où se cache le meurtrier.

99

Joona sort la pochette qui contient le porte-clés de Vicky de sa veste, l'ouvre et fait glisser l'objet sur la table.

— Ceci appartient au suspect.

Flora regarde l'objet.

— Dennis ?

— Nous ignorons encore son identité, mais je me demandais… peut-être pourriez-vous en tirer quelque chose.

— Peut-être, mais je… c'est mon gagne-pain.

Elle a un sourire gêné, se couvre la bouche d'une main et bafouille quelques mots qu'il ne parvient pas à comprendre.

— Bien entendu. Combien ?

La tête baissée, elle lui indique le tarif correspondant à une séance individuelle d'une demi-heure. Joona sort son portefeuille et la paie pour une heure. Flora le remercie, cherche son sac à main et éteint le plafonnier. Il fait encore jour, mais la cuisine est désormais plongée dans la pénombre. Elle sort une bougie et une nappe noire en velours. Elle allume la bougie, la pose devant Joona et recouvre le porte-clés avec la nappe. Elle ferme les yeux et passe délicatement sa main sur le tissu.

Joona l'observe sans préjugés. Flora passe la main sous la nappe et demeure un instant immobile avant que son corps ne se mette à trembler. Elle halète.

— Dennis, Dennis, marmonne-t-elle.

Elle tâtonne l'objet métallique sous le tissu noir. On entend la télévision du voisin à travers les fines cloisons. Soudain, l'alarme antivol d'une voiture se déclenche dans la rue.

— Je perçois des images étranges… rien de net pour l'instant.

— Continuez, dit Joona en la regardant fixement.

Quelques mèches de ses cheveux blonds et bouclés tombent sur ses joues. Sa peau rougit par endroits et ses paupières tressaillent au rythme du mouvement de ses yeux.

— Il y a une force terrible dans cet objet. De la solitude et de la colère. Il me brûle presque, chuchote-t-elle en retirant sa main de sous la nappe. Elle met le porte-clés sur sa paume et l'observe. Miranda dit que… il est relié à la mort par un fil… Elles étaient toutes les deux amoureuses de Dennis… oui, je sens la jalousie brûler dans le métal…

Flora s'interrompt, garde un moment le porte-clés dans la main, marmonne que le contact a été rompu, secoue la tête et lui rend l'objet.

Joona se lève. Il avait agi dans la précipitation. Venir ici n'avait été qu'une perte de temps. Pour des raisons dont il n'osait parler, il avait cru qu'elle pourrait réellement savoir quelque chose. Mais Flora Hansen ne faisait que dire ce que les gens voulaient entendre. Le nom de Dennis remonte à une époque bien antérieure à Birgittagården. La mère de Vicky lui a donné le porte-clés de nombreuses années auparavant.

— Cela me désole que vous ne racontiez que des mensonges.

— Je peux garder l'argent ? demande-t-elle d'une voix faible. Je ne m'en sors pas, je ramasse des canettes et des bouteilles dans le métro, dans les poubelles…

Joona remet l'objet dans sa poche et se dirige vers l'entrée. Flora attrape une feuille et lui emboîte le pas.

— Je crois que j'ai vraiment vu un fantôme. Je l'ai dessiné…

Elle lui montre un dessin enfantin qui représente une fille et un cœur. Elle le tient à hauteur de son visage pour qu'il le regarde, mais Joona l'écarte d'un geste de la main. Elle lâche la feuille qui volette jusqu'au sol. Joona l'enjambe, ouvre la porte et quitte l'appartement.

100

Joona est toujours irrité d'avoir perdu son temps lorsqu'il pénètre dans la cage d'escalier de Disa sur Lützengatan, près de Karlaplan. Vicky Bennet et Dante Abrahamsson sont en vie, ils se cachent quelque part et il a passé presque une heure chez une femme dérangée qui ment pour de l'argent.

Disa est installée dans son lit, son ordinateur portable sur les genoux. Elle porte une robe de chambre blanche et ses cheveux bruns sont retenus en arrière par un bandeau blanc.

Il prend une douche et s'allonge à ses côtés. Lorsqu'il penche la tête vers elle, il sent l'odeur de son parfum.

— Tu étais encore à Sundsvall ? demande-t-elle d'un air distrait tandis qu'il laisse sa main glisser le long de son bras jusqu'à son fin poignet.

— Pas aujourd'hui, répond Joona qui pense au visage pâle et maigre de Flora.

— J'y suis allée l'année dernière. On a excavé le foyer des femmes sur le site du champ funéraire de Högom.

— Le foyer des femmes ?

— À Selånger.

Elle quitte l'écran du regard et lui adresse un sourire.

— Va y faire un tour si tu as un moment entre deux meurtres.

Joona sourit et caresse sa hanche, il suit le dessin de sa cuisse jusqu'au genou. Il ne veut pas que Disa cesse de parler.

— Pourquoi l'appelle-t-on le foyer des femmes ?

— C'est un tertre funéraire, mais il a été construit sur les ruines d'une maison brûlée. On ignore ce qui s'est passé.

— Il y avait des gens à l'intérieur ?

— Deux femmes, répond-elle en refermant son ordinateur. J'ai nettoyé au pinceau leurs peignes et leurs bijoux.

Joona pose sa tête sur les genoux de Disa.

— Où était situé le départ de feu ?

— Je l'ignore, mais on a retrouvé une pointe de flèche dans le mur.

— Alors le coupable est venu de l'extérieur ?

— Peut-être que la ville entière était à l'extérieur et a laissé la maison brûler, dit-elle en passant ses doigts dans les cheveux mouillés et épais de Joona.

— Parle-moi encore de la tombe, dit-il en fermant les yeux.

— On ne sait pas grand-chose, répond Disa en enroulant une mèche de ses cheveux autour de son doigt. Mais celles qui habitaient la maison tissaient quand le feu s'est déclenché. On a retrouvé des poids de tisserand un peu partout. Il est quand même curieux que ce soit toujours de petites choses, comme des peignes ou des épingles, qui survivent pendant des millénaires.

L'image de la couronne de mariée de Summa en racines de bouleau tressées s'impose à lui et le fil de ses pensées le conduit jusqu'à l'ancien cimetière juif près du parc Kronoberg où son collègue Samuel Mendel repose seul dans le caveau familial.

101

Le lendemain matin, Joona est réveillé par un doux baiser sur la bouche. Disa est déjà habillée. Elle a posé une tasse de café sur la table de chevet.

— Je me suis endormi.

— Et tu as dormi pendant cent ans, dit-elle avec un sourire avant de rejoindre le vestibule.

Joona l'entend fermer la porte derrière elle. Il enfile son pantalon, puis reste un moment debout près du lit tandis qu'il repense à Flora Hansen. Ce qui l'a poussé à lui rendre visite, c'est le fait qu'elle ait vu juste pour la pierre. En psychologie, on nomme ce phénomène "biais de confirmation". Inconsciemment, les individus ont tendance à privilégier les informations qui confirment leurs idées préconçues plutôt que celles qui les contredisent. Flora a contacté la police à plusieurs reprises et parlé de différentes armes, mais lorsqu'elle a mentionné la pierre, il l'a écoutée. Il n'y avait pas d'autre piste à suivre que celle qui menait à Flora.

Joona se dirige vers les grandes fenêtres et ouvre le rideau blanc. La lumière du matin porte encore en elle la morosité de la nuit. La fontaine de Karlaplan expulse son eau avec une monotonie mélancolique. Des pigeons bougent lentement devant l'entrée fermée du centre commercial.

Çà et là, des personnes sont en route pour leur travail. La voix et le regard de Flora Hansen avaient quelque chose de si désespéré lorsqu'elle lui avait avoué ramasser des canettes et des bouteilles dans le métro. Joona ferme un moment les yeux, puis se retourne pour prendre sa chemise sur une chaise. Il l'enfile distraitement et ferme les boutons le regard dans le vide.

Soudain, ses yeux s'animent, il vient de faire un rapprochement avec l'enquête, mais il a aussitôt oublié son idée. Il tente de remonter le fil de ses pensées, mais sent qu'elles lui échappent de plus en plus. Cela avait un rapport avec le porte-clés, Vicky et sa mère.

Il met sa veste et se poste à la fenêtre. Était-ce quelque chose qu'il avait vu ? Son regard se porte une nouvelle fois sur Karlaplan, un bus fait le tour du rond-point, s'arrête et quelques personnes montent à son bord. Plus loin, un homme âgé avec un déambulateur regarde un chien renifler autour d'une poubelle et arbore un large sourire.

Une femme aux joues rouges vêtue d'une veste en cuir court vers la bouche du métro. Elle effraie un groupe de pigeons. Ils volettent un instant avant de se reposer.

Le métro.

Il s'agit du métro. Joona prend son portable. Il est persuadé d'avoir raison mais doit tout de même vérifier quelques détails. Il retrouve le numéro qu'il cherche dans ses contacts et se rend dans le vestibule pour enfiler ses chaussures en attendant que son interlocuteur lui réponde.

— Holger…

— Joona Linna, dit-il en sortant de l'appartement.

— Bonjour, bonjour, j'ai…

— Je dois vous demander une chose sans détour, l'interrompt Joona en fermant la porte à clé. Vous avez bien vérifié le contenu du sac que nous avons trouvé au barrage ?

Il dévale l'escalier.

— J'ai pris des photos et j'ai listé le contenu avant que le procureur n'appelle pour me dire que l'affaire n'était plus une priorité.

— On ne me laisse pas lire votre rapport.

— De toute façon, il n'y avait rien de particulier, dit Holger en froissant des documents. J'avais mentionné le couteau qui…

— Vous avez parlé d'un outil pour vélo – vous avez plus de précisions ?

Joona est sur Valhallavägen et presse le pas en direction de sa voiture.

— Oui. Mais pour un natif du Norrland, c'était pas simple à trouver… Il ne s'agit pas d'un outil, mais d'une clé qui permet d'accéder aux wagons du métro…

— Est-ce qu'elle était accrochée à un porte-clés ?

— Mais comment voulez-vous que je…

Holger s'interrompt et observe la photographie correspondante.

— Vous avez raison, le trou d'attache est élimé.

Joona le remercie et appelle Anja. Il parcourt le reste du chemin au pas de course et pense à ce que lui avait dit Elin Frank. Tuula avait la manie de subtiliser de jolis objets à son entourage. Son butin était constitué de boucles d'oreilles, de stylos brillants, de pièces et de capuchons de rouge à lèvres. Tuula avait choisi de conserver le joli porte-clés orné d'une fleur mais de remettre la clé qui ne présentait aucun intérêt dans le sac de Vicky.

— Les *Ghostbusters*, répond Anja d'une voix gaie et stridente.

— Anja, pourrais-tu m'aider et contacter un responsable du réseau métropolitain de Stockholm ? demande Joona en démarrant sa voiture.

— Je peux demander aux esprits de…

— C'est urgent.

— Tu t'es levé du mauvais pied ?

Joona prend la direction du stade.

— Tu es au courant qu'on a attribué un nom de personne à chaque voiture ?

— J'étais dans Rebecka aujourd'hui, elle est très belle et…

— Parce que je ne pense pas que Dennis soit le nom d'un être humain, mais celui d'une voiture et il faut que je sache où elle se trouve en ce moment.

102

Comme partout dans le monde, les voitures du réseau métropolitain portent un numéro de référence, mais depuis de nombreuses années, à Stockholm, elles ont également un nom. Cette tradition, qui remonte à 1887, tiendrait son origine des noms des chevaux qui tiraient les tramways à travers la ville.

Joona est persuadé que la clé que Susie a donnée à sa fille est un passe qui correspond aux verrous mécaniques de toutes les voitures, mais que le porte-clés désigne une voiture en particulier. Peut-être Susie y conservait-elle des affaires personnelles, peut-être y dormait-elle parfois. Elle, qui a été sans domicile fixe durant toute sa vie d'adulte, trouvait refuge dans le métro, sur les bancs des différentes stations, dans les voitures et dans les renfoncements le long des rails.

D'une façon ou d'une autre Susie a réussi à se procurer cette clé. Cela n'avait pas dû être facile. Elle devait constituer un objet bien précieux dans son monde.

Et pourtant, elle l'a donnée à sa fille.

Et elle lui a également fourni un porte-clés avec le nom de Dennis afin que la fillette n'oublie pas quelle voiture lui importait. Peut-être savait-elle que Vicky allait s'enfuir.

Elle avait fugué à plusieurs reprises et par deux fois, elle avait réussi à rester cachée pendant longtemps. La première fois, elle n'avait que huit ans et avait disparu pendant sept mois. On l'avait retrouvée en état d'hypothermie dans un parking où elle s'était réfugiée avec sa mère en plein mois de décembre. La deuxième fois elle était âgée de treize ans et s'était volatilisée pendant onze mois jusqu'à ce qu'elle soit interpellée par la police pour une affaire de vol aggravé dans un magasin près du quartier Globen. Il n'est pas indispensable de posséder un passe pour entrer dans les wagons du métropolitain. Une clé à douille à la bonne dimension ferait sûrement l'affaire.

Même s'il est peu vraisemblable que Vicky se trouve dans la voiture sans sa clé, cette dernière contient peut-être des indices datant de ses différentes fugues, des éléments qui conduiraient à sa cachette actuelle.

Joona est presque arrivé au commissariat lorsque Anja l'appelle pour l'informer qu'elle a contacté l'agence des transports en commun de Stockholm :

— Il y a bien une voiture qui porte le nom de Dennis, mais elle n'est pas en circulation… ils m'ont dit qu'elle avait connu un sérieux dysfonctionnement.

— Mais où se trouve-t-elle ?

— Ils ne le savaient pas avec certitude. Elle pourrait être dans un dépôt à Rissne… mais elle est plus vraisemblablement dans les locaux de la TBT* à Johanneshov.

— Mets-moi en relation, dit Joona en faisant demi-tour.

Les pneus grondent sur un ralentisseur. Il grille un feu rouge et bifurque sur Fleminggatan.

* Abréviation de Tunnelbanan Teknik, le service technique du métropolitain.

103

Joona se dirige vers Johanneshov au sud de Stockholm lorsque son appel aboutit enfin. Son interlocuteur a la bouche pleine.

— Tunnelbanan Teknik… ici Kjelle.

— Joona Linna, Rikskrim. Pouvez-vous me confirmer qu'une voiture nommée Dennis se trouve dans vos locaux à Johanneshov ?

— Dennis, répète-t-il en faisant claquer sa langue. Vous avez un numéro d'immatriculation ?

— Non, malheureusement.

— Attendez, je vais consulter les registres.

Joona entend l'homme parler pour lui-même puis un chuintement lorsqu'il reprend le combiné.

— Il y a un Denniz avec un *z* à la fin après…

— Cela n'a pas d'importance.

— D'accord, dit Kjelle et Joona l'entend avaler une grosse bouchée. Les registres ne sont pas complets… C'est une voiture très ancienne, je ne sais pas… mais d'après les informations que j'ai, elle n'était pas en circulation ces dernières années.

— Où est-elle ?

— Elle devrait être ici, mais… Voilà ce qu'on va faire, je vais vous passer Dick. Il sait tout ce que l'ordinateur ne sait pas…

Il y a un bruissement dans le combiné avant que ne résonne la voix d'un homme plus âgé, comme s'il se trouvait dans une cathédrale ou dans une pièce en métal.

— Ici Dick le groove.

— Je viens de parler à Kjelle. Il pense qu'une voiture qui porte le nom de Dennis se trouve chez vous.

— Si Kjelle le dit, c'est sans doute vrai – mais je peux aller vérifier si c'est une question de vie ou de mort.

— Ça l'est, répond Joona à voix basse.

— Vous êtes en voiture ?

— Oui.

— Pas pour venir ici ?

Joona entend l'homme descendre un escalier en métal. Une lourde porte grince et l'homme semble un peu essoufflé lorsqu'il reprend le combiné.

— Je suis dans le tunnel – vous êtes toujours là ?

— Oui.

— Alors, Mikaela, Maria. Denniz devrait se trouver dans le coin.

Tandis qu'il traverse le pont Central à pleine vitesse, Joona entend les pas de l'homme résonner dans le téléphone. Pendant ses fugues, Vicky a bien dû dormir quelque part, sûrement dans un endroit où elle se sentait en sécurité.

— Vous voyez la voiture ?

— Non. Ellinor… Silvia… Même l'éclairage fonctionne mal.

Joona entend le crissement de ses pas. L'homme évolue toujours dans le tunnel situé en dessous de la zone industrielle.

— Cela faisait longtemps que je n'étais pas venu ici, dit l'homme, haletant. Je vais allumer ma torche… Tout au fond, évidemment… Denniz. Elle est rouillée et dans un sale état…

— Vous en êtes sûr ?

— Je peux m'avancer et prendre une photo si vous… Mais nom d'un chien ! Il y a des gens ici…

— Ne faites pas de bruit.

— Il y a quelqu'un à l'intérieur de la voiture, chuchote l'homme.

— Ne vous approchez pas.

— Ils ont posé une foutue bouteille de gaz dans la porte.

Il y a une série de bruissements dans le combiné, puis Joona entend l'homme se déplacer à grandes enjambées.

— Il y avait… j'ai vu des gens à l'intérieur de la voiture, répète l'homme, le souffle court.

Il ne s'agit sans doute pas de Vicky car elle n'a plus la clé.

Soudain, des cris retentissent à quelques mètres mais Joona les entend distinctement.

— Il y a une femme qui crie là-dedans, chuchote le mécanicien. Elle a l'air complètement folle.

— Sortez de là.

Il entend le bruit de ses pas et son souffle haletant. Les cris retentissent à nouveau, mais semblent maintenant plus éloignés.

— Qu'avez-vous vu ? demande Joona.

— Une bouteille de soudure bloquait la porte.

— Vous avez vu quelqu'un ?

— Il y avait des graffitis sur les vitres, mais j'ai vu une grande personne et une plus petite. Peut-être d'autres aussi, je n'en sais rien.

— Vous en êtes sûr ?

— On ferme l'accès aux tunnels, mais si quelqu'un s'est vraiment mis en tête d'entrer… c'est toujours possible.

— Écoutez-moi attentivement… Je suis inspecteur de police. Ce que j'aimerais que vous fassiez maintenant, c'est quitter les lieux et attendre les autorités à l'extérieur.

104

Un fourgon noir pénètre en trombe sur le site de la Tunnelbanan Teknik. Il projette du gravier et un nuage de poussière se forme sur son passage. La voiture tourne et s'arrête devant une porte en métal vert.

Après sa conversation avec Dick, Joona a contacté le commissaire du département pour l'avertir qu'il ne fallait pas exclure l'éventualité d'une prise d'otages.

L'Insatsstyrkan est une unité spéciale au sein de la Rikskrim. Leur affectation principale est la lutte contre le terrorisme, mais ses membres sont parfois sollicités dans le cadre de missions particulièrement délicates.

Les cinq policiers sortent du fourgon. Leur posture témoigne d'un curieux mélange de nervosité et d'aplomb. Ils sont équipés de rangers, de combinaisons bleu marine, de gilets pare-balles en céramique, de casques, de lunettes de protection et de gants.

Joona va au-devant d'eux et constate qu'ils ont obtenu l'autorisation d'utiliser des armes lourdes – trois d'entre eux portent des fusils d'assaut à viseur laser Heckler & Koch. Ce ne sont pas des armes spécialisées, mais elles sont légères et le chargeur se vide en moins de trois secondes.

Les deux autres membres du groupe sont armés d'un fusil de précision. Joona serre rapidement la main du responsable de l'intervention, du médecin et des trois autres membres avant de leur expliquer qu'il juge la situation très urgente.

— J'aimerais que vous entriez le plus vite possible, mais puisque j'ignore quel genre de briefing vous avez eu, je dois insister sur le fait que nous n'avons pas pu identifier formellement Vicky Bennet et Dante Abrahamsson.

Avant l'arrivée de l'Insatsstyrkan, Joona avait interrogé Dick Jansson et lui avait fait marquer l'emplacement exact des différentes voitures sur une carte détaillée du site.

Un jeune homme avec un fusil de précision L96A1 AW posé dans un sac à ses pieds lève la main.

— Doit-on présumer qu'elle est armée ?

— Elle n'est sans doute pas en possession d'une arme à feu.

— Alors nous devons nous attendre à faire face à deux enfants non armés, ricane le jeune homme en secouant la tête.

— On ne sait pas ce qui nous attend, on ne le sait jamais, dit Joona en leur montrant le dessin d'une voiture du même modèle que Denniz.

— Par où entre-t-on ? demande le responsable.

— La porte de devant est ouverte mais bloquée par une ou plusieurs bouteilles de gaz.

— Vous entendez ? demande le responsable en s'adressant aux membres du groupe.

Joona pose la grande carte sur le dessin et désigne les différentes voies de garage et l'emplacement des voitures.

— Je pense que nous allons pouvoir évoluer jusque dans cette zone sans être repérés. Ce n'est pas évident à déterminer, mais nous pourrons sans doute arriver ici.

— Oui, on dirait.

— C'est une courte distance à parcourir, mais je voudrais un tireur d'élite sur le toit de la voiture la plus proche.

— C'est moi, dit l'un d'entre eux.

— Et moi, je peux me poster ici, dit le tireur d'élite le plus jeune.

Ils suivent Joona jusqu'à la porte en fer. L'un des policiers vérifie une dernière fois ses chargeurs de réserve et Joona enfile laborieusement un gilet pare-balles.

— Notre objectif principal est de sortir le garçon de la voiture, nous appréhenderons le suspect dans un second temps, explique Joona avant d'ouvrir la porte. Si vous devez tirer, visez les jambes de la fille et dans un second temps seulement, les épaules et les bras.

Un long escalier gris clair mène aux voies de garage sous l'entrepôt de service où l'on répare les voitures.

Le silence est troublé par le bruit sourd des rangers et le bruissement des gilets pare-balles derrière Joona.

105

Une fois les membres du groupe dans le tunnel, ils effectuent leurs déplacements avec plus de précaution. On entend à peine le crissement de leurs pas sur le gravier et les rails rouillés. Ils s'approchent d'une rame accidentée dont se dégage une puanteur singulière. Les voitures se dressent devant eux tels les sombres vestiges d'une civilisation ancienne. La lumière des lampes torches vacille sur les murs rocailleux.

Ils se déplacent en file, rapidement et presque sans bruit. Les rails se rejoignent au niveau d'un aiguillage manuel. Une lampe rouge dont le cache est fendu luit faiblement. Un gant de protection gît sur le gravier noir. Joona fait signe au groupe d'éteindre les torches avant de s'engager dans l'étroit passage entre deux voitures aux vitres brisées.

Un carton qui contient des boulons huileux est appuyé contre un mur, des câbles pendent mollement à côté de prises de courant et de tout un appareillage poussiéreux. Ils approchent de leur cible et chacun de leurs mouvements est maîtrisé. Joona désigne une voiture pour le premier tireur d'élite. Les autres membres du groupe montent les lampes de visée sur leur arme et se mettent en formation pendant que le tireur se hisse sur le toit, installe son trépied et commence à ajuster la lunette Hensoldt sans faire le moindre bruit. Les autres hommes s'approchent de la voiture au fond du tunnel. Le stress qu'ils subissent se devine à leur respiration. L'un d'entre eux ne cesse de contrôler l'attache de son casque. Le responsable de l'intervention échange un regard avec le deuxième tireur d'élite et lui indique une ligne de tir.

L'un des hommes glisse sur le gravier et un caillou est projeté contre les rails. Un rat court le long du mur et disparaît dans un trou. Joona poursuit seul sa progression le long du chemin de fer. La voiture Denniz est entreposée sur une voie de garage près du mur.

Des câbles ou des cordes pendent du toit. Il se décale sur le côté et voit une faible lumière vaciller derrière les vitres recouvertes de traces marron. La lumière semble voleter comme un papillon jaune et déforme les ombres sur la paroi.

Le responsable détache une grenade à choc de sa ceinture. Immobile, Joona écoute pour savoir si la voie est libre avant de continuer à avancer. Il a la désagréable sensation de se trouver en plein sur la ligne de tir, comme si les fusils des tireurs d'élite étaient pointés sur son dos et qu'ils l'observaient à travers leur lunette.

Une grosse bouteille de gaz en métal verte est posée dans l'encadrement de la porte ouverte. Joona s'approche avec précaution jusqu'à la voiture et s'accroupit dans l'obscurité. Il pose l'oreille contre la tôle et entend aussitôt que quelqu'un rampe sur le sol à l'intérieur.

Le responsable fait un signe à deux de ses hommes, qui rejoignent Joona d'un pas alerte. Dans le noir, leur silhouette est quasiment invisible. Ils sont tous les deux de grande taille mais se déplacent en silence. On entend seulement les bruits étouffés que font leurs chargeurs, les gilets et leurs lourdes combinaisons.

Joona n'a pas dégainé son arme, mais constate que les hommes de l'Insatsstyrkan ont déjà le doigt sur la détente de leur fusil d'assaut.

Il est difficile de voir avec précision ce qu'il y a derrière les vitres de la voiture. Une petite lampe gît sur le sol et une faible lumière éclaire des cartons éventrés, des bouteilles vides et des sacs en plastique.

Entre deux sièges, on distingue un grand paquet entouré d'une corde. La lumière de la petite lampe se met à vaciller. La voiture tremble légèrement. Peut-être une rame emprunte-t-elle les mêmes rails un peu plus loin. Un grondement parvient jusqu'à eux à travers le mur et le plafond.

Ils entendent un faible gémissement et Joona dégaine lentement son arme. Dans la voiture, une ombre glisse entre les rangées de sièges. Un homme corpulent vêtu d'un jean et portant des baskets sales s'éloigne en rampant. Joona fait avancer la première cartouche dans la chambre de son pistolet, se retourne vers le responsable, lui indique la position de l'homme à l'intérieur de la voiture et donne le signal de l'intervention.

106

Une brève déflagration retentit lorsque la porte communicante est enfoncée et tombe sur le gravier. Les hommes de l'Insatsstyrkan entrent en trombe dans la voiture, les vitres se brisent et des éclats de verre sont projetés sur les sièges éventrés et sur le sol.

L'homme pousse des cris rauques.

La bouteille de gaz se renverse avec fracas et l'argon qu'elle contenait se propage tandis qu'elle roule sur le sol. Un tapage terrible résonne dans le tunnel. Les membres du groupe forcent toutes les portes.

Joona enjambe une pile de vieilles couvertures, des boîtes d'œufs et des journaux. L'odeur âcre du gaz emplit la voiture.

— Ne bougez plus ! hurle quelqu'un.

Les faisceaux lumineux des deux fusils balaient la voiture compartiment par compartiment, s'infiltrent entre les sièges et à travers les vitres crasseuses.

— Ne me frappez pas, crie un homme depuis l'autre compartiment.

— Fermez-la !

Le responsable de l'intervention recouvre la vanne détériorée de la bouteille de gaz avec du scotch et Joona se précipite en direction de la cabine du conducteur. Aucun signe de Vicky et de Dante.

Une odeur putride de transpiration et de nourriture avariée sature l'air. Les murs et les vitres sont rayés et tagués. Sur le sol, des restes de poulet dans un emballage graisseux, des canettes de bière et des papiers de bonbon gisent entre les sièges. Les feuilles de journal se froissent sous ses pieds. La faible lumière qui tombe des vitres abîmées forme de curieuses ombres à l'intérieur de la voiture.

Joona rejoint la cabine qui correspond à la clé donnée à Vicky par sa mère. La porte a été forcée par les hommes de l'Insatsstyrkan. Le petit espace est vide. Les murs sont recouverts de graffitis et de rayures. Une seringue sans aiguille, du papier aluminium et des capsules en plastique jonchent le tableau de bord. Une boîte de paracétamol et un tube de dentifrice sont posés sur le rebord situé devant les deux pédales.

C'est ici que Susie se cachait parfois, c'est la clé de cette cabine qu'elle a donnée à sa fille il y a plusieurs années. Joona continue son inspection et trouve un cutter rouillé coincé dans les ressorts du siège, des papiers de bonbon et un pot de compote aux pruneaux pour enfants vide.

Par la vitre latérale, il voit un membre de l'Insatsstyrkan traîner l'homme en jean hors de la voiture. Son visage est très marqué. Il semble terrifié. Il tousse. Du sang se répand sur sa barbe. Il se met à crier. On le maintient les bras dans le dos avec des menottes en plastique. Il est plaqué à plat ventre sur le gravier, la bouche du canon d'un fusil enfoncée sur l'arrière de sa tête.

Joona observe les différents boutons et poignées, le microphone et la manette dont le manche est en bois verni, mais il ignore où et quoi chercher. Peut-être devrait-il retourner dans le compartiment réservé aux passagers ? Il s'oblige à rester encore un peu et laisse errer son regard sur le tableau de bord et le siège conducteur.

Pourquoi Vicky et sa mère avaient-elles la clé de cet endroit ? Il n'y a rien ici. Il se redresse et inspecte les vis qui maintiennent une grille devant la bouche d'aération lorsqu'il tombe sur l'un des mots gravés sur le mur : **maman**.

Il fait un pas en arrière et s'aperçoit aussitôt que presque tout ce qui est gravé sur la peinture de la paroi fait partie d'une correspondance entre Vicky et sa mère. Cette cabine devait constituer pour elles un endroit tranquille où elles pouvaient se laisser des messages.

Maman, ils étaient méchants, je ne pouvais pas rester.

J'ai froid et j'ai besoin de manger. Dois repartir maintenant, mais j'arrive lundi.

Ne sois pas triste Vicky! ils m'ont mise dans une institution c'est pour ça que je t'ai ratée.

Merci pour les bonbons.

Ma puce!!! Je dors ici quelque temps. Uffe est un salaud!!!

Si tu peux me laisser un peu d'argent, ce serait sympa.

Joyeux noël maman.

Tu comprends que je ne peux plus te rappeler maintenant.

Maman, tu m'en veux pour quelque chose?

107

Lorsque Joona ressort de la cabine, l'homme barbu est assis dos au mur. Il pleure et semble très confus.

— Je suis à la recherche d'une fille et d'un petit garçon, dit Joona en retirant son gilet avant de s'accroupir devant lui.

— Ne me frappez pas, marmonne l'homme.

— Personne ne va vous frapper, mais j'ai besoin de savoir si vous avez vu une fille dans cette voiture.

— Je ne l'ai pas touchée, je l'ai juste suivie.

— Où est-elle maintenant ?

— Je l'ai juste suivie, répond l'homme qui lèche du sang de ses lèvres.

— Elle était seule ?

— Je ne sais pas – elle s'est enfermée dans la cabine.

— Y avait-il un petit garçon avec elle ?

— Un garçon ? Oui, peut-être… peut-être…

— Soyez précis, l'interrompt le responsable.

— Vous l'avez suivie jusqu'ici, poursuit Joona. Mais qu'a-t-elle fait après ?

— Elle est repartie, répond-il, le regard effarouché.

— Où ? Vous le savez ?

— Par là, répond l'homme en faisant un vague geste de la tête vers le fond du tunnel.

— Elle est dans le tunnel – c'est ça que vous dites ?

— Peut-être pas… peut-être…

— Répondez ! crie le responsable.

— Mais je n'en sais rien, renifle l'homme.

— Est-ce que vous pouvez nous dire à quel moment elle était là ? demande doucement Joona. C'était aujourd'hui ?

— Juste à l'instant. Elle s'est mise à hurler et…

Joona se relève d'un bond et court le long de la voie de garage. Le responsable de l'intervention prend le relais de l'interrogatoire. Il lui demande d'une voix sévère s'il a touché à la fille.

Joona court le plus vite possible et l'obscurité autour de lui semble parsemée de constellations fuyantes.

Il monte un escalier donnant dans un couloir parcouru de tuyaux qui longent le plafond. Un peu plus loin, de la lumière s'infiltre sous une porte et fait briller le sol humide en béton. Le bas de la porte est cassé et il réussit à s'introduire dans la petite ouverture. Soudain, il se retrouve à l'air libre. Il est sur un gros tas de pierres à côté d'une quinzaine de vieux rails qui se rejoignent à quelques mètres et dessinent une courbe un peu plus loin.

Au loin, il aperçoit une silhouette frêle sur le remblai. Il y a un chien à côté d'elle. Joona se lance à sa poursuite. Une rame de métro passe à côté de lui et fait trembler le sol. Il entrevoit la fille entre les voitures tandis qu'il court le long du remblai parsemé de mauvaises herbes. Le sol est jonché de verre brisé, de vieux objets et de préservatifs usagés. Un vrombissement du côté de Skärmarbrink annonce qu'un autre train approche. Joona est presque arrivé à hauteur de la femme. Il saute de l'autre côté des rails, attrape son bras frêle et la retourne. Surprise, elle tente de le frapper mais Joona évite le coup. Il ne la tient plus désormais que par la veste. Elle tente à nouveau de le frapper, tire brusquement pour se dégager de sa veste, perd son sac et tombe en arrière sur le gravier.

108

Joona maintient la femme contre le remblai entre les chardons et le cerfeuil fané. Il saisit sa main, jette la pierre dont elle s'est emparée sur le sol et tente de la calmer.

— Je veux juste vous parler…

— Laissez-moi tranquille, crie la femme en essayant de se dégager.

Elle lance des coups de pied, mais il bloque ses jambes et la plaque au sol. Elle respire à la façon d'un animal apeuré. Ses petits seins se soulèvent au rythme de ses halètements. C'est une femme très maigre, au visage ridé et aux lèvres gercées. Elle pourrait avoir quarante ans, peut-être seulement trente. Comme elle ne parvient pas à se libérer, elle balbutie quelques phrases peu claires sur la façon dont elle pourrait se racheter.

— Calmez-vous, répète Joona avant de lâcher prise.

Elle le regarde d'un air méfiant, se lève et récupère son sac à bandoulière sur le sol. Ses maigres bras sont recouverts de cicatrices d'injection et sur l'un de ses avant-bras, la peau a été tailladée au niveau d'un tatouage. Son T-shirt noir, qui porte l'inscription "Ce n'était pas le pied pour Kafka non plus", est très sale. Elle essuie les commissures de ses lèvres, jette un regard vers les rails et se décale sur le côté d'un pas hésitant.

— N'ayez pas peur. Je dois seulement vous parler.

— Je n'ai pas le temps.

— Est-ce que vous avez vu quelqu'un lorsque vous étiez dans la voiture ?

— Je ne sais pas de quoi vous parlez.

— Vous étiez dans une voiture de métro.

Elle pince les lèvres et se gratte le cou. Il ramasse sa veste, l'époussette et la lui rend. Elle la récupère sans le remercier.

— Je cherche une fille qui…

— Laissez-moi tranquille, je n'ai rien fait.

— Ce n'est pas ce que je dis, répond Joona sur un ton aimable.

— Mais qu'est-ce que vous me voulez, merde ?

— Je cherche une fille qui s'appelle Vicky.

— En quoi ça me concerne ?

Joona sort la photographie de Vicky utilisée pour l'avis de recherche.

— Connais pas.

— Regardez encore.

— Vous avez de l'argent ?

— Non.

— Vous pouvez pas me dépanner un peu ?

Une rame de métro passe sur le pont en grinçant et projette une gerbe d'étincelles.

— Je sais que vous vous abritez dans la cabine.

— C'est Susie qui a commencé, se défend-elle.

Joona lui montre de nouveau la photo de Vicky.

— Elle, c'est la fille de Susie.

— Je savais pas qu'elle avait des enfants, dit la femme en passant la main sur son nez.

Les câbles à haute tension le long du sol se mettent à vibrer.

— Comment connaissiez-vous Susie ?

— On traînait dans les jardins ouvriers quand c'était encore possible… j'étais super mal en point au début, j'avais une hépatite et Vadim était sans arrêt sur mon dos. J'ai pris tellement de raclées, mais Susie m'a aidée…

c'était une sacrée dure cette bonne femme, putain, mais sans elle je m'en serais pas sortie cet hiver-là, jamais de la vie… Quand Susie est morte, j'ai pris ses affaires parce que…

La femme marmonne quelque chose et fouille dans son sac. Elle en sort le même genre de clé que Vicky avait dans le sien.

— Pourquoi l'avez-vous prise ?

— Tout le monde aurait fait pareil, on en est là, bordel – je l'ai même prise avant qu'elle ne soit morte.

— Qu'est-ce qu'il y avait dans la voiture ?

Elle s'essuie la bouche, marmonne un "fait chier" pour elle-même et fait un pas de côté.

Deux rames de métro s'approchent sur deux voies différentes. L'une arrive de Blåsut et l'autre de la station Skärmbrink.

— Je dois savoir.

— D'accord, peu importe, répond-elle. Son regard s'assombrit. Il y avait un peu de came et un téléphone.

— Vous avez toujours le téléphone ?

Le grondement et le crissement métallique s'accentuent.

— Vous pouvez pas prouver qu'il est pas à moi.

La première rame passe à toute vitesse et le sol tremble sous leurs pieds. Des pierres dégringolent en bas du remblai. L'appel d'air provoqué par le métro fait plier les herbes folles. Un gobelet de McDonald's est emporté entre les rails.

— Je veux seulement le regarder, crie-t-il.

— C'est ça, ricane-t-elle.

Leurs vêtements flottent dans le courant d'air. Le chien aboie frénétiquement. La femme recule le long des voitures qui défilent, dit quelque chose et se met à courir en direction des entrepôts. Pris de court, Joona n'a pas le temps de réagir. La femme n'a pas vu la rame qui arrive en sens inverse. Le grondement est devenu assourdissant. Le train roule à vive allure et curieusement, il n'y a pas un bruit lorsqu'il la percute. Elle disparaît simplement sous les voitures. Les roues crissent sur les rails et Joona apercevoit des gouttes de sang sur les feuilles des alchémilles qui ont poussé le long des voies. Le train pousse un long cri qui s'achève dans un soupir lorsque la rame finit par s'arrêter. Le silence retombe. On n'entend plus que le faible bourdonnement des insectes dans le fossé. Le conducteur est pétrifié sur son siège. Une longue traînée de sang s'étire le long de la voie jusqu'à une masse de chair cramoisie.

L'odeur infecte des freins se répand dans l'air. La queue entre les pattes, le chien tourne autour des rails et ne semble pas savoir où s'arrêter. Joona s'approche lentement du train et récupère le sac de la femme dans le fossé. Le chien le rejoint et renifle les divers objets que Joona a renversés sur le remblai. Des papiers de bonbon et quelques billets s'envolent avec le vent. Joona récupère le téléphone noir et s'installe sur une plinthe en béton à côté du remblai. Un vent d'ouest charrie des odeurs de ville et d'ordures. Il compose le numéro de la messagerie de l'opérateur. Il y a deux nouveaux messages.

— Salut maman, dit la voix d'une fille et Joona comprend aussitôt que c'est celle de Vicky. Pourquoi tu ne réponds plus ? Si tu es en désintox, je préfère le savoir avant. En tout cas, je me plais bien dans le nouvel endroit. Je te l'ai peut-être déjà dit la dernière fois…

— Message reçu le 1er août, à 23 h 10, dit la voix automatique.

— Salut maman, dit Vicky d'une voix haletante. Il s'est passé des trucs et j'ai besoin de te joindre, je peux pas parler longtemps, j'ai emprunté un téléphone… Maman, je sais pas quoi faire… j'ai nulle part où aller, il faut peut-être que je demande à Tobias de m'aider.

— Message reçu hier à 14 h 05.

Le soleil perce soudain le ciel gris. Les ombres se font plus contrastées. Les rails luisent à la lumière.

109

Elin Frank se réveille dans un grand lit. L'horloge digitale de la télévision diffuse une lueur verte dans la chambre de la suite présidentielle. On distingue à peine les rideaux décoratifs devant ceux, plus épais, qui masquent les fenêtres.

L'odeur douceâtre des fleurs dans le salon se répand dans la suite. La climatisation souffle un air d'une fraîcheur inégale, mais elle est trop fatiguée pour tenter de l'éteindre ou appeler la réception.

Elle pense aux filles dans la maison sur la côte. Certaines d'entre elles doivent forcément en savoir davantage. Il doit bien y avoir un témoin. La petite Tuula parlait et bougeait comme si elle bouillonnait à l'intérieur. Peut-être avait-elle vu quelque chose dont elle n'osait pas parler ?

Elle l'avait prise par les cheveux pour essayer de lui planter une fourchette dans le visage et Elin se dit que cela aurait dû l'effrayer davantage.

Elle glisse la main sous l'oreiller et sent la douleur lancinante de la cicatrice sur son poignet. Elle songe à la façon dont les filles se sont alliées pour provoquer Daniel et remuer le couteau dans la plaie.

Elle se retourne dans son lit. Le visage de Daniel, sa bouche fine, ses yeux sensibles, s'imposent à ses pensées. Curieusement, elle n'a pas eu de relation avec un autre homme que Jack jusqu'à l'incident avec le photographe français. Ce n'était pas une fidélité intentionnelle, elle savait qu'ils étaient divorcés et qu'il ne reviendrait pas.

Après avoir pris une douche, Elin s'enduit le corps avec la lotion de l'hôtel et pour la première fois de sa vie, enfile les mêmes vêtements que la veille. Les événements de la journée écoulée lui paraissent presque irréels. Tout a commencé quand l'inspecteur de la Rikskrim lui a avoué être persuadé que Vicky était encore en vie. Elle s'était rendue à l'hôpital de Sundsvall sur-le-champ et avait réussi à avoir une conversation avec Daniel Grim.

L'émotion la fait rougir. Elle sort sa trousse de toilette de son sac à main et commence à se maquiller lentement.

Daniel l'avait accompagnée à Hårte et Elin avait trouvé le porte-clés de Vicky. Dans la voiture, sur le chemin du retour, Daniel avait essayé de se rappeler si Vicky lui avait déjà parlé de Dennis. Il se sentait frustré et avait honte de ne pas pouvoir s'en souvenir.

Elle a des papillons dans le ventre quand elle pense à lui. C'est comme si elle tombait d'une hauteur vertigineuse – et qu'elle y prenait plaisir. Il était très tard quand elle l'avait déposé devant sa maison à Sundsvall. Une allée en gravier menait à une petite maison rouge foncé pourvue d'une véranda blanche.

S'il le lui avait proposé, elle serait sans doute entrée sans la moindre hésitation et aurait probablement couché avec lui. Mais il ne l'a pas fait et lorsqu'elle l'a remercié pour son aide, il a répondu d'une voix douce que ce voyage avait été plus bénéfique que toutes les thérapies du monde.

Elle l'a suivi du regard et s'est sentie très seule quand il a passé la petite grille et a disparu dans la maison. Elle est restée un moment assise dans sa voiture avant de retourner à Sundsvall et de prendre une chambre au *First Hotel*.

Son portable vibre dans son sac. Il est posé près d'une corbeille de fruits dans le salon et elle s'y précipite pour répondre.

— Vous êtes toujours à Sundsvall ? demande Joona.

— Je m'apprêtais à régler la note de ma chambre, dit Elin qui sent la peur l'envahir. Que s'est-il passé ?

— Rien, ne vous inquiétez pas. J'ai seulement besoin de votre aide, si vous avez le temps.

— De quoi s'agit-il ?

— Si cela ne vous dérange pas, je me demandais si vous pouviez poser une autre question à Daniel Grim.

— Bien entendu, répond-elle d'une voix basse et sans pouvoir réprimer un sourire.

— Demandez-lui si Vicky lui a déjà parlé d'un certain Tobias.

— Dennis et Tobias, dit-elle d'un air songeur.

— Seulement Tobias… c'est désormais notre seul lien avec Vicky.

110

Il est neuf heures moins le quart lorsque Elin Frank passe les premières villas de Bruksgatan sous un soleil léger. Elle se gare devant une haie touffue, sort de la voiture et passe la petite grille. La maison est bien entretenue. Le toit noir semble neuf et les ornements sur la structure de la véranda sont d'un blanc éclatant. Daniel et Elisabet Grim y vivaient ensemble jusqu'à la nuit de vendredi. Elin frissonne en sonnant à la porte. Elle attend un long moment et entend le vent passer dans le feuillage d'un grand bouleau. Le moteur d'une tondeuse s'éteint dans un jardin voisin. Elle sonne à nouveau, patiente encore un peu, puis décide de contourner la maison.

Des oiseaux s'envolent de la pelouse. Daniel est allongé dans une balancelle bleu marine installée près des lilas. Son visage est très pâle et il est recroquevillé, comme s'il avait eu froid dans son sommeil.

Elin s'approche et il se réveille en sursaut. Il se redresse et la regarde avec de grands yeux.

— Il fait trop froid pour dormir dehors, dit Elin d'une voix douce avant de s'installer près de lui.

— Je n'ai pas eu le courage d'entrer dans la maison, dit-il avant de se décaler pour lui laisser de la place.

— La police m'a appelée ce matin.

— Que voulaient-ils ?

— Savoir si Vicky a déjà parlé de quelqu'un qui s'appelle Tobias ?

Daniel fronce les sourcils et Elin s'apprête à s'excuser lorsqu'il lève la main.

— Attendez, c'était le gars du loft à Stockholm, elle a habité chez lui un moment…

Le visage fatigué de Daniel s'illumine soudain et il affiche un grand sourire.

— Au 9, Wollmar Yxkullsgatan.

Étonnée, Elin bafouille quelque chose et prend son portable dans son sac. Daniel secoue la tête.

— Comment je peux me rappeler ça ? Moi qui oublie tout. Je ne me souviens même pas du deuxième prénom de mes parents.

Elin se lève, fait quelques pas sur la pelouse ensoleillée, et appelle Joona pour lui faire part de ce qu'elle vient d'apprendre. Elle entend des pas précipités. Une portière claque avant même qu'elle ait raccroché.

111

Le cœur d'Elin bat la chamade lorsqu'elle s'installe près de Daniel dans la balancelle et sent la chaleur de son corps contre sa cuisse. Il a retrouvé un vieux bouchon de vin entre les coussins et étudie ce qui y est écrit en tenant l'objet tout près de ses yeux.

— On a participé à une dégustation et on a commencé à collectionner du vin. Rien d'extraordinaire, mais nous avions tout de même de bonnes bouteilles, je les ai eues pour Noël… du bordeaux… et deux bouteilles de château-haut-brion 1970. On devait les boire pour fêter notre retraite, Elisabet et moi… on fait tellement de projets. On a même mis un peu de marijuana de côté. C'était une blague entre nous. On plaisantait souvent là-dessus, on se disait qu'on allait retrouver notre jeunesse en vieillissant. Une fois qu'on peut vraiment se lâcher.

— Je devrais rentrer à Stockholm.

— Oui.

Ils se balancent un peu et font grincer les gros ressorts rouillés.

— Jolie maison, dit Elin à mi-voix.

Elle pose sa main sur la sienne, il la retourne et leurs doigts s'entrelacent. Ils demeurent un moment assis en silence, bercés par le léger grincement de la balancelle.

Quelques mèches des cheveux brillants d'Elin sont tombées devant ses yeux, elle les écarte et rencontre son regard.

— Daniel, marmonne-t-elle.
— Oui, chuchote-t-il.

Elin le regarde un instant. Elle n'a jamais eu autant besoin de tendresse. Quelque chose dans son regard, son front plissé, la touche profondément. Elle lui donne un léger baiser sur la bouche, sourit et recommence. Elle prend ensuite son visage entre ses mains et l'embrasse.

— Mon Dieu, dit-il.

Elin sent le picotement de la barbe naissante sur ses lèvres, déboutonne le haut de sa robe et guide sa main vers sa poitrine. Il la touche très délicatement et effleure l'un de ses tétons.

Daniel a l'air terriblement fragile, elle l'embrasse à nouveau et caresse son torse sous sa chemise. Elin sent que son ventre tressaille.

Des vagues de désir déferlent dans son sexe, elle sent ses jambes mollir. Elle rêverait de pouvoir s'allonger dans l'herbe avec lui ou de se mettre à califourchon sur ses hanches.

Elle ferme les yeux, se presse contre son corps et il dit quelque chose qu'elle n'arrive pas à saisir. Son pouls s'emballe. Les mains chaudes de Daniel parcourent son corps mais soudain il s'écarte.

— Elin, je ne peux pas…

— Désolée, je ne voulais pas, dit-elle en essayant de retrouver son souffle.

— J'ai juste besoin d'un peu de temps, explique-t-il, les larmes aux yeux. Il y a trop de choses en ce moment, mais je ne veux pas vous faire fuir…

— Rassurez-vous, répond Elin en s'efforçant de sourire.

Elle quitte le jardin, ajuste sa tenue et monte dans sa voiture. Elle a les joues rouges et ses jambes tremblent encore tandis qu'elle s'éloigne de Sundsvall. Après avoir conduit cinq minutes seulement, elle bifurque sur une route forestière et s'arrête. Son sexe semble palpiter entre ses jambes et son cœur cogne dans sa poitrine. Elle se regarde dans le rétroviseur. Ses yeux sont brillants et ses lèvres enflées. Sa culotte est trempée. Elle a l'impression que le sang gronde dans son corps. Elle ne se souvient pas de la dernière fois qu'elle a ressenti un tel désir.

Il semble que l'apparence importe peu à Daniel, comme s'il regardait droit dans son cœur. Elle s'efforce de calmer sa respiration. Elle attend un moment puis regarde autour d'elle sur la petite route. Elle écarte sa robe, soulève les fesses et baisse sa culotte sur ses cuisses. Elle se caresse rapidement des deux mains. L'orgasme arrive par à-coups violents. Haletante, couverte de sueur et avec deux doigts en elle, Elin Frank observe les rayons du soleil qui jouent entre les branches des arbres.

112

La nuit a commencé à tomber. Flora se dirige vers la déchetterie derrière le supermarché Ica pour chercher des bouteilles et des canettes consignées. Elle pense sans cesse aux meurtres de Sundsvall et se surprend à penser à Miranda et à sa vie à Birgittagården. Elle l'imagine habillée de façon provocante, en train de fumer et de proférer des injures. Flora passe devant la plate-forme de réception des marchandises du grand magasin, s'arrête et regarde à l'intérieur des cartons avant de continuer. Elle s'imagine ensuite Miranda en train de jouer à cache-cache avec des amis devant une église.

Son pouls s'accélère. Elle se représente Miranda se couvrant le visage de ses deux mains. Elle compte jusqu'à cent. Une petite fille de cinq ans court entre les tombes et pousse de petits rires, un peu trop nerveux.

Flora s'arrête devant les conteneurs de vieux journaux. Elle pose le sac qui contient des bouteilles en plastique et des canettes, s'approche du grand conteneur destiné au verre et éclaire l'intérieur avec sa lampe torche. La lumière qui se reflète dans des bouteilles et sur les débris de verre est presque aveuglante. Au fond du conteneur, sur le côté, Flora remarque une bouteille dont elle pourrait récupérer la consigne. Elle tend le bras et touche les bouteilles.

Un silence de plomb règne dans la déchetterie. Flora tend davantage le bras et sent quelque chose la toucher.

Comme une caresse sur le dos de sa main. Elle se coupe sur un éclat de verre, retire son bras et s'écarte d'un bond.

Des aboiements lointains percent le silence et elle entend un long crissement dans le conteneur. Flora sort de la déchetterie en courant. Elle ralentit son allure après s'être suffisamment éloignée et reprend sa respiration. Ses doigts la brûlent. Elle jette des regards inquiets aux alentours. Elle se dit que le fantôme était caché sous les bris de verre.

Je vois Miranda quand elle était petite, songe-t-elle. Elle me suit parce qu'elle veut me montrer quelque chose. Elle ne me laisse pas tranquille parce que je l'ai fait revenir avec mes séances.

Flora suce le sang au bout de ses doigts. La fille cachée dans le conteneur a essayé d'attraper et de retenir sa main.

— Quelqu'un était là et a tout vu, entend-elle murmurer dans sa tête. Il ne devait pas y avoir de témoins, mais il y en a eu…

Flora presse le pas, jette un œil par-dessus son épaule et pousse un cri lorsqu'elle rentre dans un homme. “Hop là”, lui dit-il en souriant. Elle se dépêche de poursuivre son chemin.

113

Joona passe la porte du 9, Wollmar Yxkullsgatan à toute allure. Il monte l'escalier quatre à quatre jusqu'au dernier étage et sonne à la seule porte du palier. Son rythme cardiaque ralentit tandis qu'il patiente. Le nom Horáčková est gravé sur la plaque en cuivre vissée sur la porte et juste au-dessus, sur un bout de scotch, Lundhagen. Il tambourine sur la porte, mais pas un bruit ne provient de l'intérieur. Il ouvre la fente pour le courrier et regarde dans l'appartement. Il y fait sombre, mais il peut voir que le sol est jonché de lettres et de prospectus. Il sonne à nouveau, attend un instant puis compose le numéro d'Anja.

— Peux-tu lancer une recherche sur le nom Tobias Horáčková ?

— N'existe pas, répond-elle au bout de quelques secondes.

— Horáčková au 9, Wollmar Yxkullsgatan.

— Oui, Viktoriya Horáčková, dit Anja qui continue à pianoter sur le clavier.

— Y a-t-il un Tobias Lundhagen ?

— Je précise juste que Viktoriya Horáčková est la fille d'un diplomate tchèque.

— Y a-t-il un Tobias Lundhagen ?

— Oui, il habite à la même adresse, en location ou en sous-location.

— Merci.

— Joona, attends.

— Oui.

— Trois petits détails… tu ne peux pas entrer dans l'appartement d'un diplomate sans mandat…

— Ça en fait un.

— Tu as rendez-vous avec les enquêteurs internes dans vingt-cinq minutes.

— Je n'ai pas le temps.

— Et à cinq heures et demie tu as une réunion avec Carlos.

*

Joona est assis, le dos bien droit, dans un fauteuil du bureau de l'Inspection générale. Le responsable de l'enquête lit la retranscription de l'interrogatoire préliminaire d'une voix monocorde et lui remet les documents afin qu'il puisse les signer.

Mikael Båge renifle bruyamment, laisse la secrétaire générale Helene Fiorine récupérer les documents et poursuit la séance en lisant à voix haute le compte rendu du témoignage de Göran Stone de la Säpo.

Trois heures plus tard, Joona traverse le pont Kungsbron et parcourt à pied la courte distance qui le sépare du commissariat. Il prend l'ascenseur jusqu'au huitième étage, frappe à la porte du bureau de Carlos Eliasson et s'installe à la table où ses collègues Petter Näslund, Benny Rubin et Magdalena Ronander l'attendent déjà.

— Joona, je suis quelqu'un de raisonnable, mais il y a des limites, dit Carlos en nourrissant ses poissons-paradis.

— L'Insatsstyrkan, ricane Petter.

Magdalena reste muette, les yeux baissés.

— Excuse-toi, dit Carlos.

— D'essayer de sauver la vie d'un petit garçon ?

— Non, parce que tu sais que tu as fait une erreur.

— Pardon.

Petter glousse, de la sueur perle à son front.

— Je compte te démettre de tes fonctions jusqu'à la fin de l'enquête interne.

— Qui prend le relais ? demande Joona.

— Le niveau de priorité de l'enquête préliminaire des meurtres de Birgittagården a été revu à la baisse et selon toute vraisemblance…

— Vicky Bennet est en vie, l'interrompt Joona.

— Et selon toute vraisemblance, poursuit Carlos, le procureur va classer l'affaire demain après-midi.

— Elle est en vie.

— Mais réveille-toi, bordel, dit Benny. J'ai moi-même regardé les enregistrements et…

Carlos le fait taire d'un geste de la main.

— Rien n'indique qu'il s'agissait de Vicky et du garçon.

— Elle a laissé un message sur le répondeur de sa mère avant-hier.

— Vicky n'a pas de téléphone et sa mère est morte, dit Magdalena d'un air grave.

— Joona, tu commences à te laisser aller, se désole Petter.

Carlos se racle la gorge, hésite, puis prend une grande inspiration et dit lentement :

— Ça ne m'amuse pas le moins du monde.

Petter observe Carlos d'un air interrogateur, Magdalena fixe la table, les joues rouges, et Benny gribouille sur une feuille.

— Je prends un congé d'un mois, dit Joona.

— Bien. Ça résou…

— Si je peux d'abord entrer dans un appartement.

— Un appartement ?

Le visage de Carlos s'assombrit. Il s'installe derrière son bureau comme s'il était à bout de forces.

— Il a été acheté il y a dix-sept ans par l'ambassadeur tchèque en Suède… il en a fait don à sa fille de vingt ans.

— Laisse tomber, dit Carlos dans un soupir.

— Mais la fille n'a pas utilisé l'appartement depuis douze ans.

— Ça n'a aucune importance… tant qu'il appartient à une personne qui jouit de l'immunité diplomatique, le paragraphe 21 est sans effet.

Anja Larsson entre dans le bureau sans frapper. Ses cheveux blonds sont réunis en un chignon soigné et des paillettes scintillent sur ses lèvres maquillées. Elle s'approche de Carlos, le regarde et désigne sa joue du doigt.

— Tu as le visage sale.

— La barbe, dit Carlos d'une voix faible.

— Pardon ?

— J'ai oublié de me raser.

— Ce n'est pas terrible.

— Non, dit-il, la tête baissée.

— Je dois parler à Joona. Vous avez terminé ?

— Non, répond Carlos d'une voix mal assurée. On…

Anja se penche au-dessus du bureau. Son collier de perles en plastique rouge se balance devant son opulente poitrine. Carlos doit faire un effort pour ne pas déclarer sur-le-champ qu'il est un homme marié quand son regard atterrit au milieu de son décolleté.

— Tu es sur le point de faire une dépression nerveuse ? demande Anja d'un air intéressé.

— Oui, dit-il d'une voix faible.

Tous regardent Joona avec incrédulité quand il se lève et suit Anja dans le couloir. Ils rejoignent les ascenseurs et Joona appuie sur le bouton.

— Qu'est-ce que tu voulais, Anja ?

— Là, tu es encore stressé, dit-elle en lui offrant un caramel emballé dans un papier à rayures. Je voulais simplement te dire que Flora Hansen m'a appelée et…

— J'ai besoin d'un mandat de perquisition pour l'appartement.

Anja secoue la tête, retire le caramel de son emballage et le lui fourre dans la bouche.

— Flora voulait rendre l'argent…

— Elle m'a menti, l'interrompt Joona.

— Maintenant, elle veut juste qu'on l'écoute. Elle a dit qu'il y avait un témoin… Elle semblait vraiment effrayée et elle n'arrêtait pas de répéter que tu devais la croire et qu'elle ne voulait pas d'argent.

— Il faut que j'entre dans l'appartement.

— Joona, lâche Anja dans un soupir.

Elle retire l'emballage d'un autre caramel, le tient devant la bouche de Joona et plisse les lèvres vers lui. Il mange le bonbon. Anja pousse un petit rire et s'empresse d'en préparer un autre mais Joona est déjà entré dans l'ascenseur.

114

Des ballons sont accrochés à l'une des portes du rez-de-chaussée de l'immeuble de Wollmar Yxkullsgatan. Des voix d'enfants qui chantent résonnent dans la cour intérieure. Joona ouvre la porte vitrée qui donne sur la cour et jette un regard à la petite pelouse et aux pommiers. Les derniers rayons du soleil tombent sur une table dressée avec des assiettes et des gobelets colorés, des ballons et des serpentins. Une femme enceinte est installée sur une chaise en plastique blanc. Elle est maquillée en chat et crie quelque chose aux enfants qui jouent plus loin. Un sentiment de manque saisit Joona aux tripes. Une fillette court vers lui. Elle se fraye un chemin entre les autres enfants et se précipite vers la porte décorée de ballons.

— Salut, dit-elle en passant.

Ses pieds nus laissent des traces sur le marbre blanc de l'entrée. Elle ouvre la porte et Joona l'entend crier qu'elle doit aller faire pipi. L'un des ballons se détache, tombe lentement et se pose sur son reflet rose sur le sol. Toute la cage d'escalier est parsemée de traces de pieds nus qui vont et viennent entre la porte d'entrée, l'escalier, le vide-ordures et la porte de la cave.

Joona monte pour la deuxième fois jusqu'au dernier étage de l'immeuble et sonne à la porte. Il regarde la plaque avec le nom Horáčková et le bout de scotch jauni où est écrit Lundhagen. Les voix étouffées des enfants lui parviennent depuis la cour intérieure. Il sonne à nouveau et s'apprête à sortir l'étui qui contient ses rossignols quand la porte s'ouvre et qu'un homme d'une trentaine d'années aux cheveux hirsutes apparaît sur le seuil. La chaîne de sûreté n'est pas attachée et se balance contre l'encadrement en cliquetant. Des lettres et des prospectus jonchent le sol de l'entrée. Un escalier blanc en briques mène à l'appartement.

— Tobias ?

— Qui le demande ?

Il porte une chemise à manches courtes et un jean noir. Ses cheveux sont coiffés avec du gel et il a le teint jaunâtre.

— La Rikskrim.

— *No shit*, s'étonne l'homme avec un sourire.

— Je peux entrer ?

— Ça tombe mal, j'étais sur le point de sortir, mais si…

— Vous connaissez Vicky Bennet, l'interrompt Joona.

— Il vaut peut-être mieux que vous entriez un petit moment, dit Tobias d'un air grave.

Joona sent le poids de son nouveau pistolet dans la gaine attachée à son épaule. Il monte le petit escalier et pénètre dans un loft avec une soupente percée de plusieurs fenêtres. Sur la table basse, un bol en céramique contenant des bonbons. Sur un des murs, une illustration sous verre qui représente une femme gothique avec des ailes d'ange et une poitrine proéminente.

Tobias s'installe dans le canapé et tente sans succès de fermer un sac de sport qui se trouve à ses pieds puis il finit par laisser tomber.

— Vous vouliez parler de Vicky, dit Tobias en se penchant pour prendre une poignée de bonbons.

— Quand avez-vous eu des nouvelles d'elle pour la dernière fois ? demande Joona en balayant du regard les lettres non ouvertes posées sur une petite table.

— Voyons voir, dit Tobias en soupirant. Je ne sais pas. Ça doit faire presque un an maintenant, elle m'a appelé de… merde, s'interrompt-il en faisant tomber des bonbons par terre.

— Qu'est-ce que vous disiez ?

— Juste qu'elle m'a appelé… d'Uddevalla, je crois. Elle a beaucoup parlé, mais honnêtement, j'ignore ce qu'elle voulait.

— Pas d'appel ce mois-ci ?

— Non.

Joona ouvre une petite porte en bois qui mène à un dressing. Quatre plateaux de jeux de hockey sur glace sont rangés dans leurs emballages, et sur une étagère, un ordinateur à l'écran rayé.

— Je dois vraiment y aller.

— Quand a-t-elle vécu ici ?

Tobias tente à nouveau de fermer son sac. Une fenêtre qui donne sur la cour intérieure est entrouverte, les enfants acclament l'héroïne du jour.

— C'était il y a presque trois ans.

— Pendant combien de temps ?

— Sept mois, mais elle n'habitait pas ici tout le temps.

— Elle logeait où sinon ?

— Qui sait…

— Vous ne savez pas ?

— Je l'ai virée quelques fois… je veux dire… vous n'imaginez même pas, ce n'était qu'une enfant, mais ça peut être une véritable galère d'avoir une gamine comme elle chez soi.

— Comment ça ?

— Le tralala habituel… drogues, vols, tentatives de suicide, dit-il en passant ses doigts dans ses cheveux. Mais je ne l'aurais jamais crue capable de tuer quelqu'un. J'ai tout suivi dans l'*Expressen*… je veux dire, quelle affaire.

Tobias regarde sa montre et croise le regard calme et gris de l'inspecteur.

— Pourquoi ? demande Joona après un moment.

— Comment ? dit Tobias d'un air gêné.

— Pourquoi l'avez-vous accueillie ici ?

— J'ai moi-même eu une enfance difficile, répond-il avec un sourire en coin tandis qu'il tente de tirer sur la fermeture Éclair du sac.

Le sac est rempli de liseuses encore dans leur emballage d'origine.

— Je vous donne un coup de main ?

Joona serre les deux bords pendant que Tobias tire la fermeture vers la gauche pour fermer le sac.

— Je suis vraiment navré, dit-il en tapotant sur le sac. Mais je vous assure, ce ne sont pas mes affaires, je les ai juste gardées pour un pote.

— Dans ce cas.

Tobias pousse un rire et un morceau de bonbon atterrit sur le tapis. Il se lève et traîne le sac jusqu'au vestibule. Joona le suit lentement dans l'escalier.

— Savez-vous comment raisonne Vicky ? Où est-ce qu'elle pourrait se cacher ?

— Je ne sais pas – n'importe où.

— En qui a-t-elle confiance ?

— En personne, répond-il en ouvrant la porte avant de rejoindre la cage d'escalier.

— Vous fait-elle confiance ?

— J'en doute.

— Alors elle ne risque pas de venir ici ?

Joona s'attarde un instant dans le petit vestibule et ouvre le petit placard des clés sur le mur.

— Non, mais peut-être à… non, laissez tomber, dit Tobias qui appuie sur le bouton de l'ascenseur.

— Qu'alliez-vous dire ? demande Joona en inspectant les clés.

— Maintenant il faut vraiment que j'y aille.

Joona décroche délicatement le double des clés de l'appartement avant de sortir, puis il ferme la porte et entre dans l'ascenseur avec Tobias.

115

Ils sortent de l'immeuble et entendent des cris enjoués dans la cour. Les ballons sur la porte s'entrechoquent doucement dans le courant d'air. Ils rejoignent le trottoir baigné de soleil. Tobias s'arrête et regarde Joona, se gratte le sourcil, puis il détourne le regard vers le bas de la rue.

— Vous étiez sur le point de dire quelque chose sur l'endroit où elle aurait pu aller.

— Je ne me souviens même plus de son nom, dit Tobias en abritant ses yeux d'une main. Mais c'est un père de substitution pour Mickan, une fille que je connais… et je sais qu'avant que Vicky vienne vivre chez moi, elle dormait dans un canapé-lit chez lui, sur la place Mosebacke. Désolé, je ne sais pas pourquoi je vous raconte ça.

— Quelle est l'adresse ?

Tobias secoue la tête et ajuste le lourd sac sur son épaule.

— C'était la petite maison blanche, en face du théâtre.

Joona le voit disparaître au coin de l'immeuble en emportant avec lui son sac rempli d'objets volés. Il décide de se rendre à Mosebacke en voiture pour faire du porte à porte, mais quelque chose le retient. Il est travaillé par une étrange inquiétude. Soudain, il a froid. Il est déjà tard et cela fait longtemps qu'il n'a ni mangé, ni dormi. Il ressent un mal de tête qui l'empêche de se concentrer. Joona commence à se diriger vers sa voiture, mais s'arrête quand il réalise ce qu'il a manqué. Il ne peut réprimer un sourire.

Il n'arrive pas à croire qu'il ait pu passer à côté d'un tel élément, il doit vraiment être fatigué pour ne le réaliser que maintenant. Peut-être que c'était un peu trop évident, comme lorsqu'un indice essentiel manque dans un classique *whodunit*.

Tobias disait qu'il avait suivi l'affaire dans l'*Expressen*, mais il avait parlé avec Joona comme s'il savait que Vicky était en vie.

Pourtant, tous les journalistes du pays avaient expliqué que Vicky et Dante s'étaient noyés dans l'Indalsälven. Ils avaient tous ressassé la même critique sur l'inefficacité de la police et la souffrance qu'elle avait causée à la mère de Dante. Ils ont même essayé de la convaincre de porter plainte.

Mais Tobias sait que Vicky est en vie.

Cette déduction évidente entraîne une autre observation. Joona sait ce qu'il a vu et, au lieu de tenter de rattraper Tobias, il fait demi-tour et retourne au 9, Wollmar Yxkullsgatan d'un pas pressé.

L'image du ballon rose qui s'est détaché de la porte resurgit dans ses pensées. Il avait roulé sur le sol en marbre de la cage d'escalier comme s'il était en apesanteur. Le sol était parsemé d'empreintes de pieds. Les enfants avaient joué dans l'escalier, s'étaient pourchassés dans la cour, puis étaient revenus à l'intérieur. Vicky pourrait encore être pieds nus depuis qu'elle a perdu ses baskets dans la rivière. Joona ouvre la porte, se précipite dans l'entrée et constate que ses souvenirs sont exacts. Une série d'empreintes plus grandes mènent directement à la porte de la cave, mais aucune n'en revient.

116

Joona suit les empreintes de pas jusqu'à la porte en métal. Il sort les clés qu'il a subtilisées à Tobias et la déverrouille. Il tâtonne d'une main sur le mur et trouve l'interrupteur. La lourde porte claque derrière lui. L'obscurité est totale. Le plafonnier clignote puis s'allume. Les murs sont humides et une odeur âcre venue du local à poubelles s'échappe d'un conduit d'aération. Il demeure un moment immobile et tend l'oreille avant de descendre un escalier raide.

Il pénètre dans un local à vélos encombré et se fraye un passage entre les luges, les vélos et les poussettes jusqu'à un couloir bas de plafond. Des tuyaux courent des deux côtés du couloir, au-dessus des portes grillagées des caves de chaque appartement.

Joona allume la lumière et fait quelques pas. Brusquement un grondement retentit. Il se retourne et voit que la machinerie de l'ascenseur s'est mise en route.

Une odeur d'urine imprègne la cave. Soudain, il entend quelque chose bouger un peu plus loin.

Joona pense à la photographie de Vicky utilisée pour l'avis de recherche. Difficile de s'imaginer que ce visage timide et rougissant puisse prendre les traits d'un assassin sous l'emprise d'une colère incontrôlable. Elle aurait dû se servir de ses deux mains pour pouvoir assener des coups avec le lourd marteau. Il essaie de se la représenter en train de frapper ses victimes. Le sang gicle sur son visage. Elle continue de frapper, essuie le sang d'un de ses yeux avec son épaule et frappe encore.

Joona s'efforce de respirer en silence. Il ouvre un bouton de sa veste de la main gauche pour dégainer son arme. Il ne s'est pas encore tout à fait habitué à son poids.

Dans un des réduits, une tête de cheval fixée à un bâton repose contre le grillage. Des skis à bords en métal, des bâtons de ski et une tringle à rideau en cuivre luisent dans le fond.

Il lui semble que quelqu'un se traîne sur le sol en béton, mais il ne voit rien. Joona frissonne à l'idée que Vicky Bennet ait pu se cacher sous le tas de vieilles luges qu'il vient de dépasser et s'approche de lui par-derrière. Il entend un bruissement et fait volte-face. Le couloir est vide. Les tuyaux d'évacuation crépitent près du plafond. La minuterie s'éteint et brusquement il fait complètement noir. Joona tend ses bras devant lui et touche une grille. Plus loin, il voit une lueur jaune vaciller derrière la protection en plastique de l'interrupteur. Joona attend que ses yeux s'habituent un peu plus à l'obscurité avant d'avancer. Soudain, le repère de l'interrupteur s'éteint. Joona se fige. Il lui faut une seconde pour comprendre que la lumière est masquée par quelqu'un. Il s'accroupit lentement pour ne pas être la cible d'une attaque aveugle.

La machinerie de l'ascenseur gronde dans son dos et la petite lampe réapparaît. Joona recule et entend que quelqu'un rampe doucement sur le sol. Aucun doute, il n'est pas seul. Une personne se trouve dans l'un des réduits devant lui.

— Vicky ?

Soudain, la porte principale de la cave s'ouvre, des voix résonnent dans la cage d'escalier et quelqu'un descend en direction du local à vélos. Le plafonnier clignote. Joona en profite pour faire quelques pas rapides, aperçoit un mouvement dans l'un des réduits et pointe son arme sur une silhouette accroupie.

La lumière blafarde des néons tremblote avant d'éclairer le couloir. La porte du local à vélos claque et les voix s'éloignent. Joona range son arme, force le petit cadenas d'un coup de pied et se précipite à l'intérieur du réduit. La silhouette est bien plus petite qu'il ne le pensait. Son dos courbé tressaille au rythme de sa respiration saccadée. C'est bien Vicky Bennet. Sa bouche est recouverte de scotch et ses bras frêles sont fermement coincés dans son dos et attachés au grillage. Joona s'approche pour détacher les cordes. Vicky halète, la tête baissée. Ses cheveux emmêlés masquent son visage crasseux.

— Vicky, je vais te détacher…

Tandis qu'il se penche, elle lui donne un coup de pied dans le front. Si violent que Joona trébuche en arrière. Toujours attachée par les bras, elle lui assène un autre coup de pied dans la poitrine. Les épaules de la jeune fille semblent sur le point de se disloquer sous son poids. Elle lance un nouveau coup mais Joona bloque sa jambe avec la main. Ses cris sont étouffés par le scotch. Elle lance des coups de pied, se jette en avant et un pan du grillage cède. Vicky tire sur ses deux bras et tente d'attraper un bout de fer pointu mais Joona la plaque au sol. Il la maintient immobile avec un genou et lui passe des menottes aux poignets avant de détacher la corde et le scotch.

— Je vais vous tuer, crie Vicky.

— Je suis un inspecteur de la…

— Violez-moi, alors, faites-le, rien à foutre, je vais vous rattraper et vous tuer, vous et tous les…

— Vicky, répète Joona en haussant la voix. Je suis inspecteur de police et je dois savoir où se trouve Dante.

117

Vicky Bennet respire de façon saccadée, la bouche entrouverte, et le fixe de ses yeux sombres. Son visage est strié de sang et de crasse. Elle a l'air épuisée.

— Si vous êtes policier, vous devez arrêter Tobias, dit-elle d'une voix rauque.

— Je viens de parler avec Tobias. Il partait vendre des liseuses qu'il a…

— Ce salopard, halète-t-elle.

— Vicky, tu comprends que je dois t'amener au commissariat.

— Oui, peu importe, je m'en fous…

— Mais d'abord… d'abord tu dois me dire où se trouve le garçon.

— Tobias l'a pris, et je lui ai fait confiance, dit Vicky en détournant le regard.

Son corps se met à trembler.

— Je l'ai encore cru, je…

— Qu'est-ce que tu essayes de dire ?

— De toute façon, vous n'allez pas m'écouter.

— Je t'écoute maintenant.

— Tobias a promis de rendre Dante à sa mère.

— Il ne l'a pas fait.

— Je sais, je l'ai cru… je suis tellement conne, je…

Sa voix cède et une immense panique se lit dans ses yeux sombres.

— Vous ne pigez pas ? Il compte vendre le garçon, il compte le vendre.

— Qu'est-ce que tu veux…

— Vous ne comprenez pas ce que je vous dis ? Vous l'avez laissé partir, crie-t-elle.

— Qu'entends-tu par vendre ?

— Il n'y a pas de temps à perdre ! Tobbe, il est… il va vendre Dante à des gens qui vont le revendre, après on ne pourra plus jamais le retrouver.

Ils se précipitent vers le local à vélos et montent l'escalier raide. Joona tient Vicky par l'avant-bras tandis qu'il appelle le central de liaison départemental avec son portable.

— J'ai besoin d'une voiture au 9, Wollmar Yxkullsgatan pour venir récupérer une personne suspectée de meurtre. Et j'ai besoin d'aide pour en retrouver une autre suspectée d'enlèvement…

Ils passent la porte et descendent les marches du perron. Une fois sur le trottoir, Joona fait un geste en direction de sa voiture.

— Il s'appelle Tobias Lundhagen et… Attendez, dit Joona avant de se tourner vers Vicky. Qu'est-ce qu'il a comme voiture ?

— Une grosse voiture noire, dit-elle. Je la reconnaîtrais si je la voyais.

— Quelle marque ?

— Aucune idée.

— Comment est-elle ? C'est un SUV, un minibus, une fourgonnette ?

— Je n'en sais rien.

— Tu ne sais pas si c'est…

— Non, merde – je suis désolée ! crie Vicky.

Joona coupe l'appel, la prend par les épaules et la regarde dans les yeux.

— À qui va-t-il vendre Dante ?

— Je ne sais pas, mon Dieu, je ne sais pas…

— Mais comment tu sais qu'il va le vendre ? Il te l'a dit ? Tu l'as entendu en parler ?

— Je le connais… je…

— Qu'y a-t-il ?

Sa voix est frêle et éraillée à cause du stress lorsqu'elle répond :

— Les abattoirs, il faut aller aux abattoirs.

— Monte dans la voiture.

Ils courent jusqu'au véhicule. Joona lui crie de se dépêcher, et elle s'installe, les bras toujours coincés dans le dos. Il contourne rapidement la voiture, démarre le moteur et accélère. Le gravier crisse sous les pneus. Vicky glisse sur le côté quand Joona tourne sur Timmermansgatan mais elle passe agilement ses mains attachées sous ses fesses et ses jambes de façon qu'elles se retrouvent devant elle.

— Mets ta ceinture, dit Joona.

Il monte jusqu'à quatre-vingt-dix kilomètres-heure, freine, dérape légèrement, et les pneus crissent lorsqu'il bifurque sur Hornsgatan. Une femme s'arrête au milieu de la route sur un passage piéton et regarde l'écran de son téléphone portable.

— Imbécile, crie Vicky.

Joona l'évite en se déportant sur l'autre voie, croise un bus mais parvient à se rabattre à temps. Près de l'église, quelqu'un fouille dans une poubelle à la recherche de canettes, puis descend sur la chaussée avec son sac sur l'épaule.

Vicky halète et se recroqueville sur son siège. Joona est obligé de rétrograder avant de dévier sur la piste cyclable. Une voiture qui vient en sens inverse klaxonne. Joona accélère de nouveau le long du mur et ignore les feux. Il tourne à droite et enfonce encore l'accélérateur en arrivant dans le Södertunneln. La lumière des lampes qui défilent sur les parois du tunnel semble clignoter dans la voiture. Le visage de Vicky est calme, presque figé. Elle a les lèvres gercées et une fine couche de boue séchée recouvre sa peau.

— Pourquoi les abattoirs ? demande Joona.

— C’est là que Tobias m’a vendue.

118

Les abattoirs ont été construits au sud de Stockholm à la suite de la loi sur l'inspection de la viande et des abattoirs de 1897. Aujourd'hui encore, c'est l'un des plus gros sites de dépeçage et de traitement de la viande en Europe du Nord.

Il y a peu de circulation dans le Södertunneln et Joona conduit très vite. Des feuilles de journal volettent autour des gros ventilateurs. Du coin de l'œil, Joona voit que Vicky Bennet se ronge les ongles.

La radio Rakel de son véhicule grésille de façon étrange tandis que Joona demande des renforts et une ambulance. Il explique qu'ils doivent se rendre sur le site des abattoirs de Johanneshov mais qu'il n'a pas encore d'adresse exacte.

— Je vous recontacte, dit-il au moment où la voiture passe sur les restes d'un vieux pneu en grondant.

La voiture s'engouffre dans les profondeurs du long tunnel. Sous les lampes orange fixées au mur, les bordures en béton défilent à toute vitesse.

— Plus vite, dit Vicky en plaquant les mains contre la boîte à gants, comme pour se protéger en cas de collision.

Comme sous un stroboscope, la lumière clignote sur son visage pâle et crasseux.

— J'ai dit que je pourrais lui rembourser le double de la somme s'il pouvait me trouver de l'argent et un passeport… il m'a promis que Dante allait retourner auprès de sa mère… et je l'ai cru, vous imaginez, après tout ce qu'il m'a fait…

Elle se tape la tête, les poings serrés.

— C'est pas possible d'être conne à ce point, dit-elle à voix basse. Il voulait seulement Dante… Il m'a flanqué une raclée et après il m'a enfermée. Je suis tellement conne, je mérite pas de vivre…

De l'autre côté du canal Hammarbyleden, ils passent sous le viaduc Nynäsvägen et font le tour de l'Ericsson Globe. La grande salle omnisports se dresse comme un corps céleste blanc mais sale au pied du stade. Derrière les centres commerciaux, les bâtiments sont plus bas et la banalité reprend ses droits. Ils pénètrent dans une zone clôturée avec des bâtiments industriels et des remorques stationnées dans les rues. Le panneau lumineux se voit de loin au-dessus des deux voies de la route. Des lettres blanches se détachent sur un fond rouge : "Les Abattoirs."

Les barrières sont levées et ils pénètrent sur le site.

— Où va-t-on maintenant ? demande Joona en longeant un entrepôt gris.

Vicky se mord les lèvres, son regard erre sur les bâtiments.

— Je sais pas.

119

Sous le ciel sombre, des panneaux lumineux et des réverbères éclairent le labyrinthe de la zone industrielle. Toute activité semble avoir cessé pour la journée, mais au bout d'une rue perpendiculaire, une autogrue émet un long grincement en montant un conteneur bleu posé sur sa plate-forme. Joona passe devant un bâtiment sale orné d'un panneau publicitaire proposant du jambon à l'os traditionnel Flintastek. Il se dirige ensuite vers des bâtiments verts en tôle dont les grillages fermés s'étendent devant une aire de manœuvre.

Ils dépassent une maison en briques peinte en jaune puis contournent une plate-forme et des conteneurs rouillés. Il n'y a personne. Ils empruntent une rue plus sombre parsemée de larges bouches d'aération, de poubelles et de vieux caddies.

Sur le parking, une fourgonnette avec un dessin pornographique peint sur la portière est garée sous un panneau “Des saucisses garnies pour vous”.

Un claquement retentit lorsqu'ils passent sur une bouche d'égout. Quelques mouettes s'envolent d'une pile de palettes.

— Là ! Elle est là, la voiture ! crie Vicky. C'est la sienne… Je reconnais le bâtiment, ils sont là-dedans.

Une fourgonnette noire avec le drapeau américain sur la vitre arrière est garée devant un grand bâtiment brunâtre aux fenêtres sales pourvues de stores. De l'autre côté de la rue, quatre voitures sont alignées le long du trottoir. Joona passe devant le bâtiment, tourne à gauche et s'arrête près d'une maison en briques. Des fanions ornés des logos de différentes entreprises flottent au vent en haut de trois mâts.

Sans un mot, Joona sort la clé des menottes de sa poche, détache une des mains de Vicky, passe le bracelet autour du volant et sort de la voiture. Elle le regarde avec des yeux sombres mais ne proteste pas.

Elle voit l'inspecteur courir sous la lueur d'un réverbère. Un vent puissant charrie du sable et des morceaux de tissu.

Un peu plus loin, dans une petite ruelle, des plates-formes élévatrices et des conteneurs pour les déchets carnés s'entassent. Joona arrive au niveau de la porte que Vicky lui a indiquée et jette un œil vers la zone industrielle déserte derrière lui. On entend le bruit d'un chariot élévateur au loin.

Il monte un escalier métallique, ouvre une porte et pénètre dans un couloir recouvert de lino. Il traverse en silence trois bureaux aux fines cloisons. Un citronnier en plastique poussiéreux se dresse dans un pot blanc rempli de billes d'argile. Il reste encore de vieilles guirlandes entre les branches. Une licence d'abattoir datant de 1943 est encore accrochée au mur. Sur la porte en fer au bout du couloir, une affiche plastifiée rappelle les règles d'hygiène et de traitement des déchets. Quelqu'un a écrit "maniement de bites" en travers de la liste. Joona entrebâille la porte et entend des voix au loin.

Il regarde avec précaution à l'intérieur d'une salle de dépeçage industriel équipée d'un système de rails et d'un instrument de mesure pour la découpe automatique des cochons. Le carrelage jaune luit faiblement sur le sol. À côté d'un établi en inox, un tablier en plastique recouvert de sang dépasse du couvercle d'une poubelle.

Sans un bruit, Joona dégaine son pistolet et ressent une poussée d'adrénaline tandis qu'il respire l'odeur de la graisse d'entretien qui s'échappe de son arme.

120

Joona se faufile dans la salle, son arme à la main. Il avance à croupetons le long d'imposantes machines. Une odeur douceâtre se dégage du plancher et des tapis en caoutchouc encore humides. Les renforts doivent sans doute déjà être sur place mais il n'a pas donné d'adresse précise au central et ils pourraient mettre un certain temps à retrouver Vicky.

Un souvenir aussi soudain qu'impitoyable surgit dans ses pensées. Les secondes qui déterminent la trajectoire d'une vie peuvent toujours se rappeler à vous d'une façon ou d'une autre. Joona avait onze ans quand le directeur de l'école était venu le chercher dans sa classe. Il l'avait fait venir dans le couloir et lui avait raconté ce qui s'était passé sans pouvoir retenir ses larmes. Son père avait été tué d'une balle dans le dos dans l'exercice de ses fonctions, lors d'une patrouille. Bien que ce soit contraire au règlement, il était entré seul dans l'appartement où il avait trouvé la mort. Comme lui, Joona n'a pas le temps d'attendre les renforts. Au plafond, des lames de scies pneumatiques recouvertes de membranes crasseuses pendent entre les rails et les traverses. Il avance et entend la conversation des hommes plus distinctement.

— Non, il faut qu'il se réveille d'abord, dit une voix rauque d'homme.

— Attends un peu.

Joona reconnaît la voix enfantine de Tobias.

— Qu'est-ce qui t'est passé par la tête ? demande un autre.

— Je voulais qu'il reste calme, dit Tobias.

— Il est presque mort, dit la voix rauque. Je peux pas payer tant que je suis pas sûr qu'il aille bien.

— On reste encore deux minutes, dit un quatrième homme d'une voix grave.

Joona continue sa progression. Une fois arrivé au bout d'une rangée de machines, il aperçoit le garçon. Dante est allongé sur une couverture grise posée à même le sol. Il est vêtu d'un pull bleu froissé, d'un pantalon bleu marine et de baskets. Son visage inerte a été nettoyé, mais ses cheveux et ses mains sont sales.

Près de lui, un homme de grande taille avec un gilet en cuir et un énorme ventre fait les cent pas, tire sur sa barbe blanche et lâche des soupirs agacés. De la sueur perle à son visage.

Joona sent quelque chose de liquide. De l'eau s'égoutte d'un collier de serrage mal fixé et ruisselle sur le carrelage jusqu'à un orifice d'évacuation.

L'homme ventripotent tourne en rond. Il regarde l'heure. une goutte de sueur tombe du bout de son nez. Essoufflé, il s'accroupit à côté du garçon.

— On prend quelques photos, dit un homme que Joona n'a pas encore entendu.

Joona ignore comment procéder, il devine quatre hommes mais impossible de déterminer s'ils sont armés. Il aurait eu besoin d'une unité de l'Insatsstyrkan.

L'homme retire les baskets de Dante. De petites chaussettes à rayures glissent avec les chaussures. Les talons ronds de l'enfant heurtent la couverture avec un bruit sourd. Lorsque les énormes mains de l'homme se mettent à déboutonner son jean, Joona n'y tient plus. Il se lève et, sans tenter de dissimuler sa présence, longe les tables équipées de scies radiales en pointant son arme vers le sol. Son rythme cardiaque s'accélère. Joona n'ignore pas qu'il fait fi de toutes les règles en vigueur, mais il ne peut plus attendre et continue d'avancer à grandes enjambées.

— C'est quoi ce bordel, dit l'homme au gros ventre en relevant la tête.

Il lâche le garçon mais reste agenouillé.

— Vous êtes soupçonnés de complicité d'enlèvement, déclare Joona avant de lui assener un coup de pied en pleine poitrine.

Il est projeté en arrière. Des gouttes de sueur giclent de son visage. Il heurte une machine à écorcher, renverse une caisse remplie de casques antibruit dans sa chute et atterrit avec fracas sur une pile de seaux en plastique.

Soudain, Joona entend le bruit caractéristique du chien d'un pistolet et sent presque aussitôt la bouche du canon dans son dos, juste entre la colonne vertébrale et l'omoplate. Il se fige. La balle lui transpercerait le cœur si un coup partait.

Un homme d'une cinquantaine d'années s'approche de lui sur le côté. Ses cheveux blonds sont réunis en queue de cheval et il porte une veste en cuir marron clair. Il se déplace d'un pas alerte, comme un garde du corps, et pointe un fusil à canon scié sur Joona.

— Descends-le, crie une voix.

L'homme ventripotent est allongé sur le dos, à bout de souffle. Il roule sur le côté et tente de se relever mais perd l'équilibre. Il prend appui sur le sol, se redresse tant bien que mal et disparaît du champ de vision de Joona.

— On peut pas rester là, chuchote Tobias.

Joona tente d'analyser la situation en regardant dans le reflet de la table en métal et dans le cadre brillant des scies radiales, mais il lui est impossible de déterminer combien d'hommes se trouvent dans son dos.

— Lâchez votre arme, dit une voix calme.

Joona laisse Tobias prendre son pistolet. Les renforts ne devraient plus tarder, ce n'est pas le moment de prendre des risques.

121

Sur le siège avant, Vicky Bennet mordille ses lèvres gercées et regarde fixement le bâtiment brunâtre. Elle garde la main posée sur le volant pour éviter que les menottes ne lui écorchent le poignet.

Elle ne garde généralement aucun souvenir de ce qui s'est passé après une crise de colère ou une grosse frayeur. C'est comme d'essayer de fixer le reflet du soleil. La lumière changeante se dissipe par moments, tombe sur un détail ou disparaît.

Vicky secoue la tête, ferme un moment les yeux puis regarde une nouvelle fois autour d'elle. Elle ignore depuis combien de temps l'inspecteur à la jolie voix est parti, sa veste flottant au vent. Peut-être Dante est-il déjà perdu, envolé dans le trou noir qui aspire les enfants, qu'ils soient fille ou garçon. Elle tente de garder son calme mais sent qu'elle ne pourra bientôt plus résister.

Un rat se faufile le long d'un mur en béton et s'introduit dans un trou.

L'homme qui maniait un chariot élévateur un peu plus loin a fini sa journée. Il a fermé et verrouillé les grandes portes du hangar avant de s'en aller.

Vicky regarde le métal brillant du bracelet et de la chaîne qui la retiennent. Elle s'est promis de ramener Dante à sa mère. Elle gémit. Comment a-t-elle pu faire encore confiance à Tobias ? Si Dante disparaît, ce sera sa faute. Par la vitre arrière, elle voit que toutes les portes sont fermées. Le tissu jaune d'un store déchiré flotte dans le vent. Elle tire sur le volant de ses deux mains, tente de le détacher, mais c'est impossible.

— Fait chier…

Se respiration est saccadée et elle tape machinalement l'arrière de sa tête contre le siège. Quelqu'un a dessiné des yeux et une bouche triste sur une publicité pour de la viande fraîche et des produits suédois.

L'inspecteur devrait déjà être de retour. Soudain, une violente déflagration retentit, aussi puissante qu'une explosion. L'écho s'estompe dans un crépitement et le silence retombe. Elle essaye de voir quelque chose, se retourne, mais la zone industrielle est déserte.

— Qu'est-ce qu'ils foutent ?

Son cœur cogne dans sa poitrine. Tout peut arriver dans la plus parfaite impunité ici, il n'y a personne. Elle visualise soudain un enfant qui pleure de terreur dans une pièce remplie d'inconnus.

Vicky tente de sonder les alentours du regard mais son champ de vision est trop restreint. Elle cède à la panique et essaye d'extraire sa main des menottes en tordant son poignet. C'est impossible. Elle tire plus fort et gémit de douleur. L'anneau descend de quelques millimètres mais reste coincé sur le dos de sa main. Elle prend alors une grande inspiration, pose un pied sur le volant, l'autre sur le bord des menottes puis elle tire de toutes ses forces.

Vicky Bennet pousse un hurlement lorsque le métal arrache sa peau et que l'os de son pouce se casse pour laisser passer sa main à travers le bracelet.

122

La pression exercée par la bouche du canon dans son dos disparaît. Des pas rapides s'éloignent. Joona se retourne lentement.

Un homme de petite taille en costume gris et qui porte des lunettes recule encore un peu. Il vise Joona avec un Glock noir tandis que sa main gauche pend le long de son corps. Joona croit d'abord qu'il est blessé avant de se rendre compte qu'il s'agit d'une prothèse.

Tobias est posté derrière un établi sale, il tient le Smith & Wesson de Joona dans la main et semble ne pas savoir qu'en faire. Sur la droite, l'homme blond pointe toujours son fusil à canon scié sur Joona.

— Roger, dit l'homme en costume à ce dernier. Toi et Micke vous vous occuperez du policier une fois que je serai parti.

Tobias, contre le mur, le fixe d'un regard anxieux.

Un jeune homme, tête rasée et pantalon de camouflage, se dirige vers Joona en le visant avec un *rattlare*, un petit pistolet-mitrailleur assemblé de façon artisanale avec des composants d'origines diverses. Joona ne porte pas de gilet pare-balles, mais quitte à choisir, il préférerait essuyer quelques tirs de celui-ci… Un *rattlare* a parfois la même puissance de tir qu'une arme automatique, mais souvent la fabrication est de piètre qualité.

Une petite lumière rouge tremble sur la poitrine de Joona. Le pistolet-mitrailleur est muni d'un viseur point rouge que certains policiers utilisaient il y a des années.

— Couchez-vous sur le sol, les mains derrière la tête, dit Joona.

L'homme à la tête rasée part d'un rire incontrôlable. Le témoin lumineux descend jusqu'au plexus solaire de Joona, puis remonte au niveau de sa clavicule.

— Micke, descends-le, dit Roger qui vise toujours Joona avec son fusil.

— Il faut pas qu'il y ait de témoins, dit Tobias en s'essuyant nerveusement la bouche.

— Mets le gamin dans la voiture, lui ordonne l'homme à la prothèse d'une voix calme avant de quitter la salle.

Tobias ne lâche pas Joona du regard tandis qu'il s'approche de Dante et l'agrippe par les cheveux avant de le traîner négligemment derrière lui sur le carrelage.

— J'arrive, crie Joona.

Le jeune homme qui tient l'arme artisanale et qui répond au nom de Micke est à environ six mètres. L'inspecteur s'approche de lui d'un pas prudent.

— Ne bougez plus !

— Micke, dit Joona d'une voix douce. Si vous vous allongez par terre, les mains derrière la nuque, vous vous en sortirez.

— Descends-moi ce flic, crie Roger.

— Fais-le toi-même, chuchote Micke.

— Quoi ? dit Roger en baissant son fusil. Qu'est-ce que t'as dit ?

123

Le jeune homme au pistolet-mitrailleur respire de façon saccadée. Le point rouge du viseur tremblote sur la poitrine de Joona, disparaît une demi-seconde puis réapparaît.

— Je vois que vous avez peur, dit Joona en s'approchant.

— Fermez-la, vous entendez ? Fermez-la ! dit Micke en reculant.

— Votre main tremble.

— Tire, bordel de merde, rugit Roger.

— Posez votre arme.

— Tire !

— Il n'ose pas tirer, lui dit Joona.

— Mais moi j'ose, dit Roger en relevant le canon de son fusil. Moi j'ose tirer.

— Je ne vous crois pas, dit Joona avec un sourire.

— Je le fais ? Je vais le faire ! Vous voulez que je le fasse ?

Roger s'avance vers Joona à grandes enjambés. Un pendentif Mjöllnir oscille sur une chaîne autour de son cou. Il pose le doigt sur la détente et vise Joona.

— Je vais vous éclater la cervelle.

Joona baisse les yeux et attend que l'homme soit tout près de lui avant de tendre le bras pour attraper le canon du fusil. Il s'empare de l'arme et lui donne un coup de crosse sur la tempe. On entend un craquement puis sa tête est projetée sur le côté. L'homme trébuche et se retrouve dans la ligne de mire du pistolet-mitrailleur. Posté derrière lui, Joona vise entre les jambes et appuie sur la détente. La détonation est assourdissante et le recul de l'arme important. La grenaille passe entre les jambes de Roger pour atteindre Micke à la cheville gauche avec une puissance terrible. Chacun des deux cent cinquante-huit grains de plomb qui garnissaient la cartouche transperce son tibia et son mollet. Arraché par l'impact, le pied de Micke est projeté sous le tapis roulant de la machine à dépecer. Du sang gicle de son moignon et Micke appuie sur la détente du pistolet-mitrailleur. Six balles atteignent Roger à la poitrine et à l'épaule. Micke hurle en plongeant vers le sol. Avec un sifflement assourdissant, les autres balles se logent dans le plafond ou ricochent sur les tuyaux et les traverses. Les détonations résonnent dans la salle jusqu'à ce que le chargeur du pistolet soit vide et qu'on n'entende plus que le cri rauque de Micke.

L'homme à la prothèse fait irruption dans la salle. Il voit Roger tomber à genoux et se courber en avant. Sa queue de cheval recouvre sur son visage. Il s'appuie sur le sol, les bras tendus. Un flot continu de sang s'écoule de sa poitrine et passe à travers la grille avant d'être évacué par le tuyau réservé au sang des porcs.

Joona se met à couvert derrière un ensemble de machines destinées à faire gonfler les carcasses des animaux pour en faciliter le dépeçage. Il entend l'homme le suivre, repousser un chariot grinçant d'un coup de pied et souffler par ses étroites narines.

Joona recule, casse le fusil et constate qu'il ne contenait qu'une seule cartouche.

Micke crie à l'aide, halète, pousse des hurlements. À quelques mètres de lui, Joona remarque une porte qui mène à une chambre froide. Derrière les bandes de plastique jaunâtres, il devine les carcasses de porcs éventrés suspendus à des crochets.

Dans la chambre froide, une autre porte doit donner sur la rue et les plates-formes élévatrices.

124

Côté pignon, une porte métallique noire se détache de la façade brunâtre du bâtiment. Elle est maintenue entrouverte par un journal roulé. Une plaque blanche indique “Larrsons viande et charcuterie”. Vicky se précipite vers l’entrée, trébuche sur le caillebotis en fer et ouvre la porte. Du sang qui s’écoule de sa main blessée goutte sur le journal.

Elle doit retrouver Dante. C’est son unique but. Elle pénètre dans un vestiaire avec des bancs en bois installés devant des placards en tôle rouge. Une photographie de Zlatan Ibrahimović est fixée au mur. Quelques supports en plastique pour des tasses à café et une brochure de la Fédération syndicale des travailleurs de l’alimentaire sont posés dans l’encadrement de la fenêtre.

Un cri retentit dans une pièce voisine. C’est un homme qui appelle à l’aide. Vicky ouvre un placard, en sort quelques sacs plastique couverts de sable, ouvre le suivant sans plus de succès, et continue d’avancer jusqu’à ce qu’elle aperçoive une bouteille en verre vide entre de vieilles boîtes de tabac à priser et des papiers de bonbons dans la poubelle.

L’homme crie de nouveau. Il semble plus essoufflé.

— Fait chier, chuchote Vicky en récupérant la bouteille.

Elle l’attrape la serre fort dans sa main droite, passe une deuxième porte et pénètre dans une réserve où sont entreposées des palettes près de machines d’emballage.

Elle court aussi silencieusement que possible vers une grande porte de garage. Alors qu'elle passe devant une palette de cartons, elle devine un mouvement du coin de l'œil et s'arrête net. Elle balaye la réserve du regard et voit une ombre bouger derrière un chariot élévateur orange. Elle respire sans bruit et avance sur la pointe des pieds. Elle prend appui sur le chariot d'une main et le contourne. Un homme accroupi se penche au-dessus d'une couverture.

— Je ne me sens pas bien, dit une voix d'enfant.

— Tu arrives à te lever, petit bonhomme ? demande l'homme.

Elle fait un pas vers eux. L'homme se retourne et Vicky se rend compte qu'il s'agit de Tobias.

— Vicky ? Qu'est-ce que tu fais là ? demande-t-il avec un sourire étonné.

Elle s'approche, les sourcils froncés.

— Dante ? dit-elle d'une voix prudente.

Le garçon la regarde comme s'il était dans une pièce sombre et qu'il ne parvenait pas à distinguer son visage.

— Vicky, amène-le dans la fourgonnette. J'arrive tout de suite…

— Mais…

— Fais simplement ce que je te dis et tout ira bien.

— D'accord, dit-elle d'une voix blanche.

— Dépêche-toi – mets le gamin dans la voiture.

Le petit garçon a le teint grisâtre. Il repose sa tête sur la couverture. Ses paupières lourdes se referment.

— Tu n'as qu'à le porter, dit Tobias dans un soupir.

— Oui, dit Vicky avant de se diriger droit sur Tobias et de lui assener un coup violent à la tête avec la bouteille en verre qui se brise.

Pendant un instant, il semble juste surpris, puis il chancelle et pose un genou à terre. D'un air perplexe, il tâtonne son cuir chevelu et regarde les éclats de verre mêlés de sang sur ses mains.

— Qu'est-ce que tu fous…

Elle lui plante un tesson de bouteille dans le cou et le tourne dans la plaie. Du sang chaud coule entre ses doigts. Elle se sent ivre de colère. La rage brûle en elle. Elle lui donne un autre coup et l'atteint cette fois à la joue droite.

— T'aurais pas dû toucher au garçon, crie-t-elle.

Puis elle vise ses yeux mais il parvient à attraper sa veste, la tire et lui décoche un coup de poing en plein visage. Elle tombe en arrière et sa vue se brouille comme si elle était prise de vertige. Dans sa chute, elle se souvient des hommes qui payaient Tobias et du jour où elle s'est réveillée avec des douleurs terribles dans le bas-ventre et des ovaires en vrac.

Elle atterrit sur le dos mais parvient à maintenir la tête levée. Elle cligne des yeux, retrouve la vue et se relève. Ses jambes sont comme du coton. Du sang coule de sa bouche. Tobias trouve une planche avec des clous sur le sol et tente de se mettre debout.

Une douleur lancinante irradie toujours dans la main gauche de Vicky mais elle garde le goulot de la bouteille dans la main droite.

Elle s'approche de Tobias et, le bras tendu, plante à nouveau le tesson dans sa chair. Du sang gicle dans ses yeux. Elle lui assène des coups furieux à la poitrine et sur le front. Le reste de la bouteille se casse. Elle se coupe la main mais continue de frapper jusqu'à ce que Tobias tombe et cesse de bouger.

125

Vicky n'a plus la force de courir avec Dante dans les bras, elle doit continuer en marchant. Elle a envie de vomir et ne sent plus ses bras. Elle a peur de lâcher le petit garçon. Elle s'arrête et tente de changer de position mais perd l'équilibre et tombe sur les genoux. Vicky halète et pose délicatement Dante par terre. Il s'est endormi. Son visage est livide, son souffle à peine perceptible. Ils ont deux options : fuir ou se cacher. Elle se ressaisit, serre les dents, le prend par la veste et le traîne jusqu'à un conteneur. Peut-être peuvent-ils réussir à se glisser derrière ? Dante gémit et sa respiration s'accélère. Elle lui caresse la tête. Il entrouvre les yeux avant de les refermer aussitôt.

Il y a une porte vitrée à côté d'une grande porte de garage à seulement dix mètres, mais elle n'a plus la force de le porter. Ses jambes tremblent encore de l'effort accompli. Elle rêverait de pouvoir s'allonger derrière Dante pour dormir, mais elle sait qu'il ne faut pas.

Ses mains sont couvertes de sang mais ne lui font plus mal. Elle n'a plus de sensations dans les bras.

Derrière la porte vitrée, la rue semble déserte. Elle s'affaisse sur une hanche, halète et tente de retrouver ses esprits. Elle observe ses mains puis le garçon et écarte les cheveux de son visage avant de se pencher sur lui.

— Réveille-toi.

Il cligne des yeux, observe son visage ensanglanté et semble terrifié.

— Ce n'est pas grave. Ça ne fait pas mal. Tu as déjà saigné du nez ?

Il hoche la tête et s'humecte les lèvres.

— Dante, je ne peux pas te porter, il faut que tu marches, dit Vicky d'une voix épuisée.

— Je fais que dormir tout le temps, répond Dante en bâillant.

— Tu vas rentrer à la maison, maintenant, c'est fini…

— Quoi ?

— Tu vas rentrer chez ta maman, dit-elle en lui adressant un sourire fatigué. Il faut juste que tu aies le courage de marcher.

Il hoche la tête, passe la main dans ses cheveux et se redresse. Au loin, dans l'entrepôt, quelque chose percute le sol. Le bruit sourd est suivi d'une étrange cacophonie, comme si de nombreux poteaux métalliques roulaient par terre.

— Essaie de te lever maintenant, chuchote Vicky.

Ils se lèvent ensemble et se dirigent vers la porte vitrée. Chaque pas lui coûte et Vicky comprend qu'elle n'y arrivera pas. Soudain, elle aperçoit la lumière bleue de la première voiture de police, bientôt suivie par d'autres véhicules. Ils sont sauvés.

— Allô ? crie une voix rauque d'homme. Allô ?

Sa voix résonne entre les murs et le haut plafond. Vicky est prise de vertige et doit s'arrêter, mais Dante continue d'avancer. Elle appuie son épaule contre le métal froid du conteneur.

— Sors par la porte, dit-elle à voix basse.

Dante la fixe du regard et s'apprête à revenir vers elle.

— Non, sors, implore-t-elle. J'arrive tout de suite.

Elle aperçoit trois policiers en uniforme qui courent dans la mauvaise direction, vers un bâtiment de l'autre côté de la rue. Dante rejoint la porte. Il appuie sur la poignée et la tire, mais elle ne s'ouvre pas.

— Allô ? crie l'homme qui s'approche.

Vicky crache du sang, serre les dents, tente de reprendre son souffle et se remet à marcher.

— C'est coincé, dit Dante en tirant toujours sur la poignée.

Ses jambes tremblent sous son poids. Elle a l'impression que l'un de ses genoux va céder, mais elle se force à accomplir les derniers pas qui la séparent de la porte. Une douleur fulgurante éclate dans sa main lorsqu'elle appuie sur la poignée et la tire. La porte ne bouge pas d'un millimètre. Elle la pousse sans plus de succès. Elle est fermée à clé. Vicky frappe du poing sur la vitre épaisse mais le son est étouffé. Il y a maintenant quatre voitures de police à l'extérieur. La lumière bleue balaye les façades et se reflète dans les fenêtres. Elle fait des signes, mais personne ne la voit.

Des pas lourds résonnent sur le sol en béton de l'entrepôt. Quelqu'un approche. Vicky se retourne et voit qu'un homme corpulent avec un gilet en cuir se dirige vers eux, le sourire aux lèvres.

126

Un convoyeur électrique est fixé au plafond. Des carcasses de porcs y sont suspendues les unes à côté des autres. L'odeur douceâtre de la viande est atténuée par la température de la chambre froide.

Joona progresse à croupetons entre les carcasses et s'enfonce plus avant dans la pièce, à la recherche d'une arme. Il entend soudain des cris étouffés, suivis d'une série de bruits sourds. Il tente de distinguer son poursuivant à travers les bandes de plastique qui pendent à l'entrée et devine une silhouette floue près de la table de dépeçage.

L'homme s'approche d'un pas rapide. Il tient un Glock dans la main droite. Joona recule encore, s'accroupit sous les carcasses et balaye la chambre froide du regard.

À quelques mètres, contre le mur, un seau blanc est posé à côté d'une grande barre et de chiffons sales.

Une barre dont il pourrait se servir.

Il s'en approche discrètement mais doit reculer précipitamment quand l'homme écarte les bandes de plastique avec sa prothèse. Joona devine son poursuivant dans les étroites bordures en acier chromé des établis. L'homme entre dans la chambre froide en tenant son arme d'une main raide et sonde la pièce du regard.

Sans un bruit, Joona fait quelques pas en direction du mur et se cache derrière un porc. Il ne peut plus surveiller son agresseur mais entend toujours le bruit de ses pas et sa respiration.

À une quinzaine de mètres, il remarque une porte qui donne certainement sur la rue. Joona pourrait s'élancer dans l'allée entre les rangées de carcasses suspendues, mais juste avant la porte, l'homme bénéficierait d'une ligne de tir dégagée pendant plusieurs secondes. C'est sans doute trop. Il entend des pas rapides, puis un bruit sourd. L'une des carcasses vacille et l'attache entre le crochet et la glissière cliquette. Joona parcourt la brève distance qui le sépare du mur et s'accroupit à côté d'une installation frigorifique. L'ombre de son agresseur avance sur le sol en béton à dix mètres de lui. L'étau se resserre. L'homme à la prothèse va finir par le trouver. Joona se décale sur le côté et se rend compte que la barre dont il comptait se servir comme d'une arme est en plastique. Elle ne lui sera d'aucune utilité. Il s'apprête à continuer quand il remarque qu'il y a quelques outils dans le seau. Trois tournevis, une pince coupante et un couteau à la lame courte et épaisse.

Joona sort délicatement le couteau du seau mais les autres outils s'entrechoquent et la lame glisse contre la pince. Il tente d'anticiper les mouvements de son poursuivant en écoutant les bruits qu'il fait et s'écarte d'un bond.

L'homme tire et la balle touche une carcasse de porc avec un bruit sourd à trente centimètres de la tête de Joona. L'agresseur court dans l'allée. Joona se met à plat ventre sur le sol et roule sur le côté jusqu'à l'allée parallèle.

127

Le policier n'est pas armé et il a peur, se dit l'homme en écartant les bandes de plastique avec sa prothèse. Il s'arrête, lève son arme et distingue un mouvement entre les cadavres suspendus. Oui, il doit avoir peur, se répète-t-il pour lui-même. L'homme sait que Joona se cache quelque part et qu'il essaiera de s'enfuir par la porte qui donne sur la rue. Sa respiration est hachée. Il a l'impression de sentir l'air froid et sec s'infiltrer dans ses poumons. Il tousse doucement, fait volte-face, jette un œil à son pistolet et relève la tête. Il doit cligner des yeux. Peut-être aperçu quelque chose à côté du mur – derrière l'installation frigorifique. Il avance le long de la rangée de carcasses.

Il doit pouvoir en finir rapidement. Il doit seulement retrouver le policier et le tuer à bout portant. D'abord tirer dans la poitrine, puis dans la tempe. Il s'immobilise. Le policier n'est pas le long du mur. Il n'y a qu'un seau et quelques chiffons sur le sol. Il fait aussitôt demi-tour et revient sur ses pas, puis se fige à nouveau et écoute. Seul son propre souffle vient rompre le silence. Il pousse une carcasse de la main gauche. Elle est plus lourde qu'il ne le pensait et il doit faire un effort pour qu'elle se balance. La douleur de son ancienne blessure réapparaît lorsque son moignon est compressé contre la coque de la prothèse. L'attache du crochet cliquette. Lorsque la carcasse se décale sur la droite, il peut voir l'allée parallèle. Le policier n'a nulle part où aller. Il est pris au piège. Il lui suffit de garder une ligne de tir dégagée vers la porte au cas où il tenterait de sortir et de surveiller l'autre entrée du coin de l'œil.

Son épaule commence à fatiguer et il baisse son arme un instant tout en sachant qu'il risque de perdre de précieuses secondes. Mais si son bras s'épuise, son pistolet va se mettre à trembler.

Il progresse lentement dans l'allée, croit entrevoir un dos, lève son arme et tire. Le recul se répercute dans son bras et le jet de poudre brûle la jointure de ses doigts. L'adrénaline envahit son corps. Son visage devient livide.

Il se décale sur le côté et sent le battement de son cœur s'intensifier, mais comprend vite qu'il s'est trompé et que sa cible n'était qu'un porc qui pendait un peu de travers. La situation est en train de mal tourner. Il doit retrouver ce policier, il ne peut pas le laisser s'échapper, pas maintenant. Mais où est-il bordel ? Où est-il ?

Il entend un grincement au plafond et lève les yeux sur les poutres métalliques et les traverses. Il n'y a rien d'anormal. Il recule, fait un faux pas et doit appuyer son épaule contre une carcasse pour retrouver l'équilibre. Il sent l'humidité dégagée par la viande froide à travers sa chemise. De petites gouttes de condensation font briller la couenne. Il ne se sent pas bien. Quelque chose ne tourne pas rond et le stress commence à s'insinuer en lui. Il ne peut pas se permettre de rester beaucoup plus longtemps. L'homme continue d'avancer. Voyant soudain une ombre passer sur le mur, il lève son arme. Toutes les carcasses se mettent à vibrer dans la chambre froide et leur silhouette se trouble. On entend un bourdonnement au plafond, le mécanisme électrique du convoyeur émet quelques cliquetis et les lourdes carcasses se mettent en mouvement, créant un courant d'air froid. L'homme se retourne, tente de surveiller toutes les directions en même temps et se dit que le jeu n'en valait pas la chandelle. Il aurait dû être beaucoup plus simple d'acheter un garçon suédois que tout le monde croyait mort. Il en aurait obtenu un très bon prix, ne serait-ce qu'en Allemagne ou aux Pays-Bas. Maintenant, ça ne vaut plus le coup.

Le circuit s'arrête et les porcs oscillent lentement. Une lampe rouge est allumée sur le mur. Le policier a dû appuyer sur le bouton d'arrêt d'urgence. Le silence retombe dans la chambre froide et l'inquiétude l'envahit. Qu'est-ce que je fous ici ? Il tente de calmer sa respiration, s'approche lentement de la lumière rouge, s'accroupit pour essayer de voir entre les corps suspendus et fait deux pas en avant. La porte qui donne sur la rue est toujours fermée.

Il se retourne pour contrôler l'autre sortie. Le grand policier se tient juste devant lui. L'homme sent un frisson remonter le long de son dos.

128

L'homme tente de braquer son arme sur lui. Joona anticipe ses mouvements, fait un pas en avant et écarte l'arme qui se retrouve presque à la verticale. Il attrape l'homme par le poignet, retire l'arme de sa main en la cognant contre la carcasse d'un porc et plante le couteau de toutes ses forces dans sa paume. La lame s'enfonce entre les côtes de l'animal et l'homme pousse un hurlement.

Joona lâche le couteau et se décale sur le côté. Le petit homme halète frénétiquement, tâtonne le manche des doigts inertes de sa prothèse mais abandonne rapidement. Il est prisonnier et se rend bientôt compte qu'il doit bouger le moins possible pour éviter la douleur. Sa main est bloquée bien au-dessus de sa tête. Du sang coule le long de son poignet et sous la manche de sa chemise. Sans lui accorder un regard, Joona ramasse le pistolet et quitte la chambre froide.

L'air dans la grande salle lui semble étouffant tandis qu'il longe le mur en courant vers la porte par laquelle Tobias a disparu avec Dante. Il contrôle l'arme, constate qu'il y a au moins une balle dans la chambre et sans doute d'autres dans le chargeur. Il ouvre la porte métallique verte et pénètre dans un grand entrepôt où sont stockées des palettes de marchandises à côté de chariots élévateurs. De la lumière entre par les fenêtres sales sous le plafond.

Il entend des soupirs rauques, tente d'en définir l'origine et se précipite jusqu'à un grand conteneur. Une lumière bleue qui tombe d'une vitre danse sur le sol. Il lève son arme et contourne le conteneur. L'homme ventripotent est agenouillé, dos à Joona. Il cogne la tête de Vicky sur le sol et pousse de longs soupirs. Dante s'est recroquevillé un peu plus loin et Joona entend ses pleurs effrayés et solitaires. Il se rue sur l'homme avant qu'il n'ait le temps de se relever, saisit sa gorge d'une main, le relève d'un coup sec et l'écarte de Vicky. Il pousse l'homme, brise sa clavicule avec son pistolet, l'incline en arrière, puis lâche sa nuque et lui assène un coup de pied dans la poitrine qui le projette à travers la porte vitrée.

L'homme atterrit dans la rue, au milieu des éclats de verre. Il est étendu sur le dos dans la lumière bleue. Trois policiers en uniforme se précipitent vers lui tandis qu'il palpe sa poitrine et tente de se relever.

— Joona Linna ? demande l'un des policiers.

Il fixe le grand inspecteur qui se tient dans l'encadrement de la porte alors que des débris de verre continuent à tomber du bord supérieur.

— Je ne suis là qu'en qualité d'observateur.

Il jette le Glock à terre et va s'agenouiller à côté de Vicky. Elle est allongée sur le dos et respire difficilement. Son bras forme un angle anormal. Dante a cessé de pleurer et regarde avec de grands yeux Joona qui caresse la joue de Vicky et lui chuchote que tout est fini. Un filet de sang s'écoule de son nez. Joona est accroupi et maintient la tête de Vicky immobile. Ses pieds frétillent mais elle n'ouvre pas les yeux et ne réagit pas quand il lui parle.

129

L'homme qui a été projeté à travers la porte vitrée est resté allongé un moment sur le dos avant de se redresser pour prendre la fuite, mais il a été maîtrisé par deux policiers qui l'ont plaqué sur le ventre et lui ont passé les menottes.

Les premiers ambulanciers arrivés sur place ont veillé à immobiliser la tête de Vicky avec un collier cervical avant de l'installer sur une civière.

Joona a fait un compte rendu aux responsables de l'intervention pendant que deux patrouilles de police s'introduisaient dans le bâtiment. Dans la chambre froide, ils ont découvert un homme livide et silencieux dont la main droite était fixée à une carcasse de porc par un couteau. L'agent qui l'a retrouvé a alerté les ambulanciers et a dû faire appel à un collègue pour parvenir à retirer le couteau. La lame a grincé contre les côtes de l'animal avant de sortir d'un coup sec. L'homme a baissé le bras et a serré sa main contre son ventre à l'aide de sa prothèse avant de chanceler et de s'asseoir par terre.

L'homme touché à la poitrine par le pistolet-mitrailleur était mort. Le tireur qui avait pressé la détente lorsque Joona lui avait arraché le pied était toujours en vie. En nouant son écharpe autour de son mollet, il a évité de se vider de tout son sang. Lorsque la patrouille de police était arrivée et que les policiers l'avaient mis en joue, il s'était contenté de désigner son pied qui baignait dans une mare de sang sous un tapis roulant.

On a retrouvé Tobias Lundhagen caché parmi les déchets dans un coin obscur de l'entrepôt. Son visage tailladé et ses plaies saignaient abondamment. Ses blessures n'étaient pas mortelles mais il était défiguré. Il tentait de se traîner plus loin entre les déchets et lorsque l'un des policiers l'a attrapé par le pied, il tremblait de peur.

*

Carlos Eliasson avait déjà été informé de la situation aux abattoirs quand Joona l'a appelé depuis l'ambulance.

— Un mort, deux blessés graves et trois légers, lance-t-il.

— Mais les enfants sont en vie, ils s'en sont sortis…

— Joona, dit Carlos dans un soupir.

— Tout le monde disait qu'ils s'étaient noyés, mais moi je…

— Je sais. Tu avais raison, l'interrompt Carlos. Mais tu faisais aussi l'objet d'une enquête interne et tu avais reçu des ordres.

— Alors, j'aurais dû laisser tomber ?

— Oui.

— Je ne pouvais pas.

Les sirènes cessent de hurler et l'ambulance bifurque sous le portail des urgences de l'hôpital Söder.

— Le procureur et ses hommes géreront les interrogatoires et toi, tu es dès à présent en arrêt maladie et exclu de toute l'enquête.

Joona se dit que cette histoire ne va pas arranger son cas. Peut-être même fera-t-il l'objet d'une nouvelle plainte, mais pour le moment, tout ce qu'il ressent est un immense soulagement. Dante est sorti de la gueule du loup.

Une fois à l'hôpital, il sort seul de l'ambulance mais on lui demande ensuite de s'allonger sur une civière. Les médecins en remontent les bords et le transportent aussitôt jusqu'à une salle d'examen. Tandis qu'on panse ses blessures, il tente d'obtenir des informations sur l'état de Vicky Bennet et plutôt que d'attendre son tour pour passer une radiographie, il part à la recherche du médecin de la jeune fille.

Le Dr Lindgren, une femme de très petite taille, étudie les boutons d'une machine à café, le front plissé. Joona lui explique qu'il a besoin de savoir si Vicky est en état d'être interrogée.

La petite femme l'écoute sans le regarder. Elle appuie sur le bouton "moka", patiente pendant que son gobelet se remplit et dit ensuite à Joona qu'elle lui a fait passer un CT scan du cerveau afin de diagnostiquer d'éventuelles hémorragies intracrâniennes. Elle souffre d'une commotion cérébrale importante, mais les veinules sont intactes.

— Vicky doit rester à l'hôpital en observation, mais je ne vois pas d'inconvénient à ce que vous l'interrogiez demain matin si c'est important, explique la femme qui repart avec son café.

*

Le procureur de Sundsvall, Susanne Öst, est en route pour Stockholm. Elle a décidé d'arrêter Vicky Bennet. Dès huit heures le lendemain matin, elle compte mener les interrogatoires préliminaires avec cette jeune fille de quinze ans soupçonnée de meurtre et d'enlèvement.

130

Dans le couloir, Joona Linna montre sa carte de police et se présente au jeune policier en faction devant la chambre 703 de l'hôpital Söder à Stockholm. Vicky est assise sur le lit. Les rideaux sont tirés, son visage est recouvert de blessures sombres et de bleus. Sa tête est entourée de plâtre. Susanne Öst se tient près de la fenêtre avec une autre femme. Sans les saluer, Joona s'approche du lit de Vicky et s'installe sur la chaise.

— Comment vas-tu ?

Son regard est trouble lorsqu'elle lui demande :

— Est-ce que Dante a retrouvé sa maman ?

— Il est toujours à l'hôpital, mais sa mère est là, elle ne le lâche pas d'une semelle.

— Il est blessé ?

— Non.

Vicky hoche la tête et fixe le vide devant elle.

— Et toi, comment tu vas ?

Elle le regarde mais n'a pas le temps de répondre. Le procureur se racle la gorge.

— Je dois demander à Joona Linna de quitter la chambre maintenant.

— C'est bon, vous l'avez fait, répond Joona sans lâcher Vicky du regard.

— Vous n'avez rien à voir avec cette enquête préliminaire, dit Susanne d'une voix forte.

— Ils vont te poser un tas de questions, explique Joona à Vicky.

— J'aimerais que vous restiez, dit-elle à voix basse.

— Je ne peux pas.

Vicky chuchote pour elle-même et regarde ensuite Susanne Öst d'un air sombre.

— Je ne parlerai à personne si Joona n'est pas là.

— Il peut rester s'il garde le silence.

Joona observe Vicky et tente de se figurer comment trouver une brèche dans sa carapace. La responsabilité de deux meurtres est un énorme fardeau à porter. N'importe quel autre adolescent de son âge aurait déjà fondu en larmes et tout avoué, mais l'expression de cette fille est aussi dure que le marbre. Elle ne laisse personne connaître ses pensées. Elle concède de brèves alliances mais garde toujours le contrôle de la situation.

— Vicky Bennet, commence le procureur avec un sourire. Je m'appelle donc Susanne et c'est moi qui vais t'interroger, mais avant de commencer, je t'informe que j'enregistre tout ce qui est dit pour mémoire… et pour que je n'aie pas à tout écrire, un bonheur pour quelqu'un d'un peu paresseux comme moi…

Vicky ne la regarde pas et n'a pas la moindre réaction. Susanne attend un moment, ne se départit pas de son sourire et précise l'heure, la date et le nom des personnes présentes dans la pièce.

— C'est la procédure avant de commencer, explique le procureur.

— Est-ce que tu as bien compris qui nous sommes ? demande l'autre femme. Je suis Signe Ridelman, ta représentante légale.

— Signe est là pour t'aider, dit le procureur.

— Sais-tu ce qu'est un représentant légal ?

Vicky hoche la tête de façon presque imperceptible.

— J'ai besoin d'une réponse, poursuit Signe d'une voix patiente.

— Je comprends, dit Vicky à voix basse avant que son visage ne se fende soudain d'un large sourire.

— Qu'est-ce qui est si amusant? demande le procureur.

— Ça, dit Vicky avant de retirer lentement le petit tube du pli de son bras.

Elle observe le sang sombre qui s'écoule sur sa peau livide.

131

Le petit bruit d'un oiseau qui atterrit sur le rebord en tôle de la fenêtre rompt le silence. Les néons fixés au plafond bourdonnent faiblement dans la chambre d'hôpital.

— Je vais te demander de parler de certains événements, dit Susanne Öst. Et je veux que tu t'en tiennes à la vérité.

— Et rien que la vérité, chuchote Vicky la tête baissée.

— Il y a neuf jours… tu as quitté ta chambre de Birgittagården au milieu de la nuit, tu t'en souviens ?

— Je n'ai pas compté les jours, dit la fille d'une voix monocorde.

— Mais tu te souviens d'avoir quitté Birgittagården ?

— Oui.

— Pourquoi ? Pourquoi est-ce que tu es partie de Birgittagården en pleine nuit ?

Vicky tire lentement sur un fil détaché du pansement qui entoure l'une de ses mains.

— Tu l'as déjà fait ? demande Susanne.

— Quoi ?

— Te sauver du centre en pleine nuit ?

— Non, dit Vicky d'un ton las.

— Alors pourquoi l'as-tu fait cette fois ?

Comme elle n'obtient pas de réponse, le procureur affiche un sourire patient et demande ensuite d'une voix plus douce :

— Pourquoi étais-tu éveillée au milieu de la nuit ?

— Je me souviens pas.

— Et si on revient quelques heures en arrière, te souviens-tu de ce qui s'est passé à ce moment-là ? Tout le monde est allé se coucher, mais toi tu étais réveillée. Qu'as-tu fait ?

— Rien.

— Tu n'as rien fait jusqu'à ce que, subitement, tu quittes Birgittagården dans la nuit – ça ne te semble pas curieux ?

— Non.

Vicky regarde fixement par la fenêtre. Le vent souffle sur les toits et le soleil est masqué par des nuages qui balayent le ciel.

— Maintenant, j'aimerais que tu nous racontes pourquoi tu as quitté le centre, dit Susanne sur un ton plus insistant. Parce que je ne partirai pas tant que tu n'auras pas expliqué ce qui s'est passé. Tu comprends ?

— J'ignore ce que vous voulez entendre, répond Vicky d'une voix faible.

— Je sais que ce n'est pas facile, mais tu dois nous raconter ce qui s'est passé.

La fille lève les yeux au plafond. Sa bouche remue légèrement, comme si elle essayait de retrouver un mot, avant de dire d'un ton interrogateur :

— J'ai tué…

Elle s'interrompt et tripote le tube dans le pli de son bras.

— Continue, dit Susanne d'une voix tendue.

Vicky s'humecte les lèvres et secoue la tête.

— C'est aussi bien de le dire, insiste Susanne. Tu as dit que tu avais tué…

— Oui, c'est ça… il y avait une mouche dans la chambre et je l'ai tuée et…

— Mais enfin… N'est-ce pas curieux que tu te souviennes d'avoir tué une mouche, mais pas de la raison pour laquelle tu as quitté Birgittagården au beau milieu de la nuit ?

132

Le procureur et Signe Ridelman ont demandé à faire une courte pause et ont quitté la pièce un moment. La lumière grise du matin s'infiltre par la fenêtre. Le ciel blanc se reflète dans le chrome du pied de perfusion et sur le montant du lit. Vicky est assise dans le grand lit d'hôpital et jure pour elle-même.

— Tu l'as dit, dit Joona en s'installant sur la chaise à côté d'elle.

Elle lève les yeux sur lui avec un petit sourire.

— Je n'arrête pas de penser à Dante, dit-elle d'une voix faible.

— Il va s'en sortir.

Elle est sur le point de dire quelque chose mais s'arrête lorsque le procureur et la représentante légale pénètrent dans la chambre.

— Tu as avoué t'être sauvée du centre, dit le procureur d'une voix distincte. En pleine nuit. Au milieu de la forêt. Ce n'est pas vraiment quelque chose qu'on fait sans raison. Tu avais une raison de t'enfuir – n'est-ce pas ?

Vicky baisse les yeux, s'humecte les lèvres, mais ne dit rien.

— Réponds-moi, dit Susanne en haussant la voix. Ça vaut mieux.

— Oui…

— Pourquoi t'es-tu enfuie ?

La fille hausse les épaules.

— Tu as fait quelque chose dont il n'est pas facile de parler – n'est-ce pas ?

Vicky se frotte le visage.

— Je suis obligée de te poser ces questions. Tu trouves que c'est pénible, mais je sais que tu te sentiras beaucoup mieux si tu avoues.

— Vraiment ?

— Oui.

Elle hausse les épaules, lève la tête et rencontre le regard du procureur.

— Que faut-il que j'avoue ?

— Ce que tu as fait ce soir-là.

— J'ai tué une mouche.

Le procureur se lève d'un bond et quitte la chambre sans un mot.

133

Il est huit heures et quart du matin lorsque Saga Bauer ouvre la porte du bureau du chef de l'Inspection générale des services. Le responsable de l'enquête interne, Mikael Båge, se lève poliment de l'un des fauteuils. Les cheveux de Saga sont encore mouillés et ses longues boucles brillantes nouées avec des rubans colorés serpentent sur son dos et ses fines épaules. Elle a un pansement à la racine du nez, mais sa beauté est époustouflante. Saga a couru dix kilomètres ce matin et porte comme à son habitude un gilet à capuche avec le logo du club de boxe Narva, un jean délavé et des baskets.

— Saga Bauer ? demande Båge en arborant un sourire factice.

— Oui.

Il la rejoint, s'essuie les mains sur sa veste et lui serre la main.

— Excusez-moi. Mais je… et puis zut, on vous l'a sûrement déjà dit… mais si j'avais eu vingt ans de moins.

Les joues écarlates, Mikael Båge s'installe sur une chaise et desserre un peu sa cravate avant de lever les yeux sur Saga. La porte s'ouvre et le procureur général Sven Wiklund entre dans le bureau. Il leur serre la main, s'attarde un moment devant Saga comme s'il allait dire quelque chose, puis se contente de hocher la tête et pose une carafe d'eau et trois verres sur la table avant de s'asseoir.

— Saga Bauer, inspecteur à la Säpo, commence Mikael Båge sans parvenir à réprimer le sourire qui se dessine sur son visage.

— C'est peut-être aussi bien d'en finir, dit le procureur en s'adressant à Saga. Vous avez l'air d'une princesse Bauer.

Il hésite un moment puis remplit les trois verres d'eau.

— Vous avez été convoquée pour qu'on recueille votre témoignage, poursuit l'inspecteur en tapant du doigt sur un dossier. Vous étiez présente lors de l'intervention concernée.

— Que voulez-vous savoir ? demande-t-elle d'une voix grave.

— La plainte déposée contre Joona Linna concerne… il est soupçonné d'avoir alerté…

— Göran Stone est vraiment un abruti de première, l'interrompt-elle.

— Ce n'est pas la peine de vous énerver.

Saga se souvient très bien de la façon dont Joona et elle se sont introduits dans les locaux de la Brigaden. Daniel Marklund, l'expert informatique ès piratages et mises sur écoute du groupuscule, leur a fourni l'information qui leur a permis de sauver la vie de Penelope Fernandez.

— Vous ne considérez donc pas que l'intervention de la police de sûreté a échoué ?

— Si, mais c'est moi qui ai alerté la Brigaden.

— La plainte concerne…

— Joona est le meilleur policier du pays.

— C'est bien beau la loyauté, mais nous allons intenter un procès contre…

— Allez vous faire foutre, crie Saga.

Elle se lève et renverse la table. Les verres et la carafe se fracassent sur le sol, de l'eau et des éclats de verre se répandent dans la pièce. Elle arrache le dossier des mains de Mikael Båge, jette les documents qu'il contient par terre et les piétine avant de quitter le bureau en claquant la porte. La fenêtre s'ouvre à la volée sous l'effet du puissant courant d'air provoqué par son geste.

Saga Bauer ressemble à une princesse tout droit sortie d'un conte, mais elle ne se voit que comme l'inspecteur de la police de sûreté qu'elle est. C'est l'un des meilleurs tireurs d'élite en dehors des forces spéciales et une excellente boxeuse.

134

Saga jure encore à voix basse lorsqu'elle arrive sur le pont Kungsbron. Elle s'oblige à ralentir le pas et tente de retrouver son calme. Le téléphone sonne dans son gilet à capuche. Elle s'arrête, regarde l'écran et répond lorsqu'elle voit qu'il s'agit de son responsable à la Säpo.

— On a reçu une demande de la Rikskrim, dit Verner de sa voix de baryton. J'ai vu avec Jimmy et Jan Petterson, mais aucun d'entre eux ne peut s'en occuper… Je ne sais pas si Göran Stone est vraiment l'homme de la situation, mais…

— De quoi s'agit-il ?

— L'interrogatoire d'une mineure… elle est mentalement instable et le responsable de l'enquête préliminaire a besoin de quelqu'un qui ait reçu une formation spécialisée en technique d'interrogatoire et qui ait une expérience de…

— Que tu demandes Jimmy, je peux comprendre, dit Saga qui sent la crispation dans sa voix. Mais pourquoi avoir pensé à Jan Petterson ? Et pas à moi ? Et Göran… comment peux-tu penser qu'il…

Saga fait un effort pour se taire. Dans son dos, elle sent encore la sueur due à son accès de colère dans le bureau de l'Inspection générale des services.

— Tu vas me faire une crise maintenant ? demande Verner en soupirant.

— Enfin merde, c'est quand même moi qui suis allée à Pullach et qui ai suivi la formation du Service fédéral de renseignement BND et c'est…

— Je t'en prie…

— Je n'ai pas terminé, l'interrompt-elle. Tu te rappelles quand même que j'étais là pour le contre-interrogatoire de Mohammed al-Abdaly.

— Mais tu n'étais pas la responsable…

— Non, mais c'est grâce à moi… Oh, et puis laisse tomber.

Elle raccroche et se dit qu'elle lui donnera sa lettre de démission dès le lendemain quand le téléphone sonne à nouveau.

— D'accord, Saga, dit lentement Verner. Tu peux faire une tentative.

— Va te faire foutre, crie Saga avant d'éteindre son téléphone.

*

Carlos renverse de la nourriture pour poissons sur son bureau quand Anja fait irruption dans la pièce. Il est en train de ramasser les flocons lorsque le téléphone sonne.

— S'il te plaît, appuie sur le haut-parleur, lui demande-t-il.

— C'est Verner, dit Anja en appuyant sur le bouton.

— Allô, allô, dit gaiement Carlos en se frottant les mains au-dessus de l'aquarium.

— C'est encore Verner… désolé, ça a pris un peu de temps.

— Pas de souci.

— Bon, Carlos, j'ai fait ce que je pouvais, mais mes meilleurs hommes travaillent pour Alex Allan au Joint Intelligence Committee*, dit le chef de la Säpo avant de

* Comité conjoint du renseignement.

se racler la gorge. Mais il y a une femme… d'ailleurs tu l'as déjà rencontrée. Saga Bauer. Elle pourrait au moins assister…

Anja se penche vers le téléphone.

— Elle n'est bonne qu'à faire la plante verte – c'est ça ?

— Allô ? dit Verner. Qui est à l'appareil…

— Taisez-vous ! siffle Anja. Je connais bien Saga Bauer et je peux vous dire que la Säpo ne mérite pas d'avoir dans ses rangs un policier aussi doué…

— Anja, dit Carlos.

Il essuie rapidement ses mains sur son pantalon et tente de s'intercaler entre elle et le téléphone.

— Assieds-toi, rugit Anja.

Carlos s'exécute.

— Je suis déjà assis, dit Verner d'une voix faible…

— Vous allez appeler Saga et vous excuser, lui dit Anja d'une voix grave.

135

L'agent de police en faction devant la chambre 703 regarde la carte de police de Saga Bauer et ses joues rougissent malgré lui. Il l'informe que la patiente sera bientôt de retour et lui tient la porte.

Saga pénètre dans la pièce et s'arrête devant deux personnes qui attendent dans la chambre. Le lit a disparu, mais le pied à perfusion est encore là.

— Excusez-moi, dit une femme vêtue d'une veste de tailleur grise.

— Oui, répond Saga.

— Vous êtes une amie de Vicky ?

Avant que Saga n'ait le temps de répondre, Joona Linna ouvre la porte.

— Joona, dit-elle, étonnée, avant de lui serrer la main avec un grand sourire. Je pensais que tu avais été exclu.

— C'est bien le cas.

— Formidable.

— Les inspecteurs internes font un travail exemplaire, dit-il avec un sourire qui creuse des fossettes sur ses joues.

Le procureur Susanne Öst rejoint Saga et lui lance un regard interrogateur.

— Säpo ? Je croyais que peut-être… je veux dire, j'avais demandé un…

— Où se trouve Vicky Bennet ? demande Saga.

— Le médecin voulait lui faire passer un nouveau scan, dit Joona qui se poste à la fenêtre, le dos tourné à la pièce.

— Ce matin, j'ai pris la décision de procéder à l'arrestation de Vicky Bennet, explique le procureur. Mais j'aimerais obtenir des aveux avant l'audience de délivrance du mandat d'arrêt.

— Vous comptez intenter un procès ? demande Saga d'un air étonné.

— Écoutez, dit Susanne d'un ton sec. J'y étais, j'ai vu les corps. Vicky Bennet a quinze ans et elle joue déjà dans une catégorie qui dépasse largement le cadre des institutions pour mineurs délinquants.

Saga lui renvoie un sourire sceptique.

— Mais une peine de prison…

— Ne le prenez pas mal, mais je m'attendais vraiment à quelqu'un d'expérimenté.

— Je comprends.

— Mais je trouve qu'il faut vous laisser tenter votre chance, c'est normal.

— Merci, lâche Saga entre ses dents.

— J'y ai déjà passé la matinée et je peux vous assurer qu'il ne s'agit pas d'un interrogatoire classique, dit Susanne Öst.

— Comment ça ?

— Vicky Bennet n'a pas peur – elle semble aimer les jeux de pouvoir.

— Et vous ? Vous aimez les jeux de pouvoir ?

— Je n'ai pas le temps de jouer à ses jeux, ni aux vôtres d'ailleurs, rétorque le procureur d'une voix glaciale. Demain je dois déposer une requête de délivrance de mandat d'arrêt au tribunal de première instance.

— J'ai écouté l'interrogatoire préliminaire, et je n'ai pas eu l'impression que Vicky Bennet était en train de jouer, dit Saga.

— Ce n'est qu'un jeu, persiste Susanne.

— Je ne crois pas, mais un meurtre peut être traumatisant même pour le meurtrier. Les souvenirs sont alors comme une série d'îlots aux frontières imprécises.

— Et comment procède-t-on à la Säpo ?

— Le responsable de l'interrogatoire doit présumer que chacun a le désir d'avouer et d'être compris, répond Saga sans se préoccuper du ton provocateur du procureur.

— C'est tout ?

— J'essaie de ne pas oublier que l'aveu est lié à la sensation de pouvoir, étant donné que celui qui confesse détient le pouvoir sur la vérité, poursuit Saga d'un ton aimable. C'est bien la raison pour laquelle les menaces ne fonctionnent pas, alors que la gentillesse et le respect…

— Gardez quand même à l'esprit qu'elle est soupçonnée d'avoir commis deux meurtres particulièrement horribles.

Un bruit de pas et le cliquetis du lit à roulettes résonnent dans le couloir.

136

Vicky Bennet pénètre dans la chambre, poussée par deux infirmières auxiliaires. Son visage a considérablement enflé. Ses joues et son front sont parsemés de blessures noires. Les pansements de ses bras ont été changés et son pouce plâtré. Les infirmières installent le lit à sa place et remettent la pochette de perfusion sur le pied. Vicky est allongée sur le dos, les yeux ouverts. Elle ne fait aucun cas des prudentes tentatives des infirmières pour converser avec elle. Son visage est de marbre et les commissures de ses lèvres tirent légèrement vers le bas.

Les bords de son lit sont remontés, mais toutes les sangles sont détachées. Avant que les infirmières ne quittent la chambre et ne referment la porte, Saga remarque que deux agents sont désormais postés dans le couloir. Saga attend que la jeune fille croise son regard avant de s'approcher du lit.

— Je m'appelle Saga Bauer et je suis là pour t'aider à te souvenirs de ces derniers jours.

— Vous êtes quoi, genre une éducatrice ?

— Inspecteur.

— Policier ?

— Oui, de la Säpo.

— Vous êtes la plus belle personne que j'ai jamais vue en vrai.

— C'est gentil.

— J'ai tailladé de jolis visages, dit Vicky avec un sourire.

— Je suis au courant, répond calmement Saga.

Elle sort son téléphone portable et allume l'application d'enregistrement. Elle donne rapidement la date, le lieu, l'heure et précise le nom des personnes présentes. Elle se tourne ensuite vers Vicky et l'observe un moment avant de parler.

— Tu as vécu des choses terribles, dit-elle en toute sincérité.

— J'ai vu les journaux, répond Vicky avant de déglutir une fois ou deux. J'ai vu des photos de moi et de Dante… et j'ai lu des choses sur moi.

— Est-ce que tu reconnais ce qu'ils écrivent ?

— Non.

— Raconte-moi plutôt comment ça s'est passé, avec tes propres mots.

— J'ai couru et j'ai marché et j'ai eu froid… j'ai eu très froid.

Vicky observe Saga d'un air songeur, puis s'humecte les lèvres et semble chercher au plus profond d'elle-même des souvenirs qui coïncideraient avec ce qu'elle a dit ou des mensonges qui l'excuseraient.

— Je ne sais rien de ce qui t'a poussée à courir, mais je t'écouterai si tu choisis d'en parler.

— Je n'ai pas envie, marmonne Vicky.

— Si on commençait par la veille ? J'en sais déjà un peu, vous avez suivi des cours le matin…

Vicky ferme les yeux et répond après un court moment.

— C'était comme d'habitude, la routine et des tâches nazes.

— Vous n'avez pas d'activités l'après-midi ?

— Elisabet a amené tout le monde au lac… Lu Chu et Almira se sont baignées toutes nues, on n'a pas le droit, mais elles sont comme ça, explique Vicky avec un sourire soudain. Elisabet s'est fâchée et du coup tout le monde a commencé à se déshabiller.

— Mais pas toi ?

— Non… ni Miranda, et Tuula non plus.

— Qu'avez-vous fait ?

— On a juste mis les pieds dans l'eau et on a regardé les filles qui jouaient.

— Et que faisait Elisabet ?

— Elle s'est mise aussi toute nue et s'est baignée, dit Vicky en souriant.

— Et Tuula et Miranda ?

— Elles se balançaient des pommes de pin.

— Et Elisabet se baignait avec les filles.

— Elle nageait comme une mémère.

— Et toi alors ? Que faisais-tu ?

— Je suis retournée à la ferme.

— Comment tu allais ce soir-là ?

— Bien.

— Bien ? Pourquoi tu t'es fait du mal alors ? Tu t'es tailladé les bras et le ventre.

137

Le procureur s'est installé sur une chaise et suit attentivement l'interrogatoire. Saga observe le visage de Vicky et remarque que son expression s'est durcie en l'espace d'une seconde. Elle fait la moue et son regard s'est assombri.

— J'ai lu une note, explique Saga.

— Oui, mais ce n'était rien… On matait la télé et je m'apitoyais un peu sur moi-même et je me suis coupée avec un tesson de porcelaine… J'ai dû aller dans le bureau pour me faire soigner. J'aime bien. Parce que Elisabet est calme et elle sait que j'ai besoin de bandes de gaze douces autour des mains, je veux dire, des poignets… Parce que ça me dégoûte toujours après, quand je pense à toutes les veines qui sont ouvertes…

— Pourquoi est-ce que tu t'apitoyais sur toi-même ?

— Je devais parler avec Elisabet, mais elle m'a dit qu'elle n'avait pas le temps.

— De quoi voulais-tu lui parler ?

— Je n'en sais rien, rien, c'était juste mon tour d'avoir un entretien individuel, mais le temps qui devait m'être consacré est parti en fumé parce que Miranda et Tuula se sont disputées.

— Ça me paraît injuste.

— En tout cas, je m'apitoyais sur mon sort, je me suis tailladée et on m'a soignée.

— Du coup, tu as quand même eu un peu de temps avec Elisabet.

— Oui, dit Vicky en souriant.

— Tu es la préférée d'Elisabet ?

— Non.

— Qui est sa préférée ?

Vicky lui décoche un coup rapide et inattendu du revers de la main, mais Saga se contente de décaler sa tête de quelques centimètres sans bouger son corps. Vicky ne comprend pas comment elle a pu rater son coup et comment sa cible a eu le temps de poser une main sur sa joue, très délicatement.

— Tu es fatiguée ? demande Saga qui laisse sa main sur la joue de la jeune fille.

Vicky la regarde et laisse un moment la main sur elle avant de se détourner subitement.

— Tu prends généralement trente milligrammes de Zyprexa avant de te coucher, dit Saga après un moment.

— Oui.

La voix de Vicky est plus faible.

— Vers quelle heure ?

— Dix heures.

— As-tu réussi à t'endormir à ce moment-là ?

— Non.

— Tu n'as pas réussi à dormir de la nuit, d'après ce que j'ai compris.

— Je ne veux plus parler, dit Vicky avant de poser lourdement sa tête sur son oreiller et de fermer les yeux.

— Ça suffit pour aujourd'hui, dit sa représentante légale en se levant de sa chaise.

— Il nous reste vingt minutes, intervient le procureur.

— Ma cliente a besoin de repos, dit Signe Ridelman. Tu es fatiguée, n'est-ce pas ? Je te trouve quelque chose à manger ?

La représentante légale parle avec sa cliente tandis que le procureur, posté à la fenêtre, écoute les messages sur son répondeur, le regard dans le vide. Saga s'apprête à arrêter l'enregistrement lorsqu'elle croise le regard de

Joona. Ses yeux lui paraissent curieusement gris – comme la glace qui perd de sa blancheur quand la neige fond au printemps. Il sort de la chambre. Saga demande à la représentante légale de patienter et lui emboîte le pas. Elle passe devant les policiers et le rejoint un peu plus loin dans le couloir. Il l'attend à côté d'une porte en fer qui mène à la cage d'escalier et vers les issues de secours.

— J'ai raté quelque chose ? demande-t-elle.

— Vicky a dormi dans son lit avec des vêtements recouverts de sang, lui explique Joona à voix basse.

— Qu'est-ce que tu racontes ?

— Ça n'apparaît pas dans le rapport d'enquête.

— Mais tu l'as vu ?

— Oui.

— Elle a donc dormi après les meurtres ?

— Je n'ai pas eu accès aux résultats des analyses, mais je suppose que, n'allant pas bien, elle a pu prendre une dose excessive de son médicament. Elle a dû penser que ça l'aiderait, mais ce n'est pas le cas, les effets secondaires sont importants et on constate souvent de violents accès de fureur. On n'en sait encore rien pour l'instant, mais peut-être qu'elle voulait se venger de Miranda pour avoir foutu en l'air son entretien individuel ; peut-être qu'elle reprochait à Elisabet d'avoir laissé faire Miranda ; peut-être qu'il s'agit d'autre chose…

— Mais tu penses qu'un des scénarios possibles serait qu'elle ait tué Elisabet, pris la clé, ouvert la porte de la chambre d'isolement, tué Miranda et qu'elle se soit endormie ?

— Oui, parce que la scène de crime dans la chambre révèle deux aspects, une incroyable violence et une étrange prévenance.

Joona regarde Saga droit dans les yeux, mais son expression est songeuse.

— Lorsque Miranda est morte, la colère s'estompe, dit-il. Elle tente d'arranger le corps de Miranda, la pose sur le lit et lui couvre les yeux avec ses mains. Ensuite, elle retourne dans sa chambre juste au moment où l'effet calmant du médicament prend le relais. C'est un médicament puissant… et une grande fatigue s'empare d'elle.

138

Quand Saga revient dans la chambre, le procureur tente de lui expliquer que les quinze minutes qui restent sont insuffisantes pour espérer obtenir quelque chose de significatif. Saga se contente de hocher la tête comme si elle approuvait et s'installe au pied du lit.

La représentante légale la regarde d'un air interrogateur. Saga patiente, les mains posées sur le métal du montant, jusqu'à ce que Vicky tourne son visage blessé et rencontre son regard.

— Je pensais que tu étais restée éveillée toute la nuit, commence Saga d'une voix calme. Mais Joona dit que tu as dormi dans ton lit avant de quitter Birgittagården.

Vicky secoue la tête et la représentante légale tente de s'interposer.

— L'interrogatoire est terminé pour la journée et…

Vicky chuchote quelque chose et gratte la croûte d'une blessure sur sa joue. Saga se dit qu'elle doit absolument la faire parler de ce qui s'est passé ensuite. Cela ne doit pas être nécessairement un élément important, juste quelques mots sincères à propos de la fuite à travers la forêt et de l'enlèvement du petit garçon.

Elle sait pertinemment que plus on parvient à faire parler le suspect des événements annexes au crime, plus les probabilités sont grandes qu'il raconte tout.

— Joona se trompe rarement, dit Saga avec un sourire.

— Il faisait noir et j'étais dans mon lit quand tout le monde criait et claquait les portes, chuchote Vicky.

— Tu es allongée dans ton lit et tout le monde crie, dit Saga en hochant la tête. À quoi penses-tu ? Que fais-tu à ce moment-là ?

— J'ai peur, c'est la première chose, mon cœur bat très vite, et je reste complètement immobile sous la couette, dit Vicky en regardant dans le vide. Il fait noir… et puis, je sens que je suis mouillée… je pense que je me suis fait dessus ou que j'ai eu mes règles, quelque chose comme ça… Buster aboie et Nina crie quelque chose à propos de Miranda. J'allume la lampe et là je vois que j'ai du sang partout sur moi.

Saga évite de la confronter au sang et aux meurtres, elle ne doit pas essayer de forcer l'aveu mais suivre le courant de ses paroles.

— Tu cries aussi ? demande-t-elle d'une voix neutre.

— Je crois pas, je sais pas, je n'arrivais pas à réfléchir, poursuit Vicky. Je voulais sortir de là, disparaître… Je dors habillée, je l'ai toujours fait, alors je prends juste mon sac et j'enfile mes chaussures. Je passe par la fenêtre et je vais droit dans la forêt… j'ai peur et je marche aussi vite que je peux et le ciel s'éclaircit et au bout de quelques heures, il devient plus facile de voir entre les arbres. Je continue d'avancer et soudain je vois une voiture… elle est presque neuve, mais abandonnée, la portière est ouverte et les clés sont sur le contact. Je sais conduire, je l'ai fait tout un été… alors je me laisse tomber dans la voiture et je démarre. Et là je sens à quel point je suis fatiguée, mes jambes tremblent. Je me dis que je vais conduire jusqu'à Stockholm et essayer de trouver un peu de fric pour pouvoir aller chez un pote au Chili… Soudain, j'entends un énorme bruit, la voiture tourne sur elle-même et percute un truc sur le côté… boum, puis plus rien. Je me réveille, je saigne de l'oreille, je lève les yeux, et il y a des petits éclats de verre partout. Je suis entrée dans un putain de feu. Je ne sais pas comment ça a pu arriver. Toutes les vitres sont cassées, la pluie tombe dans la voiture… le moteur est toujours en marche et je suis encore en vie. Je mets ma main sur le levier de changement de vitesse et je recule pour me dégager et je continue de rouler. La pluie fouette mon visage, j'entends des pleurs, je me retourne et je vois qu'il y a un enfant dans le siège-auto à l'arrière… un petit garçon. C'est complètement dément, je ne comprends pas d'où il sort… Je lui crie de la fermer. Il pleut à verse. Je ne vois presque rien, mais juste au moment où je tourne pour prendre le pont, je vois des lumières bleues de l'autre côté de la rivière… Je panique et je tourne le volant et la voiture quitte la route. Ça va trop vite, droit sur une plage plus bas, je freine mais la voiture continue quand même jusqu'à l'eau et ma tête tape contre le volant. L'eau glisse sur le capot et entre dans la voiture et on s'enfonce dans la rivière, comme ça… Tout devient noir, on coule, mais j'arrive à trouver de l'air sous le toit et je grimpe à l'arrière jusqu'au garçon. J'arrive à détacher la ceinture et j'arrache tout le siège avec moi et on passe par le pare-brise, on est déjà bien profond, mais le siège flotte et nous remonte à la surface, on est transportés par la rivière et on arrive à rejoindre l'autre rive… on est complètement trempés, mon sac et mes chaussures ont disparu, mais on commence à marcher…

Vicky s'arrête pour reprendre son souffle. Saga devine un mouvement du procureur du coin de l'œil, mais elle ne lâche pas Vicky du regard.

— J'ai dit à Dante qu'on allait retrouver sa maman, poursuit Vicky d'une voix tremblante. Je le tenais par la main et on a marché et marché et on chantait une chanson qu'il a apprise à l'école et qui parlait d'un bonhomme qui avait usé ses chaussures. On a suivi une grande route avec des poteaux sur le bord… une voiture s'est arrêtée et on a pu monter à l'arrière… ce mec dans la voiture, il nous a regardés dans le rétroviseur et a mis le chauffage et nous a demandé si on voulait venir chez lui et avoir des vêtements secs et à manger… et on serait sûrement allés avec lui s'il ne nous avait pas matés dans le rétro et dit qu'on allait avoir un peu d'argent de poche aussi… Quand il s'est arrêté pour prendre de l'essence on s'est sauvés et on a continué à pied… Je sais pas jusqu'où on est arrivés, mais sur une aire de repos à côté d'un lac, il y avait un poids lourd Ikea arrêté et sur une des tables en bois il y avait un thermos et un sac en plastique avec une pile de sandwichs aux saucisses, grosse comme ça, mais avant qu'on ait le temps de récupérer le sac, un gars contourne le véhicule et demande si on a faim… Il vient de Pologne et il nous laisse monter avec lui jusqu'à Uppsala… J'emprunte son téléphone et j'appelle maman… Plusieurs fois, je me dis que je vais le buter s'il touche au garçon, mais il nous laisse dormir tranquilles… Il veut rien. Il nous laisse descendre et on prend le train jusqu'à Stockholm, on se cache entre les valises… j'ai plus la clé pour le métro et je connais plus personne, il s'est passé tellement de temps… J'avais habité chez un couple sur Midsommarkransen pendant quelques semaines, mais je me souviens plus de leur nom. Par contre, je me souviens de Tobias, bien sûr que je me souviens de Tobias, je me souviens qu'il habite sur Wollmar Yxkullsgatan, que j'avais l'habitude d'aller à Mariatorget et… je suis tellement conne, je mérite pas de vivre.

Elle s'interrompt, tourne la tête vers l'oreiller et reste figée dans la même position. On n'entend plus que son souffle dans la pièce.

139

Saga suit le montant du lit avec l'index et regarde Vicky, allongée sur le ventre, immobile.

— Je pense à l'homme dans la voiture, dit Saga. Celui qui voulait que vous l'accompagniez chez lui… Je suis quasiment sûre que ton sentiment de danger était justifié.

Vicky se redresse dans le lit et rencontre les yeux bleu clair de Saga.

— Crois-tu que tu vas pouvoir m'aider à le retrouver quand on aura terminé tout ça ?

Vicky hoche la tête, déglutit profondément, puis baisse les yeux et s'allonge en entourant son corps de ses bras frêles. Difficile d'imaginer cette jeune fille fragile en train de briser le crâne de deux personnes.

— Avant de poursuivre, j'ai simplement envie de dire qu'on se sent généralement mieux en disant la vérité, hasarde Saga.

Comme sur le ring, elle se sent à la fois calme et tous ses sens en alerte. Elle est sur le point d'obtenir des aveux complets et elle sent que l'atmosphère s'est transformée dans la pièce. Les voix, les regards témoignent de ce changement. Saga fait mine de noter quelque chose dans son carnet et attend quelques secondes supplémentaires avant de regarder Vicky comme si elle avait déjà avoué les meurtres.

— Tu as dormi dans des draps tachés de sang, dit Saga d'une voix douce.

— J’ai tué Miranda, chuchote Vicky. Pas vrai ?

— Raconte-moi.

La bouche de Vicky tremble et les blessures de son visage s’assombrissent quand elle rougit.

— Je peux devenir tellement folle de rage, chuchote Vicky qui se couvre le visage.

— Tu étais en colère contre Miranda ?

— Oui.

— Qu’as-tu fait ?

— Je ne veux pas en parler.

La représentante légale ne peut pas s’empêcher d’approcher de Vicky.

— Tu sais que tu n’es pas obligée d’en parler, n’est-ce pas ?

— Je ne suis pas obligée, répète Vicky à l’adresse de Saga.

— L’interrogatoire est terminé, dit Susanne Öst d’une voix déterminée.

— Merci, chuchote Vicky.

— Elle a besoin de temps pour se souvenir, dit Saga.

— Oui mais nous avons un aveu, dit Susanne.

— Je ne sais pas, marmonne Vicky.

— Tu as avoué avoir tué Miranda Ericsdotter, dit Susanne d’une voix forte.

— Ne m’engueulez pas.

— Tu l’as frappée ? insiste Susanne. Tu l’as frappée, n’est-ce pas ?

— Je ne veux plus parler.

— Cet interrogatoire est terminé, rappelle la représentante légale d’une voix sévère.

— Comment as-tu frappé Miranda ? demande le procureur avec fermeté.

— Peu importe, répond Vicky d’une voix étranglée par les larmes.

— Tes empreintes ont été retrouvées sur un marteau ensanglanté qui…

— Je ne veux pas en parler, bordel. Vous pouvez faire entrer ça dans votre tête ?

— Tu n'es pas obligée, dit Saga. Tu as le droit de garder le silence.

— Pourquoi t'es-tu mise en colère contre Miranda ? demande le procureur en haussant la voix. Une colère si folle que tu…

— Je vais prendre note de cet incident, dit la représentante légale.

— Comment es-tu entrée dans la chambre d'isolement ?

— J'ai ouvert, répond Vicky tout en essayant de sortir du lit. Mais là, je ne veux plus parler de…

— Comment as-tu eu les clés ? l'interrompt le procureur.

— Je ne sais pas, je…

— C'est Elisabet qui les avait ?

— Je les ai empruntées, répond Vicky.

— Elle voulait te les prêter ?

— Je lui ai défoncé le crâne ! crie Vicky puis elle envoie valser le plateau du petit-déjeuner en direction du procureur.

L'assiette en plastique tombe sur le sol avec le yaourt et les corn-flakes. Du jus d'orange éclabousse le mur.

— Allez vous faire foutre ! crie-t-elle avant de pousser sa représentante légale qui tombe à la renverse et heurte les chaises derrière elle.

Avant que Saga et Joona n'aient le temps de l'en empêcher, Vicky saisit le pied de transfusion et frappe le procureur de toutes ses forces au niveau de l'épaule. La poche de transfusion se détache et éclate contre le mur.

140

Joona et Saga se sont interposés entre Vicky et les deux femmes et ont tenté de ramener le calme. Le liquide de perfusion coulait sur le mur. Vicky haletait et les regardait avec des yeux terrifiés. Elle s'était blessée et saignait abondamment de l'arcade sourcilière. Des policiers et du personnel médical ont fait irruption dans la chambre et l'ont plaquée au sol. Ils étaient quatre et elle a été prise de panique. Elle se tordait dans tous les sens pour essayer de se libérer, poussait des hurlements et a renversé le chariot médical d'un coup de pied.

On l'a retournée sur le ventre, en position semi-latérale, et on lui a fait une injection dans les fesses. Elle a poussé des hurlements mais a rapidement retrouvé son calme.

Après quelques minutes, ils l'ont installée dans son lit. Elle pleurait et essayait de dire quelque chose, mais son bafouillage était incompréhensible. Une infirmière l'a entravée avec des sangles. Ses poignets et ses chevilles ont été plaqués contre le bord du lit, ses cuisses ont été attachées et des sangles épaisses ont été entrecroisées sur sa poitrine. Le sang qui s'échappait de sa blessure avait taché les draps et les habits blancs du personnel soignant. Un désordre indescriptible régnait dans la chambre, le mobilier était renversé, de l'eau et de la nourriture gisaient sur le sol.

Une demi-heure plus tard, Vicky était immobile, le visage gris et inerte, la bouche entrouverte. Son arcade avait été soignée et un nouveau cathéter placé dans le pli de son bras. Un policier attendait dans l'encadrement de la porte tandis que la femme de ménage passait un dernier coup de serpillière.

*

Joona sait que le procureur l'a à l'œil et qu'il n'est pas censé intervenir. Mais il n'aime pas la tournure qu'ont prise les événements. Vicky ne sera plus interrogée avant la délivrance du mandat d'arrêt. Il aurait été préférable de ne pas engager le processus juridique tant que les interrogatoires n'étaient pas terminés et les résultats du SKL rendus mais Susanne Öst avait décidé de procéder à l'arrestation et de déposer la requête de délivrance du mandat dès le lendemain.

Si Saga Bauer avait bénéficié d'un peu plus de temps, Vicky Bennet lui aurait certainement tout raconté. Désormais, ils doivent composer avec des aveux dont on pourra penser qu'ils ont été obtenus sous la contrainte. Mais tant que les preuves techniques ne se contredisent pas, cela n'a peut-être pas d'importance, se dit-il en quittant la pièce où la fille est endormie.

Joona sent la forte odeur d'alcool désinfectant qui se diffuse dans le couloir par une porte ouverte. Quelque chose dans cette affaire le trouble. S'il fait abstraction de la pierre, il n'a pas de difficulté à imaginer le déroulement des faits. Sa théorie se tient, mais est loin d'être solide. Les événements ne s'enchaînent pas encore clairement. Il aurait eu besoin de tout le matériel, le rapport d'autopsie, les rapports des techniciens et les résultats détaillés du laboratoire pour éclairer les zones d'ombre qui subsistent encore. Pourquoi Miranda était-elle couchée avec les mains sur le visage ?

Il se souvient parfaitement de la pièce ensanglantée mais les rapports des techniciens lui auraient permis de mieux appréhender le déroulement des faits. Susanne Öst se dirige vers les ascenseurs et s'arrête à côté de lui. Ils se font un bref signe de tête, elle a l'air satisfaite.

— Maintenant tout le monde me déteste parce que j'ai été trop rude, dit-elle en entrant dans l'ascenseur. Mais un aveu pèse très lourd dans la balance, même si cela provoque quelques mécontentements.

— Comment cela se présente-t-il avec les preuves techniques ?

— Tellement bien que je choisis le deuxième plus haut degré de soupçon, présumée coupable.

— Vous voulez que je jette un œil au rapport ? demande Joona.

Susanne semble perplexe et ne répond qu'après un moment d'hésitation.

— Ce ne sera pas nécessaire.

— Bien.

— Vous pensez qu'il pourrait y avoir des lacunes ?

— Non.

— Je dois avoir le rapport de l'enquête sur les lieux du crime, dit-elle en ouvrant sa serviette.

Joona passe les portes vitrées. Le procureur fouille dans ses papiers. Elle presse le pas. Il est déjà arrivé à sa voiture quand Susanne Öst le rattrape.

— Ce serait super si vous aviez le temps de le regarder aujourd'hui, dit-elle, essoufflée, avant de lui tendre une fine pochette en cuir. Je vous donne également quelques résultats préliminaires du SKL et les certificats de décès du rapport d'autopsie. Joona hoche la tête et jette la pochette sur le siège passager avant de s'installer au volant.

141

Joona est attablé dans l'arrière-salle du bistrot *Il Caffè* et lit les documents du dossier de Susanne Öst. Provoquer Vicky lors de l'interrogatoire était une grossière erreur. Il ne peut pas croire qu'elle ait enlevé Dante intentionnellement, ça ne cadre pas avec l'image qu'il s'est faite d'elle. Pourtant, elle a assassiné Miranda et Elisabet. Pourquoi a-t-elle fait ça ?

Le dossier contient peut-être des réponses. Comment expliquer que Vicky soit parfois en proie à une colère dévastatrice et capable d'une telle violence ? Les effets secondaires de son traitement n'expliquent pas tout. Il ne lui avait pas été prescrit avant Birgittagården. Joona feuillette les documents. La scène de crime est souvent le miroir de l'assassin. Dans cette affaire, les fragments de son reflet se projettent dans le dessin des traces de sang sur les papiers peints et sur le sol, parmi les meubles renversés, sur les empreintes de bottes et dans la disposition des corps. Nathan Pollock dirait sûrement que la sensibilité dont l'enquêteur fait preuve face à une scène de crime peut être bien plus déterminante que les indices considérés uniquement comme des preuves techniques. Pour l'auteur du crime, la victime et le lieu remplissent une fonction spécifique. La victime joue un rôle dans le drame qui se noue dans l'esprit du meurtrier, et le lieu du crime peut être considéré comme le résultat d'une scénographie élaborée avec un type d'accessoires bien particulier. Il est évident que le hasard entre également en ligne de compte, mais certains éléments seront toujours révélateurs de la psychologie du meurtrier ; ils témoignent de ce qui a motivé ses actes.

Joona Linna lit le rapport d'enquête pour la première fois. Il s'attarde longuement sur la documentation qui accompagne le compte rendu et qui concerne les indices matériels ainsi que l'analyse scientifique de la scène de crime. La police a fourni un travail remarquable, bien plus minutieux que ce que l'on aurait pu exiger.

Un serveur coiffé d'un bonnet en laine arrive avec une grande tasse de café posée sur un plateau, mais Joona est tellement absorbé par sa lecture qu'il ne le remarque pas. Dans la pièce voisine, une jeune femme avec un anneau en argent dans la lèvre lui indique avec un sourire qu'elle a vu Joona commander le café.

Bien que les résultats du laboratoire gouvernemental de la police technique et scientifique ne figurent pas dans le rapport, les preuves corroborent toutes le même fait : les empreintes digitales retrouvées sur la scène de crime sont celle de Vicky Bennet. Le rapport d'expertise spécifie qu'il s'agit du niveau +4. C'est le plus haut degré sur l'échelle de correspondance. Rien dans l'analyse ne vient contredire ce qu'il a lui-même observé, bien que nombre de ses constations n'y figurent pas – comme le fait que le sang avait taché les draps à différents moments de sa coagulation, sur une durée d'au moins une heure. Le rapport préliminaire ne mentionne pas non plus le fait que la trajectoire des traces de sang projetées en arrière soit différente après le troisième coup.

Joona boit un peu de café et étudie à nouveau les photos. Il feuillette lentement la pile posée devant lui et observe chaque image avec la plus grande attention. Il sélectionne ensuite deux photos de la chambre de Vicky Bennet, deux de la chambre d'isolement où Miranda Ericsdotter a été assassinée et deux de la grange où l'on a retrouvé le corps d'Elisabet Grim. Il repousse sa tasse, débarrasse la table de tous les autres documents et dispose les six photos devant lui. Il se lève pour prendre du recul et observe tous les clichés en même temps dans l'espoir d'établir de nouvelles correspondances.

Après un moment, Joona retourne toutes les photos sauf une. Il l'étudie avec attention et tente de visualiser la pièce en faisant appel à ses impressions et à ses souvenirs olfactifs. Sur la photo, Miranda Ericsdotter est étendue en culotte sur le lit, les mains posées sur le visage. Le flash de l'appareil photo illumine le corps et les draps d'une lumière blanche. Le sang qui s'est écoulé de sa tête fracassée forme une masse sombre sur l'oreiller.

Soudain, Joona découvre une chose à laquelle il ne s'attendait pas. Il fait un pas en arrière et la tasse de café vide tombe sur le sol. La jeune fille au piercing sourit, la tête baissée. Joona se penche au-dessus de la photo de Miranda. Il pense à son entretien avec Flora Hansen. Il avait été agacé d'avoir perdu son temps avec elle. Tandis qu'il s'en allait, elle l'avait suivi jusqu'à l'entrée en répétant qu'elle avait vu Miranda et qu'elle avait fait un dessin du fantôme. Elle le lui avait montré mais avait lâché la feuille lorsqu'il l'avait écartée d'un revers de la main. Elle avait atterri en silence sur le sol. Joona avait entraperçu le dessin enfantin tandis qu'il l'enjambait pour sortir de l'appartement.

Tandis qu'il étudie la photo du corps de Miranda, il tente de se remémorer le dessin de Flora Hansen. Il avait été fait en deux étapes. Elle avait d'abord dessiné de simples traits pour former un bonhomme, puis elle avait rempli et complété les membres. Ils étaient épais et peu précis à certains endroits, alors que d'autres parties du corps de la fille étaient minces comme des fils. La tête était trop grosse et mal proportionnée. On devinait à peine la bouche droite derrière les mains squelettiques. Le dessin correspondait assez bien à ce qui avait été décrit dans les journaux.

Pourtant, la presse ignorait que Miranda avait été frappée à la tête et que du sang s'était écoulé sur le lit. Aucune photo de la scène de crime n'avait fuité et même si les journalistes avaient mentionné le fait que le cadavre avait été retrouvé les mains devant les yeux, ils ne faisaient que spéculer. De plus, l'enquête avait été entourée du plus grand secret.

— Vous avez pensé à quelque chose d'important, n'est-ce pas ? demande la fille depuis la pièce voisine.

Joona croise son regard clair et hoche la tête avant de reporter son attention sur les photographies couleur sur la table.

Il vient de réaliser en observant le corps de Miranda que Flora avait dessiné un cœur de couleur sombre à côté de la tête de la fille, à l'endroit exact où la tache de sang se trouvait en réalité. Même taille, même emplacement. Comme si elle avait réellement vu Miranda allongée sur le lit. Il se peut que ce soit le fruit du hasard, mais si ses souvenirs sont exacts, la ressemblance est frappante.

142

Les cloches de l'église Gustav Vasa sonnent lorsque Joona retrouve Flora devant le magasin *Carlén Antiquités* sur Upplandsgatan. Elle a très mauvaise mine et semble fatiguée. Ses yeux sont gonflés et cernés et un grand bleu recouvre l'une de ses joues. Sur une porte plus étroite, à côté de l'entrée du magasin, un petit panneau annonce la séance de spiritisme de la soirée.

— Vous avez apporté le dessin ?

— Oui, répond-elle en ouvrant la porte.

Ils descendent l'escalier qui mène au sous-sol. Flora allume les plafonniers et entre dans une petite pièce pourvue d'un soupirail qui donne sur la rue.

— Je suis désolée d'avoir menti, dit Flora qui fouille dans son sac. Je n'ai rien ressenti avec le porte-clés mais je…

— Pourriez-vous me montrer le dessin ?

— J'ai vu Miranda, dit-elle en lui donnant la feuille. Je ne crois pas aux fantômes, mais… elle était là.

Joona déplie la feuille et regarde le dessin. Une fille allongée sur le dos. Elle a les mains posées sur les yeux et ses cheveux sont éparpillés autour de sa tête. Aucun meuble n'est représenté mais ses souvenirs sont exacts, un cœur de couleur sombre est dessiné à côté de la tête de la jeune fille. Il est placé à l'endroit exact où le sang de Miranda a imbibé l'oreiller et les draps sur le matelas.

— Pourquoi avez-vous dessiné un cœur ?

Flora baisse la tête et devient écarlate.

— Je ne sais pas, je ne me souviens même pas de l'avoir fait… j'avais peur et tout mon corps tremblait quand j'ai fait le dessin.

— Avez-vous revu le fantôme ?

Elle hoche la tête et rougit encore un peu plus.

Est-il possible que Flora ait pu le mener en bateau depuis le début ? Si la pierre était un coup de chance, elle a dû réaliser qu'elle avait mis dans le mille. Il n'est pas très difficile d'interpréter les réactions des gens. Et si dans les faits, cet élément concordait avec sa supposition, elle a pu présumer que Miranda avait été frappée à la tête et qu'il y avait du sang dans le lit.

Pourtant, elle n'a pas dessiné du sang, mais un cœur. Et cela ne cadre pas avec la volonté de le manipuler. Elle a dû voir quelque chose.

Elle semble avoir vu le corps de Miranda très brièvement ou de façon très indistincte comme si cette image avait surgi dans son esprit. Puis, sans réfléchir, elle a dessiné le corps étendu, la position des mains et une masse sombre à côté de la tête de la jeune fille tels qu'ils étaient dans ses souvenirs. Elle a dessiné la tache de sang comme un cœur en faisant abstraction de toute logique et sans chercher un rapport concret avec le meurtre. Joona sait que Flora se trouvait à des kilomètres de Birgittagården la nuit du drame et qu'elle n'a aucun lien, ni avec les personnes concernées, ni avec les faits. Il observe à nouveau le dessin et envisage une autre hypothèse : peut-être Flora a-t-elle été mise au courant de certains éléments par quelqu'un qui était présent sur les lieux ? Un témoin qui lui aurait soufflé ce qu'elle devait dessiner.

Un enfant qui se serait représenté la tache de sang comme un cœur. Dans ce cas, cette histoire de fantôme ne serait qu'un moyen employé par Flora pour dissimuler l'identité du témoin.

— Je voudrais que vous essayiez d'entrer en contact avec le fantôme.

— Non, je ne peux pas faire ça…

— Comment cela marche-t-il ?

— Je suis navrée, mais je ne peux pas le faire, dit-elle d'une voix calme.

— Vous devez demander au fantôme ce qui s'est passé.

— Je ne veux pas, chuchote-t-elle. Je n'en peux plus.

— Vous serez récompensée.

— Je ne veux pas d'argent, je veux seulement que vous m'écoutiez.

— Mais je vous écoute.

— Je ne sais plus où j'en suis, mais je ne crois pas être folle.

— Je ne vous crois pas folle non plus, dit-il d'une voix grave.

Elle le regarde et essuie les larmes de ses joues. Puis, les yeux dans le vide, elle déglutit profondément.

— Je pourrais essayer, je suppose, dit-elle à voix basse. Toujours est-il que je ne crois pas vraiment aux…

— Faites une tentative.

— Vous devrez patienter là-bas, dit-elle en désignant la pièce voisine. Miranda ne semble se manifester que quand je suis seule.

— Je vois, dit Joona qui se lève et quitte la pièce.

143

Flora regarde l'inspecteur fermer la porte derrière lui. La chaise de la kitchenette grince lorsqu'il s'assoit dans l'autre pièce, puis le silence s'installe. Elle n'entend pas une seule voiture, pas un aboiement et aucun bruit provenir de la pièce où patiente l'inspecteur.

Ce n'est qu'à cet instant qu'elle prend conscience de son état de fatigue. Flora ignore comment procéder et s'il faut qu'elle allume une bougie et de l'encens. Elle décide simplement de rester sur sa chaise et de fermer un moment les yeux avant de regarder le dessin. Sa main tremblait et elle se rappelle avoir constamment vérifié que le fantôme n'était pas revenu lorsqu'elle dessinait.

Elle observe la feuille. Elle dessine très mal, mais on peut voir que la fille est allongée par terre. Il y a aussi des petites croix. Elle se souvient qu'elles étaient censées représenter les franges d'un tapis de bain. L'une des cuisses de la fille était fine, comme s'il s'agissait d'un os. On distingue une bouche droite derrière les doigts qui ne sont représentés que par des traits.

Dans la kitchenette, la chaise grince à nouveau. Flora cligne des yeux et fixe le dessin. Les doigts semblent s'être écartés, elle peut désormais voir l'un des yeux. La fille la regarde. Un léger cliquetis émane des canalisations. Flora sursaute. Elle balaye la petite pièce du regard. Le divan est drapé d'ombres noires et la table est dissimulée dans un coin sombre. Lorsqu'elle regarde à nouveau le croquis, l'œil est masqué. La feuille à carreaux est pliée au niveau du visage dessiné. Flora lisse le papier de ses mains tremblantes. Les doigts fins de la fille cachent ses yeux et seule une partie de la bouche est visible.

Le sol grince soudain derrière Flora. Elle se retourne mais il n'y a personne. Elle étudie le dessin jusqu'à ce que ses yeux s'emplissent de larmes. Les contours du cœur suspendu au-dessus de la tête de la jeune fille se troublent. Elle laisse errer son regard sur les cheveux emmêlés puis le dirige à nouveau sur les doigts. Flora retire instinctivement ses mains de la feuille en découvrant que la bouche n'est plus un trait horizontal. Elle s'est ouverte pour former un cri.

Flora se lève d'un bond et fixe la bouche qui hurle derrière les doigts. Elle s'apprête à appeler l'inspecteur lorsqu'elle remarque la fille. Elle est dans le placard contre le mur. Elle tente de se cacher mais la porte est impossible à fermer. La fille est immobile et a mis ses mains sur son visage. Ses doigts s'écartent et elle fixe Flora d'un œil.

Flora la regarde sans ciller.

La fille dit quelque chose derrière ses mains mais ses propos sont incompréhensibles.

— Je n'entends pas, dit-elle en s'approchant.

— Je suis enceinte, dit la fille en découvrant son visage.

Elle tâtonne l'arrière de sa tête d'un air étonné, retire sa main, regarde le sang et chancelle. Un filet continu s'écoule de l'arrière de son crâne, descend le long de son dos et goutte sur le sol. Sa bouche s'ouvre, mais avant qu'elle ne parle, sa tête tressaute et ses fines jambes cèdent sous son poids. Joona, qui a entendu du bruit, fait irruption dans la pièce. Flora est allongée sur le sol devant un placard entrouvert. Elle se redresse et le fixe d'un regard hébété.

— Je l'ai vue… elle est enceinte…

Joona aide Flora à se relever.

— Vous lui avez demandé ce qui s'était passé ?

Flora secoue la tête et regarde en direction du placard vide.

— Personne ne doit rien voir, chuchote-t-elle.

— Que dites-vous ?

— Miranda m'a dit qu'elle était enceinte, répond Flora en reculant.

Elle essuie ses larmes, regarde le placard et quitte la pièce. Joona récupère son manteau et la suit dans l'escalier qui mène à la rue.

144

Assise sur le perron du magasin *Carlén Antiquités*, Flora boutonne son manteau. Ses joues ont retrouvé une certaine couleur mais elle garde le silence. Sur le trottoir, Joona appelle le médecin légiste Nils Åhlén au service médicolégal de l'hôpital Karolinska.

— Attends, dit la voix de l'Aiguille. J'ai acheté un Smartphone.

Joona entend des froissements dans son téléphone.

— Oui ?

— J'ai une petite question.

— Frippe est amoureux, dit l'Aiguille de sa voix nasillarde.

— Tant mieux.

— J'ai juste peur qu'il soit triste si ça se termine. Tu vois ce que je veux dire ?

— Oui, mais…

— Que voulais-tu savoir ?

— Est-ce que Miranda Ericsdotter était enceinte ?

— Absolument pas.

— Tu te souviens de la fille qui…

— Je me souviens de tous ceux qui sont passés entre mes mains, répond-il sèchement.

— C'est vrai ? Tu ne me l'as jamais dit.

— Tu n'as pas demandé.

— Tu es certain que…

Flora s'est levée et semble clouée sur place. Elle sourit nerveusement.

— Sûr à cent pour cent, l'interrompt-il. Elle ne pouvait pas tomber enceinte.

— Comment ça ?

— Miranda avait un gros kyste sur l'ovaire.

— D'accord, je vois, merci beaucoup… Passe le bonjour à Frippe.

— Sans faute.

Joona raccroche et regarde Flora. Son sourire s'efface lentement.

— Pourquoi faites-vous ça ? demande Joona d'une voix grave. Vous m'avez dit qu'elle était enceinte, or elle ne pouvait même pas avoir d'enfants.

Flora fait un geste faible en direction de la porte du sous-sol.

— Je me souviens qu'elle…

— Mais ce n'était pas vrai, l'interrompt Joona. Elle n'était pas enceinte.

— Ce que je voulais dire, chuchote Flora d'une voix mal assurée. Ce que je voulais dire c'est qu'elle a dit être enceinte. Mais ce n'était pas vrai, elle ne l'était pas. Elle pensait seulement l'être.

— *Jumala**, dit Joona qui remonte Upplandsgatan en direction de sa voiture.

* Mon Dieu.

145

Les plats sont un peu trop chers et Daniel se sent gêné en regardant la carte des vins. Il demande à Elin si elle a envie de choisir, mais elle secoue la tête. Il s'éclaircit la voix et demande au serveur quel est le vin de la maison, puis change d'avis avant que celui-ci n'ait le temps de répondre et lui demande de leur conseiller un vin rouge pour le repas. Le jeune homme regarde la liste et lui présente ensuite trois vins qui correspondent à trois budgets différents. Daniel choisit le moins cher et déclare qu'un pinot noir sud-africain ira très bien. Le serveur le remercie et repart avec les commandes. Une famille est attablée à quelques mètres.

— Vous n'aviez pas besoin de m'inviter au restaurant, dit-elle.

— J'en avais envie, répond-il en souriant.

— C'est adorable, répond Elin avant de boire un peu d'eau.

Une serveuse change les couverts et le verre à vin, mais Elin poursuit la discussion comme si elle n'existait pas.

— La représentante légale de Vicky s'est désistée, dit-elle à voix basse. Mais l'avocat de ma famille, Johannes Grünewald… Il est déjà mis sur l'affaire.

— Tout va bien se passer, dit Daniel d'un ton réconfortant.

— Il n'y aura plus d'interrogatoires, ils disent qu'elle a déjà avoué. Je sais bien qu'elle a le profil idéal, familles d'accueil, fugues, institutions, violence… Tout indique que c'est elle. Mais je la crois toujours innocente.

— Je sais.

Elle baisse la tête quand les larmes commencent à couler sur ses joues. Daniel se lève, fait le tour de la table et la prend dans ses bras.

— Je suis désolée de vous parler autant de Vicky, dit-elle en secouant la tête. Seulement, vous avez dit que vous ne pensiez pas que ça puisse être elle. Je veux dire, autrement je n'aurais pas… mais j'ai l'impression qu'il n'y a que vous et moi qui pensions qu'elle n'est pas coupable…

— Elin, dit-il gravement. Je ne pense rien, je veux dire, la Vicky que j'ai appris à connaître n'aurait jamais pu faire une chose pareille.

— Est-ce que je peux vous demander… Tuula semblait avoir vu Vicky et Miranda ensemble.

— Cette nuit-là ?

— Non, c'était avant…

Elin se tait. Daniel la tient par les épaules et essaie de capter son regard.

— Qu'y a-t-il ?

— Vicky et Miranda jouaient à quelque chose… en mettant leurs mains sur leurs yeux. Je ne l'ai pas encore dit à la police, ça ne ferait que confirmer leurs soupçons.

— Mais…

— Ça ne veut peut-être rien dire. J'en parlerai à Vicky dès que j'en aurai l'occasion… elle pourra sûrement m'expliquer ce qu'elles faisaient.

— Et si elle ne peut pas ?

Voyant le serveur approcher avec une bouteille de vin, il garde le silence. Elin s'essuie les yeux. Daniel retourne à sa place, pose la serviette sur les genoux et goûte le vin d'une main tremblante.

— Bien, dit-il un peu trop rapidement.

Ils ne parlent pas tant que le serveur est là et s'observent d'un regard gêné une fois qu'ils se retrouvent seuls.

— Je voudrais à nouveau pouvoir m'occuper de Vicky, dit Elin.

— Votre décision est prise ?

— Vous ne m'en pensez pas capable ? demande-t-elle avec un sourire.

— Elin, ce n'est pas la question. Vicky est suicidaire… Elle va mieux, mais elle a toujours un comportement très autodestructeur.

— Elle se mutile ? C'est ça ?

— Elle va mieux comme je vous l'ai dit, mais elle se fait du mal et suit un traitement… et selon moi, elle a besoin d'avoir quelqu'un avec elle vingt-quatre heures sur vingt-quatre.

— Alors vous ne soutiendrez pas ma demande ?

— Elle a besoin de l'aide d'un professionnel, explique Daniel d'une voix timide. Je pense qu'elle n'a même pas bénéficié de l'aide dont elle avait besoin à Birgittagården, nous n'avions pas les moyens nécessaires, mais…

— De quoi a-t-elle besoin ?

— De personnel soignant, jour et nuit, répond-il sans détour.

— Et d'une thérapie ?

— Je ne passais qu'une heure par semaine en tête à tête avec les pensionnaires, deux avec certaines, mais c'était largement insuffisant si on…

Le téléphone d'Elin sonne, elle s'excuse, regarde l'écran et décroche dès qu'elle voit que c'est Johannes Grünewald.

— Que se passe-t-il ?

— J'ai vérifié et le procureur a bien décidé de déposer une requête pour la délivrance du mandat d'arrêt sans procéder à d'autres interrogatoires. Je vais contacter le tribunal de première instance pour connaître l'heure exacte, mais nous aurions réellement besoin de quelques heures supplémentaires.

— Vicky accepte-t-elle notre aide ?

— Je lui ai parlé et elle m'accepte comme représentant.

— Vous lui avez parlé de moi ?

— Oui.

— Et qu'a-t-elle dit ?

— Elle est… on lui a donné des médicaments et…

— Qu'a-t-elle dit exactement quand vous avez mentionné mon nom ? insiste Elin.

— Rien, répond Johannes.

Le beau visage d'Elin s'assombrit et laisse transparaître sa douleur.

— Retrouvez-moi à l'hôpital. Autant en parler directement avec elle avant de poursuivre.

— Oui.

— Quand pouvez-vous être à Söder, Johannes ?

— Dans une vingtaine de minutes, ça devrait…

— On se voit là-bas, dit-elle avant de raccrocher.

Elle croise le regard interrogateur de Daniel.

— Vicky a accepté Johannes comme son représentant légal. Je dois y aller.

— Maintenant ? Vous n'avez pas le temps de manger ?

— Ça a l'air très bon. Mais on peut manger après plutôt, non ?

— Absolument, répond-il à mi-voix.

— Vous ne pourriez pas m'accompagner à l'hôpital de Söder ?

— Je ne sais pas si j'en ai le courage.

— Pas pour la voir. J'ai pensé que je me sentirais plus calme si je savais que vous m'attendiez à l'extérieur.

— Elin, c'est juste que… Je n'en suis pas encore au stade où je peux penser sereinement à Vicky. Il me faut encore un peu de temps. Elisabet est morte… et même si je n'arrive pas à croire que Vicky ait pu…

— Je comprends, dit Elin. Ce n'est peut-être pas une bonne idée de la croiser.

— Ou au contraire, dit-il d'une voix hésitante. Cela m'aiderait peut-être à me rappeler certaines choses, j'ignore comment je réagirai.

146

Vicky détourne la tête quand Saga pénètre dans sa chambre. Les chevilles, les poignets et la poitrine de la jeune fille sont immobilisés par des sangles blanches qui semblent dessiner un flocon de neige sur son corps frêle.

— Retirez les sangles, dit Saga.

— Je ne peux pas, répond l'infirmière.

— Tant mieux, qu'ils aient peur de moi, chuchote Vicky.

— Tu as été attachée comme ça toute la nuit ? demande Saga en s'asseyant.

— Mmm…

Vicky a le visage tourné sur le côté. Son corps est presque inerte.

— Je vais rencontrer ton nouveau représentant légal. Je pense qu'il va y avoir une audience ce soir et il a besoin du compte rendu de l'interrogatoire.

— Je me mets en colère parfois, c'est tout.

— Les interrogatoires sont terminés, Vicky.

— Je n'ai pas le droit de parler ? demande-t-elle en regardant Saga dans les yeux.

— Il vaut mieux que tu demandes conseil à ton avocat avant de…

— Mais si j'en ai envie ?

— Tu as évidemment le droit de parler, mais on n'enregistre pas la conversation, répond Saga calmement.

— C'est comme si ça soufflait autour de moi, raconte

Vicky. Tout devient juste… ça bourdonne dans mes oreilles et je dois me concentrer pour ne pas tomber.

Saga regarde les ongles rongés et abîmés de la jeune fille et répète d'une voix calme, sur un ton presque indifférent :

— Comme si ça soufflait.

— Je n'arrive pas à l'expliquer. C'est comme lorsqu'ils ont fait du mal à Simon, un petit garçon qui… on était placés dans la même famille d'accueil, raconte Vicky, la bouche tremblante. Le garçon le plus âgé de la famille, c'était leur fils biologique, il était super méchant avec Simon et l'embêtait tout le temps. Ils étaient tous au courant, j'en avais parlé avec les services sociaux, mais tout le monde s'en foutait…

— Que s'est-il passé ?

— Je suis entrée dans la cuisine… le grand avait forcé le petit à mettre ses mains dans l'eau bouillante, et la mère qui était là les regardait tous les deux avec un regard effrayé. J'ai tout vu et je me suis sentie toute bizarre. D'un coup, je les ai frappés et je leur ai tailladé le visage avec une bouteille en verre…

Vicky tire soudain violemment sur les sangles, son corps se tend, puis elle se calme progressivement, en respirant bruyamment. On frappe à la porte. Un homme, cheveux gris et costume bleu marine, entre dans la chambre.

— Je suis Johannes Grünewald, dit-il en serrant la main de Saga.

— Voici le dernier compte rendu.

— Merci, dit Johannes sans regarder les documents. Il n'y a pas le feu, j'aurai le temps de les lire, je viens tout juste de trouver un accord avec le tribunal pour reporter l'audience à demain matin.

— Je ne veux pas attendre, dit Vicky.

— Je comprends, mais j'ai encore un peu de travail, dit-il avec un sourire. Et puis il y a quelqu'un que j'aimerais que tu rencontres avant de faire le point.

Vicky regarde la femme de ses grands yeux clairs. Elle se dirige droit vers elle sans se présenter aux policiers postés devant la chambre. Elle regarde la fille entravée sur le lit, les lèvres tremblantes.

— Bonjour, dit-elle.

Vicky détourne lentement la tête. Elle ne bouge pas tandis qu'Elin détache les sangles. Avec des mouvements tendres, elle libère délicatement Vicky des liens qui l'immobilisent depuis vingt heures.

— Je peux m'asseoir ? demande-t-elle d'une voix nouée par l'émotion.

Le regard de Vicky se durcit. Elle garde le silence.

— Tu te souviens de moi ? chuchote Elin.

Les non-dits et les larmes retenus toutes ces années semblent s'être accumulés dans sa gorge. Les veines de son cou se dilatent et le sang brûle sous sa peau.

Les cloches d'une église résonnent quelque part dans la ville. Vicky tripote le poignet d'Elin, puis retire sa main.

— On a les mêmes pansements toutes les deux, dit Elin avec un sourire alors que ses yeux s'emplissent de larmes.

Vicky n'a pas dit un mot, elle se contente de serrer les lèvres et de détourner la tête.

— J'ignore si tu te souviens de moi. Mais tu habitais chez moi quand tu étais petite. Je ne faisais que t'accueillir, mais je n'ai jamais cessé de penser à toi…

Elle reprend son souffle mais sa voix cède :

— Et je sais que je t'ai trahie, Vicky… Je t'ai trahie et…

Elin Frank regarde l'enfant dans le lit, ses cheveux emmêlés, son front soucieux, les cernes sous ses yeux et les blessures sur son visage.

— Pour toi je ne suis rien, poursuit-elle d'une petite voix. Simplement une personne parmi d'autres qui est passée, qui t'a trahie…

Elin déglutit profondément avant de poursuivre :

— Le procureur veut que tu sois mise en prison, mais je ne pense pas ça soit bon pour toi, je crois que ce n'est bon pour personne d'être enfermé.

Vicky hoche la tête, presque imperceptiblement. Elin s'en rend compte et sa voix est plus enthousiaste quand elle dit :

— Alors il est important que tu écoutes ce que Johannes et moi avons à te dire.

147

Le tribunal de grande instance dispose d'une salle d'audience au rez-de-chaussée du commissariat. C'est une simple salle de réunion meublée avec des chaises et une table en pin. Une vingtaine de journalistes se sont déjà réunis dans le hall d'entrée de la Rikspolisstyrelsen. Les camions des différentes chaînes de télévision se sont garés sur Polhemsgatan.

Les averses de la nuit ont laissé des traces sur les fenêtres à triple vitrage et des feuilles humides sont collées sur leurs rebords en tôle. Le procureur Susanne Öst a l'air pâle et tendue dans son nouveau tailleur de chez Marelle. Un policier en uniforme se tient contre le mur à côté de la porte. Le juge est assis à un bureau, c'est un homme âgé aux sourcils broussailleux.

Vicky est assise entre Elin Frank et son avocat Johannes Grünewald. Elle se tient penchée en avant sur sa chaise, comme si elle avait mal au ventre. Elle semble petite et fragile.

— Où est Joona ? chuchote-t-elle.

— Il n'était pas certain de pouvoir venir, répond calmement Johannes.

Le procureur s'adresse uniquement au juge lorsqu'elle explique avec une mine grave :

— J'ai l'intention de demander l'incarcération de Vicky Bennet, présumée coupable des meurtres d'Elisabet Grim et de Miranda Ericsdotter et présumée coupable… de l'enlèvement de Dante Abrahamsson.

Le juge écrit quelque chose dans son dossier et le procureur sort une pile de dossiers à reliure à spirale avant de commencer à exposer les éléments consécutifs à l'enquête préliminaire.

— Toutes les preuves techniques impliquent directement Vicky Bennet et elle seule.

Susanne Öst marque une courte pause puis continue de parcourir les résultats de l'enquête menée sur les lieux du crime. D'une voix distincte, elle rend compte des traces biologiques et des empreintes retrouvées sur place.

— Les bottes retrouvées dans l'armoire de Vicky Bennet correspondent aux empreintes laissées sur les deux scènes de crime. Le sang des deux victimes a été retrouvé dans la chambre du suspect ainsi que sur ses vêtements. Les empreintes ensanglantées de Vicky ont été retrouvées sur le chambranle de la fenêtre.

— Pourquoi est-ce qu'ils sont obligés de dire tout ça ? chuchote Vicky.

— Je ne sais pas, répond Elin.

— Je vous demande de passer aux annexes du rapport d'expertise du SKL, dit Susanne Öst au juge. Sur le cliché 9 nous avons l'arme du crime… Les empreintes digitales de Vicky Bennet ont été prélevées sur le manche, cela correspond aux clichés 113 et 114. L'analyse comparative affirme avec certitude que Vicky Bennet a utilisé l'arme.

Le procureur s'éclaircit la voix en attendant que le juge parcoure les documents puis elle poursuit avec les conclusions de l'autopsie médicolégale.

— Miranda Ericsdotter est morte à la suite d'un coup fatal porté à la tête avec un objet contondant, c'est un fait irréfutable… des fractures avec enfoncement de l'os temporal et…

— Susanne, l'interrompt le juge d'une voix aimable. Il s'agit d'une audience en vue de la délivrance d'un mandat d'arrêt, non d'une audience principale.

— J'en suis consciente, mais compte tenu du jeune âge du suspect, je considère qu'un exposé un peu plus détaillé se justifie.

— Tant que ça reste dans les limites du raisonnable.

— Merci, dit le procureur avec un sourire avant de continuer à décrire les blessures des deux victimes, le positionnement des corps au vu de l'hypostase et les blessures défensives importantes d'Elisabet Grim.

— Où est Joona ? demande à nouveau Vicky.

Johannes pose une main sur son bras et chuchote que s'il n'est pas là avant la pause, il essayera de l'appeler.

148

Joona n'est toujours pas arrivé au moment de reprendre l'audience. Vicky adresse à Johannes un regard interrogateur. Il secoue la tête. Elle est très pâle et demeure silencieuse, recroquevillée sur sa chaise. En s'appuyant sur la reconstruction de la police du Västernorrland, le procureur explique comment Vicky Bennet a pourchassé Elisabet Grim jusqu'à la grange où elle lui a ôté la vie dans le but de récupérer les clés de la chambre d'isolement.

Vicky a la tête baissée. Des larmes tombent sur ses genoux. Le procureur décrit ensuite le meurtre de Miranda, la fuite à travers la forêt, le vol de la voiture, l'enlèvement impulsif, l'arrestation à Stockholm, la violence de la suspecte durant l'interrogatoire et la contention.

Les peines encourues pour enlèvement vont de quatre ans à la prison à perpétuité. Pour meurtre la peine minimale s'élève à dix ans. Susanne Öst prend garde de dépeindre Vicky Bennet comme une personne très violente et dangereuse, sans toutefois la faire passer pour un monstre. Afin de devancer les arguments de la défense, elle veille à rappeler ses qualités. La présentation du procureur est bien exécutée. Elle conclut en citant la transcription des interrogatoires.

— Au cours du troisième interrogatoire, la suspecte a avoué les deux meurtres, dit le procureur d'une voix grave en feuilletant le compte rendu. Je cite : “J'ai tué Miranda”, et à ma question pour savoir si… si Elisabet Grim voulait lui prêter ses clés, la suspecte a répondu : “Je lui ai défoncé le crâne.”

149

D'un air las, le juge se tourne vers Vicky Bennet et Johannes Grünewald et leur demande si la défense a des objections. Vicky le fixe d'un regard anxieux. Elle secoue la tête, mais Johannes doit chasser un sourire de ses lèvres en annonçant qu'il aimerait tout de même revenir sur l'ensemble des faits pour s'assurer que le tribunal ait bien tous les éléments en sa possession.

— Je me doutais qu'on ne s'en sortirait pas comme ça avec vous, dit le juge d'une voix calme.

Johannes choisit de ne remettre en question ni les preuves techniques, ni la culpabilité de Vicky mais de revenir sur les éléments qui la caractérisent de façon positive et qui ont déjà été abordés par Susanne Öst. Il insiste également sur le jeune âge de sa cliente.

— Bien que Vicky Bennet et sa précédente représentante légale aient validé l'interrogatoire, Mme le procureur n'aurait pas dû le permettre.

— Le procureur ?

Le juge semble très étonné et Johannes s'approche de lui pour lui désigner la réponse de Vicky Bennet dans la retranscription de l'enregistrement. Le procureur a souligné les mots "J'ai tué Miranda" au marqueur.

— Auriez-vous l'amabilité de lire sa réponse ?

— "J'ai tué Miranda", lit le juge.

— Et ce qui n'est pas souligné ?

Le juge met ses lunettes et lit :

— “J’ai tué Miranda – pas vrai ?”
— Considérez-vous ceci comme un aveu ?
— Non, répond le juge.
Susanne Öst se lève.
— Mais la prochaine réponse… L’aveu suivant est…
— Silence, coupe le juge.
— Laissez le procureur le lire elle-même, suggère Johannes.
Le juge hoche la tête. De la sueur perle aux tempes de Susanne Öst lorsqu’elle lit d’une voix tremblante :
— “Je lui ai défoncé le crâne.”
— Cela m’a tout l’air d’un aveu, dit le juge qui se tourne vers Johannes.
— Pourriez-vous regarder ce qui est écrit un peu plus haut, dit Johannes en pointant la retranscription du doigt.
— “L’interrogatoire est terminé”, lit le juge.
— Qui a dit que l’interrogatoire était terminé ? demande Johannes.
Le juge passe la main sur la feuille et observe le procureur.
— C’est moi, répond le procureur.
— Et qu’est-ce que cela implique ? demande le juge.
— Que l’interrogatoire est terminé, répond Susanne. Mais je voulais juste…
— C’est une honte, l’interrompt le juge d’une voix sévère.
— Se servir de ce compte rendu dans une audience en vue de la délivrance d’un mandat d’arrêt est contraire à la loi suédoise, à l’article 40 de la Convention relative aux droits de l’enfant de l’ONU et aux accords du Conseil de l’Europe, déclare Johannes.

150

Susanne Öst se laisse tomber sur sa chaise, remplit son verre d'eau, en renverse un peu sur la table et l'essuie avec sa manche avant de porter le verre à sa bouche d'une main tremblante. Ce n'est qu'en entendant Johannes appeler Daniel Grim qu'elle comprend pleinement l'étendue de la situation. Elle va devoir abaisser le degré de soupçon si elle veut garder la moindre chance d'incarcérer Vicky pour ces meurtres.

Elin cherche le regard de Vicky, mais cette dernière baisse les yeux.

D'une voix chaleureuse, Johannes présente Daniel Grim et fait mention de ses années d'expérience en tant qu'éducateur à Birgittagården et dans d'autres institutions. Vicky relève la tête. Elle espère qu'il lui adressera un regard, mais Daniel a les yeux dans le vide et les lèvres pincées.

— Daniel, j'aimerais vous demander à quel point vous estimez connaître Vicky Bennet.

— Connaître ? répète Daniel d'un air interrogateur. Eh bien, c'est…

Il s'interrompt et Vicky commence à gratter une croûte sur son bras.

— Y a-t-il des psychologues ou des éducateurs qui sont susceptibles de la connaître mieux que vous ?

— Non, chuchote Daniel.

— Il n'y en a pas ?

— Non, c'est-à-dire… c'est difficile à mesurer, mais je crois que j'ai davantage parlé avec elle que n'importe qui d'autre.

— Vous avez pratiqué avec elle une heure par semaine de thérapie cognitive jusqu'à sa fuite, n'est-ce pas ?

— Oui… et je participais également à son programme *All Day Lifestyle*.

— Il s'agit de la première étape vers un retour à la vie en société, explique Johannes au juge.

— Un grand pas, confirme Daniel.

Johannes prend un air songeur, regarde Daniel un moment et s'adresse à lui d'une voix grave :

— Maintenant je dois vous poser une question difficile.

— Allez-y.

— Une grande partie des preuves techniques indiquent que Vicky Bennet était impliquée dans le meurtre de votre femme.

Daniel hoche la tête presque imperceptiblement. Une atmosphère pesante règne dans la salle de réunion. Elin tente d'interpréter le regard de Daniel, mais il ne lève pas la tête. Les yeux de Vicky sont rougis, comme si elle essayait de retenir ses larmes.

Le visage de Johannes donne l'impression d'un calme inébranlable, il ne lâche pas Daniel du regard.

— Vous êtes l'éducateur de Vicky Bennet. Pensez-vous qu'elle ait assassiné votre femme ?

Daniel Grim relève le menton. Sa bouche est très pâle. Sa main tremble tellement que ses lunettes se retrouvent de travers sur son nez lorsqu'il essuie ses larmes.

— Je n'en ai pas parlé avec mes confrères. Je n'en ai pas eu le courage, dit-il d'une voix faible. Mais selon moi… enfin je ne peux pas croire que Vicky Bennet ait pu faire cela.

— Sur quoi basez-vous votre jugement ?

— Vicky a bien réagi au traitement et à la thérapie. Mais avant tout, on apprend à connaître les gens qui…

Elle n’a pas de fantasmes de violence et elle n’est pas violente, pas de cette façon.

— Merci, dit doucement Johannes.

151

L'audience reprend après la pause-déjeuner. Johannes entre en dernier dans la salle. Il tient son téléphone portable dans la main. Le juge attend que le silence se fasse et résume la matinée.

— Le procureur a abaissé le niveau de soupçon à l'avant-dernier degré pour les deux meurtres, mais maintient la demande d'incarcération et le degré de soupçon "présumée coupable" en ce qui concerne l'enlèvement.

— Oui, il est irréfutable que Vicky Bennet a enlevé Dante Abrahamsson et l'a privé de liberté pendant plus d'une semaine, dit Susanne Öst d'un ton énergique.

— Juste une chose, dit Johannes Grünewald.

— Oui ? dit le juge.

La porte s'ouvre et Joona Linna pénètre dans la salle. Il a le visage grave et les cheveux hirsutes. Une femme et un petit garçon qui portent des lunettes le suivent, mais s'arrêtent juste derrière la porte.

— Joona Linna, déclare Johannes.

— Les présentations sont inutiles, dit le juge qui se penche en avant, l'air intrigué.

— Voici les bonshommes dont je te parlais, dit Joona au garçon qui s'est caché derrière les jambes de la femme.

— Mais ils ne ressemblent pas à des trolls, chuchote le garçon avec un sourire.

— Tu ne trouves pas ? Regarde celui-là, dit Joona en désignant le juge.

Le garçon rit et secoue la tête.

— Voici Dante et sa maman, dit Joona.

Les personnes présentes les saluent. Lorsque Dante aperçoit Vicky, il lui adresse un timide signe de la main. Elle lui rend son geste. Son sourire est déchirant. Le procureur ferme un instant les yeux et s'efforce de calmer sa respiration.

— Tu fais signe à Vicky – elle n'est pas méchante ? demande Joona.

— Méchante ?

— Je croyais qu'elle était très méchante, poursuit Joona.

— Elle m'a porté sur le dos et m'a donné tous ces Hubba Bubba.

— Mais tu voulais rentrer chez ta maman, pas vrai ?

— C'était pas possible.

— Pourquoi ce n'était pas possible ?

Le garçon hausse les épaules.

— Raconte ce que tu as dit à la maison, dit Pia au garçon.

— Quoi ?

— Qu'elle a appelé, lui rappelle-t-elle.

— Elle a téléphoné.

— Dis-le à Joona, dit Pia qui l'encourage d'un signe de tête.

— Vicky a téléphoné, mais elle pouvait pas revenir, dit le garçon.

— D'où est-ce qu'elle a téléphoné ? demande Joona.

— Du camion.

— Elle a pu emprunter un téléphone dans le camion ?

— Je sais pas, dit Dante avec un haussement d'épaules.

— Qu'est-ce qu'elle a dit au téléphone ?

— Qu'elle voulait revenir.

La mère prend Dante dans ses bras, chuchote quelque chose contre sa joue et le repose quand il perd patience.

— Qu'est-ce que cela signifie ? demande le juge.

— Vicky Bennet a emprunté le téléphone d'un chauffeur d'Ikea nommé Radek Skorża, répond Johannes Grünewald. Joona Linna a tracé l'appel. Il était destiné à Birgittagården et a été automatiquement transféré au standard du groupe de santé. Vicky a parlé avec une opératrice du nom d'Eva Morander. Vicky lui a demandé de l'aide et lui a dit qu'elle voulait retourner dans son centre. Eva Morander se souvient de l'appel et a déclaré qu'elle avait expliqué à la fille, sans l'avoir identifiée, qu'ils ne pouvaient pas traiter des cas individuels au siège central.

— Tu te souviens de cela Vicky ? demande le juge.

— Oui, dit Vicky d'une voix blanche. Je voulais revenir, je voulais qu'ils ramènent Dante à sa maman, mais ils ont dit que je n'étais plus la bienvenue.

Joona rejoint Johannes :

— Il peut paraître curieux qu'un inspecteur se joigne à la défense. Mais selon moi, Vicky Bennet a dit la vérité à Saga Bauer sur le déroulement de sa fuite. Je ne pense pas qu'il s'agisse d'un enlèvement… mais d'un terrible hasard. C'est la raison pour laquelle je me suis entretenu avec Dante et sa mère et c'est la raison de ma présence ici…

Il laisse ses yeux gris perçants parcourir le visage non maquillé de la jeune fille, ses bleus, ses blessures.

— Les meurtres sont une autre affaire, Vicky, dit-il d'une voix grave. Tu penses peut-être pouvoir garder le silence, mais je n'abandonnerai pas tant que je ne saurai pas la vérité.

152

L'audience se conclut en seulement vingt minutes. Le visage rouge, le procureur Susanne Öst se voit contrainte de retirer sa demande d'incarcération pour enlèvement. Le juge du tribunal de première instance s'adosse sur sa chaise et explique que Vicky Bennet ne sera pas incarcérée pour les meurtres d'Elisabet Grim et Miranda Ericsdotter et qu'elle est remise en liberté dans l'attente de l'inculpation.

Elin écoute le juge, le dos droit et le visage inexpressif. Vicky fixe la table et secoue imperceptiblement la tête. La responsabilité de Vicky Bennet serait revenue au groupe de santé Orre jusqu'à l'audience principale si l'administration gouvernementale Statens institutionsstyrelse n'avait pas accepté la requête d'Elin Frank. Lorsque le juge se tourne vers Vicky et lui annonce qu'elle est désormais libre, Elin ne peut pas retenir un grand sourire. Après l'audience, Johannes la prend à part dans le but de la mettre en garde.

— Même si Vicky n'est pas incarcérée, elle reste soupçonnée de deux meurtres et…

— Je sais que…

— Et si le procureur l'inculpe, nous allons sans doute gagner au tribunal de première instance, mais cela signifie seulement qu'elle ne sera pas jugée. Vicky peut toujours être coupable des meurtres.

— Mais je sais qu'elle est innocente, répond Elin qui frissonne en se rendant compte à quel point elle doit paraître naïve à ses yeux.

— C’est mon travail de vous mettre en garde.

— Mais même si Vicky était impliquée, je… je trouve qu’elle est trop jeune pour être enfermée en prison, essaye-t-elle d’expliquer à son avocat. Johannes, je peux lui fournir les meilleurs soins au monde, j’ai déjà engagé du personnel et j’ai demandé à Daniel de venir étant donné qu’elle se sent en sécurité avec lui…

— C’est bien, dit-il d’une voix douce.

— Il faut faire une analyse scrupuleuse pour savoir ce dont elle a besoin. C’est la seule chose qui compte pour moi, dit-elle en lui prenant les mains. Peut-être Daniel doit-il continuer sa thérapie cognitive, peut-être faut-il engager quelqu’un d’autre ? Mais quoi qu’il en soit, je ne la trahirai pas une nouvelle fois. C’est impossible.

153

Alors que Johannes Grünewald s'adresse aux journalistes dans la salle de presse de la Rikspolisstyrelsen, Elin et Vicky quittent Stockholm à bord d'un SUV. L'odeur du précieux cuir italien emplit l'habitacle. La main gauche d'Elin est posée sur le volant et la lumière ambrée du tableau de bord illumine ses doigts. Une suite pour violoncelle de Bach résonne dans le véhicule, tel un conte d'automne silencieux.

Les huit voies de l'autoroute courent entre le parc Haga où la princesse héritière loge dans son château et le grand cimetière où le socialiste August Palm est enterré.

Elin jette un œil au visage calme de Vicky et sourit. Afin de fuir la pression des médias, elles ont décidé de résider dans le chalet que possède Elin à la montagne jusqu'à l'audience principale. C'est une maison de presque quatre cents mètres carrés située sur le Tegelfjället juste avant Duved.

Elin a tout organisé pour que Vicky soit surveillée vingt-quatre heures sur vingt-quatre. Bella est déjà sur place, Daniel a pris sa propre voiture et l'infirmière arrivera le lendemain. Vicky a pris une douche à l'hôpital et une odeur de shampoing bon marché se dégage de ses cheveux. Elin lui a acheté quelques jeans, des pulls, des sous-vêtements, des chaussettes, des baskets et un coupe-vent afin qu'elle puisse se changer. Vicky a enfilé un jean Armani noir et un pull gris ample de la marque

Gant. Les autres vêtements se trouvent encore dans leurs emballages sur le siège arrière.

— À quoi penses-tu ? demande Elin.

Vicky ne répond pas et fixe la route à travers le pare-brise. Elin baisse le volume des enceintes.

— Tu seras acquittée. Je le sais, j'en suis persuadée.

Sur la route, les banlieues laissent place aux champs et aux forêts. Elin lui propose du chocolat, mais Vicky se contente de secouer brièvement la tête. Elle a meilleure mine aujourd'hui. Son visage a retrouvé un peu de couleur et elle n'a plus de pansement mis à part le bandage autour de son pouce cassé.

— Je suis si contente que Daniel puisse venir, dit Elin.

— Il est bien, chuchote Vicky.

Daniel se trouve quelque part devant elles. Elin a aperçu son combi près de Norrtull, mais l'a ensuite perdu de vue.

— Il est mieux que les autres thérapeutes que tu as connus ?

— Oui.

Elin baisse encore le son.

— Alors tu aimerais qu'il continue ?

— Si je suis obligée.

— Je crois qu'il vaut mieux que tu continues encore un peu la thérapie.

— Alors je veux Daniel.

Plus elles avancent vers le nord, plus l'automne est avancé. Les saisons semblent défiler à une vitesse vertigineuse. Les feuilles deviennent jaunes puis rouges et tourbillonnent autour des troncs.

— J'ai besoin de mes affaires, dit Vicky de but en blanc.

— Quelles affaires ?

— Mes trucs, tout…

— Je crois qu'ils ont apporté ce dont la police n'avait pas besoin à la maison où logent les autres filles. Je peux envoyer quelqu'un pour les récupérer…

Elle regarde Vicky et se dit que c'est peut-être important pour elle.

— Ou alors on peut passer les prendre maintenant, si tu préfères…

Vicky hoche la tête.

— D'accord, je préviens Daniel. De toute façon, c'est sur le chemin.

154

L'obscurité a commencé à tomber entre les conifères lorsque Elin bifurque sur la droite en direction de Jättendal et se gare derrière la voiture de Daniel. Il a sorti une glacière rose et leur fait un signe de la main. Elles sortent de la voiture en s'étirant les jambes. Ils mangent des sandwichs et boivent du Trocadero en observant les champs le long de la voie ferrée.

— J'ai appelé la remplaçante, dit Daniel à Vicky. Elle ne pense pas que ce soit une bonne idée que tu voies les filles.

— Qu'est-ce que ça peut bien faire ? demande Elin.

— De toute façon, je veux pas les voir, marmonne Vicky. Je veux mes affaires, c'est tout.

Ils retournent dans les voitures et empruntent une route sinueuse qui traverse des forêts et passe près de lacs et de fermes rouge de Falun jusqu'à la côte. Ils se garent devant la maison où logent désormais les pensionnaires de Birgittagården. Une mine flottante noire est posée à côté d'une vieille pompe à essence. Des mouettes font le guet, postées sur des poteaux téléphoniques.

Vicky détache sa ceinture, mais reste dans la voiture. Elle voit Elin et Daniel remonter une allée en direction d'une grande maison avant de disparaître derrière des lilas plongés dans l'obscurité.

Au niveau de la fourche que dessine la route, elle aperçoit un mât de la Saint-Jean de couleur jaunâtre. Vicky laisse son regard se perdre sur la surface lisse de la baie et sort ensuite la petite boîte en carton qui contient le téléphone qu'Elin lui a donné. Elle décolle le scotch, soulève le couvercle, prend le téléphone et ôte délicatement le film protecteur sur l'écran.

*

Les pensionnaires sont postées à la fenêtre lorsque Daniel et Elin gravissent les marches qui mènent au grand porche. La remplaçante, Solveig Sundström, du centre pour jeunes de Sävstagården, les attend devant l'entrée. Manifestement, cette visite ne l'enchante guère. Elle leur précise aussitôt qu'ils ne pourront pas rester dîner.

— Peut-on entrer pour dire bonjour ? demande Daniel.

— Je ne préfère pas. Il vaudrait mieux que vous m'expliquiez ce qu'il vous faut et j'irai le chercher.

— Il y a beaucoup de choses, tente d'expliquer Elin.

— Je ne peux rien vous promettre…

— Demandez à Caroline de vous aider, suggère Daniel. Elle est très organisée.

Tandis que Daniel prend des nouvelles des pensionnaires et questionne Solveig sur leur état et leur traitement actuel, Elin observe les filles qui se bousculent à la fenêtre. Elle perçoit leurs voix à travers la vitre bien que le son soit étouffé, comme s'ils étaient sous l'eau. Lu Chu se fraye un chemin jusqu'à la vitre et lui fait un signe. Elin répond à son geste. Indie et Nina apparaissent à ses côtés. Les filles se poussent et se relayent pour regarder à l'extérieur. Seule la petite Tuula manque.

*

Vicky insère la carte SIM dans l'appareil et relève la tête. Elle ressent un frisson dans le dos, elle a l'impression d'avoir vu un mouvement du coin de l'œil, à l'extérieur de la voiture. Ce n'était peut-être que le vent dans le feuillage des lilas. Il fait plus sombre maintenant.

Vicky regarde la voiture de Daniel, le mât, la haie de pins, la grille et la pelouse devant la maison rouge foncé. Une lampe allumée au bout de la jetée se reflète sur la surface noire de l'eau. De vieilles structures destinées à rincer les filets de pêche se dressent sur un terrain vague près du port. Elles ressemblent à des rangées de cages de football avec des centaines de crochets en fer suspendues aux barres transversales.

Soudain, Vicky voit un ballon rouge rouler sur la pelouse devant la maison. Elle repose le téléphone dans la boîte et ouvre la portière. L'odeur de la mer flotte dans l'air doux. Une mouette crie au loin. Le ballon s'éloigne sur la pelouse. D'un pas prudent, Vicky se dirige vers la maison et s'arrête pour écouter les bruits qui en proviennent. La lumière projetée de l'une des fenêtres tombe sur le feuillage jaune d'un bouleau. Elle entend un faible murmure un peu plus loin. Vicky se demande s'il y a quelqu'un dans l'obscurité. Elle continue de longer l'allée en silence. Des tournesols fanés se dressent contre le mur côté pignon. Le ballon passe sous un filet de volley et s'arrête contre la haie de pins.

— Vicky ? chuchote une voix.

Elle fait volte-face mais ne voit rien. Son pouls s'accélère. Elle ressent une poussée d'adrénaline. Tous ses sens sont en alerte.

Les ressorts de la balancelle grincent. Elle bouge lentement. La vieille girouette pivote sur le toit.

— Vicky ! dit une voix perçante tout près d'elle.

Elle se tourne vers la droite et fixe l'obscurité. Il lui faut quelques secondes pour distinguer le visage. C'est Tuula. Elle est presque invisible entre les lilas. Dans sa main droite, elle tient une batte de baseball. Elle est lourde et si longue qu'elle repose contre le sol. Tuula s'humecte les lèvres et fixe Vicky de ses yeux rougis.

*

Elin se penche contre la balustrade du porche pour voir si Vicky est toujours dans la voiture, mais il fait trop sombre. Solveig est ressortie de la maison après avoir demandé l'aide de Caroline. Daniel discute avec elle. Elin l'entend expliquer qu'Almira doit suivre une thérapie et qu'elle réagit généralement mal aux antidépresseurs fortement dosés. Il demande une nouvelle fois à pouvoir entrer, mais Solveig lui répond que les filles sont sous sa responsabilité. La porte d'entrée s'ouvre et Caroline les rejoint. Elle embrasse Daniel et salue Elin.

— J'ai préparé les affaires de Vicky.

— Est-ce que Tuula est à l'intérieur ? demande Elin d'une voix inquiète.

— Oui, je crois, répond Caroline, légèrement surprise. Vous voulez que j'aille la chercher ?

— S'il vous plaît, demande Elin en s'efforçant de paraître calme.

Caroline entre dans la maison et appelle Tuula. Solveig regarde Elin et Daniel d'un air mécontent.

— Si vous avez faim, je peux demander à l'une des filles d'aller vous chercher quelques pommes.

Elin descend les marches du perron et rejoint le jardin. On continue de chercher Tuula dans la maison. Il fait plus sombre une fois qu'on ne voit plus la mer. Les arbres et les buissons semblent absorber presque toute la lumière. La balancelle grince. Elle s'efforce de respirer sans faire de bruit, mais ses talons claquent sur les dalles du jardin lorsqu'elle arrive à l'angle de la maison. Le feuillage du grand lilas bruisse, comme si un lièvre détalait. Les branches se mettent soudain à bouger et elle se retrouve face à Vicky.

— Mon Dieu, dit Elin en sursautant.

Elles se regardent. Le visage de la jeune fille est très pâle dans la faible lumière. Le pouls d'Elin bourdonne dans ses oreilles.

— Allons dans la voiture, dit-elle en éloignant Vicky de la maison.

Elle regarde derrière elle avant d'entraîner Vicky par les épaules. Elle entend des pas dans leur dos mais continue d'avancer, en se tenant à l'écart de la sombre masse des arbres. Une fois sur l'allée, elle se retourne et s'aperçoit que Caroline les suit d'un pas pressé, un gros sac plastique à la main.

— Je n'ai pas trouvé Tuula, dit-elle.

— Merci quand même.

Vicky récupère le sac et regarde à l'intérieur.

— La plupart de tes affaires doivent y être, même si Lu Chu et Almira voulaient jouer tes boucles d'oreilles au poker.

Quand la grande voiture noire démarre, Caroline regarde Vicky et Elin s'éloigner d'un air triste.

155

Elin voit les phares de la voiture de Daniel dans son rétroviseur durant tout le trajet sur l'Europaväg 14. À l'exception de quelques poids lourds, les routes sont désertes mais il leur faut tout de même trois heures pour rejoindre les stations de ski. On distingue les téléskis immobiles et les immenses poteaux du grand téléphérique d'Åre sur les versants sombres de la montagne. Six kilomètres avant Duved, ils bifurquent sur une route en pente. Des feuilles et de la poussière tourbillonnent dans la lumière des phares. Le chemin de terre monte en lacet le long des flancs du Tegelfjället jusqu'à Tegerfors.

Ils ralentissent et passent entre deux poteaux avant de parcourir les derniers mètres qui les séparent de la maison. C'est une grande bâtisse contemporaine en béton, avec des terrasses en ligne droite et de larges ouvertures dissimulées derrière des volets roulants en aluminium.

Ils entrent dans un garage assez grand pour accueillir cinq voitures. Une petite Mazda bleue y est déjà garée. Daniel aide Elin à rentrer les sacs dans la maison. Quelques lampes sont déjà allumées. Elin appuie sur un bouton et les lames ajourées des volets roulants commencent à s'écarter. La lumière des réverbères s'infiltre soudain dans la pièce par des centaines de petits trous.

— C'est comme un coffre-fort, dit Elin.

Le silence retombe un instant. Les grandes fenêtres donnent sur un paysage montagneux dont on devine la majesté malgré la nuit. Des petits points lumineux qui proviennent d'autres maisons au loin dessinent une constellation dans l'obscurité.

— Waouh, dit Vicky à voix basse en regardant dehors.

— Tu te souviens de Jack avec qui j'étais mariée ? demande Elin en s'approchant d'elle. C'est lui qui a construit le chalet. Enfin, c'est beaucoup dire… ce n'est pas lui qui l'a fait, mais… il disait qu'il voulait un bunker avec une vue.

Une femme d'un certain âge vêtue d'un tablier arrive de l'étage.

— Bonjour Bella, je suis désolée d'arriver si tard, dit Elin en l'embrassant.

— Mieux vaut tard que jamais, répond la femme avec un sourire avant d'expliquer qu'elle a préparé toutes les chambres.

— Merci.

— Je ne savais pas si vous aviez fait les courses en chemin, alors j'ai acheté un peu de tout. Vous avez de quoi faire pour quelques jours au moins.

Bella allume un feu dans la grande cheminée, puis Elin l'accompagne dans le garage et lui souhaite une bonne nuit. Elle remonte une fois que les portes se sont refermées derrière la voiture bleue. Daniel a commencé à préparer le repas et Vicky est assise dans le canapé. Elle pleure. Elin accourt et s'agenouille devant elle.

— Vicky, qu'y a-t-il ? Pourquoi es-tu triste ?

Sans un mot, elle se lève et va s'enfermer dans l'une des salles de bains. Elin se précipite dans la cuisine.

— Vicky s'est enfermée dans la salle de bains.

— Vous voulez que j'aille lui parler ?

— Faites vite !

Daniel la suit jusqu'à la porte de la salle de bains, frappe et demande à Vicky d'ouvrir.

— Pas de portes verrouillées. Tu te souviens ?

Quelques secondes plus tard, Vicky ressort, les yeux humides et retourne dans le canapé. Daniel échange un regard avec Elin et va s'installer à côté de la jeune fille.

— Tu étais triste aussi quand tu es arrivée à Birgittagården.

— Je sais… alors que j'aurais dû être contente, répond-elle sans le regarder.

— Arriver dans un nouvel endroit… c'est aussi le premier pas pour le quitter.

Vicky déglutit avec difficulté. Ses yeux s'emplissent à nouveau de larmes et elle baisse la voix pour qu'Elin ne l'entende pas.

— Je suis une meurtrière.

— Je ne veux pas t'entendre prononcer ces mots si tu n'es pas entièrement convaincue que c'est vrai, dit-il calmement. Et j'entends dans ta voix que ce n'est pas le cas.

156

Flora verse de l'eau fumante dans le seau et enfile ses gants en caoutchouc bien qu'elle en déteste l'odeur. Le savon se dissout progressivement dans l'eau en formant un nuage gris-vert. Une agréable odeur de propre se diffuse dans le petit appartement. De l'air frais passe par les fenêtres ouvertes. Le soleil brille, les oiseaux chantent.

Lorsque l'inspecteur l'avait quittée devant la porte de l'antiquaire, Flora était restée figée sur le trottoir. Elle aurait dû se préparer pour la séance du soir, mais n'osant pas descendre toute seule, elle avait attendu les premiers arrivants. Comme à leur habitude, Dina et Asker Sibelius étaient arrivés un quart d'heure en avance. Flora avait fait semblant d'être en retard et ils étaient descendus avec elle pour l'aider à disposer les chaises.

À sept heures cinq, il y avait dix-neuf participants dans le petit local. Flora a fait durer la séance plus longtemps que d'habitude. Elle laissait du temps à chacun, prétendait voir de vieux et gentils fantômes, des enfants enjoués et des parents qui offraient leur pardon. Avec habileté, elle a réussi à soutirer à Dina et Asker la raison de leur participation assidue. Leur fils s'était retrouvé dans le coma à la suite d'un grave accident de voiture. Ils avaient fini par suivre le conseil du médecin. Les machines qui le maintenaient en vie avaient été débranchées. Ils avaient signé une autorisation de prélèvement d'organes.

— Imaginez qu'il ne soit pas admis dans le royaume du Seigneur, chuchote Dina.

Flora est entrée en contact avec leur fils et leur a assuré qu'il était dans la lumière et que son souhait le plus profond avait été que son cœur, ses poumons, ses cornées et ses autres organes continuent à vivre à travers d'autres personnes. Dina, en pleurs, lui avait embrassé les mains en répétant qu'elle était désormais la plus heureuse au monde.

Flora lave énergiquement le lino et sent poindre la transpiration. Ewa est au cercle de couture avec quelques voisines et Hans-Gunnar regarde un match de foot du championnat italien, le son poussé à fond. Elle rince le balai à franges, l'essore et redresse quelques secondes son dos endolori avant de poursuivre. Lundi matin, Ewa ouvrira l'enveloppe qu'elle dissimule dans son secrétaire pour payer les factures du mois.

— Putain, passe le ballon Zlatan, crie Hans-Gunnar dans le salon.

En portant le seau jusqu'à la chambre d'Ewa, elle ressent une douleur lancinante dans les épaules. Elle ferme la porte, la bloque avec le seau, récupère la clé en cuivre au dos de la photographie de mariage et se précipite jusqu'au secrétaire pour l'ouvrir. Un bruit fait sursauter Flora. Le balai est tombé et le long manche a percuté le lino.

Flora attend un moment puis baisse l'abattant du secrétaire. Les mains tremblantes, elle tente d'ouvrir le petit tiroir, mais il est bloqué. Elle fouille parmi les stylos et les trombones et trouve un ouvre-lettre. Elle l'introduit dans la fente au-dessus du tiroir et le plie délicatement. Le tiroir s'ouvre d'environ un centimètre. Elle entend un grattement tout près d'elle. Un pigeon s'est posé sur le rebord de la fenêtre.

Flora parvient à introduire ses doigts dans le tiroir et l'ouvre. La carte postale de Copenhague s'est froissée. Elle sort l'enveloppe, l'ouvre et y remet la somme qu'elle a empruntée. Elle tente de lisser la carte, referme le tiroir, ajuste les stylos et l'ouvre-lettre, ferme l'abattant et verrouille le secrétaire.

D'un pas rapide, elle rejoint la table de chevet. Elle a juste le temps de soulever le cadre avant que la porte de la chambre d'Ewa ne s'ouvre. Le seau se renverse et l'eau inonde le sol. Flora sent le liquide encore chaud mouiller ses pieds.

— Espèce de voleuse, crie Hans-Gunnar, les yeux écarquillés.

Sa colère est telle qu'il frappe au hasard. Il lui assène un premier coup à l'épaule mais elle ne le sent pas. Puis il l'agrippe par les cheveux et la frappe de l'autre main. Une gifle violente au niveau du cou et du menton. Elle prend le coup suivant sur la joue et tombe en sentant les cheveux qui s'arrachent de sa tête. Elle entraîne le cadre photo dans sa chute. Le verre se brise. L'eau imbibe ses vêtements. Elle a du mal à respirer. Une douleur cuisante irradie dans son œil et sa joue.

Flora sent qu'elle va être malade, elle se retourne sur le ventre et se retient de vomir. Sa vue se brouille. Elle voit que la photo a glissé hors du cadre et gît sur le sol trempé. Au dos du cliché, on lit : "Ewa et Hans-Gunnar, église de Delsbo."

Soudain, Flora se rappelle ce que lui a chuchoté le fantôme. Ce n'était pas la dernière fois dans le sous-sol, mais avant, ici. Peut-être l'avait-elle rêvé ? Elle ne s'en souvient plus. Miranda avait chuchoté quelque chose au sujet d'une tour qui sonnait comme le clocher d'une église. La petite fille lui avait montré la photo de mariage, avec le campanile noir en arrière-plan, et avait chuchoté : "Elle se cache là, elle a tout vu, elle se cache dans la tour."

Hans-Gunnar se tient juste au-dessus d'elle, encore haletant, lorsque Ewa, toujours vêtue de son manteau, pénètre dans la chambre.

— Qu'est-ce qui se passe ici ? demande-t-elle d'une voix effrayée.

— Elle nous vole notre argent. Je le savais !

Il crache sur Flora, ramasse la clé sur le sol et se dirige vers le secrétaire.

157

Joona est assis dans son bureau, le dossier de l'audience posé sur la table devant lui. Les éléments qu'il contient suffiront sans doute à faire condamner Vicky. Le téléphone sonne. Il n'aurait probablement pas répondu s'il avait jeté un œil à l'écran.

— Je sais que vous pensez que je ne suis qu'une menteuse, dit Flora d'une voix mal assurée. Je vous en prie, ne raccrochez pas. Vous devez m'écouter, je vous en supplie, je ferais n'importe quoi pour que vous acceptiez de m'écouter…

— Calmez-vous et dites-moi.

— Il y a un témoin des meurtres. Un véritable témoin, pas un fantôme. Je parle d'un vrai témoin qui se cache…

Sa voix frêle trahit son agitation. Il s'efforce de la calmer.

— Très bien, dit-il d'une voix posée. Mais l'enquête préliminaire…

— Vous devez y aller.

Il ignore pourquoi il l'écoute encore. Peut-être parce qu'elle a l'air désespérée.

— Où exactement se trouve ce témoin ?

— Il y a un clocher, un campanile noir vers l'église de Delsbo.

— Qui vous a parlé de…

— Je vous en prie, elle est là, elle a peur et se cache là.

— Flora, vous devez laisser le procureur gérer…

— Personne ne veut m'écouter.

Joona entend une voix qui lui crie de lâcher le téléphone puis un bruit de froissement dans le combiné.

— C'est fini les causettes, dit un homme avant de raccrocher.

Joona soupire et pose son portable sur le bureau. Il ne parvient pas à comprendre pourquoi elle persiste dans ses mensonges. Après la décision du procureur de procéder à l'arrestation de Vicky, le niveau de priorité de l'enquête préliminaire avait été revu à la baisse. Maintenant il reste surtout le travail du procureur pour regrouper les preuves en vue d'une inculpation.

J'ai raté cette enquête, se dit Joona qui éprouve un étrange sentiment de solitude. Elle était déjà close quand il a eu accès à tous les rapports et aux conclusions des experts. Il n'a jamais été responsable de l'enquête préliminaire, il n'y a même jamais vraiment été associé.

Un surdosage de ses médicaments peut tout à fait être à l'origine de la violence et de l'apathie soudaines de Vicky. Pourtant, Joona ne se résout pas à abandonner l'idée que la pierre constitue un élément essentiel. L'Aiguille établit dans son rapport que l'arme avec laquelle Miranda a été tuée est une pierre, mais tous ont fait abstraction de cette piste car elle ne concordait pas avec leurs conclusions. Joona se souvient d'avoir quitté l'Aiguille et Frippe à Sundsvall au moment où ils allaient procéder aux examens internes. Il ne peut pas encore mettre de côté cette enquête. Son obstination le pousse à feuilleter les résultats du SKL et à lire le rapport médicolégal. Il s'arrête plus longuement sur l'examen externe du corps d'Elisabet Grim et parcourt le passage consacré aux blessures défensives sur ses mains avant de poursuivre sa lecture. La lumière du soleil défile lentement sur le tableau d'affichage sur lequel sont accrochées la notification d'enquête dont il fait l'objet et la dernière carte postale de Disa : la photo d'un chimpanzé avec du rouge à lèvres et des lunettes en forme de cœur.

Absorbé par sa lecture, Joona ne prête pas attention à la lente progression de l'ombre dans son bureau à mesure que le temps passe.

Il n'y avait pas de corps étranger dans la cavité abdominale de Miranda ; les feuillets du mésentère, les plèvres et le péricarde étaient lisses et brillants.

> 84. La configuration du cœur ne présente pas d'anomalie, l'organe pèse 198 grammes. La membrane séreuse est lisse et brillante. Les valvules et les orifices sont normaux. On ne détecte pas de dépôts sur les parois des artères coronaires. Le myocarde est rouge grisâtre et uniforme.

Joona marque l'emplacement du rapport médicolégal avec son doigt et feuillette les résultats du SKL. Miranda appartenait au groupe sanguin A, on a détecté dans son sang des traces de chlorhydrate de venlaflaxine, une substance présente dans de nombreux antidépresseurs. Les analyses ne faisaient mention d'aucun autre élément particulier. Joona tourne les pages jusqu'au rapport d'autopsie : le tissu de la glande thyroïde était gris rougeâtre, la teneur en colloïde était normale, la taille des glandes surrénales était dans la norme et la corticosurrénale était de couleur jaune.

> 104. Les voies urinaires basses ont une apparence normale.

> 105. La vessie contient environ 100 millilitres d'urine jaune clair. La muqueuse est pâle.

Joona feuillette à nouveau les résultats du SKL et retrouve le résultat de l'analyse urinaire. Son urine présentait des traces d'une substance sédative, le Nitrazépam, ainsi qu'un taux de HCG particulièrement haut.

Joona se lève d'un bond, prend le téléphone sur la table et compose le numéro de l'Aiguille.

— Je regarde les résultats du SKL, le taux de HCG dans l'urine de Miranda était élevé.

— Oui, bien entendu. Le kyste sur ses ovaires était tellement…

— Mais attends un peu. Est-ce que les femmes enceintes ne présentent pas un taux de HCG élevé ?

— Si, mais je t'ai dit…

— Si Miranda avait fait un test de grossesse, aurait-elle pu penser qu'elle était enceinte ?

— Oui, elle aurait sans aucun doute obtenu un résultat positif.

— Alors Miranda aurait pu croire qu'elle était enceinte.

*

Joona quitte son bureau et compose le numéro de Flora. Il entend Anja lui crier quelque chose depuis son bureau mais continue d'un pas rapide vers l'escalier sans lui répondre. Le téléphone sonne dans le vide. Flora avait changé de version lorsque Joona avait appelé l'Aiguille et lui avait expliqué que la fille dont elle avait vu le fantôme croyait être enceinte mais ne l'était pas réellement.

— Ce que je voulais dire, c'est qu'elle a dit qu'elle était enceinte, avait expliqué Flora. Mais ce n'était pas vrai, elle ne l'était pas. Elle pensait seulement l'être.

Joona compose à nouveau son numéro, entend les sonneries dans le combiné tandis qu'il traverse le hall en courant et passe devant les fauteuils de l'accueil. Au moment où il s'engage dans les portes tournantes de l'entrée, une voix essoufflée lui répond :

— Hans-Gunnar Hansen.

— Je m'appelle Joona Linna, je travaille à la Rikskrim et…

— Vous avez retrouvé la voiture ?

— Je voudrais parler à Flora.

— Mais bordel de merde, crie l'homme. Si Flora était là je ne vous demanderais pas si vous avez retrouvé ma voiture – c'est elle qui l'a volée et si la police ne fait pas son…

Joona raccroche et se précipite vers sa Volvo noire.

158

Elin a dormi dans la chambre voisine de celle de Vicky et a laissé les portes ouvertes. Elle se réveillait au moindre bruit et allait vérifier que tout allait bien dans sa chambre. Ce matin, elle s'arrête un instant dans l'encadrement de la porte et regarde la jeune fille dormir d'un sommeil lourd avant de descendre à la cuisine. Daniel prépare des œufs brouillés à la crème fraîche. Une odeur de café et de pain frais flotte dans l'air. La beauté du paysage derrière les fenêtres panoramiques est presque terrifiante. Des montagnes aux sommets arrondis, de petits lacs forestiers aussi lisses que des miroirs et des vallées couvertes d'arbres scintillants jaunes et rouges s'étendent à perte de vue.

— C'est un spectacle incroyable, dit Daniel avec un sourire.

Ils s'enlacent et il lui embrasse délicatement la tête. Au comble du bonheur, Elin respire son odeur et sent son ventre frémir. Un minuteur sonne sur l'évier et Daniel se libère doucement de son étreinte pour sortir le pain du four. Ils s'installent à la grande table et prennent leur petit-déjeuner en se faisant de temps en temps de petites caresses sur les mains. La vue qui s'offre à eux est à couper le souffle. Leurs regards se perdent au loin tandis qu'ils boivent leur café en silence.

— Je me fais tellement de souci pour Vicky, finit par dire Elin à mi-voix.

— Tout ira bien.

Elle pose sa tasse.

— C'est promis ?

— Je dois seulement arriver à la faire parler de ce qui s'est passé. Je crains un peu que son sentiment de culpabilité ne favorise son comportement autodestructeur… Nous devons vraiment la surveiller.

— L'infirmière arrive à l'arrêt de bus d'Åre dans une heure. J'irai la chercher. Dois-je demander à Vicky si elle veut m'accompagner ? Qu'en pensez-vous ?

— Je ne sais pas, je crois qu'il vaut mieux qu'elle reste ici.

— Oui, on vient juste d'arriver. Mais je suis inquiète… Vous devriez rester avec elle en permanence.

— Elle sait qu'elle n'a pas le droit de fermer les portes, même quand elle va aux toilettes, dit Daniel d'un air grave.

Au même moment, Elin aperçoit la jeune fille par la fenêtre. Elle se promène toute seule sur la pelouse et donne des coups de pied dans les feuilles rouges qui parsèment le terrain. Ses longs cheveux serpentent le long de son dos frêle. Elle semble avoir froid. Elin prend son gilet en laine sur le dossier de sa chaise et sort le donner à Vicky.

— Merci, chuchote la jeune fille.

— Je ne te trahirai jamais plus.

Sans un mot, Vicky prend sa main et la serre. Le cœur d'Elin s'emballe. L'émotion l'empêche de parler.

159

Le ciel est étrangement sombre lorsque Joona quitte l'Europaväg 4 et bifurque sur la route 84 en direction de Delsbo. Il présume que Flora a pris la voiture pour se rendre à l'église de Delsbo. Il se remémore sa voix bouleversée quand elle lui a expliqué qu'un témoin se cachait dans le campanile. Joona a du mal à la cerner. Ses propos semblent mêler mensonge et vérité sans même qu'elle en ait conscience. Malgré ses nombreuses affabulations, Joona a l'impression qu'elle en sait plus que quiconque sur les meurtres de Birgittagården.

Peut-être ce témoin est-il encore le fruit de son invention, mais s'il existe une chance pour que ce soit la vérité, il ne peut se permettre de l'ignorer. Les nuages bas qui s'étendent jusqu'à l'horizon donnent aux champs et aux arbres une couleur presque bleue. Joona bifurque sur un petit chemin de terre sinueux et défoncé. Des feuilles tourbillonnent sur la chaussée et il doit ralentir. Il emprunte ensuite une allée qui monte jusqu'à l'église de Delsbo. Les champs s'étirent entre les arbres. Une moissonneuse-batteuse s'affaire au loin. La barre de coupe rase le sol telle une faux. Le foin fume derrière la machine. Des oiseaux volent au gré du vent.

Aux abords de l'église, une voiture a percuté l'un des arbres. Le capot est défoncé, un pare-chocs gît sur la pelouse et l'une des vitres s'est brisée. Le moteur tourne encore, la portière avant est grande ouverte et les feux arrière éclairent l'herbe du fossé.

Joona ralentit et constate que la voiture est vide. Flora a dû continuer à pied.

Joona sort de sa voiture et emprunte l'allée en gravier qui monte jusqu'à l'église. Le campanile goudronné se dresse sur une butte derrière laquelle on devine l'eau écumante et noire d'une rivière. Le ciel est sombre. Une averse semble sur le point de tomber. Une énorme cloche est suspendue sous le dôme en bulbe de la tour. La porte de l'édifice est entrouverte. L'odeur de goudron se renforce à mesure que Joona s'approche du campanile. Les murs sont recouverts d'une boiserie sombre. À l'intérieur, un escalier en bois monte jusqu'à la cloche.

— Flora ? crie Joona.

160

Flora descend les marches et s'arrête dans l'encadrement de la porte sombre du campanile. Son visage exprime une grande tristesse. Ses grands yeux sont cernés et humides.

— Il n'y a personne, dit-elle avant de se mordre la lèvre.

— Vous en êtes certaine ?

Elle commence à pleurer et sa voix cède.

— Je suis désolée, mais je croyais… j'étais persuadée…

Sans le regarder, elle réitère ses excuses et sort du campanile. Une main devant la bouche, elle se dirige lentement vers sa voiture.

— Comment avez-vous trouvé cet endroit ? demande Joona en la suivant. Pourquoi avez-vous pensé que le témoin serait ici ?

— La photo de mariage de mes parents adoptifs… la tour est en arrière-plan.

— Mais quel rapport avec Miranda ?

— C'est le fantôme qui disait…

Flora s'interrompt et s'immobilise soudain.

— Qu'y a-t-il ? demande Joona.

Il pense à nouveau au dessin de Flora : Miranda, les mains posées sur le visage, une tache sombre au niveau de la tête. Elle n'avait pas dessiné le sang pour l'abuser et semblait réellement vouloir témoigner de sa vision sans pouvoir se rappeler le contexte. Devant *Carlén Antiquités*, Flora avait parlé du fantôme comme d'un souvenir. Elle s'efforçait de se remémorer ce que le fantôme avait dit.

De fins rayons de soleil percent dans les nuages.

Comme s'il s'agissait d'un véritable souvenir, se répète-t-il en observant le pâle visage de Flora. Des feuilles jaunies volettent jusqu'au sol et Joona comprend soudain ce qui lui manquait depuis le début. Comme lorsqu'on repousse d'épaisses tentures pour laisser la lumière inonder une pièce. Il sait désormais qu'il a trouvé les clés pour résoudre toute l'énigme.

— C'est vous, chuchote-t-il en frissonnant.

Flora est le témoin qui devait se trouver dans le campanile. En revanche, elle n'a pas été témoin du meurtre de Miranda mais de celui d'une autre fille. Quelqu'un qui a été tué exactement de la même manière. Il s'agit d'une autre victime mais du même meurtrier.

Cette déduction lui paraît désormais évidente. Il ressent soudain une douleur lancinante à la tête. Durant une seconde interminable, Joona a l'impression qu'une balle lui transperce le crâne. Il tâtonne pour trouver un appui et entend la voix inquiète de Flora comme à travers une épaisse paroi avant que la douleur ne disparaisse aussi vite qu'elle est venue.

— Vous avez tout vu, dit-il.

— Vous saignez.

Un mince filet de sang coule de son nez. Il fouille ses poches et trouve un mouchoir.

— Flora, vous êtes le témoin de la tour…

— Mais je n'ai rien vu.

Il presse le mouchoir contre son nez.

— Vous l'avez simplement oublié.

— Mais je n'étais pas là, vous le savez bien, je n'ai jamais été à Birgittagården.

— Vous avez vu autre chose…

— Non, chuchote Flora en secouant la tête.

— Quel âge a le fantôme ?

— Miranda a peut-être quinze ans lorsque je rêve… mais quand elle vient à moi, quand je la vois, elle est petite.

— Quel âge ?
— Cinq ans.
— Et quel âge avez-vous, Flora ?
Elle prend peur en lisant une étrange expression dans ses yeux gris.
— Quarante, répond-elle tout bas.
Elle devait décrire le meurtre auquel elle a assisté lorsqu'elle était enfant alors qu'elle pensait parler de l'affaire en cours. Joona est persuadé d'avoir vu juste lorsqu'il prend son téléphone pour appeler Anja. Comme la réminiscence d'un rêve lointain, Flora a subitement vu ce qu'elle avait oublié. C'est la raison pour laquelle ses souvenirs se manifestaient d'une façon si puissante et déconcertante.
— Anja. Tu es devant ton ordinateur ?
— Et toi, tu es assis dans un endroit plus confortable ? demande-t-elle d'un air amusé.
— Est-ce que tu peux vérifier s'il s'est passé quelque chose à Delsbo il y a environ trente-cinq ans ?
— Quelque chose en particulier ?
— Il s'agit d'une fille de cinq ans.
Pendant qu'Anja pianote sur son ordinateur, Joona voit Flora rejoindre l'église. Elle laisse sa main courir le long de la façade et la contourne jusqu'au porche. Il la suit pour ne pas la perdre de vue. Un hérisson s'enfuit en dodelinant entre deux pierres tombales. Entourée d'un nuage de poussière, la moissonneuse-batteuse a rejoint un champ derrière l'allée.
— Oui, il y a eu un décès… Il y a trente-six ans, le corps d'une fillette de cinq ans a été retrouvé près de l'église de Delsbo. Il n'y a pas d'autres informations. La police a conclu à un accident.
Joona voit Flora se retourner vers lui, l'air désemparé.
— Quel est le nom du policier chargé de l'enquête ?
— Torkel Ekholm.
— Peux-tu essayer de me trouver une adresse ?

161

Vingt minutes plus tard, Joona gare sa voiture sur une petite route de terre. Il ouvre une grille en fer. Flora et lui traversent un jardin mal entretenu devant une maison en bois rouge aux angles blancs. La végétation bourdonne d'insectes. Le climat est orageux et la couleur du ciel oscille entre le jaune et le gris. Joona appuie sur la sonnette et un signal assourdissant résonne dans le jardin.

Ils entendent quelque chose traîner sur le sol, puis la porte s'ouvre. Un vieux monsieur en gilet de laine, bretelles et pantoufles apparaît sur le seuil.

— Torkel Ekholm ? demande Joona.

L'homme s'appuie sur un déambulateur et les regarde avec les yeux humides des personnes âgées. Il porte un appareil auditif.

— Qui le demande ? dit-il d'une voix à peine audible.

— Joona Linna, inspecteur à la Rikskrim.

L'homme plisse les yeux vers la carte de police de Joona. Un petit sourire se dessine sur son visage.

— La Rikskrim, chuchote-t-il avant de faire un petit geste pour les inviter à entrer. Venez, allons boire un petit café.

Joona et Flora s'installent à la table de la cuisine pendant que Torkel se dirige vers la cuisinière après s'être excusé auprès de Flora de ne pas avoir de gâteaux à leur proposer. Il parle très bas et semble quasiment sourd. Une horloge sur le mur produit un tic-tac sonore et au-dessus de la banquette est accroché un fusil sombre et luisant prévu pour la chasse aux élans, un Remington bien entretenu. Une tenture brodée portant l'inscription "Le bonheur du foyer est l'absence d'exigences" s'est décrochée et pend mollement, vestige d'une autre époque.

L'homme se gratte le menton et observe Joona dans la pénombre de la cuisine. Lorsque l'eau bout, Torkel Ekholm sort trois tasses et une boîte de café instantané.

— On devient paresseux, dit-il avec un haussement d'épaules en donnant une petite cuillère à Flora.

— Je suis là pour vous poser des questions sur une affaire très ancienne, dit Joona. Il y a trente-six ans, une fillette a été retrouvée morte près de l'église de Delsbo.

— Oui, répond l'homme sans regarder Joona.

— Un accident ?

— Oui, répond-il résolument.

— Mais ce n'est pas ce que je pense.

— Je suis content de l'entendre.

Sa bouche se met à trembler et il pousse le bol de sucre en morceaux vers l'inspecteur.

— Vous souvenez-vous de l'affaire ?

L'homme verse du café dans sa tasse et la cuillère émet un petit tintement contre la porcelaine. Il lève ses yeux rougis vers Joona.

— J'aurais aimé pouvoir l'oublier, mais certaines affaires…

Torkel Ekholm se lève, se dirige vers une commode foncée près du mur et ouvre le tiroir du haut. Il explique d'une voix chevrotante qu'il a gardé ses notes sur l'affaire depuis toutes ses années.

— Je savais pertinemment qu'on reviendrait me voir à un moment ou un autre.

162

Une mouche bourdonne contre la vitre dans la petite cuisine. Torkel hoche la tête en direction des documents posés sur la table devant eux.

— La fillette s'appelait Ylva, c'était la fille du contremaître de la ferme Rånne… Lorsque je suis arrivé sur place, on l'avait déjà déposée sur un drap… On m'a dit qu'elle était tombée du clocher…

Le vieux policier s'adosse sur sa chaise. Le bois grince.

— Il y avait du sang sur la frise de la tour… Ils me l'ont montré mais j'ai bien vu que ça ne collait pas.

— Pourquoi avez-vous mis fin à l'enquête préliminaire ?

— Il n'y avait pas de témoin, je n'avais rien. J'ai posé des questions, mais je n'avançais pas. On m'a interdit de déranger les maîtres. Ils ont congédié leur contremaître et… c'était… J'ai une photo prise par Janne, il travaillait pour le quotidien *Arbetarbladet* et on a fait appel à lui pour faire les clichés de la scène.

Le vieux policier leur montre une photo en noir et blanc. Une petite fille est allongée sur un drap posé sur l'herbe, les cheveux épars autour de sa tête. Il y a également une tache de sang noir, exactement comme sur le lit de Miranda, au même endroit. La tache a presque la forme d'un cœur. Le visage de la petite fille est délicat, les joues sont rondes et enfantines. Sa bouche rappelle celle d'une personne endormie. Flora fixe la photo. Son visage devient livide.

— Je n'ai rien vu, gémit-elle avant d'éclater en pleurs, la bouche ouverte.

Joona repousse la photo et tente de calmer Flora, mais elle se lève et prend le cliché des mains de Torkel. Elle essuie les larmes de ses joues et fixe l'image, s'appuie sur l'évier d'une main et ne s'aperçoit pas qu'elle fait tomber une bouteille de bière vide dans le bac.

— On jouait à *blundleken*, dit-elle à mi-voix.

— *Blundleken ?*

— Il fallait fermer les yeux et cacher nos visages dans nos mains.

— Mais vous avez regardé, Flora, dit Joona. Vous avez vu qui a frappé la petite fille avec une pierre.

— Non, je fermais les yeux… je…

— Qui l'a frappée ?

— Qu'avez-vous vu ? demande Torkel.

— La petite Ylva… elle avait l'air si joyeuse, elle se cachait, puis il a frappé…

— Qui ? demande Joona.

— Mon frère, chuchote-t-elle.

— Vous n'avez pas de frère.

Torkel sursaute et fait tomber sa tasse de café sur la soucoupe.

— Le garçon, marmonne-t-il. Ce n'était quand même pas le garçon ?

— Quel garçon ? demande Joona.

Flora est livide. Des larmes inondent ses joues. Le vieux policier détache une feuille d'essuie-tout et se lève lentement de sa chaise. Elle secoue la tête et sa bouche forme des paroles silencieuses.

— Qu'avez-vous vu ? demande Joona. Flora ?

Torkel s'approche d'elle et lui tend la feuille.

— Vous êtes la petite Flora ? La petite sœur silencieuse ? demande-t-il délicatement.

163

Ce souvenir enfoui depuis des années refait surface dans la cuisine de l'ancien policier. Une main sur l'évier, Flora se rappelle ce qu'elle a vu. Elle a l'impression que ses jambes vont céder d'une seconde à l'autre.

Le soleil illuminait la pelouse à côté de l'église. Elle avait les mains devant le visage mais la lumière passait entre ses doigts et donnait une teinte orangée à ce qui l'entourait.

— Mon Dieu, gémit-elle en s'effondrant sur le sol. Mon Dieu…

Baigné dans une lumière chatoyante, son frère frappait la petite fille avec une grosse pierre. Ses souvenirs sont désormais d'une extrême précision. Elle a l'impression que les enfants se tiennent devant elle dans la cuisine. Elle entend le bruit sourd des coups et voit la tête d'Ylva tressauter. La fillette s'était écroulée dans l'herbe. Sa bouche s'ouvrait et se fermait involontairement, ses paupières tressaillaient, elle marmonnait des mots incompréhensibles. Il l'avait frappée à nouveau. Il cognait sa tête de toutes ses forces et leur hurlait de fermer les yeux. Une fois qu'Ylva avait cessé de bouger, il avait positionné ses mains sur son visage.

— Mais moi je ne fermais pas les yeux…

— Vous êtes la petite Flora ? demande à nouveau le policier.

Entre ses doigts, Flora a vu son frère se lever. Il tenait toujours la pierre à la main. D'un ton calme, il lui a dit de fermer les yeux, qu'ils jouent à *blundleken*. Il s'est approché d'elle en levant la pierre ensanglantée. Elle a reculé au moment où il a voulu l'atteindre et la pierre lui a écorché la joue avant de percuter son épaule. Elle est tombée à genoux mais s'est rapidement relevée et s'est mise à courir.

— Vous êtes la petite Flora qui habitait à Rånne ?

— Je ne me souviens pas de grand-chose.

— Qui est son frère ? demande Joona.

— On les appelait les orphelins bien qu'ils aient été adoptés par les maîtres de maison.

— Leur nom est Rånne ?

— Le baron Rånne… mais on disait seulement "les maîtres", répond Torkel. Le journal leur a consacré un article lorsqu'ils ont adopté les deux enfants, ils ont même écrit que c'était un acte noble, une forme de charité. Mais la petite fille a déménagé après l'accident… Seul le garçon est resté.

— Daniel, dit Flora. Il s'appelle Daniel.

La chaise racle le sol lorsque Joona se lève de table. Il sort de la maison sans un mot. Le téléphone vissé à l'oreille, il court dans le jardin où les fruits tombés des arbres gisent parmi les feuilles mortes, passe la grille et rejoint sa voiture.

— Anja, écoute-moi, j'ai besoin de ton aide, c'est très urgent, dit Joona en s'installant derrière le volant. Vérifie si Daniel Grim a un lien avec la famille Rånne à Delsbo.

Joona a à peine le temps d'allumer la radio Rakel pour alerter le central qu'Anja lui répond.

— Oui, ce sont ses parents.

— Retrouve-moi tout ce que tu peux sur lui.

— De quoi s'agit-il ?

— De filles.

Il raccroche. Avant d'alerter la police, il compose le numéro d'Elin Frank.

164

Elin emprunte la route escarpée qui descend vers Åre pour aller chercher l'infirmière de Vicky. L'une des vitres est ouverte et l'air frais du matin s'engouffre dans la voiture. Un lac long et étroit scintille au loin. Les montagnes vertes aux sommets arrondis qui se déploient à l'horizon lui rappellent de gigantesques tertres funéraires.

Elle pense à la façon dont Vicky a pris sa main dans la sienne. Tout rentre enfin dans l'ordre. La petite route longe une falaise quand le téléphone vibre dans son sac. Elle parcourt encore quelques mètres avant de se rabattre sur une aire d'arrêt. Elle a un mauvais pressentiment en prenant son portable. C'est Joona Linna. Elle n'a pas réellement envie de savoir ce qu'il a à lui dire. Ses doigts tremblent au moment de prendre l'appel.

— Allô ?

— Où est Vicky ?

— Elle est ici, avec moi. J'ai une maison à Duved qui…

— Je sais, mais est-ce que vous l'avez sous les yeux maintenant ?

— Non, je…

— Je veux que vous alliez chercher Vicky et que vous retourniez à Stockholm sur-le-champ. Seulement vous et Vicky. Faites-le immédiatement, n'emportez rien, prenez votre voiture et…

— Mais je suis déjà dans la voiture, crie Elin en sentant la panique l'envahir. Vicky est à la maison avec Daniel.

— Ce n'est pas bon, dit Joona d'une voix qui trahit son angoisse.

— Que s'est-il passé ?

— Écoutez-moi… C'est Daniel qui a tué Miranda et Elisabet.

— Dis-moi que ce n'est pas vrai, chuchote-t-elle. Il devait s'occuper de Vicky pendant que j'allais à la gare routière.

— Elin, elle est sans doute déjà morte. Vous devez vous sauver de là. C'est mon conseil en tant que policier.

Elin fixe le ciel. Il n'est plus blanc. D'épais nuages défilent le long des sommets – noirs et gorgés des pluies d'automne.

— Je ne peux pas l'abandonner, s'entend-elle dire.

— La police est prévenue, mais ils peuvent mettre du temps à arriver.

— J'y retourne.

— Je comprends. Mais soyez extrêmement prudente… Daniel Grim est très, très dangereux et vous serez seule avec lui jusqu'à l'arrivée de la police.

Elin n'écoute que son instinct, fait demi-tour et remonte la route escarpée. Les cailloux crépitent sous les pneus de la voiture.

165

Vicky est assise sur le fauteuil en cuir blanc et télécharge des applications pour son téléphone portable lorsque Daniel entre dans sa chambre et s'installe sur le lit. À l'extérieur, le paysage alpin ondule jusqu'à l'horizon et les sommets de la vallée de l'Ullådalen et de l'Åreskutan étirent leurs vieilles carcasses vers le ciel.

— Est-ce que c'était bizarre pour toi hier ? demande Daniel. Je veux dire… de devoir rester comme ça dans la voiture pendant qu'on récupérait tes affaires ?

— Non… je comprends bien que personne n'ait envie de me voir, répond-elle les yeux rivés sur le téléphone.

— Quand je suis entré dans la maison, j'ai vu qu'Almira et Lu Chu jouaient à se cacher les yeux, ment Daniel. Je sais que c'est Miranda qui t'a appris ce jeu…

— Oui.

— Tu sais comment elle l'a appris ?

Vicky hoche la tête et sort le chargeur du téléphone.

— J'utilise parfois le *Blundleken* dans la thérapie, poursuit Daniel. C'est un exercice de confiance.

— Oui. Miranda me donnait des morceaux de chocolat, dit Vicky avec un sourire. Elle a aussi dessiné un cœur sur mon ventre et…

Vicky s'interrompt. Elle pense à ce que Tuula lui a dit lorsqu'elle est sortie de sa cachette dans le lilas.

— As-tu parlé du jeu à quelqu'un ? demande Daniel qui la fixe du regard.

— Non.

— Juste par curiosité…

Vicky baisse les yeux. Tuula se tenait dans l'obscurité, une batte à la main. Elle lui a chuchoté que le meurtrier ne tuait que des salopes, que seules les salopes avaient besoin d'avoir peur de se faire défoncer le crâne. C'était typique de Tuula, elle tenait toujours des propos obscènes et provocateurs. Vicky a essayé de lui sourire, mais Tuula lui a expliqué qu'elle avait trouvé un test de grossesse dans le sac de Miranda quand elle avait volé son collier. Vicky en a conclu que Miranda avait dû coucher avec l'un des mecs qu'elles croisaient à l'ADL.

Elle comprend désormais qu'il doit s'agir de Daniel. Il lui parle du jeu et Vicky se rappelle avoir senti que quelque chose n'allait pas quand Miranda lui avait montré comment faire. C'était comme si elle faisait semblant de s'amuser. Elle pouffait de rire et continuait de lui donner des carrés de chocolat, quand en réalité elle essayait de savoir si Vicky avait vécu la même chose qu'elle sans lui dévoiler ce qui s'était passé.

Vicky se souvient que Miranda s'était efforcée de se donner un air indifférent lorsqu'elle lui avait demandé si Daniel venait jouer dans sa chambre.

— Miranda ne m'a rien dit, tente-t-elle d'expliquer alors qu'elle croise brièvement le regard de Daniel. Elle ne parlait pas de ce que vous faisiez en thérapie…

Lorsqu'elle comprend soudain que tout est lié, les joues de Vicky s'empourprent. Daniel a tué Miranda et Elisabet. Les meurtres n'ont rien à voir avec des salopes. Daniel a tué Miranda parce qu'elle était enceinte. Miranda avait peut-être déjà tout raconté à Elisabet. Vicky essaye de respirer le plus calmement possible. Elle ne sait pas quoi dire. Elle tripote la tarlatane de son plâtre pour se donner une contenance.

— C'était…

Daniel se penche vers elle, prend le téléphone sur ses genoux et le glisse dans sa poche.

— La thérapie… c'était pour oser se faire confiance, poursuit Vicky bien qu'elle comprenne que Daniel a déjà lu en elle comme dans un livre ouvert.

Elle a compris qu'il a assassiné Miranda et Elisabet à coups de marteau et qu'il a voulu la faire accuser à sa place.

— Oui, c'est une étape important de la thérapie, dit Daniel en l'observant attentivement.

— Je sais, chuchote-t-elle.

— On pourrait le faire maintenant, toi et moi. Juste pour s'amuser.

Elle hoche la tête. Il a décidé de la tuer. La panique l'envahit. Le sang bourdonne dans ses oreilles. Elle se met à transpirer. Il a fait en sorte qu'elle ne soit pas incarcérée et l'a accompagnée chez Elin afin de découvrir ce qu'elle savait. Il voulait s'assurer qu'il ne serait pas démasqué.

— Ferme les yeux, dit-il avec un sourire.

— Maintenant ?

— C'est amusant, tu verras.

— Mais, je…

— Fais-le, dit-il d'une voix sévère.

Elle ferme les yeux et cache son visage dans ses mains. Elle est terrifiée. Son cœur semble prêt à exploser dans sa poitrine. Daniel s'affaire dans la chambre. Il lui semble qu'il retire le drap du lit.

— Je dois faire pipi, dit-elle.

— Bientôt.

Elle est comme pétrifiée mais sursaute lorsqu'elle l'entend traîner une chaise sur le sol. Ses jambes tremblent mais elle garde les mains sur ses yeux.

166

Elin roule aussi vite qu'elle le peut sur la route escarpée. Un trousseau de clés cliquette dans le compartiment près du levier de vitesse. Les branches d'un arbre fouettent le pare-brise et glissent sur l'aile gauche de la voiture. Elle freine dans un virage serré et évite l'accident de peu. Les pneus dérapent sur le gravier, mais elle débraye, passe le virage et peut de nouveau accélérer.

La voiture gronde. Elle est violemment secouée sur la route cabossée de Tegerfors. La fonte des neiges a creusé de profonds sillons sur la chaussée. Elin continue son ascension, mais elle arrive trop vite. Elle tente de ralentir un peu en s'approchant de l'entrée de la maison. Elle braque à droite, le rétroviseur extérieur gauche est arraché et l'aile racle contre le poteau de la grille. Elle enfonce l'accélérateur et la voiture bondit en passant la butte de l'entrée. Le casier d'eau minérale dans le coffre se renverse avec fracas.

Elle parcourt la dernière ligne droite jusqu'à la maison et s'arrête d'un coup de frein brusque qui fait tourbillonner un nuage de poussière derrière la voiture. Elin laisse le moteur tourner, se précipite à la porte et entre. Il fait très sombre dans la maison et elle trébuche sur des bottes et des chaussures de ski tandis qu'elle court vers le grand salon.

— Vicky ! crie-t-elle.

Elin allume les lumières, monte l'escalier quatre à quatre, glisse et se cogne le genou contre une marche. Elle se relève et se précipite jusqu'à la chambre de Vicky. Elle appuie sur la poignée, mais la porte est fermée à clé. Elle tambourine sur la porte.

— Ouvre ! hurle Elin qui entend le désespoir dans sa voix

Il n'y a pas un bruit dans la chambre et elle se penche pour regarder par le trou de la serrure. Une chaise gît sur le sol. Des ombres dansent sur les murs.

— Vicky ?

Elle prend de l'élan et donne un violent coup de pied sur la porte. Rien. Elle donne un deuxième coup de pied sans plus de succès et court jusqu'à la chambre voisine. La clé n'est pas dans la serrure. Sur la porte suivante, elle trouve enfin la clé et renverse une sculpture en verre qui se brise sur le sol en revenant sur ses pas. Elle tremble et a du mal à introduire la clé dans la serrure. Elle utilise ses deux mains pour se stabiliser, réussit à la deuxième tentative et ouvre la porte à la volée.

— Oh mon Dieu, chuchote-t-elle.

Vicky est pendue à un drap accroché à une poutre en bois blanc. Sa bouche est grande ouverte et son visage livide mais ses pieds remuent faiblement dans le vide. Elle est encore en vie et cherche à atteindre le sol situé à trente centimètres du bout de ses orteils. Ses doigts sont insérés dans le nœud coulant. Sans réfléchir, Elin se jette sur elle et la soulève aussi haut qu'elle le peut.

— Essaye de te dégager, dit-elle dans un sanglot.

Le corps de la jeune fille est secoué de spasmes. Il lui faut de l'oxygène et elle panique, elle tire sur le tissu enroulé pour essayer de desserrer le nœud.

Soudain, Elin entend Vicky inspirer une bouffée d'air et tousser. Elle halète et tout son corps se tend.

— Je ne peux pas l'enlever, dit-elle dans une quinte de toux.

Elin se tient sur la pointe des pieds et tente de la soulever davantage.

— Essaie de te hisser !

— Je n'y arrive pas…

Le nœud se resserre. Vicky manque d'oxygène et son corps tressaute. Les bras d'Elin tremblent mais elle ne peut pas abandonner. Elle tente d'atteindre la chaise renversée avec son pied, mais elle est trop loin. Vicky est maintenant trempée de sueur. Elin tente de changer de prise, mais le corps de la jeune fille est trop lourd. Elin se sent faiblir un peu plus à chaque seconde et pourtant elle parvient à baisser légèrement une main, ce qui lui donne une meilleure prise pour la soulever encore un peu. Vicky mobilise ses dernières forces et passe enfin la tête à travers le nœud. Elle tousse et elles s'effondrent ensemble à terre.

Le cou de Vicky est bleuâtre et sa respiration est hachée, mais elle est en vie. Elin l'embrasse sur les joues. La jeune fille écarte les cheveux collés sur son visage trempé de sueur d'une main tremblante et chuchote afin de ne pas faire de bruit :

— C'était Daniel…

— Je sais. La police est en route. Tu dois rester ici. Je vais fermer la porte à clé, mais il ne faut pas que tu fasses le moindre bruit.

167

Elin enferme Vicky. Le corps parcouru de tremblements, elle descend l'escalier. Ses jambes et ses bras sont engourdis. Son téléphone vibre et elle voit qu'elle a reçu un SMS de Vicky : *Désolée, mais je n'ai plus le courage de mentir. Ne sois pas triste. Bisous, V.* Elin est prise de malaise, l'angoisse fait battre son cœur à toute vitesse. Elle ne parvient pas à rassembler ses pensées et à comprendre ce qui se passe. Daniel a dû lui envoyer un SMS à l'instant depuis le portable de Vicky. Elle s'avance d'un pas prudent jusqu'au salon. Tous les volets de la maison sont baissés.

Soudain, une ombre apparaît sur le sol. C'est Daniel. Il est dans l'escalier qui mène au sous-sol et remonte du garage. Elle sait qu'elle doit le retenir jusqu'à l'arrivée de la police.

— Elle l'a fait. Vicky a verrouillé la porte de sa chambre, j'ai mis trop de temps, je ne comprends pas…

— Qu'est-ce que vous dites ? demande-t-il lentement en l'observant de ses yeux brillants.

— Elle est morte… on peut sortir ? Il faut qu'on appelle quelqu'un, chuchote-t-elle.

— Oui, répond-il en s'approchant d'elle.

— Daniel… Je ne comprends pas.

— Vous ne comprenez pas ?

— Non, je…

— Après vous avoir tuée… Vicky est allée dans sa chambre et s'est pendue.

— Pourquoi dites-vous…
— Vous n'auriez pas dû revenir aussi vite.
Quand elle s'aperçoit qu'il dissimule une hache dans son dos, elle se met à courir vers la porte d'entrée, mais elle manque de temps, il est juste derrière elle. Elle se dirige alors subitement sur la droite et renverse une chaise. Il trébuche. Elle parvient à prendre un peu d'avance en passant par la cuisine ouverte pour rejoindre le couloir. Le bruit de ses pas se rapproche dans son dos. Elle n'a nulle part où se cacher. Elle se faufile dans l'ancienne chambre de Jack, verrouille la porte et appuie sur le bouton pour ouvrir les volets.

Elle n'aura pas le temps de sortir, il approche. Le mécanisme bourdonne. Dans un long grincement, les lames en aluminium s'écartent et la lumière s'infiltre par les petits trous. Ça ne va pas assez vite. Elin pousse un cri au son du premier coup de hache dans la porte. La lame fend le bois juste à côté de la serrure. Daniel retire la hache. Les volets ne se sont ouverts que de dix centimètres quand elle entame le bois pour la deuxième fois. Elle ne peut pas attendre. Elle traverse la pièce et entre dans la salle de bains de Jack au moment où Daniel enfonce la porte de la chambre d'un coup de pied. Le bois craque et se fend en longueur autour de la serrure quand la porte s'ouvre.

Elin voit son reflet dans le grand miroir quand elle passe devant la baignoire, la douche et le sauna pour rejoindre la porte du bureau de Jack. Il y règne une obscurité épaisse et elle trébuche sur son petit meuble d'archivage. De vieux classeurs tombent sur le sol. Elle tâtonne sur le bureau, ouvre un tiroir, jette les stylos et récupère un ouvre-lettre.

Le bruit s'arrête dans la chambre à coucher, les volets sont entièrement ouverts. Elle entend quelque chose tomber dans la grosse baignoire. Daniel s'approche. Elin retire ses chaussures, rejoint le couloir pieds nus et referme la porte derrière elle. Elle pense retourner dans la chambre de Jack par la porte enfoncée et essayer d'ouvrir la fenêtre. Elle avance de quelques pas puis change d'avis et s'enfonce plus loin dans le couloir.

— Elin, hurle Daniel dans son dos.

La porte de la grande chambre d'amis est verrouillée. Elle tourne la clé dans la serrure mais le verrou résiste. Elle jette un regard en arrière et voit Daniel qui marche vers elle. Il ne court pas mais avance à grandes enjambées. Elle tire sur la poignée et sent l'odeur de sa transpiration. Une ombre passe rapidement sur la porte. Elle fait un bond de côté et se cogne contre un tableau.

La hache manque sa cible et la lame s'enfonce verticalement dans le mur en béton avec un tintement sonore. Surpris, Daniel lâche le manche et la hache tombe sur le sol.

168

Le verrou cliquette. Elin pousse la porte de l'épaule. Elle entre dans la chambre d'un pas mal assuré. Daniel la suit et tente d'attraper sa main. Elle se retourne et lui assène un coup avec l'ouvre-lettre. Elle le touche à la poitrine mais la blessure est superficielle. Il la saisit par les cheveux et la tire sur le côté. Elle heurte le meuble télé et renverse la lampe.

Il remonte ses lunettes sur son nez, fait demi-tour et va récupérer la hache. Elin rampe sous le grand lit. Elle espère que Vicky reste bien cachée, elle aura peut-être une chance de s'en sortir jusqu'à l'arrivée de la police. Elle voit les pieds de Daniel qui contourne le lit. Le matelas et le sommier grincent. Elle ignore de quel côté se diriger et tente de rester au milieu.

Soudain, il attrape son pied. Elle pousse un hurlement et il la tire hors de sa cachette. Elle tente de résister, mais c'est impossible. Il maintient la prise sur sa cheville et brandit la hache. Elle le frappe en plein visage avec son autre pied. Ses lunettes tombent. Il perd prise, chancelle en arrière et heurte la bibliothèque. Il se couvre un œil avec la main et la regarde de l'autre. Elle parvient à se relever et se précipite vers la porte. Du coin de l'œil, elle le voit se baisser pour ramasser ses lunettes. Elle passe en courant devant la chambre de Jack et rejoint la cuisine. Les pas lourds de Daniel résonnent dans le couloir. Ses pensées défilent à toute vitesse. Les policiers devraient être arrivés maintenant – Joona avait dit qu'ils étaient en route.

Elin s'empare d'une petite casserole en passant dans la cuisine, traverse le salon au pas de course, ouvre la porte du garage et jette la casserole dans l'escalier. Elle l'entend dégringoler les marches tandis qu'elle monte à l'étage. Daniel est arrivé à la porte du garage mais ne se laisse pas berner. Il a distingué le bruit de ses pas dans les étages supérieurs. Elle n'a presque plus aucune issue. Elin est à bout de souffle. Elle passe l'étage où se cache Vicky et monte ensuite l'escalier plus lentement jusqu'au dernier étage afin d'éloigner Daniel de la jeune fille. Elin doit tenir jusqu'à l'arrivée de la police. Elle doit l'occuper. Il ne doit pas entrer dans la chambre de Vicky. L'escalier grince sous les pas de Daniel. Elle rejoint le dernier étage où l'obscurité est presque complète. Elle se jette sur le support des accessoires du poêle et récupère le tisonnier. Les autres outils s'entrechoquent. Elin se poste au milieu de la pièce et casse la lampe au plafond d'un coup sec. La lampe en verre givré tombe par terre. Des éclats de verre se répandent sur le sol. Les pas lourds dans l'escalier percent le silence. Elin se cache dans l'obscurité juste à droite de l'entrée. Daniel halète en montant les dernières marches. Il n'est pas pressé, elle est prise au piège. Elin retient sa respiration. Daniel reste un instant immobile, la hache à la main, et sonde l'obscurité avant d'appuyer sur l'interrupteur. Il y a un cliquetis, mais rien ne se passe.

169

Elin est tapie contre le mur, dans l'obscurité. Elle tient le tisonnier à deux mains. L'adrénaline la fait trembler mais elle se sent étrangement forte. Daniel respire doucement et pénètre dans la pièce avec précaution. Elle ne peut pas le voir mais les éclats de verre crépitent sous ses chaussures. Soudain, elle entend un déclic et un bourdonnement électrique suivi d'un grincement. La lumière s'infiltre par les nombreux trous entre les lames des volets roulants. Daniel reste près de la porte et attend que la lumière du jour illumine la pièce. Elle ne peut se cacher nulle part. Il la fixe du regard et elle recule, le tisonnier dirigé vers lui. Daniel tient la hache dans sa main droite. Il jette un regard sur l'outil et s'approche ensuite d'Elin. Elle tente de lui donner un coup mais il se décale. La respiration d'Elin est saccadée. Elle pointe à nouveau le tisonnier sur lui. Une douleur effroyable envahit son pied quand elle marche sur un tesson, mais elle ne lâche pas Daniel du regard. La hache se balance doucement dans sa main. Elle frappe à nouveau, mais il esquive le coup. Les yeux qui la regardent sont impénétrables. Subitement, il effectue un mouvement rapide avec la hache. Le coup est violent et inattendu. Les deux outils qui s'entrechoquent produisent un tintement métallique. Le tisonnier est projeté à terre. Elle ne peut plus se défendre. Elle ne peut que reculer et comprend avec une sorte d'étonnement qu'elle ne s'en sortira pas. L'angoisse qui est allée crescendo la rend désormais étrangement indifférente. Daniel s'approche.

Elle sonde son regard mais ses yeux sont vides. Enfin, elle se retrouve dos à la grande vitre. Derrière elle, la façade en béton plonge à pic jusqu'à un dallage, trois étages et demi plus bas, où sont installés des meubles de jardin et un barbecue. Elin saigne de la plante des pieds. Des traînées rouges luisent sur le parquet clair.

Elle est à bout de forces. Elle ne bouge plus et se dit qu'elle devrait peut-être négocier, lui faire des promesses ou le faire parler. La respiration de Daniel est plus bruyante, il l'observe un moment, s'humecte les lèvres et parcourt la distance qui les sépare en quelques pas rapides. Il brandit la hache et instinctivement, elle décale la tête. La lame percute violemment la vitre. Elle sent le verre épais vibrer dans son dos et entend un grincement aigu lorsque la vitre commence à se fendre. Daniel lève la hache, mais avant qu'il n'ait le temps de frapper à nouveau, Elin s'adosse contre le verre. Elle s'appuie de tout son poids contre la large vitre et sent cette dernière céder. Le vertige provoque une curieuse palpitation dans son ventre. Elle tombe en arrière dans une nuée d'éclats scintillants. Elle ferme les yeux et ne sent pas qu'elle percute le sol.

Daniel saisit le montant de la fenêtre d'une main et regarde en contrebas. Des débris de verre glissent encore du rebord en tôle. Un filet de sang continu s'écoule de sa tête sur le dallage. La respiration de Daniel se calme. Sa chemise trempée de sueur est collée à son dos. La vue depuis le dernier étage est spectaculaire. Le versant du mont Tyskhuvudet se dresse non loin de là et le chalet au sommet de la montagne Åreskutan est enveloppé dans une brume d'automne. Soudain, la lumière bleue de plusieurs véhicules de police apparaît sur la route qui mène à Åre, mais celle de Tegerfors est déserte.

170

Tandis qu'il attendait qu'Elin décroche, Joona avait compris pourquoi les blessures défensives d'Elisabet étaient du mauvais côté de ses mains. Elle s'était couvert le visage. Daniel ne laisse aucun témoin derrière lui. Personne n'avait le droit de voir ce qu'il faisait.

Après avoir alerté Elin, il avait contacté le central de liaison national et fait envoyer des véhicules de police et des ambulances à Duved. Les hélicoptères étaient déjà réquisitionnés à Kiruna et il fallait au moins une demiheure aux véhicules d'intervention pour rejoindre la maison. Joona n'avait quant à lui aucun moyen d'y arriver à temps. Plus de trois cents kilomètres séparaient Delsbo de Duved. Il venait de démarrer sa voiture lorsque son chef Carlos Eliasson l'avait appelé pour lui demander de justifier les raisons de ces soupçons soudainement portés sur Daniel Grim.

— Il y a trente-six ans, il a tué un enfant exactement de la même façon que la fille de Birgittagården, a répondu Joona en redescendant lentement l'allée.

— Anja m'a montré les photos de l'accident de Delsbo, dit Carlos dans un soupir.

— Ce n'était pas un accident.

— Qu'est-ce qui te fait associer les deux affaires ?

— Les deux victimes se couvraient le visage au…

— Je sais que c'est le cas pour Miranda, l'interrompt Carlos. Mais j'ai les photos de Delsbo devant moi, nom d'un chien. La victime est allongée sur un drap et ses mains sont…

— Le corps a été manipulé avant l'arrivée de la police.

— Comment le sais-tu ?

— Je le sais, c'est tout.

— Est-ce que c'est ton entêtement habituel qui parle ou c'est la voyante qui le dit ?

— C'est un témoin oculaire, a répondu Joona avec un accent finnois plus prononcé que d'habitude.

Carlos avait poussé un rire las.

— De toute manière, il y a prescription. Il y a un procureur qui dirige l'enquête préliminaire contre Vicky Bennet et toi, tu es sous le coup d'une enquête interne.

Joona avait bifurqué sur la route 84 pour prendre la direction de Sundsvall. Il avait contacté la police du Västernorrland et fait envoyer une patrouille et des techniciens chez Daniel Grim. Dans sa radio, il avait entendu que les véhicules de la police du Jämtland estimaient atteindre la propriété d'Elin Frank dix minutes plus tard.

171

Le premier véhicule de police s'arrête devant la maison d'Elin Frank située sur le mont Tegefjäll. L'un des policiers va éteindre le moteur d'une voiture garée à quelques mètres. L'autre dégaine son arme et se dirige vers la porte d'entrée. Un deuxième véhicule ainsi qu'une ambulance font un demi-tour sur l'esplanade devant la bâtisse avant de se garer. On voit déjà les feux de l'autre ambulance un peu plus bas sur la route escarpée. Bizarrement, la grande maison paraît fermée. Les volets roulants sont baissés. Il règne un silence inquiétant.

Les armes à la main, deux policiers passent la porte d'entrée. Un troisième reste sur le seuil ; un quatrième fait le tour de la maison. D'un pas prudent, il monte un large escalier en béton. La maison paraît inhabitée. Elle est fermée comme un coffre hermétique. Le policier monte sur une terrasse, passe devant des meubles de jardin puis voit le sang, les éclats de verre et deux personnes. Il s'arrête. Une jeune fille pâle, lèvres gercées et cheveux emmêlés, l'observe d'un regard noir. Elle est agenouillée à côté d'une femme inerte. Une mare de sang s'est répandue autour d'elles. La jeune fille tient la main de la femme dans les siennes. Ses lèvres bougent, mais il n'entend pas ce qu'elle dit et doit se rapprocher.

— Elle est encore chaude, chuchote Vicky. Elle est encore chaude…

Le policier baisse son arme et appelle les ambulanciers avec sa radio. Des infirmiers rejoignent bientôt les blessés avec deux civières. Ils constatent aussitôt une fracture du crâne chez la femme qui gît à terre et l'installent délicatement sur la civière. La jeune fille ne lui lâche pas la main. Des larmes coulent sur ses joues.

Elle est elle-même grièvement blessée. Ses genoux et ses jambes saignent abondamment à cause des débris de verre. Son cou est enflé et noirci. Les vertèbres de sa nuque sont sans doute endommagées, mais elle refuse de s'allonger et de quitter Elin.

Ils doivent partir au plus vite et les ambulanciers décident de laisser la fille s'asseoir à côté d'Elin. Elle pourra lui tenir la main jusqu'à Östersund où un hélicoptère les transportera jusqu'à l'hôpital Karolinska.

172

Joona traverse une voie ferrée au moment même où le coordinateur de l'intervention répond enfin au téléphone. Sa voix est inquiète et il parle avec quelqu'un qui se trouve avec lui dans le fourgon de police.

— C'est un peu le chaos pour l'instant… mais nous sommes sur place.

— Je dois savoir si…

— Non, bordel… il faut les mettre avant Trångsviken et Strömsund, crie le coordinateur à quelqu'un.

— Elles sont en vie ?

— Désolé, je dois mettre en place des barrages routiers.

— Je patiente, dit Joona en dépassant un poids lourd.

Il entend le coordinateur poser le téléphone, discuter avec le responsable des opérations, obtenir une confirmation des emplacements, contacter le central et donner des directives aux différentes patrouilles.

— Je suis à vous.

— Elles sont en vie ? répète Joona.

— La fille est hors de danger, mais la femme… son état est critique, on prépare une opération en urgence à l'hôpital d'Östersund et ensuite un transfert à Karolinska.

— Et Daniel Grim ?

— Il n'y avait plus personne dans la maison… on est en train de monter des barrages mais s'il passe par les petites routes, nous n'avons pas les moyens nécessaires…

— Et les hélicoptères ?

— Nous sommes en négociation avec le régiment de chasseurs de Kiruna, mais ça prend trop de temps, répond le coordinateur d'une voix enrouée.

Joona arrive à Sundsvall et songe au fait qu'Elin Frank est retournée dans la maison malgré ses mises en garde. Il est impossible d'imaginer ce qu'elle a fait, mais de toute évidence elle est revenue à temps. Elin est grièvement blessée, mais Vicky est en vie. Il est encore possible que Daniel Grim soit arrêté par un barrage policier, surtout s'il ne se sait pas recherché. Si jamais il arrive à se faufiler entre les mailles du filet, il ne sera pas chez lui avant deux heures. La police aura eu le temps de lui tendre un piège d'ici là. En attendant, il va falloir effectuer une première fouille de la maison. Joona ralentit et se gare sur Bruksgatan derrière une voiture de police. La porte d'entrée de la maison de Daniel Grim est grande ouverte et deux agents en uniforme l'attendent dans le couloir.

— La maison est vide, annonce l'un d'entre eux. Rien à signaler.

— Le technicien est en route ?

— Accordez-lui dix minutes.

— Je vais jeter un œil.

D'un pas pressé, il traverse toutes les pièces de la maison sans savoir ce qu'il cherche. Il regarde à l'intérieur des armoires, sort des tiroirs de leur compartiment et ouvre la porte d'une cave à vin à la hâte. Dans la cuisine, il inspecte les réduits, les tiroirs, le congélateur et le frigo, puis court à l'étage et retire le dessus-de-lit, soulève le matelas, ouvre le dressing, écarte les robes d'Elisabet et frappe sur la paroi, repousse de vieilles chaussures avec le pied et sort un carton contenant des décorations de Noël. Il entre dans la salle de bains, regarde dans le placard entre les flacons d'after-shave, boîtes de médicaments et palettes de maquillage. Il redescend ensuite jusqu'à la cave, balaye du regard les outils accrochés au mur, touche la porte verrouillée de la chaudière, déplace la tondeuse, soulève le couvercle de la bouche d'évacuation, regarde derrière les sacs de terreau et remonte.

Il s'arrête au milieu du salon et regarde par la fenêtre la balancelle dans le jardin. Dans la direction opposée, la porte d'entrée est ouverte et Joona voit les deux policiers patienter à côté de la voiture. Il ferme les yeux et pense à la trappe au plafond de la chambre à coucher, à la porte verrouillée de la chaudière et à la cave à vin sous l'escalier qui aurait dû être plus grande. Sur la porte étroite sous les marches, il est écrit *Alfwar och Skämt** sur un petit panneau. Il ouvre la porte et regarde à l'intérieur de la cave. Une centaine de bouteilles sont rangées dans les petits compartiments d'une grande étagère. Il est évident qu'il y a un espace d'au moins trente centimètres entre l'étagère et le mur. Il tire sur le meuble, déplace des bouteilles sur les côtés et découvre un verrou tout en bas du meuble et un autre en haut à gauche. Délicatement, il fait pivoter la grande étagère, qui est installée sur des gonds. Une odeur de poussière et de bois se répand dans la cave. L'espace qu'il découvre est presque vide, mais sur le sol il trouve une boîte à chaussures avec un cœur dessiné sur le couvercle. Joona sort son téléphone portable, photographie la boîte et enfile une paire de gants en latex.

* Littéralement "Sérieux et plaisanterie", ancien nom du journal libéral de Sundsvall fondé en 1841, désormais nommé *Sundsvalls Tidning (ST)*.

173

La première chose qu'il voit en retirant délicatement le couvercle de la boîte est la photo d'une fille aux cheveux blond vénitien. Ce n'est pas Miranda mais une fille âgée d'une douzaine d'années. Elle tient ses mains devant son visage mais cela ne semble être qu'un jeu avec le photographe – elle sourit et on peut voir ses yeux pétillants entre ses doigts. Joona sort la photo avec précaution et trouve une fleur d'églantier séchée.

Sur une autre photo, une fille est installée dans un canapé marron en train de manger des chips. Elle regarde l'objectif avec des yeux interrogateurs. Joona soulève un marque-page en forme d'ange et voit que quelqu'un a écrit "Linda S" à l'encre dorée au dos.

Sur une pile de photos entourée d'un élastique sont posées une mèche de cheveux châtain clair, une rosette formée avec un ruban de soie et une bague bon marché avec un cœur en plastique. Il feuillette les photos des différentes filles. Elles lui rappellent toutes Miranda d'une manière ou d'une autre, mais la plupart sont beaucoup plus jeunes. Sur certains clichés, elles ferment les yeux ou les cachent avec leurs mains. Sur l'une d'entre elles, une petite fille vêtue d'un tutu et de guêtres roses se couvre le visage. Joona retourne la photo et lit "Sandy adorée". De nombreux cœurs bleus et rouges sont dessinés autour des deux mots.

Une autre fille aux cheveux courts regarde l'objectif en faisant la moue. Quelqu'un a gravé un cœur et le nom

“Euterpe” sur la surface brillante de la photographie. Dans le fond de la boîte, Joona trouve une améthyste polie, quelques pétales de tulipe, des caramels et un morceau de papier sur lequel un enfant a écrit “Daniel + Emilia”. Joona prend son portable, le garde un moment à la main en observant les clichés puis compose le numéro d’Anja.

— Je n’ai rien, dit-elle. Je ne sais même pas ce que je cherche.

— Des décès, répond Joona en regardant une fillette qui a les mains posées sur son visage.

— Oui, mais malheureusement… Daniel Grim a travaillé en tant qu’éducateur dans sept institutions pour filles en difficulté dans le comté de Västernorrland, de Gävleborg et de Jämtland. Il n’a jamais été condamné et n’a même jamais été soupçonné. Il n’y a aucune plainte déposée contre lui… pas même de critiques.

— Je vois.

— Tu es sûr que c’est lui ? J’ai comparé… Les institutions pour lesquelles il travaillait ont même enregistré un taux de mortalité moins élevé que la moyenne lorsqu’il était là.

Joona regarde les photographies, toutes ces fleurs et ces cœurs. Cela aurait peut-être pu être mignon si c’était un garçon qui avait caché la boîte.

— Il n’y a rien de particulier ?

— Un peu plus de deux cent cinquante filles sont passées par les institutions où il a travaillé.

Joona prend une grande inspiration.

— J’ai sept prénoms. Le plus singulier est Euterpe.

— Euterpe Papadias. Suicide dans un centre d’urgence à Norrköping. Mais Daniel Grim n’a aucun lien avec cette institution…

— Tu en es sûre ?

— Avant le transfert au centre d’urgence de Fyrbylund, il y a simplement une note brève sur son état bipolaire. Automutilation, deux tentatives de suicide.

— Elle a été transférée de Birgittagården ?
— Oui, en juin 2009… et le 2 juillet de la même année, deux semaines plus tard donc, elle a été retrouvée dans la douche, les poignets tailladés.
— Mais Daniel ne travaillait pas là à l'époque ?
— Non.
— Est-ce que tu as une pensionnaire qui s'appelle Sandy ?
— Oui, deux… l'une d'entre elles est morte. Overdose médicamenteuse dans une institution à Uppsala…
— Il a écrit Linda S sur un marque-page.
— Oui, Linda Svensson… déclarée disparue il y a sept ans après être retournée dans une école normale à Sollefteå…
— Elles sont toutes mortes, dit Joona d'une voix grave.
— Mais… c'est lui qui aurait fait ça ? chuchote Anja.
— Oui, je crois.
— Mon Dieu…
— Tu as une Emilia ?
— Je… j'ai une Emilia Larsson qui a quitté Birgittagården… Il y a une photo… ses bras sont tailladés, depuis les poignets jusqu'au pli du coude… il a dû lui infliger ses blessures et l'empêcher de crier à l'aide, bloquer la porte et la regarder se vider de son sang.

Joona sort de la maison et s'installe derrière le volant. Le monde a de nouveau montré sa face obscure et il sent un douloureux chagrin s'insinuer en lui comme un vent glacial. Il observe les beaux arbres à l'extérieur et se dit que les policiers prendront en chasse Daniel Grim jusqu'à ce qu'ils l'aient. Sur l'Europaväg 4, Joona discute avec le coordinateur des opérations à Duved et apprend que les barrages routiers seront maintenus pendant deux heures, mais qu'ils n'ont pas grand espoir de coincer Daniel Grim. Joona pense à la boîte qui contient les photos de filles sélectionnées par Daniel. Il semble éprouver une sorte d'amour enfantin pour elles. Il y avait des cœurs, des fleurs et des petits mots entre les photos. Sa petite collection était rose et fraîche, alors que la réalité était cauchemardesque. Les pensionnaires des institutions et des centres pour jeunes étaient enfermées, peut-être immobilisées et droguées lorsqu'il s'en est pris à elles. Elles n'avaient que lui avec qui parler. Personne ne les écoutait et personne n'allait les regretter. Il avait choisi des filles qui s'automutilaient et qui avaient tellement de tentatives de suicide à leur actif que leurs proches avaient déjà commencé à les considérer comme mortes. Miranda était une exception. Il l'avait tuée comme s'il avait été pris par le temps. Peut-être que le meurtre avait été déclenché par le fait qu'elle pensait être enceinte ? Les noms des filles qu'Anja a retrouvés défilent dans la tête de Joona. Avec ce lien, il pourrait être inculpé pour de nombreux meurtres. Peut-être pourra-t-on résoudre ces affaires classées et trouver une forme de justice pour ces filles.

174

Le souvenir de la femme de Torkel Ekholm est présent dans les tissus et les broderies faites à la main de la nappe. Mais désormais, les ourlets du rideau sont gris de saleté et le pantalon de Torkel est élimé. Le vieux policier a pris son médicament dans un pilulier avant de rejoindre lentement la banquette de la cuisine à l'aide de son déambulateur. L'horloge semble délivrer son tic-tac au prix d'un grand effort. Les notes de Torkel, la coupure de journal sur l'accident et une brève nécrologie sont étalées sur la table devant Flora.

Le vieil homme lui raconte tout ce dont il se souvient sur le baron Rånne, le manoir de la famille, leur exploitation forestière, leurs champs, l'impossibilité d'avoir des enfants et l'adoption de Flora et de son frère Daniel. Il lui parle d'Ylva, la fille du contremaître retrouvée morte sous le campanile, et du silence qui s'est installé à Delsbo.

— J'étais si petite. Je ne pensais pas qu'il s'agissait de souvenirs, je croyais que ces enfants étaient le fruit de mon imagination.

Elle avait cru devenir folle après avoir eu connaissance des meurtres de Birgittagården. Elle pensait sans arrêt à ce qui s'était passé et à la fille qui couvrait son visage. Elle rêvait d'elle et la voyait partout.

— Mais vous étiez là.

— J'ai essayé de raconter ce que Daniel avait fait, mais tout le monde s'est fâché… Quand je leur ai dit ce qui s'était passé, papa m'a amenée dans son bureau et m'a dit que tous les menteurs seraient jetés dans un océan de feu.

— Enfin, j'ai mon témoin, dit le vieux policier à voix basse.

Flora se souvient d'avoir eu peur de brûler et que ses cheveux et vêtements ne prennent feu. Elle était persuadée que son corps entier serait noir et sec comme le bois de la cheminée si elle racontait ce que Daniel avait fait. Torkel essuie du plat de la main les miettes sur la table.

— Qu'est-il arrivé à la fille ?

— Je sais que Daniel aimait bien Ylva… il voulait toujours la tenir par la main, il lui donnait des framboises…

Elle s'interrompt pour se remémorer ces bribes de souvenirs qui scintillent en orangé dans son esprit, comme si elles étaient sur le point de s'embraser.

— On a joué à *blundleken*. Quand Ylva a fermé les yeux, il lui a embrassé la bouche… elle a ouvert les yeux en riant et lui a dit qu'elle était tombée enceinte. J'ai ri aussi, mais Daniel est devenu… il a expliqué qu'on n'avait pas le droit de regarder… et j'ai entendu que le ton de sa voix était bizarre. J'ai regardé entre mes doigts, comme je le faisais toujours. Ylva avait l'air joyeuse en cachant son visage dans ses mains et j'ai vu Daniel ramasser une pierre et la frapper encore et encore…

Torkel pousse un long soupir et s'allonge sur la banquette étroite.

— Je vois parfois Daniel quand il vient rendre visite à Rånne…

Lorsque le vieux policier s'est endormi, Flora va prendre le fusil de chasse sur le mur et quitte la maison.

175

Flora monte la grande allée qui mène au manoir Rånne. Elle tient le lourd fusil dans ses mains. Des oiseaux noirs sont posés sur les cimes des arbres jaunes. Elle a l'impression qu'Ylva marche à ses côtés. Elle se souvient de leurs jeux dans les champs avec Daniel. Flora avait toujours cru avoir rêvé de la jolie maison dans laquelle ils étaient accueillis et de leurs chambres au papier peint fleuri. Elle s'en souvient maintenant. Ses souvenirs sont remontés à la surface, ils sont restés longtemps enfouis dans la terre noire, mais ils se dressent désormais devant elle. Le manoir en pierre n'a pas changé. Quelques voitures sont stationnées devant l'entrée du garage. Elle monte le grand escalier, ouvre la porte et entre.

Il est étrange de traverser cet endroit familier, de passer sous les grands lustres en cristal et sur les tapis persans avec un fusil chargé entre les mains. Personne ne l'a encore vue, mais elle entend des voix dans la salle à manger.

Elle traverse les quatre salons en enfilade et voit de loin qu'ils sont à table. Elle change de prise, pose le canon dans le pli de son coude, saisit fermement la crosse et pose le doigt sur la détente. Son ancienne famille est en train de manger. Ils discutent et ne regardent pas dans sa direction. Des vases de fleurs ornent les embrasures des fenêtres. Elle devine un mouvement du coin de l'œil et pivote. Elle voit son propre reflet et se retrouve en pleine ligne de mire dans un immense miroir cabossé qui s'étend du sol au plafond. Son visage est presque gris. Son regard sombre mais vif. Elle tient le fusil droit devant elle, traverse le dernier salon et pénètre dans la salle à manger.

La table est décorée avec de petites gerbes de blé, des grappes de raisin, des prunes et des cerises. Flora se souvient que c'est Tacksägelsedagen, le jour des Grâces. La femme qui était autrefois sa mère a l'air maigre et malade. Elle mange lentement d'une main tremblante, une serviette sur les genoux. Un homme de l'âge de Flora est assis entre les deux parents. Elle ne le reconnaît pas, mais comprend de qui il s'agit. Elle s'arrête devant la table. Le sol grince sous ses pieds.

C'est le père qui la voit en premier. Lorsque le vieil homme remarque sa présence, un étrange voile de sérénité se pose sur son visage. Il pose lentement ses couverts et se redresse, comme s'il voulait l'observer plus attentivement. La mère suit le regard du père et cligne plusieurs fois des yeux lorsque la femme au fusil sort de l'obscurité.

— Flora, dit la femme âgée en lâchant son couteau. C'est toi, Flora ?

Elle demeure immobile avec son fusil devant leur table joliment dressée. Elle ne parvient pas à répondre. Elle déglutit, croise brièvement le regard de la mère puis détourne les yeux vers le père.

— Pourquoi viens-tu ici avec une arme ? demande-t-il.

— Tu as fait de moi une menteuse.

Le père esquisse un sourire triste. Des rides qui semblent exprimer une certaine amertume parsèment son visage.

— Celui qui ment sera jeté dans un océan de feu, dit-il d'une voix lasse.

Elle hoche la tête et hésite quelques secondes avant de reprendre la parole.

— Tu savais que c'était Daniel qui avait tué Ylva; pas vrai ?

Le père se contente d'essuyer lentement sa bouche avec la serviette en tissu blanc.

— Nous avons été obligés de te laisser partir parce que tu ne faisais que mentir. Et aujourd'hui, tu reviens pour nous mentir encore.

— Je ne mens pas.

— Tu as avoué, Flora… tu m'as avoué avoir tout inventé, dit-il à voix basse.

— J'avais quatre ans et tu me disais que mes cheveux allaient prendre feu si je n'avouais pas avoir menti. Tu as crié que mon visage allait fondre et que mon sang allait bouillir… alors oui, j'ai dit que j'avais menti.

176

Flora plisse les yeux en direction de son frère qui est attablé à contre-jour. Impossible de savoir s'il la regarde, ses yeux sont comme des puits sans fond.

— Va-t'en maintenant, dit le père qui continue à manger.

— Pas sans Daniel, répond-elle en le pointant avec son fusil.

— Ce n'était pas de sa faute, dit la mère d'une voix faible. C'est moi qui ai…

— Daniel est un bon fils.

— Je ne dis pas le contraire, dit la mère. Mais il… Tu ne t'en souviens pas, mais on a regardé une pièce de théâtre à la télévision le soir avant que tout cela ne se passe. C'était *Mademoiselle Julie*, elle languissait tellement après ce garçon… et j'ai dit qu'il valait mieux…

— Qu'est-ce que c'est que ces foutaises, l'interrompt le père.

— Il n'y a pas un jour où je n'y pense pas, poursuit la femme. C'était de ma faute, parce que j'ai dit qu'il valait mieux pour la fille de mourir que de tomber enceinte.

— Mais arrête un peu.

— Et juste au moment où j'ai dit ça… j'ai vu que le petit Daniel s'était levé et me fixait du regard, explique-t-elle avec des larmes dans les yeux. Je parlais simplement de la pièce de Strindberg…

Elle soulève sa serviette. Ses mains sont agitées de tremblements.

— Après cette histoire avec Ylva… c'était plus d'une semaine après l'accident, il était tard et j'allais faire la prière du soir avec Daniel. Et là, il m'a dit qu'Ylva était tombée enceinte. Il n'avait que six ans, il n'était pas en âge de comprendre.

Flora regarde son frère. Il remonte ses lunettes sur son nez et regarde fixement sa mère. Impossible de savoir à quoi il pense.

— Tu vas m'accompagner au commissariat et dire la vérité, dit Flora à Daniel en pointant son fusil sur sa poitrine.

— À quoi bon ? demande la mère. C'était un accident.

— On jouait, dit Flora sans la regarder. Mais ce n'était pas un accident…

— Il n'était qu'un enfant, rugit le père.

— Oui, mais il a tué de nouveau… deux personnes à Birgittagården. L'une des filles n'avait que quatorze ans. On l'a retrouvée avec les mains devant le visage et…

— Tu mens, crie le père en tapant du poing sur la table.

— C'est vous qui mentez, chuchote Flora.

Daniel se lève. Une étrange expression se peint sur son visage. Peut-être est-ce de la cruauté, mais cela ressemble davantage à un mélange de dégoût et de peur. Un couteau à deux faces, mais avec un seul tranchant.

Sa mère l'implore, tente de retenir Daniel mais il retire ses mains et dit quelque chose que Flora ne parvient pas à saisir. Il lui a semblé qu'il l'insultait.

— On y va, dit Flora à Daniel.

Le père et la mère la regardent avec de grands yeux. Il n'y a plus rien à dire. Elle sort de la salle à manger avec son frère.

177

Flora et Daniel sortent du manoir, descendent le large escalier en pierre, traversent la cour et rejoignent la route en gravier qui mène vers les dépendances.

— Continue d'avancer, marmonne-t-elle quand il est trop lent.

Ils longent la grange rouge pour rejoindre le champ. Flora pointe toujours son arme dans le dos de Daniel. Venir ici a ravivé quelques souvenirs de ses deux années passées au manoir, en revanche elle ne parvient pas à se remémorer l'époque où elle était à l'orphelinat avec Daniel. Encore avant cela, il a dû y avoir un temps où elle était avec sa vraie mère.

— Tu vas me descendre ? demande Daniel d'une voix douce.

— Je pourrais. Mais je veux qu'on aille voir la police.

Le soleil perce les épais nuages et l'éblouit un instant. Lorsque les reflets blancs dans ses yeux se sont atténués, elle sent qu'elle transpire des mains. Elle aurait voulu les essuyer sur son pantalon, mais elle n'ose pas changer de prise sur le fusil. Une corneille croasse au loin.

Ils passent devant deux pneus de tracteur et une vieille baignoire abandonnée dans l'herbe. Ils continuent sur la petite route qui dessine une grande courbe autour de l'imposante grange. En silence, ils longent des orties et des épilobes à épi fanés à côté d'un mur contre lequel sont empilés des sacs d'argile expansée. Ils doivent faire un long détour pour rejoindre l'immense champ. Le soleil est masqué par la grange lorsqu'ils arrivent enfin de l'autre côté.

— Flora, marmonne-t-il.

Les muscles de ses mains commencent à fatiguer, elles tremblent légèrement. Au loin, on devine la route de Delsbo comme un trait de crayon sur les champs jaunes. Flora pousse Daniel avec le canon. Ils rejoignent un terrain aride à côté de la grange. Elle essuie rapidement sa main et repose le doigt sur la détente. Daniel s'arrête, attend que le canon le touche avant de continuer à longer des fondations en béton où sont fixés des anneaux en fer rouillés. De la mauvaise herbe pousse le long du béton fissuré. Daniel s'est mis à boiter et avance de plus en plus lentement.

— En avant, dit Flora.

Il laisse courir sa main sur les hautes herbes. Un papillon s'envole et volette devant eux.

— Je me disais qu'on pouvait s'arrêter ici, dit-il en ralentissant. Parce que c'est l'ancien site de l'abattoir, à l'époque où on avait du bétail… tu te souviens du masque dont ils se servaient pour frapper les animaux pile au bon endroit ?

— Je tire si tu t'arrêtes, dit-elle en sentant son doigt trembler sur la détente.

Daniel cueille une fleur rose en forme de cloche. Il s'arrête et se retourne vers Flora pour la lui donner. Elle recule mais c'est trop tard. Daniel a attrapé le canon et lui arrache le fusil des mains. Elle n'a pas le temps de se décaler, il lui assène un coup de crosse dans la poitrine qui la projette à terre. Elle atterrit sur le dos, tâche de retrouver son souffle, tousse, s'appuie d'une main sur le sol et parvient à se relever.

Ils se retrouvent face à face. Daniel l'observe avec des yeux rêveurs.

— Tu n'aurais peut-être pas dû regarder, dit-il.

D'un mouvement las, il abaisse le canon du fusil. Elle ne sait que lui répondre. Une angoisse effroyable s'empare d'elle lorsqu'elle réalise qu'elle va mourir ici. De petits insectes bougent dans l'herbe. Daniel lève le fusil et croise son regard. Il pose la bouche du canon contre sa cuisse droite et lorsqu'il fait partir le coup, cela semble presque involontaire. La détonation est tellement puissante que leurs oreilles se mettent aussitôt à siffler. La balle transperce la cuisse de Flora, qui ne ressent pas de véritable douleur mais plutôt une sensation de crampe.

Daniel, qui a dû faire un pas en arrière à cause du recul de l'arme, regarde Flora s'effondrer. Elle tente d'amortir sa chute à l'aide de ses mains, mais sa hanche et sa joue percutent violemment le sol. Elle est allongée sur le côté et respire malgré elle l'odeur de paille et de poudre.

— Cache ton visage maintenant, dit Daniel en pointant le fusil sur sa tête.

Flora ne bouge plus. Du sang coule de sa cuisse. Elle tourne son regard vers la grange et sa vue se brouille un moment. Elle est prise de vertige. Les champs jaunes et la grange rouge tournent autour d'elle comme si elle était sur un carrousel. Son cœur cogne dans sa poitrine. Elle a du mal à respirer. Elle tousse pour reprendre son souffle. Daniel se dresse au-dessus d'elle à contre-jour. Il la fait basculer sur le dos en appuyant le fusil sur son épaule. La douleur déchirante qui irradie dans sa cuisse la fait gémir. Il l'observe et prononce quelques mots qu'elle n'arrive pas à entendre. Elle tente de relever la tête. Son regard erre sur le sol, les herbes hautes et les fondations en béton.

Daniel promène la bouche du canon le long de son corps. Il vise son front puis suit l'arête du nez jusqu'à sa bouche. Elle sent le métal encore chaud contre ses lèvres et son menton. Sa respiration est hachée. Un flot de sang imbibe la terre. Elle lève les yeux vers le ciel et son regard s'arrête sur la grange. Elle cligne des yeux et tente de comprendre ce qu'elle voit. Un homme court à l'intérieur de l'imposant édifice, elle aperçoit sa silhouette entre les planches de la paroi. Elle essaye de parler, mais sa voix est nouée. La bouche du canon monte vers son œil et elle ferme les yeux. Elle sent la pression contre sa paupière et son globe oculaire. Elle n'entend pas la déflagration.

178

Joona a roulé un moment vers le sud jusqu'à Hudiksvall, puis emprunté la route 84 en direction de Delsbo. Pendant les quarante minutes qu'a duré le trajet, il n'est pas parvenu, ne serait-ce qu'un instant, à sortir Daniel Grim et sa boîte de photographies de ses pensées. Au premier regard, son contenu est presque innocent. Peut-être que la période d'approche, avant qu'il ne commette ses actes, était faite d'engouements irraisonnés, de baisers, de regards et de mots qui trahissaient son désir.

Mais lorsque les pensionnaires repartaient, Daniel montrait sans doute son véritable visage. Il attendait un certain temps puis les retrouvait et les tuait. Leur mort n'était jamais une surprise. Il simulait une overdose médicamenteuse lorsque cela concordait avec l'image de la victime et tailladait les poignets de celles qui s'étaient automutilées par le passé.

Les centres spécialisés pour jeunes sont des établissements privés souvent lucratifs. Les responsables ont sans doute veillé à ce que les décès ne s'ébruitent pas afin d'éviter les enquêtes de la direction nationale de la Santé et des Affaires sociales. Personne n'a fait le moindre lien avec Birgittagården et Daniel Grim. Pour Miranda, il ne s'agissait pas du même mode opératoire. Il a dévié de sa routine car il devait être paniqué à l'idée que la jeune fille puisse être enceinte. Miranda pensait l'être et elle l'a peut-être menacé de le dénoncer. Elle n'aurait pas dû. Daniel ne supporte pas les témoins. Il a toujours veillé à s'en débarrasser.

Joona éprouve une sensation de malaise grandissant, il appelle Torkel Ekholm et l'informe qu'il arrivera dans dix minutes et demande si Flora est prête à rentrer.

— Mon Dieu, je me suis endormi, dit le vieux policier. Donnez-moi une seconde.

Joona entend Torkel poser le téléphone, tousser et avancer d'un pas traînant. Il passe le pont en direction de Badhusholmen lorsque Torkel reprend le combiné.

— Flora n'est plus là. Et le fusil a disparu…

— Vous savez où elle est allée ?

Il y a un moment de silence. Joona revoit la petite maison de Torkel dans son esprit, la table de la cuisine et les notes.

— Peut-être au manoir, répond Torkel.

Au lieu de continuer tout droit en direction d'Ovanåker et de la maison de Torkel, Joona tourne brusquement à droite sur la route 743 et accélère. Il contacte le central et fait envoyer des renforts et une ambulance à la ferme. Sur la courte distance qui longe le lac, il a le temps de monter jusqu'à cent quatre-vingts avant de devoir freiner et bifurquer à droite entre les poteaux de la haute barrière et emprunter la route étroite qui monte au manoir Rånne.

Le gravier crisse sous les pneus et la voiture gronde sur la chaussée accidentée. De loin, le grand bâtiment blanc ressemble à une gracieuse sculpture de glace, mais plus il s'approche, plus il paraît sombre. Joona s'arrête d'un coup de frein brusque dans la cour devant le manoir et sort de la voiture. Il court vers l'entrée lorsqu'il aperçoit deux silhouettes au loin qui contournent un mur et disparaissent derrière une grande étable rouge.

Bien qu'il ne les ait qu'entrevus, Joona comprend aussitôt que Flora pointe un fusil sur le dos de Daniel. Elle a dû prévoir de passer à travers champs pour rejoindre Delsbo plus rapidement. Joona court sur la petite route, dépasse l'aile du bâtiment puis descend la pente à gauche de la remise. Flora est bien trop près de Daniel. Son frère pourrait s'emparer du fusil sans aucune difficulté. Elle n'est pas prête à tirer, elle ne le veut pas, elle désire seulement faire éclater la vérité au grand jour. Joona saute par-dessus les restes d'une vieille clôture en bois et glisse sur le gravier de la pente. Sa main disparaît dans les herbes hautes mais il réussit à garder l'équilibre.

Il tente de les apercevoir à travers la paroi rouge de la grange. Les portes noires sont ouvertes. La lumière du soleil scintille entre les planches. Il passe devant un réservoir d'essence rouillé et se précipite vers la grange lorsqu'il entend la détonation du fusil. L'écho se répercute entre les bâtiments et s'estompe au-dessus des champs. Daniel a dû maîtriser Flora. Il n'aura pas le temps de contourner la grange et le mur. Peut-être est-il déjà trop tard.

179

Joona dégaine son arme en pénétrant dans la grange vide. La lumière qui s'infiltre entre les planches l'illumine de toutes parts. Le faîte du bâtiment est peut-être à sept mètres de hauteur et les interstices qui scintillent forment une gigantesque cage de lumière. Joona court sur le sol en gravier de la grange. Il voit le champ jaune luire entre les planches puis aperçoit les deux silhouettes à l'arrière du bâtiment.

Flora est immobile sur le sol. Daniel se dresse au-dessus d'elle, le fusil dirigé contre sa tête. Joona s'arrête et lève son arme mais la distance qui le sépare de sa cible semble trop importante. Dans les fentes de la paroi, il voit Daniel au moment où il penche la tête sur le côté et appuie la bouche du canon contre l'œil de Flora. Tout va très vite. Le guidon tremble devant ses yeux. Il vise le tronc de Daniel, suit ses mouvements et appuie sur la détente. Une déflagration résonne. Le recul fait trembler son bras. Un jet de poudre lui brûle la main. La balle passe juste entre deux planches du mur. Un petit nuage de poussière tourbillonne dans la lumière. Joona ne s'arrête pas pour voir s'il a pu toucher Daniel et traverse la grange au pas de course. Il ne peut plus voir les deux silhouettes. La lumière entre les planches défile. Il ouvre une petite porte d'un coup de pied, s'avance à grandes enjambées dans les herbes hautes et rejoint le terrain situé à l'arrière de la grange d'un pas titubant.

Daniel a lâché le fusil. La balle a pénétré son corps avant qu'il n'ait eu le temps de tirer. Il s'avance vers les champs immenses, une main sur le ventre. Du sang coule entre ses doigts et sur son pantalon. Il entend Joona derrière lui, se retourne d'un pas mal assuré et fait un geste en direction de Flora, allongée sur le dos près de lui. Joona s'approche de Daniel et maintient son viseur au niveau de sa poitrine. La lumière du soleil scintille dans les verres de ses lunettes lorsqu'il s'affaisse sur le sol. Il gémit et relève la tête. Sans un mot, Joona repousse le fusil d'un coup de pied, prend Daniel par un bras et le traîne quelques mètres plus loin. Il l'attache avec des menottes à un des anneaux en fer fixés dans le béton puis se précipite vers Flora.

Elle n'a pas perdu connaissance et l'observe d'un air hagard. Sa cuisse saigne abondamment. Son visage est pâle et trempé de sueur. Elle est en état de choc hémorragique et sa respiration est courte et précipitée.

— Boire, chuchote-t-elle.

Son pantalon est imbibé du sang qui s'écoule encore de sa blessure. Il n'a pas le temps d'improviser un pansement compressif. Il prend sa cuisse entre ses mains et appuie ses pouces contre l'artère fémorale, juste au-dessus de la blessure. La plaie ne saigne plus autant et il presse plus fort en observant le visage de Flora. Ses lèvres sont blanches et son souffle est désormais très faible. Ses yeux se sont fermés et il sent son pouls rapide dans la blessure.

— L'ambulance ne va pas tarder. Ça va aller, Flora.

Derrière lui, il entend que Daniel essaie de dire quelque chose. Il se retourne et voit un homme âgé en pardessus et costume noir dans les hautes herbes. Il approche de Daniel à pas lourds, le visage blafard. Le regard qu'il pose un instant sur Joona exprime une infinie tristesse.

— Laissez-moi prendre mon fils dans mes bras, implore-t-il d'une voix rauque.

Joona ne peut pas relâcher la pression contre la cuisse de Flora s'il veut avoir une chance de lui sauver la vie.

Lorsque l'homme passe à côté d'eux, Joona sent l'odeur de l'essence qui imprègne son pardessus. Il en a imbibé ses vêtements et il tient une boîte d'allumettes à la main. Il avance lentement vers son fils.

— Ne faites pas ça, crie Joona.

Daniel fixe son père du regard et tente de ramper plus loin. Il tire sur la chaîne et s'efforce d'extraire sa main du bracelet. Le vieil homme observe Daniel qui se débat pour s'échapper. Ses doigts tremblent quand il saisit une allumette dans la boîte, puis la pose contre le frottoir.

— Elle ment, gémit Daniel.

À peine a-t-il eu le temps de tirer l'allumette sur le frottoir qu'il s'enflamme dans un souffle. Une sphère de feu bleu clair englobe son corps. La chaleur produite se répand sur le visage de Joona. Le vieil homme vacille, se penche ensuite sur son fils et l'embrasse. L'herbe sur le sol autour d'eux prend feu. Le vieux s'agrippe à Daniel qui lutte pour se dégager. Les flammes se referment sur eux et leur bruit rappelle celui d'un drapeau qui flotte dans le vent. Une colonne de fumée noire et de particules orangées s'élève vers le ciel.

180

Une fois le feu éteint derrière la grange, les policiers ont découvert deux cadavres calcinés. Deux squelettes entremêlés recouverts d'une épaisse couche de suie. Les ambulanciers sont repartis avec Flora. Sortie du manoir, la propriétaire de l'exploitation Rånne demeurait interdite au milieu de la cour, comme pétrifiée dans l'instant qui précède la douleur.

Joona reprend la route pour Stockholm et écoute d'une oreille distraite l'émission littéraire *Bokcirkel* à la radio en repensant au marteau et à la pierre, cet élément de l'affaire qui l'avait tant déconcerté. Désormais, l'évidence s'impose à lui. Elisabet n'avait pas été tuée parce que le meurtrier voulait récupérer les clés de la chambre d'isolement. Daniel possédait son propre jeu de clés. Elisabet avait dû le voir. Il l'a poursuivie et assassinée parce qu'elle avait été témoin du premier meurtre.

Des gouttes de pluie tambourinent sur le pare-brise et le toit de la voiture comme des éclats de verre. Le soleil du soir luit encore au loin. Une vapeur blanche flotte au-dessus du bitume. Daniel avait sans doute pris l'habitude de s'introduire dans la chambre de Miranda lorsque Elisabet était profondément endormie après avoir pris ses cachets. La jeune fille faisait ce qu'il demandait, elle n'avait pas le choix. Elle se déshabillait et s'installait sur sa chaise avec la couette autour des épaules pour ne pas avoir froid. Quelque chose a mal tourné cette nuit-là. Peut-être

Miranda lui a-t-elle dit qu'elle était enceinte ou bien a-t-il retrouvé un test de grossesse aux toilettes. Quoi qu'il en soit, il a dû paniquer et sa vieille panique a refait surface. Pris de court, il se sentait acculé et oppressé. Alors, il a enfilé les bottes qui se trouvaient toujours dans le vestibule et est allé chercher une pierre dans la cour. Puis, il est retourné dans la chambre d'isolement et a ordonné à Miranda de fermer les yeux avant de la tuer. Elle ne devait pas le voir, il fallait qu'elle garde ses mains devant son visage comme la petite Ylva.

Nathan Pollock avait interprété la symbolique du visage couvert comme une façon pour le meurtrier d'effacer le visage de sa victime et de faire d'elle un objet à part entière. En réalité, Daniel était amoureux de Miranda et il avait voulu qu'elle cache ses yeux pour ne pas lui faire peur. Les autres meurtres étaient prémédités mais il avait tué Miranda de façon impulsive. Il l'avait battue à mort sans savoir comment il allait pouvoir s'en tirer.

À un moment donné, entre le moment où il a obligé Miranda à se couvrir le visage, l'a frappée avec la pierre et celui où il l'a hissée sur le lit pour repositionner ses mains, Elisabet l'a surpris. Peut-être s'était-il déjà débarrassé de la pierre dans le poêle ou dans la forêt. Il a poursuivi Elisabet et l'a vue entrer dans la grange. Il a alors pris un marteau dans la réserve, l'a retrouvée et lui a ordonné de se couvrir les yeux avant de la tuer.

Une fois Elisabet morte, il a eu l'idée de faire accuser la nouvelle pensionnaire, Vicky Bennet : il savait que son traitement la faisait dormir profondément durant la première partie de la nuit.

Daniel devait faire vite avant que l'une des filles ne se réveille. Il a pris les clés d'Elisabet, est retourné dans la maison et a introduit la clé dans la serrure de la chambre d'isolement. Puis, il a disposé les preuves dans la chambre de Vicky et a recouvert le corps de la jeune fille endormie du sang de Miranda avant de quitter la ferme. Il était sans doute assis sur un sac-poubelle ou sur des feuilles de journal lorsqu'il a pris sa voiture pour rentrer chez lui et brûler ses vêtements dans le poêle en fonte. Ensuite, il a veillé à rester à proximité pour vérifier si quelqu'un savait ou soupçonnait quelque chose. Il jouait à la fois à l'éducateur soucieux d'aider la police et à la victime en état de choc. Joona s'approche de Stockholm. L'émission littéraire est presque terminée. Les invités discutent de *La Légende de Gösta Berling* de Selma Lagerlöf. Joona éteint la radio et va au bout de son raisonnement.

Lorsque Vicky Bennet a été appréhendée et que Daniel a su que Miranda lui avait parlé de *blundleken*, il a compris qu'il serait démasqué si Vicky avait l'occasion de parler de ce qui s'était passé. Il aurait suffi qu'elle voie un psychologue qui lui pose les bonnes questions. Daniel a donc tout fait pour que Vicky soit libérée afin qu'il puisse mettre en scène son suicide.

Daniel avait travaillé avec des filles en difficulté pendant de nombreuses années, des enfants qui ne bénéficiaient pas d'un cadre familial serein et qui manquaient de confiance. Consciemment ou non, il recherchait ce genre d'environnement et tombait amoureux de filles qui lui rappelaient la toute première. Daniel abusait d'elles et, lorsqu'elles étaient transférées ailleurs, il veillait à ce qu'elles ne puissent jamais révéler la vérité.

Joona ralentit doucement à un feu et frissonne. Il a rencontré bon nombre de meurtriers au cours de sa carrière, mais en repensant à la façon dont Daniel Grim écrivait des rapports et des avis d'expert afin de préparer la mort de ses victimes, il se demande s'il ne vient pas de croiser le pire de tous, à une exception près.

181

Joona Linna quitte sa voiture et traverse Karlaplan pour rejoindre l'appartement de Disa. Une brume humide s'est formée.

— Joona ? dit-elle en ouvrant la porte. Je croyais que tu ne viendrais pas. Je regarde la télévision. Ils ne font que parler de ce qui s'est passé à Delsbo.

Joona hoche la tête.

— Alors, tu as attrapé le tueur, dit Disa avec un petit sourire.

— Je ne sais pas comment on peut appeler ça, répond Joona en pensant à l'étreinte mortelle du père.

— Comment va cette pauvre femme qui n'arrêtait pas d'appeler ? Ils ont dit qu'elle a reçu une balle.

— Flora Hansen, dit Joona en entrant dans le vestibule.

La suspension effleure sa tête et la lumière se met à osciller sur les murs. Joona pense aux photographies des jeunes filles dans la boîte de Daniel Grim.

— Tu es fatigué, dit Disa d'une voix douce avant de l'entraîner par la main.

— Son frère lui a tiré une balle dans la jambe et…

Il ne se rend pas compte qu'il cesse de parler. Il a essayé de se laver dans une station-service, mais ses vêtements sont encore imbibés du sang de Flora.

— Fais-toi couler un bain, j'irai chercher à manger au coin.

— Merci, dit-il avec un sourire.

Tandis qu'ils traversent le salon, une photo d'Elin Frank apparaît sur l'écran de la télévision. Ils s'arrêtent tous les deux. Un jeune journaliste explique qu'Elin Frank a été opérée dans la nuit et que les médecins sont très optimistes. Robert Bianchi est ensuite interviewé. Il a l'air exténué, mais arbore un sourire touchant et ses yeux s'emplissent de larmes lorsqu'il raconte aux journalistes qu'Elin va s'en sortir.

— Que s'est-il passé ? chuchote Disa.

— Elle a affronté le meurtrier et a sauvé la fille qui…

— Mon Dieu, chuchote Disa.

— Oui, Elin Frank est… elle est franchement… exceptionnelle, dit Joona en touchant les épaules fines de Disa.

182

Joona a enroulé une couverture autour de ses épaules. Disa et lui mangent du poulet vindaloo et de l'agneau tikka masala installés dans la cuisine de Disa.

— C'est bon…

— La recette finlandaise de maman, je n'en dis pas plus, lâche-t-elle en riant.

Elle prend un morceau de naan et tend le reste à Joona. Il la regarde avec des yeux rieurs, boit un peu de vin et continue de lui parler de l'affaire. Disa l'écoute et lui pose des questions. Plus il parle, plus il sent un calme intérieur l'envahir. Il reprend tout depuis le début et lui explique que Flora et Daniel se sont retrouvés à l'orphelinat très jeunes.

— Ce sont donc de vrais frère et sœur ? demande-t-elle en remplissant leurs verres.

— Oui… et ce n'était pas rien quand le couple aisé de Rånne les a adoptés.

— J'imagine.

— Enfants, ils jouaient avec la fille du contremaître dans le manoir, les champs et le cimetière qui entourait le campanile. Daniel était amoureux de la petite Ylva.

Joona se souvient des yeux écarquillés de Flora lorsqu'elle lui a raconté comment Daniel avait embrassé Ylva en jouant à *blundleken*.

— La fille riait et a dit qu'elle était tombée enceinte, poursuit Joona. Daniel n'avait que six ans et, pour une raison ou une autre, il a été pris de panique…

— Continue, chuchote Disa.

— Il a ordonné aux deux filles de fermer les yeux puis a pris une grosse pierre sur le sol et a tué Ylva.

Disa a arrêté de manger. Le visage blême, elle écoute Joona raconter comment Flora s'est sauvée et est allée raconter à son père ce qui venait de se passer.

— Mais le père aimait énormément Daniel et l'a défendu. Il a exigé que Flora retire ses accusations. Il l'a menacée en lui disant que tous les menteurs seraient jetés dans un océan de feu.

— Alors elle a tout retiré ?

— Elle a dit avoir menti et, comme elle avait menti, on l'a renvoyée de la maison.

Flora n'était qu'une petite fille, et elle a dû oublier assez vite cette époque, ses premiers parents adoptifs et son frère. Joona peut s'imaginer comment elle a construit toute une vie autour de ces mensonges. Elle mentait pour satisfaire les autres. Ce n'est qu'en entendant parler des meurtres de Birgittagården à la radio et de la fille qui cachait son visage, que le passé a commencé à la rattraper.

— Mais qu'en est-il vraiment de ses lambeaux de souvenirs ? demande Disa en faisant signe à Joona de se resservir.

— Figure-toi que j'ai appelé Britt-Marie pour lui en parler en venant ici.

— La femme de l'Aiguille ?

— Oui… Elle est psychiatre et elle ne semblait pas trouver ça particulièrement étrange…

Il existe un grand nombre d'explications en ce qui concerne les pertes de mémoire liées au stress post-traumatique. La violente sécrétion d'adrénaline et d'hormones associées au stress joue sur la mémoire à long terme. Lors d'expériences particulièrement traumatiques, le souvenir intact peut être stocké dans le cerveau. Il est enfoui et reste émotionnellement intouché étant donné qu'il n'est jamais traité. Mais avec le bon stimulus, le souvenir peut ressurgir brusquement sous la forme d'hallucinations.

— Au début, Flora a seulement été ébranlée par ce qu'elle a entendu à la radio, et sans savoir pourquoi, elle s'est dit qu'elle pourrait se faire un peu d'argent en apportant des indications à la police. Mais lorsque les véritables manifestations du souvenir ont commencé à ressurgir, elle a pensé qu'il s'agissait de fantômes.

— Peut-être que c'étaient vraiment des fantômes ?

— Peut-être, dit-il avec un hochement de tête. Quoi qu'il en soit, elle a commencé à dire la vérité et elle est devenue le témoin-clé.

Joona se lève et souffle sur les bougies posées sur la table. Disa vient s'introduire sous sa couverture et l'enlace. Ils restent ainsi un long moment. Il respire son odeur et sent l'artère qui palpite sur son cou fin.

— J'ai tellement peur qu'il t'arrive quelque chose. Tout vient de là, c'est la seule raison pour laquelle je me suis éloigné.

— Que pourrait-il bien m'arriver ? demande-t-elle avec un sourire.

— Tu pourrais disparaître, répond-il d'une voix grave.

— Joona, je ne vais pas disparaître.

— J'avais un ami qui s'appelait Samuel Mendel, dit-il tout bas avant de cesser de parler.

183

Joona Linna sort du commissariat et prend le chemin de l'ancien cimetière juif. Avec des mouvements familiers, il détache le fil de fer de la clôture, ouvre et entre. Au milieu des stèles, une tombe familiale porte l'inscription : Samuel Mendel, sa femme Rebecka et ses fils Joshua et Ruben.

Joona pose une petite pierre ronde sur le sommet de la tombe et demeure un instant immobile, les yeux fermés. Il sent l'odeur de la terre humide et entend le bruissement des feuilles quand le vent passe dans les cimes des arbres.

Samuel Mendel était le descendant direct de Koppel Mendel qui avait acheté ce cimetière en 1787. Bien que celui-ci ait été fermé en 1857, il est resté le lieu de sépulture des descendants de la famille de Koppel Mendel depuis toutes ces années. Samuel Mendel était inspecteur et le premier partenaire de Joona à la Rikskrim. Ils étaient très proches. Samuel Mendel n'avait que quarante-six ans lorsqu'il est mort et, contrairement à ce qu'indique l'inscription, Joona sait qu'il est enterré seul dans la tombe. La première affaire importante de Joona et Samuel Mendel a aussi été leur dernière.

*

Une heure plus tard, Joona est de retour dans les bureaux de l'Inspection générale des services. Il est attablé avec le responsable de l'enquête interne Mikael Båge, la secrétaire générale Helene Fiorine et le procureur général Sven Wiklund. La lumière de l'extérieur fait reluire les meubles vernis et se reflète dans les bibliothèques en verre qui contiennent de magnifiques éditions reliées de codes juridiques, des arrêtés de police, des recueils de textes législatifs et réglementaires ainsi que les textes de la jurisprudence constituée des décisions rendues par la Haute Cour de justice.

— Je vais maintenant décider s'il y a lieu d'intenter un procès contre vous, Joona Linna, dit le procureur général en passant la main sur une pile de documents. Voici la documentation dont je dispose et rien dans mes dossiers ne parle en votre faveur.

Le dossier de sa chaise crisse lorsqu'il s'adosse et croise le regard calme de Joona. Pendant un moment, le silence n'est troublé que par le grattement du stylo de Helene Fiorine et sa respiration courte.

— Voilà comment je vois les choses, poursuit Sven Wiklund sur un ton sec : votre seule chance d'éviter un procès est une très bonne explication.

— Joona a généralement plus d'un atout dans sa manche, chuchote Mikael Båge.

Le trait blanc dessiné par un avion s'efface lentement dans le ciel clair. Les chaises grincent. On entend distinctement Helene Fiorine déglutir et poser son stylo.

— Racontez-nous ce qui s'est passé, dit-elle. Vous aviez peut-être de bonnes raisons de court-circuiter l'opération de la Säpo.

— Oui, répond Joona.

— Nous savons pertinemment que vous êtes un bon policier, dit Mikael Båge avec un sourire gêné.

— Mais je suis à cheval sur le règlement, dit le procureur. Je suis connu pour briser les carrières de ceux qui enfreignent le règlement. Ne me laissez pas briser la vôtre ici et maintenant.

C'est la première fois que Helene Fiorine entend Sven Wiklund formuler des propos qui pourraient s'apparenter à une imploration.

— Votre avenir est en jeu, Joona, chuchote le responsable de l'enquête interne.

Le menton de Helene Fiorine se met à trembler. De la transpiration luit sur le front de Mikael Båge. Joona rencontre le regard du procureur et commence enfin à parler :

— La décision était uniquement de mon fait, vous l'aurez compris. Mais il se trouve que j'ai une réponse que vous allez peut-être…

Joona s'interrompt quand son téléphone portable commence à vibrer. Il regarde machinalement l'écran et son regard s'assombrit, ses yeux semblent prendre la couleur du granit humide.

— Je vous prie de m'excuser, dit-il d'une voix grave. Mais je dois prendre cet appel.

Tous regardent l'inspecteur d'un air perplexe quand il décroche et écoute la voix dans le combiné. Joona met fin à l'appel et adresse un regard interrogateur au procureur, comme s'il avait oublié où il était.

— Il faut que je vous laisse, dit-il en quittant le bureau.

184

Une heure et vingt minutes plus tard, l'avion atterrit à l'aéroport Härjedalen Sveg et Joona prend un taxi pour rejoindre la résidence pour personnes âgées Blåvingen. C'est ici qu'il avait retrouvé Rosa Bergman, la femme qui l'avait suivi jusqu'à l'église Adolf Fredrik et lui avait demandé pourquoi il prétendait que sa fille était morte. À un âge très avancé, elle avait choisi d'utiliser son deuxième prénom et le nom de jeune fille de sa mère. Elle s'appelait désormais Maja Stefanson. Joona sort du taxi, rejoint la résidence, passe l'entrée et se dirige droit vers le service dans lequel vit Maja. L'infirmière qu'il avait rencontrée lors de sa dernière visite lui fait un signe de la main depuis l'accueil. La lumière qui s'infiltre entre les lames des stores illumine ses cheveux aux reflets cuivrés.

— Vous avez fait vite, gazouille-t-elle. J'ai pensé à vous et votre carte de visite est restée accrochée derrière le comptoir, alors j'ai appelé…

— Il est possible de lui parler ? l'interrompt Joona.

L'infirmière semble soudain gênée par le ton de son interlocuteur. Elle essuie ses mains contre sa blouse bleu clair.

— Notre nouveau médecin est venue avant-hier, une toute jeune fille, d'Algérie je crois. Elle a changé le traitement de Maja et… J'en ai entendu parler, mais c'est la première fois que je le vois… Elle s'est réveillée ce matin en répétant très clairement qu'il fallait qu'elle vous parle.

— Où est-elle ?

L'infirmière accompagne Joona jusqu'à la petite chambre aux rideaux fermés et le laisse seul avec la vieille dame. Une photographie encadrée montrant une jeune femme assise à côté de son fils est accrochée au-dessus d'un bureau. La mère entoure les épaules du garçon de son bras, d'un air grave et protecteur. Quelques meubles cossus, un secrétaire foncé, une table de chevet et deux piédestaux dorés, installés le long des murs, tranchent avec le linoléum. Rosa Bergman est assise sur un divan aux coussins rouges. C'est une femme coquette, qui porte un joli chemisier, une jupe et un gilet en laine. Son visage est enflé et ridé, mais son regard a une intensité toute nouvelle.

— Je m'appelle Joona Linna. Vous aviez quelque chose à me dire.

La femme dans le canapé hoche la tête et se lève péniblement. Elle ouvre un tiroir de sa table de chevet et en sort une Bible des Gédéons. Elle tient la couverture de façon que les pages s'écartent au-dessus du lit. Un morceau de papier plié tombe sur le couvre-lit.

— Joona Linna, dit la femme en récupérant le papier. Alors c'est vous Joona Linna.

Il ne répond pas. Une douleur lancinante éclate dans sa tempe, comme si on y plantait une aiguille incandescente.

— Comment pouvez-vous faire comme si votre fille était morte ? demande-t-elle.

Le regard de la vieille femme se dirige sur la photo accrochée au mur.

— Si j'avais pu garder mon fils en vie… Si vous saviez ce que c'est que de voir son enfant mourir… Je ne l'aurais abandonné pour rien au monde.

— Je n'ai pas abandonné ma famille. Je leur ai sauvé la vie.

— Lorsque Summa est venue me voir, poursuit Rosa, elle n'a pas parlé de vous, mais elle était brisée… c'était encore pire pour votre fille, elle a arrêté de parler, elle n'a plus dit un mot pendant deux ans.

Joona sent un frisson remonter le long de sa colonne vertébrale et sur sa nuque.

— Vous étiez en contact avec elles ? Vous n'étiez pas censée rester en contact.

— Je ne pouvais pas les laisser disparaître comme ça. J'avais tellement pitié d'elles.

Joona sait que Summa n'aurait jamais mentionné son nom si ce n'était pas important. Il ne devait pas y avoir de contact entre eux. Jamais. C'était leur seule façon de survivre. Il s'appuie contre le bureau, déglutit et regarde à nouveau la femme.

— Comment vont-elles ?

— C'est grave, Joona Linna. Je vois Lumi environ une fois par an. Mais… je… je suis devenue tellement distraite et confuse.

— Que s'est-il passé ?

— Votre femme a un cancer, M. Linna, dit lentement Rosa. Elle m'a appelée pour m'expliquer qu'elle allait se faire opérer et qu'il y avait de fortes chances qu'elle ne s'en sorte pas. Elle voulait que vous sachiez que Lumi serait prise en charge par les services sociaux si elle…

— Quand était-ce ? demande Joona, les mâchoires serrées et les lèvres blanches. Quand a-t-elle appelé ?

— Je crains qu'il ne soit trop tard, chuchote-t-elle. J'oublie tout et…

Elle lui tend enfin le morceau de papier froissé sur lequel est griffonnée une adresse puis elle regarde ses mains pleines de rhumatismes.

185

Il n'y a que deux destinations depuis l'aéroport de Sveg et Joona doit retourner à Arlanda pour prendre un vol pour Helsinki. Il a l'impression d'être dans un rêve. Il est assis sur son siège et regarde fixement la surface ridée de la mer Baltique qui défile à travers des filets de nuages. On tente de lui parler ou de lui servir un rafraîchissement, mais il ne parvient pas à répondre. Il est aspiré dans l'océan trouble de ses souvenirs.

Il y a douze ans, Joona a coupé un doigt au diable en personne. Dix-neuf personnes de tous âges avaient disparu alors qu'elles étaient en voiture, à vélo ou à scooter. Dans un premier temps, les policiers avaient pensé à une étrange coïncidence, mais lorsque aucune des personnes portées disparues n'a été retrouvée, l'affaire est devenue une absolue priorité. Joona avait été le premier à affirmer que la police était confrontée à un tueur en série. Avec l'aide de Samuel Mendel, il avait réussi à filer puis à prendre Jurek Walter en flagrant délit dans la forêt de Lill-Jan alors qu'il forçait une femme d'une cinquantaine d'années à retourner dans un cercueil sous terre. Elle était encore en vie, mais elle avait passé presque deux ans dans le cercueil. L'étendue du cauchemar avait été dévoilée à l'hôpital. Les muscles de la victime étaient atrophiés, des escarres avaient déformé son aspect. Ses mains et ses pieds étaient gonflés d'engelures. Des examens plus approfondis avaient permis de démontrer qu'elle avait subi un traumatisme psychologique sévère mais qu'elle souffrait également de lésions cérébrales importantes.

Joona a l'habitude de se dire que si le corps du diable s'est constitué des pires cruautés de l'homme à travers les époques, il est impossible de le tuer. Mais lorsque Samuel et lui avaient arrêté le tueur en série Jurek Walter il y a douze ans, ils s'étaient dit qu'ils lui avaient au moins coupé un doigt.

Joona était présent lors du jugement de la cour d'appel de Svea qui s'était tenu au palais de Wrangelska sur Riddarholmen. La décision du tribunal de première instance avait été examinée et confirmée. Jurek Walter avait été condamné à un suivi psychiatrique sous contrainte avec rétention de sûreté puis placé dans une unité spécialisée à vingt kilomètres au nord de Stockholm. Joona n'a jamais oublié le visage ridé de Jurek Walter quand il s'était tourné vers lui.

— Maintenant les deux fils de Samuel Mendel vont disparaître, avait dit Jurek d'une voix lasse tandis que son avocat réunissait ses papiers. Et la femme de Samuel, Rebecka, va disparaître, mais... Non, écoutez-moi, Joona Linna. La police va les chercher mais lorsque la police abandonnera, Samuel continuera, et quand il comprendra enfin qu'il ne reverra plus jamais sa famille, il se suicidera.

Joona s'était levé pour partir.

— Et votre petite fille, avait poursuivi Jurek Walter, la tête baissée.

— Attention, avait dit Joona sans agressivité.

— Lumi va disparaître... et Summa va disparaître... et une fois que vous comprendrez que vous ne les retrouverez pas, vous vous pendrez.

Un vendredi après-midi quelques mois plus tard, la femme de Samuel avait quitté leur appartement sur Liljeholmen pour se rendre en voiture dans leur maison d'été à Dalarö. Ses deux fils Joshua et Ruben étaient avec elle. Lorsque Samuel était rentré chez eux quelques heures plus tard, sa femme et ses enfants n'étaient plus là. La voiture avait été retrouvée abandonnée sur une route forestière des environs, mais Samuel n'avait jamais plus revu sa famille.

Un matin de mars un an plus tard, Samuel Mendel s'était rendu jusqu'à la jolie plage où ses garçons avaient l'habitude de se baigner. La police avait cessé les recherches depuis huit mois et maintenant lui aussi avait abandonné. Il avait sorti son arme de service de son holster et s'était tiré une balle dans la tête.

Au loin, l'ombre de l'avion passe sur la surface scintillante de la mer sombre. Joona l'observe par le hublot et repense au jour où sa vie s'est brisée. Le silence régnait dans la voiture et le paysage baignait dans une lumière singulière. Le soleil rougissait derrière de fins voiles de nuages. Il avait plu et les rayons faisaient scintiller les flaques d'eau comme si elles étaient consumées par un feu souterrain.

186

Pour leurs vacances, Joona et Summa avaient prévu un trajet découpé en petites étapes : monter jusqu'à Umeå, passer Storuman, rejoindre Mo i Rana, en Norvège, puis redescendre par la côte ouest. Ils étaient en route vers un hôtel situé au bord de la Dalälven et allaient visiter un jardin zoologique des environs le lendemain.

Summa cherchait une station sur la radio et avait marmonné sa satisfaction lorsqu'elle en avait trouvé une qui diffusait un morceau de piano dont les notes s'écoulaient harmonieusement. Joona avait tendu le bras en arrière pour vérifier que Lumi était bien installée dans son siège-auto, et contrôler qu'elle n'avait pas réussi à passer ses petits bras au-dessus du système de sécurité.

— Papa, avait-elle dit d'une voix endormie.

Il sentait ses petits doigts dans sa main. Elle le retenait, mais lâchait prise lorsqu'il retirait sa main. Ils avaient passé la sortie pour Älvkarleby.

— Elle va adorer le parc Furuvik, avait dit Summa à voix basse. Les chimpanzés et les rhinocér…

— J'ai déjà un singe, s'était écriée Lumi depuis le siège arrière.

— Comment ?

— C'est moi son singe, avait expliqué Joona.

Summa avait haussé les sourcils.

— Ça te correspond bien.

— Lumi s'occupe de moi – elle dit qu'elle est un gentil vétérinaire.

Les cheveux couleur sable de Summa couvraient la moitié de ses grands yeux marron. Elle avait de petites fossettes au creux des joues.

— Pourquoi as-tu besoin d'un vétérinaire ? Qu'est-ce que tu as ?

— J'ai besoin de lunettes.

— Elle a dit ça ? demande Summa en riant avant de continuer à feuilleter son journal sans se rendre compte qu'ils avaient pris un autre chemin et qu'ils étaient déjà au nord de la Dalälven.

Lumi s'était endormie avec sa poupée contre sa joue couverte de sueur.

— Tu es sûr qu'on n'a pas besoin de réserver une table ? avait soudain demandé Summa. Parce que je voudrais qu'on soit dans la véranda ce soir, pour qu'on puisse voir toute la rivière…

La route étroite filait droit à travers la sombre forêt qui s'étendait derrière les clôtures destinées à repousser le gibier. Ce n'est que lorsqu'il avait bifurqué en direction de Mora que Summa s'était rendu compte que quelque chose n'allait pas.

— Joona, on a dépassé Älvkarleby. On ne devait pas y aller ? On a dit qu'on allait s'arrêter à Älvkarleby.

— Oui.

— Qu'est-ce que tu fais ?

Il n'avait pas répondu et fixait la route sur laquelle les flaques d'eau scintillaient dans le soleil de l'après-midi. Un poids lourd avait soudain bifurqué sur la voie de dépassement sans mettre de clignotant.

— On a dit qu'on…

Elle s'était tue avant de reprendre d'une voix apeurée :

— Joona ? Dis-moi que tu ne m'as pas menti.

— J'étais obligé.

Summa le regardait. Il savait à quel point elle était

bouleversée et pourtant elle se forçait à parler à voix basse pour ne pas réveiller Lumi.

— Tu n'as pas le droit… tu as dit qu'il n'y avait plus de danger, tu as dit que c'était fini. Tu as dit que c'était fini et je t'ai cru. Je croyais que tu avais changé d'avis, je le croyais vraiment…

Sa voix s'était nouée et elle avait détourné la tête vers la vitre. Son menton tremblait. Ses joues étaient rouges.

— Je t'ai menti.

— Tu n'avais pas le droit de me mentir, tu n'avais pas le droit…

— Non… Je suis vraiment désolé.

— On peut s'enfuir ensemble…

— Tu comprends bien que… Summa, il faut que tu comprennes… si je pensais que c'était possible, si j'avais un autre choix…

— Arrête. Rien ne nous menace. Ce n'est pas vrai, tu fais des liens qui n'existent pas. La famille de Samuel Mendel n'a rien à voir avec nous, tu entends ? Il n'y a pas de menaces contre nous.

— J'ai essayé de t'expliquer à quel point c'est grave, mais tu ne m'écoutes pas.

— Je ne veux pas écouter. Pourquoi je t'écouterais ?

— Summa, il faut me laisser… J'ai tout organisé. Une femme qui s'appelle Rosa Bergman vous attend vers Malmberget. Elle vous donnera vos nouvelles identités. Vous allez être bien, tu vas voir.

Ses mains s'étaient mises à trembler. La sueur faisait glisser ses doigts sur le volant.

— Tu es vraiment sérieux, chuchota Summa.

— Plus sérieux que jamais. Nous allons rejoindre Mora et vous allez prendre le train pour Gällivare.

Il voyait combien Summa s'efforçait de paraître calme.

— Si tu nous laisses à la gare, tu nous auras perdues. Tu le comprends, ça ? Il n'y aura plus de retour en arrière possible.

Elle l'observait avec des yeux brillants.

— Tu vas dire à Lumi que je dois aller travailler à l'étranger, avait-il dit à voix basse.

— Joona. Non, non… avait supplié Summa en reniflant.

Il avait continué à fixer la route humide.

— Et dans quelques années, quand elle sera un peu plus grande, tu devras lui expliquer que je suis mort. Tu ne dois jamais, jamais me contacter. Jamais chercher à me retrouver. Tu entends ?

Summa n'arrivait plus à retenir ses larmes.

— Je ne veux pas, je ne veux pas…

— Moi non plus.

— Tu n'as pas le droit de nous faire ça.

— Maman ?

Lumi s'était réveillée. Sa voix était inquiète. Summa avait essuyé les larmes de ses joues.

— Ce n'est rien, avait dit Joona à sa fille. Maman est triste parce qu'on ne va pas à l'hôtel près de la rivière.

— Raconte-lui, avait dit Summa en haussant la voix.

— Raconter quoi, demande Lumi ?

— Vous allez prendre le train avec maman.

— Et toi, tu vas faire quoi ?

— Je dois travailler.

— Mais tu as dit qu'on allait jouer au singe et au vétérinaire.

— Il n'a pas envie, avait dit Summa d'une voix glaciale.

Ils approchaient de Mora. Des zones pavillonnaires, quelques usines, des centres commerciaux et des parkings presque déserts. La belle forêt touffue était de plus en plus disciplinée. Les clôtures avaient disparu.

187

Joona avait arrêté la voiture devant le bâtiment jaune de la gare. Il avait sorti la grande valise à roulettes du coffre.

— Tu as sorti tes affaires de la valise cette nuit ? avait demandé Summa tout bas.

— Oui.

— Et remis autre chose ?

Il avait hoché la tête et regardé la gare. Quatre voies parallèles, des remblais de gravier couleur rouille, des mauvaises herbes et des traverses sombres.

Summa s'est postée devant lui.

— Ta fille a besoin de toi dans sa vie.

— Je n'ai pas le choix, avait-il dit en regardant par la vitre arrière de la voiture.

Lumi était en train d'enfouir une grosse poupée dans son sac à dos rose.

— On a toujours le choix. Mais au lieu de te battre, tu abandonnes, tu ne sais même pas si la menace est réelle. Je n'arrive pas à comprendre.

— Je trouve pas Lollo, s'était plainte Lumi.

— Le train part dans vingt minutes.

— Je ne veux pas vivre sans toi, avait dit Summa en essayant de lui prendre la main. Je veux que tout soit comme d'habitude…

— Oui.

— Si tu nous fais ça, tu seras tout seul.

Il n'avait pas répondu. Lumi était sortie de la voiture et traînait son sac derrière elle. Une barrette rouge pendait négligemment dans ses cheveux.

— Tu vas passer ta vie tout seul ?

— Oui.

La baie la plus au nord de Siljan scintillait entre les arbres de l'autre côté des voies.

— Dis au devoir à papa, avait dit Summa d'une voix monocorde en poussant sa fille vers Joona.

Lumi fixait le sol d'un air sombre.

— Dépêche-toi, avait insisté Summa.

Lumi avait levé la tête pendant quelques secondes.

— Au revoir, petit singe.

— Fais-le correctement, s'était impatientée Summa. Dis au revoir comme il faut.

— Je ne veux pas, avait répondu Lumi en s'accrochant à la jambe de sa mère.

— Fais-le quand même.

Joona s'était accroupi devant sa fille. Son petit front était trempé de sueur.

— Je peux avoir un bisou ?

Elle avait secoué la tête.

— Attention, voilà le singe avec ses longs bras, avait-il plaisanté.

Il l'avait soulevée et avait senti son petit corps résister. Elle riait contre son gré même si elle sentait que quelque chose n'allait pas. Elle agitait ses pieds pour essayer de se libérer, mais il la serrait contre lui, juste un instant, pour sentir l'odeur de son cou et sa nuque.

— Méchant, avait-elle crié.

— Lumi, avait-il chuchoté contre sa joue. N'oublie jamais que je t'aime plus que tout.

— Allez, viens, avait dit Summa.

Il avait reposé sa fille et essayé de lui faire un sourire. Il voulait lui caresser la joue mais en était incapable. Son corps lui semblait être fait de verre qu'on aurait brisé puis recollé à la va-vite. Summa le regardait avec un visage terrorisé. Elle avait pris la main de Lumi et l'avait entraînée avec elle.

Ils avaient attendu le train en silence. Il n'y avait plus rien à dire. Des graines de pissenlit duveteuses flottaient lentement au-dessus des rails. Joona se souvient qu'une odeur de brûlé provoquée par le frottement des freins avait subsisté dans l'air quand le train avait quitté le quai. Comme dans un rêve, il avait suivi sa fille du regard. Elle lui faisait des signes timides derrière la vitre tandis que Summa se tenait à côté d'elle, une ombre noire et figée. Avant que le train n'ait disparu dans le virage, il s'était retourné et avait rejoint la voiture.

188

Il avait parcouru cent quarante kilomètres. Sa tête était vide, ses pensées paralysées dans un néant vaporeux. Il roulait sans chercher à se remémorer le moindre souvenir. Enfin, il arriva à destination. Ses phares illuminaient de grandes constructions métalliques. Il était entré dans le grand site industriel de Ludvika et rejoignait le port désert qui s'étendait devant la chaufferie centrale. Joona s'était arrêté à côté d'une voiture grise stationnée entre deux gigantesques tas de sciure. Il s'était soudain senti étrangement calme et cette impassibilité lui avait fait réaliser qu'il était en état de choc.

Il était sorti de son véhicule et avait regardé autour de lui. L'Aiguille, drapé dans l'obscurité de la nuit, l'attendait devant la portière. Il était vêtu d'une combinaison blanche. Son regard semblait déterminé mais son visage exprimait une certaine lassitude.

— Bon ? Ça y est, elles sont parties ? avait-il demandé d'une voix qui trahissait son émotion.

— Elles sont parties.

L'Aiguille avait hoché la tête. Ses lunettes aux montures blanches scintillaient dans la faible lumière d'un réverbère.

— Tu ne m'as pas laissé le choix, dit-il d'un ton résigné.

— C'est vrai. Tu n'as pas le choix.

— On va se faire virer tous les deux avec cette histoire.

— Tant pis.

Ils avaient contourné la voiture.

— Il y en a deux, j'ai agi dès qu'ils sont arrivés.

— Bien.

— Deux, avait répété l'Aiguille comme pour lui-même.

Joona avait repensé à son réveil aux côtés de sa femme quelques jours plus tôt. Son portable avait bourdonné dans sa veste. Quelqu'un lui avait envoyé un SMS. Lorsqu'il s'était levé et avait vu qu'il s'agissait de l'Aiguille, il avait aussitôt compris de quoi il était question. Dès que l'Aiguille aurait trouvé deux corps qui correspondaient, Joona partirait avec Summa et Lumi sous prétexte de faire ce voyage en voiture dont ils parlaient depuis longtemps. Cela faisait presque trois semaines que Joona attendait de ses nouvelles. Le temps commençait à s'écouler. Il veillait sur sa famille, mais savait pertinemment que cela n'allait pas suffire à long terme. Jurek Walter était un homme patient.

Le message de l'Aiguille signifiait qu'il allait perdre Summa et Lumi mais également qu'il pourrait enfin les protéger.

L'Aiguille avait ouvert les deux portières arrière de la voiture grise. Sur deux civières recouvertes de tissu, on pouvait distinguer la silhouette des deux corps.

— C'est une femme et une fille. Elles ont été victimes d'un accident de la route hier matin, avait expliqué l'Aiguille qui commençait à faire glisser les civières sur les rails.

— Je les ai fait disparaître. Elles n'existent pas, il n'y a aucune trace, j'ai tout effacé.

Il avait poussé un soupir en sortant les deux cadavres. Les pieds télescopiques des civières s'étaient dépliés. Les roulettes avaient cliqueté sur le bitume.

Sans crier gare, l'Aiguille avait ouvert la fermeture Éclair de l'un des sacs. Joona avait serré les dents et s'était obligé à regarder le cadavre. Une jeune femme, les yeux fermés et le visage paisible. Sa cage thoracique était enfoncée. Elle avait de multiples fractures aux bras et son bassin était tordu.

— La voiture a été projetée d'un pont. Les blessures à la poitrine et à l'abdomen sont dues au fait qu'elle avait détaché sa ceinture. Elle a peut-être voulu ramasser la tétine de la petite. J'ai déjà vu ça.

Joona avait observé la femme. Son visage n'exprimait aucun signe de douleur ou de peur. Rien ne trahissait ce qu'avait subi son corps. Lorsqu'il s'était tourné vers la petite fille, que son regard s'était posé sur son visage, ses yeux s'étaient emplis de larmes. L'Aiguille avait marmonné quelque chose avant de recouvrir les corps.

— Bien, avait-il dit de sa voix nasale. Catharina et Mimmi ne seront donc jamais retrouvées. Elles ne seront jamais identifiées.

Il s'était perdu dans ses pensées un instant avant de poursuivre d'un air irrité :

— Le père de la fille a appelé tous les hôpitaux pour les retrouver. Toute la nuit. Il a même appelé mon service et je l'ai eu en ligne.

L'Aiguille avait pincé les lèvres.

— Elles seront enterrées sous l'identité de Summa et Lumi… Je m'occupe de la falsification des dossiers dentaires.

Il avait adressé un regard interrogateur à Joona sans obtenir de réponse. Ensemble, ils avaient transporté les corps jusqu'à l'autre voiture.

189

C'était une étrange sensation que de conduire une voiture avec deux cadavres pour uniques passagers. Les routes étaient plongées dans l'obscurité. Des hérissons écrasés gisaient le long du fossé. Sur le bord de la route, un blaireau, comme hypnotisé par la lumière des phares, le fixait avec des yeux brillants. Une fois arrivé à la pente qu'il avait repérée, il avait commencé à agencer les corps dans le véhicule. Dans le silence de la nuit, on n'entendait que le bruit de son souffle, le frottement du tissu et les chocs sourds de bras et de jambes contre les sièges. Joona avait placé la femme morte sur le siège avant. Ensuite, il avait installé la fille dans le siège-auto de Lumi. Il s'était penché à l'intérieur de la voiture, avait retiré le frein à main et mis la voiture en mouvement. Lentement, elle avait commencé à rouler en bas de la pente tandis qu'il marchait à côté. Par moments, il devait se pencher pour tourner le volant. La voiture avait pris de la vitesse et il s'était mis à courir. Le véhicule était allé percuter un arbre avec un bruit sourd. La tôle du capot avait grincé lorsqu'elle s'était repliée autour du tronc. La femme était tombée contre le tableau de bord et le corps de la petite fille avait été violemment secoué dans le siège-auto.

Joona avait pris un bidon d'essence dans le coffre et aspergé les sièges. Il en avait versé sur les jambes de la petite fille et sur le corps défoncé de la femme. Il commençait à avoir du mal à respirer. Il avait dû s'arrêter pour se calmer. Son cœur semblait sur le point de remonter dans sa gorge. Joona Linna avait marmonné quelque chose avant de sortir la fillette du siège-auto. Il faisait les cent pas avec son corps dans les bras. Il la serrait contre lui, la berçait et lui chuchotait à l'oreille. Ensuite, il l'avait installée sur les genoux de sa mère sur le siège avant. Il avait refermé la portière en silence et avait versé le reste de l'essence sur la voiture. La vitre arrière était ouverte. Il avait mis le feu à la banquette arrière. Les flammes bleutées s'étaient répandues à l'intérieur de l'habitacle tel un ange de la mort. Par la vitre, il avait entrevu le visage invraisemblablement calme de la femme tandis que le feu dévorait ses cheveux.

La voiture encastrée dans l'arbre était recouverte par les flammes qui semblaient pousser des sanglots déchirants et des hurlements étouffés. Brusquement tiré de sa torpeur, Joona s'était précipité jusqu'à la voiture pour en ressortir les corps. Il se brûlait les mains sur la portière mais était parvenu à l'ouvrir. Il avait tenté de saisir le corps de la femme. Sa veste était consumée par les flammes et ses jambes semblaient se contracter sous l'effet de l'intense chaleur.

Papa, papa. Aide-moi, papa.

Joona savait qu'elles étaient déjà mortes, mais il ne pouvait supporter cette vision d'enfer qu'il avait déclenchée. Il s'était penché à travers les flammes et avait attrapé la main de la petite fille.

C'est alors que la chaleur avait fait exploser le réservoir d'essence. Joona avait eu le temps d'en distinguer l'étrange crépitement quand ses tympans s'étaient percés. Comme dans un rêve, il avait senti le sang gicler de son nez et de ses oreilles. Il était tombé à la renverse et avait senti le choc déferler comme une vague sur l'arrière de son crâne. Il entendait des hurlements résonner dans sa tête. Avant de perdre la vue, il avait vu les feuilles brûlées s'envoler lentement au-dessus de lui.

190

Joona regarde fixement par le hublot. Il ne prête aucune attention à la voix de l'hôtesse qui annonce que l'avion a entamé sa descente vers l'aéroport international de Helsinki. Il y a douze ans, il a coupé le doigt du diable. Il a été condamné à la solitude mais il a toujours eu l'intuition que ce n'était pas assez cher payé, que sa peine était trop légère. Le diable attendait seulement qu'il s'imagine que tout était oublié et pardonné.

Joona prend ses genoux dans ses bras et tente de retrouver son souffle. L'homme installé sur le siège voisin le regarde d'un air inquiet. De la transpiration perle sur le front de Joona. Elle n'est pas due à la migraine, mais à la profonde obscurité qui annonce l'inconnu. Il a appréhendé le tueur en série Jurek Walter et ne pourra jamais l'oublier. Cette affaire ne serait finalement jamais classée. Il n'avait pas eu le choix, mais le prix à payer était trop élevé, bien trop élevé. Cela n'en valait pas la peine. Ses bras frissonnent. Il se tire les cheveux d'une main et appuie ses pieds contre le sol aussi fort qu'il le peut. Il va retrouver Summa et Lumi. Il est sur le point de faire l'impardonnable. Tant que Jurek Walter les croit mortes, elles sont en sécurité. À cet instant, il met peut-être un tueur en série sur la piste de sa famille.

*

Joona a laissé son portable à Stockholm. Il utilise un faux passeport et paie tout en espèces. Lorsqu'il sort du taxi, il parcourt deux pâtés de maisons à pied avant de s'arrêter devant un portail pour tenter d'apercevoir quelque chose par les fenêtres de leur appartement. Il attend un moment avant de se diriger vers un café plus loin dans la rue. Il donne un billet de dix euros au barman pour emprunter un téléphone et appeler Saga Bauer.

— J'ai besoin d'aide, dit-il d'une voix à peine audible.

— Tu sais que tout le monde te cherche ? C'est le chaos total ici…

— Il faut que tu m'aides.

— Oui, répond-elle d'une voix soudain calme et attentive.

— Après m'avoir donné l'information dont j'ai besoin, il faudra que tu veilles à effacer tout l'historique de ta recherche.

— D'accord.

Joona déglutit, regarde le morceau de papier que Rosa Bergman lui a confié et demande à Saga de vérifier si une certaine Laura Sandin, résidant au 16 rue Liisankatu, à Helsinki, est en vie.

— Je peux te rappeler dans un moment ?

— Je ne préfère pas, j'attends que tu fasses ta recherche.

Les minutes qui s'ensuivent sont les plus longues de sa vie. Il observe la poussière qui volette dans la lumière au-dessus du comptoir, la machine à expressos et les rayures sur le parquet faites par les chaises déplacées des milliers de fois.

— Joona ? dit enfin Saga.

— Je suis là, chuchote-t-il.

— Laura Sandin a eu un cancer du foie il y a deux ans…

— Continue, dit Joona qui sent des gouttes de sueur couler le long de son dos.

— Oui, elle a été opérée l'année dernière. Et elle… mais…

Saga Bauer chuchote quelque chose pour elle-même.

— Qu'y a-t-il ?

Saga se racle la gorge et dit avec un soupçon d'inquiétude dans la voix – comme si elle réalisait à l'instant qu'il s'agissait d'une information capitale pour Joona :

— Elle a été opérée une deuxième fois la semaine dernière…

— Elle est en vie ?

— On dirait… Elle est encore à l'hôpital.

191

Lorsque Joona pénètre dans le couloir qui mène à la chambre de Summa, il a l'impression de vivre la scène au ralenti. Le bruit lointain des téléviseurs et des conversations semble de plus en plus distordu. Il ouvre délicatement la porte de sa chambre et entre. Une femme au corps frêle est allongée dans le lit, dos à la porte. Un voile fin couvre la fenêtre. Son bras maigre est posé sur la couette. Ses cheveux sont ternes et trempés de sueur. Il ignore si elle est endormie, mais il doit voir son visage. Il s'approche. Un silence de mort règne dans la pièce.

*

La femme qui s'appelait Summa Linna dans une autre vie est à bout de forces. Sa fille est restée à son chevet toute la nuit et se repose dans la chambre des visiteurs. Summa voit la faible lumière du jour éclairer les fibres du rideau et se dit que l'homme est éperdument seul. Elle a toutefois quelques bons souvenirs qu'elle se remémore dans les pires moments de peur et de solitude. Lorsqu'ils l'ont endormie avant l'opération, elle a repensé à ces instants heureux, aux nuits d'été de son enfance, à la première fois où sa fille a refermé ses doigts autour des siens et au jour de son mariage, lorsqu'elle portait la couronne en racines de bouleau que sa mère avait tressée.

Summa déglutit. Elle sent qu'elle est en vie. Son cœur a encore la force de battre mais elle est terrorisée à l'idée de mourir et de laisser Lumi seule au monde. Une douleur lancinante se répand au niveau de ses points de suture lorsqu'elle se retourne. Elle ferme les yeux un moment.

Lorsqu'elle les rouvre, elle doit cligner des yeux à plusieurs reprises avant de comprendre que son message lui est parvenu. Joona Linna se penche sur elle et touche son visage. Il passe les mains dans ses cheveux blonds.

— Si je meurs, tu dois t'occuper de Lumi, chuchote-t-elle.

— Je te le promets.

— Et tu dois la voir avant de repartir. Tu dois la voir.

Il pose ses mains sur ses joues et caresse son visage. Il lui chuchote qu'elle est plus belle que jamais. Elle lui sourit. Puis il disparaît. Mais la peur de Summa s'est envolée.

*

La chambre des visiteurs est simplement meublée. Un téléviseur fixé au mur, une table en pin installée devant un canapé affaissé et parsemé de brûlures de cigarettes. Une jeune fille de quinze ans dort sur le canapé. Ses yeux sont rougis. Une de ses joues porte les marques des rayures des coussins. Elle se réveille en sursaut avec un étrange sentiment. Quelqu'un a posé une couverture sur elle. On lui a retiré ses chaussures, qui sont soigneusement rangées sur le sol à côté d'elle. Dans son rêve, quelqu'un était assis à ses côtés et tenait délicatement sa main.

192

L'hôpital Löwenströmska est situé aux abords d'une route de campagne, à mi-chemin entre Stockholm et Uppsala. Gustaf Adolf Löwenström l'a fait construire au début du XIXe siècle dans le but d'expier l'abominable crime de son frère, qui a assassiné le roi Gustaf III lors du bal masqué de l'opéra. C'est le premier jour d'Anders Rönn comme médecin. Un jeune homme de vingt-trois ans, mince, les traits fins, le visage expressif. La lumière automnale joue dans le feuillage des arbres lorsqu'il passe la grande entrée.

Derrière le bâtiment principal en briques rouges, on peut apercevoir une annexe à l'architecture étrange. Vue d'en haut, elle ressemble à deux croix du Lys attachées ensemble. Elle abrite le service psychiatrique ainsi que les unités fermées de la psychiatrie légale.

Une sculpture en bronze représentant un garçon qui joue de la flûte est installée dans l'allée qui y mène. Un oiseau est posé sur son épaule et un autre sur le large bord de son chapeau. Sur un côté, l'allée est bordée par les champs qui s'étendent jusqu'au lac Fysningen. Une clôture barbelée de cinq mètres de haut court le long d'une aire de repos ombragée parsemée de mégots. Les visiteurs doivent être âgés d'au moins quatorze ans pour pouvoir se rendre dans le service psychiatrique. Il est interdit de prendre des photos ou de faire des enregistrements sonores. Anders Rönn traverse le dallage en béton, passe sous l'auvent en tôle et entre par les portes vitrées.

Le bruit de ses pas est presque inaudible sur le revêtement en plastique parsemé de traces laissées par les roulettes des lits. Lorsqu'il pénètre dans l'ascenseur, il réalise qu'il se trouve au premier étage. Le niveau 0 est situé sous terre et abrite le service 30, l'unité de soins fermée.

L'ascenseur de l'hôpital ne descend pas plus bas, mais derrière une grille en fer couleur crème se trouve un escalier en colimaçon qui permet de rejoindre l'unité sécurisée des patients traités par la psychiatrie légale. On y a construit une sorte de bunker indépendant qui comporte une chambre d'isolement. Ce service isolé peut accueillir trois patients mais depuis douze ans, seule une personne y est traitée. Le vieillissant Jurek Walter.

Walter a été condamné à des soins psychiatriques sous contrainte avec rétention de sûreté. Lors de son arrivée, il faisait preuve d'un comportement si agressif qu'il a dû être entravé et traité avec de puissants neuroleptiques. Il y a neuf ans, il a été diagnostiqué dans ces termes : "Schizophrénie non spécifiée. Raisonnement chaotique. États psychotiques récurrents avec accès de violence." C'est le seul diagnostic que les médecins aient établi jusqu'à présent.

— Je vous fais entrer, dit une femme aux joues rondes et au regard calme.

— Merci.

— Vous connaissez le patient ? Jurek Walter ? demande-t-elle sans sembler s'attendre à une réponse.

193

Anders Rönn suspend la clé de la grille dans le placard du service fermé avant que la femme n'ouvre la première porte du sas de sécurité. Il entre et attend que la porte se referme derrière lui avant de s'approcher de la deuxième porte que la femme ouvre une fois qu'a retenti le signal sonore. Anders se retourne et lui fait un signe de la main avant d'emprunter le couloir qui mène aux bureaux du personnel. Un homme, forte corpulence, une cinquantaine d'années, épaules arrondies et tête rasée, fume sous la hotte de la kitchenette. Il retire la braise du bout de sa cigarette et la jette dans l'évier. Il remet ensuite la demi-cigarette restante dans le paquet qu'il glisse dans la poche extérieure de sa blouse.

— Roland Brolin, médecin-chef.

— Anders Rönn.

— Comment vous êtes-vous retrouvé ici ?

— J'ai un enfant en bas âge et je voulais travailler dans le coin.

— Vous avez choisi le bon jour pour commencer, dit Roland Brolin avec un sourire.

Le médecin emprunte le couloir insonorisé, sort sa carte, attend que le verrou de la porte de sécurité émette un déclic et l'ouvre en poussant un long soupir. Il la relâche avant qu'Anders n'ait eu le temps de passer et la lourde porte heurte son épaule.

— Y a-t-il quelque chose que je devrais savoir au sujet

du patient ? demande Anders en clignant des yeux pour chasser ses larmes.

Brolin fait un geste vague.

— Il ne doit jamais rester seul avec un membre du personnel, il n'a jamais obtenu de droit de sortie et ne doit jamais rencontrer d'autres patients. Il ne peut pas recevoir de visites et il ne doit jamais se rendre dans l'aire de repos. Et ne pas…

— Jamais ? l'interrompt Anders d'un ton hésitant. Je doute qu'il soit légal d'enfermer…

— Non, ce n'est pas légal, dit sèchement Roland.

L'atmosphère est soudain plus pesante.

— Qu'a-t-il fait ? finit par demander Anders d'une voix timide.

— Que des trucs sympas, répond Roland.

— Du genre ?

Le médecin-chef le dévisage. Un sourire se dessine sur son visage gris.

— Vous êtes vraiment nouveau, dit-il en riant.

Ils passent une nouvelle porte de sécurité. Une femme leur fait un clin d'œil.

— Revenez vivants, dit-elle d'un ton bref.

— Ne vous inquiétez pas, dit Roland à Anders en baissant la voix. Jurek Walter est un homme âgé et tranquille. Il reste dans son coin et on n'entre jamais le voir. Mais là, on est obligés : le gars qui était de garde cette nuit s'est aperçu qu'il cachait un couteau sous son matelas et…

— Mais comment se l'est-il procuré ?

Le front de Roland luit de transpiration. Il passe la main sur son visage et l'essuie ensuite sur sa blouse.

— Jurek Walter peut être assez manipulateur et… Nous allons ordonner une enquête interne, mais qui sait…

194

Le médecin-chef passe sa carte dans un lecteur et tape un code. Un bip retentit et le verrou de la porte de sécurité émet un cliquetis.

— Que veut-il faire avec ce couteau ? demande Anders en se dépêchant de passer la porte. S'il avait voulu se suicider, il l'aurait déjà fait, non ?

— Peut-être qu'il aime les couteaux.

— Cherche-t-il à s'enfuir ?

— Il n'a pas fait de tentative durant toutes ces années.

Ils arrivent devant un sas à barreaux.

— Attendez, dit Roland en lui tendant une petite boîte avec des boules Quies jaunes.

— Vous avez dit qu'il était tranquille.

Roland a l'air épuisé, comme s'il n'avait pas dormi depuis des jours. Il observe son nouveau collègue et pousse un lourd soupir avant de commencer à lui expliquer ce qu'il doit savoir.

— Jurek Walter va vous parler, calmement, sans doute de façon aimable. Mais plus tard ce soir, lorsque vous rentrerez chez vous, vous dévierez sur la voie opposée et entrerez en collision avec un poids lourd… ou alors vous irez faire un tour à la quincaillerie Järnia pour vous acheter une hache avant d'aller chercher votre enfant à la garderie.

— Je suis censé avoir peur maintenant ? demande Anders avec un sourire.

— Non, mais être prudent, je l'espère. Je suis entré une fois dans la chambre, c'était l'année dernière, juste après Pâques, il avait réussi à se procurer des ciseaux.

— C'est un vieux monsieur – n'est-ce pas ?

— Ne vous inquiétez pas – ça va bien se passer…

La voix de Roland s'efface et son regard s'assombrit. Avant de passer le sas à barreaux, il chuchote à Anders :

— Comportez-vous comme si vous étiez totalement blasé, comme s'il s'agissait d'un jour comme les autres, comme si vous alliez changer les draps d'un lit en gériatrie.

— Je vais essayer.

Le visage de Roland est crispé, son regard craintif.

— On ne dit rien de ce qu'on va faire, on prétend simplement devoir lui faire une injection de Risperdal comme d'habitude.

— Mais…

— Mais à la place, on lui administre une surdose de Zyprexa, poursuit le médecin-chef.

— On surdose ?

— Je l'ai essayé la dernière fois et… Enfin, au début il était très agressif, mais juste un petit moment. Parce que ensuite les troubles de la motricité se déclenchent… ça a commencé au niveau du visage et de la langue. Il n'arrivait pas à parler correctement. Il s'est effondré par terre sur le côté et avait du mal à respirer. Et puis il a eu des spasmes, presque comme une crise d'épilepsie, ça a duré assez longtemps, mais après il était fatigué et somnolent, presque absent… C'est à ce moment-là qu'on doit récupérer le couteau.

— Pourquoi pas des somnifères ?

— Ça aurait été mieux, dit Roland en hochant la tête. Mais je pense qu'on devrait s'en tenir aux médicaments qui lui sont déjà prescrits.

Ils passent le sas et entrent dans le service de Jurek Walter. Une lumière pâle se répand dans le couloir par la vitre blindée d'une porte métallique peinte en blanc. Roland Brolin fait signe à Anders de patienter. Il se déplace plus lentement, comme s'il voulait s'approcher de la porte avec précaution. Peut-être a-t-il peur d'être surpris. Il garde ses distances par rapport à la vitre et se déplace latéralement. Soudain, son visage se détend et il fait signe à Anders de venir. Ils se postent devant la vitre de la porte. Anders regarde à l'intérieur d'une pièce lumineuse sans fenêtres.

195

Un homme vêtu d'un pantalon et d'une chemise en jean est assis sur une chaise en plastique dans la chambre d'isolement. Il est penché en avant et ses coudes sont posés sur ses genoux. Soudain, il lève son regard clair vers la porte et Roland Brolin fait un pas en arrière. Jurek Walter est rasé de près et ses cheveux gris sont peignés avec une raie sur le côté. Son visage est blême. Des rides profondes marquent son front comme un filet de douleur.

Roland retourne vers le sas, déverrouille un placard foncé et en sort trois petits flacons en verre fermés par des capsules en aluminium. Ils contiennent une poudre jaune. Il ajoute quelques millilitres d'eau dans chaque récipient, les retourne et les secoue doucement de façon que la poudre se dissolve. Il aspire ensuite le mélange dans une seringue.

Ils retournent jusqu'à la vitre blindée. Jurek Walter est désormais assis sur le lit. Roland introduit les boules Quies dans ses oreilles et ouvre la fente dans la porte.

— Jurek Walter, dit-il d'une voix traînante. Il est l'heure…

Anders voit l'homme se lever, diriger son regard vers la fente de la porte et s'approcher en déboutonnant sa chemise.

— Arrêtez-vous et ôtez votre chemise, dit Roland bien que l'homme soit déjà en train de le faire.

Jurek Walter continue d'avancer lentement.

Roland referme la fente et la verrouille avec des mouvements un peu trop brusques. Jurek s'arrête, déboutonne les derniers boutons et enlève sa chemise. Il a trois cicatrices rondes sur la poitrine. Sa peau pend mollement autour de ses muscles veineux. Roland ouvre la fente et Jurek Walter continue d'avancer jusqu'à la porte.

— Sortez votre bras, dit Roland dont la respiration trahit la nervosité.

Jurek ne croise pas son regard mais observe Anders avec beaucoup d'intérêt. Il sort son bras couvert de traces d'injections par la fente. Il y a trois longues brûlures sur sa peau. Roland introduit l'aiguille dans la veine et injecte très rapidement le liquide. La main de Jurek tressaille mais il ne retire pas son bras sans en avoir obtenu la permission.

Le médecin-chef ferme et verrouille la fente. Il regarde ensuite à l'intérieur de la chambre. Jurek Walter titube en direction de son lit. Il s'assoit avec des mouvements saccadés. Roland fait tomber la seringue et ils regardent l'objet rouler sur le béton. Lorsqu'ils se retournent vers la porte, ils s'aperçoivent que la vitre blindée est embuée. Il a soufflé sur la surface et y a écrit "JOONA" avec son doigt.

— Qu'a-t-il écrit ? demande Anders d'une voix faible.

— Joona.

— Joona ?

— Qu'est-ce que ça veut dire bordel ?

La buée disparaît. Jurek Walter est assis sur le lit, comme s'il n'avait pas bougé.

Retrouvez les enquêtes de Joona Linna
dans les collections Babel noir et Actes noirs.

L'HYPNOTISEUR
traduit du suédois par Hege Roel-Rousson et Pascale Rosier

Dans une maison de la banlieue de Stockholm, une famille est sauvagement assassinée. Seul un garçon échappe au massacre, mais il navigue entre la vie et la mort, inconscient. L'inspecteur Joona Linna décide alors de recourir à un hypnotiseur pour pénétrer le subconscient du garçon et tenter de revoir le carnage à travers ses yeux... Un roman policier d'une intelligence redoutable doublé d'un thriller terrifiant.

LE PACTE

traduit du suédois par Hege Roel-Rousson

L'inspecteur Joona Linna vient mettre son nez dans une sombre affaire de suicide impossible. Il ne peut s'empêcher de faire le lien avec une autre mort suspecte, doublée d'une disparition… Une exploration de la face sombre de la Suède sur fond de trafic d'armes et d'embargo international contre le Soudan.

LE MARCHAND DE SABLE
traduit du suédois par Lena Grumbach

Par une froide nuit d'hiver à Stockholm, un jeune homme est retrouvé errant le long d'une voie ferrée. Il s'agit d'un garçon disparu depuis de nombreuses années, l'une des dernières victimes supposées du tueur en série Jurek Walter. Mais qu'en est-il de sa petite sœur, disparue au même moment que lui ? Le temps presse. Quant à Joona Linna, l'heure est venue pour lui de se confronter à l'homme qui a détruit sa vie...